U0542815

赛珍珠：我的父亲母亲

The Exile:
Portrait of an American Mother
Fighting Angel:
Portrait of a Soul

〔美〕 赛珍珠 著
Pearl S. Buck
洪晓寒 徐京瑾 译

南京大学出版社

图书在版编目(CIP)数据

赛珍珠：我的父亲母亲 /（美）赛珍珠著；洪晓寒，徐京瑾译. -- 南京：南京大学出版社，2025. 4.

ISBN 978-7-305-28441-0

Ⅰ. I712.55

中国国家版本馆 CIP 数据核字第 2024PK4928 号

出版发行　南京大学出版社
社　　址　南京市汉口路 22 号　　　　邮　编　210093

书　　名　赛珍珠:我的父亲母亲
　　　　　SAIZHENZHU: WODE FUQIN MUQIN
著　　者　〔美〕赛珍珠
译　　者　洪晓寒　徐京瑾
责任编辑　邵　逸

照　　排　南京南琳图文制作有限公司
印　　刷　江苏凤凰通达印刷有限公司
开　　本　880 mm×1230 mm　1/32　印张 14.75　字数 343 千
版　　次　2025 年 4 月第 1 版　2025 年 4 月第 1 次印刷
ISBN 978-7-305-28441-0
定　　价　58.00 元

网址：http://www.njupco.com
官方微博：http://weibo.com/njupco
官方微信号：njupress
销售咨询热线：(025) 83594756

南京大学赛珍珠纪念馆前的赛珍珠塑像

赛珍珠故居书房，《大地》系列诺奖文学作品在这里创作完成

目　录

推荐序一

1954 年赛珍珠 (Pear Sydenstricker Buck) 在她的回忆录《我的几个世界》(*My Several Worlds*) 中写道："我在中国长大，游走在两个世界间，却不属于任何一个。当我在中国的世界里，我就是一个中国人，我说中文，举止如同一个中国人，吃中国人的食物，有和他们有一样的思想和情感。当我回到美国世界里时，我便关上了这扇门。"

赛珍珠出生于一个美国传教士家庭，父母在中国生活和传教，她同时生活在几个世界里——一个是中国的世界，一个是美国的世界。她视自己为"中国的女儿"，经常感到在这两个世界里左右为难，一个是她长大的地方，她所热爱尊重的中国，一个是她陌生但应该热爱的祖国美国。通过写作，赛珍珠找到了连接这两个世界的桥梁——她向西方读者讲述中国普通人的故事，不论他们的社会阶层或性别，还向世界展示了她最熟悉的、最想让世人看到的 1910 年代的中国农民。

当 1938 年赛珍珠成为首位获得诺贝尔文学奖的美国女性时，她的第一反应是用中文表达的"我不相信"。她因《大地》获普利策小说奖而闻名于世。这部作品向西方世界展示了中国文化的丰富性和中国普通百姓的日常生活。它被认为是自马可·波罗以来最有影响力的关于中国的非中文书。然而，人们往往忽略了真正促使诺贝尔文学奖委员会认可她的作品——她为父母撰写的传记：《流亡者：一个美国母亲的画像》和《战斗天使：一个灵魂的肖像》。

赛珍珠的父母，赛登斯特里克夫妇①作为长老会的传教士于1880年抵达中国杭州。当时教会传教委员会想把基督教传入中国。整个1890年代，中国人目睹了外国传教士们在乡村购买土地，建立学校和医院，掌握权力。除了接受长老会的宗教教育外，赛珍珠在成长过程中还深受中国奶妈和老师向她灌输的儒家思想影响。尊敬、关爱、服务、孝顺、顺从以及对父母的哀悼，都是她与父母关系中的重要方面。这两部关于她父母的回忆录讲述了赛登斯特里克夫妇的个人故事，充分展现了他们在中国生活时为宗教奉献牺牲并付出个人代价的不同经历。

《流亡者：一个美国母亲的画像》是赛珍珠1921年在母亲凯丽在南京去世后写的，她最初并不打算将其写成正式的传记，而仅是想让自己的孩子们通过她真实的记忆来了解他们的外祖母。赛珍珠说："我想让我的孩子们了解我那位充满活力、意志坚强的母亲，于是我用文字来描绘她的形象，将我所有关于她的记忆，她的模样、为人、举止、言谈，都完全地记录下来。"手稿完成后被束之高阁，赛珍珠并不打算公开出版。随后，她继续写作生涯。《流亡者》最终在1936年发表，让她母亲凯丽的故事为世人所知：

---

① 赛珍珠的母亲全名卡罗琳·莫德·史道廷·赛登斯特里克（Caroline Maude Stulting Sydenstricker），在《流亡者：一个美国母亲的画像》中被称为"凯丽"（Carie）；赛珍珠的父亲全名押沙龙·赛登斯特里克（Absalom Sydenstricker），在《战斗天使：一个灵魂的肖像》中被称为安德鲁（Andrew）。本书中的注释，除特别标注外，均为译者、中文版编者注。

“凯丽”来到中国，希望通过传教工作听到上帝的声音。然而，她却发现自己在异国他乡和陌生人中流亡。她经历了四个孩子夭折的惨痛打击，过着丈夫长期不在身边的生活。即使这样，她仍然为自己的子女营造了一个充满爱的家，并对邻里施以慈善。

《流亡者》获得成功后，《战斗天使：一个灵魂的肖像》于1936年出版，这是一部真正的传记。书中，赛珍珠讲述了她与父亲复杂的关系、传教士在生活中所面对的各种挑战，并用自己的成长经历描述她所知的中国。虽然许多文学评论家认为赛珍珠对父亲持批评甚至怨恨的态度，但她始终坚称自己爱戴并尊敬父亲。她继承了他的优良品质——顽强，坚持，以及在做自己认为正确的事情时，不理会外界的评论。

《战斗天使》展示了一个全身心投入传教事业的真实灵魂，以及他给自己和家人创造的复杂生活。赛珍珠的父亲是一个复杂的人，用赛珍珠的话说“有一颗如利剑般坚定不移的心”。他在书中被称为“安德鲁”，一生都致力于向中国人传播福音，然而所劝化的信徒寥寥无几，还牺牲了自己的家庭妻儿。对他而言，被赛珍珠称为“事工”①的传教工作才是最重要的。在传教生涯中，他从不间断地学习中国的风俗、语言和宗教。他对自己的信仰和呼召坚定不移，对存有缺点的人给予无私的博爱，这些都是对世界建设性的贡献。虽然看似收获甚少，但也不是徒劳无果。最终，这一切造就了卓越的赛珍珠。

赛珍珠在中国的生活与父母为她奠立的基础，让她日后成为知名作家和活跃的人权主义者。在中国度过了半生后，赛珍珠于1934年回到美国定居，终其一生致力于促进东西方的文化交流和教

① work，指基督徒或教会为实践信仰、服侍他人和传播福音而开展的各类工作和活动。

育。1964 年 1 月，她创立了赛珍珠国际基金会（Pearl S. Buck International，PSBI），在基金会的成立声明中表示："……这是唯一一个以我的名字命名的机构，我从未也不会再将自己的名字赋予其他组织。经过 25 年对贫困与孤苦无依儿童的研究，我深信，最有效的援助通常来源于那些真正关心人类平等的个人。基金会的目标是揭示并消除因出身而遭受教育、社会、经济和公民权益不平等的儿童所面临的不公待遇。"

60 多年过去了，赛珍珠的遗愿在今天通过赛珍珠国际基金会得以实现。赛珍珠国际基金会的总部设于美国宾夕法尼亚州帕卡西（Perkasie）的绿山庄园（Green Hills Farm），即赛珍珠的故居。基金会致力于促进对不同文化的理解、改善全球儿童的生活，并通过维护和展示被列为"国家历史地标"（National Historic Landmark）的赛珍珠故居来弘扬其创始人的精神遗产。

1964 年以来，通过儿童援助计划，赛珍珠国际基金会成功地在亚洲及肯尼亚建立了国际人道主义援助项目，该项目已为超过 200 万名儿童及其家庭提供教育、营养、医疗和心理社会服务。因为采用一对一的资助模式，孩子和资助者之间的关系独特且更有意义。在中国，赛珍珠国际基金会资助赛珍珠儿时就读的镇江崇实女子中学。1980 年，赛珍珠故居被列为美国国家历史地标，并作为历史博物馆向公众开放。这座优雅且富有象征意义的石砌农舍完整保留了赛珍珠的日常生活用品，使参观者能够更直观地感受她的生活和对后世的影响。

萨曼莎 · 弗赖泽（Samantha Freise）
赛珍珠博物馆馆长（Curator，Pearl S. Buck House）

推荐序二

致1938年诺贝尔奖得主赛珍珠所著父母传记"杰作"《流亡者》和《战斗天使》的新读者。

十四年前我从小平川开始了我个人在西弗吉尼亚州的旅程，这里位于赛珍珠出生地以北四英里处。不知不觉中，我踏上了这场穿越过去的非凡旅程，深入探索了一位了不起的女性丰富有趣的生活，以及她作为获普利策和诺贝尔奖的著名作家、人道主义者、社会活动家、妇女和儿童权益倡导者、女儿、母亲、祖母等角色的个人历程。

赛珍珠深知，每个人的人生旅程都是很重要的。她的一生不仅献给了写作，更重要的是，献给了调和人类彼此之间的关系和文化差异，这有助于她实现把世界连接在一起的个人使命。我完全相信，从她1892年6月26日出生开始，父母的影响使她有了坚定的人生观和道德准则。父母对每个孩子的成长都有着非常独特的影响。押沙龙和凯丽的动力、行为、纪律和选择影响了他们的女儿，向她展示了如何去热切地追求生活。他们的原则激发了她内心一股特殊的力量，增强了她与生俱来的独特性和好奇心。这些反映在她的文学作品和一生的行动中。她对所接触的一切事物都表现出发自内心的激情，敏锐观察人们的行为并且渴望理解这一切。

赛珍珠的中美经历、受到的教育以及她自己在父母的传教生涯中培养的自律，无疑促成了她对美好人性的追求以及对人类和平和谐的渴望。

我很荣幸能在这个特殊的历史时刻，向中国读者和学者介绍这位女性最重要的两部文学作品。我的研究、所投入的时间和对赛珠珍和她的出生地的付出都是发自内心的，这不仅仅是我在过去十一年执着的追求和努力，也反映在2017年，我人生的首次国外旅行便是与赛珍珠国际基金会一起追随赛珍珠的足迹来到中国，出席在镇江举办的赛珍珠文化公园和研究中心的盛大开幕式，从而去探索她的另一个世界。

我父母对我的影响以最意想不到的方式造就了我的生活轨迹，也许，这也促成了今天我邀请中国读者通过赛珍珠写的父母传记故事，即描写她的母亲卡罗琳·莫德·史道廷·赛登斯特里克的《流亡者》和父亲押沙龙·赛登斯特里克的《战斗天使》，来感受并探寻赛珍珠世界的一部分。

自2013年以来，我通过与赛珍珠出生地史道廷居所（The Stulting House），即她母亲的家族在西弗吉尼亚州的居住地，的关系了解了赛珍珠的生平。史道廷居所于1974年5月4日向公众开放；1983年，她父亲的原居小屋也从朗塞韦特被迁置到了离赛珍珠出生地大约40英里处。

我的兴趣、研究和知识已发展成为对赛珍珠的深入了解，并让我深刻理解了这座“博物馆”以及其被列为美国国家历史地标的重要性。通过参观、讲学和分享赛珍珠的人生故事，我在赛珍珠出生地结识了许许多多来自世界各地的人。这是我人生中最有意义的方面之一。对这些访客而言，这些居所不仅仅是房子或小屋，还代表并体现了赛珍珠的成长过程和人生经历。

赛珍珠不希望她“母亲的家”被称为博物馆。她希望用这个家来纪念她的母亲和祖先，让来参观的人从此处得到灵感和启示，因此，它被命名为“我母亲的家”。“世界上没有什么比看到一座充满生机的房子更能让我快乐的了……”这栋房子环境优美，赛珍珠的家庭在这里学习、写作、享受音乐和创新，这些都能很好地激励不同年龄段的访客。

赛登斯特里克的小屋（The Sydenstricker Cabin）能让人一览她父亲家庭的生活方式和他的成长历程，正是这些生活方式引领他从出生到走向他自己的人生旅程，这与她母亲的史道廷家族住宅形成鲜明对比。这两栋房子都位于她母亲最年长且最喜爱的兄长科尼利厄斯原购的土地上。

要总结一下赛珍珠的人生和成就是困难的，因为她的人生是如此充实。一个人可以用一生去研究她，去不断发现更多的宝藏。在她的一生中，她用大量的文学作品和实际行动鼓舞了广大的群体。如今，我们再次开始认识她。在我看来，她是永恒的，因为一代又一代人将一次又一次去发现她。赛珍珠的第一个世界是她的父母，他们为她提供了一个比大多数孩子更独特的基础；这也演变扩散成了赛珍珠所描述的“两个世界之间”的生活。

> 我想成为世界上最好的妻子，最好的母亲。
>
> 用石头和青铜制作许多可爱的东西，

永恒的事物。我想好好看看这个世界和人们……

没有我不想做的事。①

1945 年，赛珍珠的妹妹格蕾丝说：“成年和少儿读者都反复说：‘这正是现实的写照。’”赛珍珠的文学作品能让许多读者产生共鸣。因为那是真诚的，他们能感受得到。今天我从访客那里听到的除了相似的评论，还有“我竟不知道赛珍珠还能给予我们这么多东西。”他们因此大受鼓舞。

在我看来，无论遇到什么障碍，她都能排除万难去实现她最初的愿望……她会同意这种说法吗？可能不会，对她来说，总是还有更多的事情要做，有更多的内容要写。她的父母在各自生命的尽头都表达了这一相同的渴望。

赛珍珠在 1972 年的《普天之下》（*All Under Heaven*）中的《今日结语》（“Epilogue for Today”）一文中写道：

……我必须活得更长，这样才能更全面地了解他们（她笔下的人物，这些与她极为亲近的人物都源于生活和观察）。然后，不可名状地，时机来了，可能就在那一瞬间，也可能是从不断积累的经验中慢慢发展出来的。

在我看来，这段结语向她的广大读者传达了强有力的讯息，当时赛珍珠意识到她的生命即将终结，她再也无法重返她热爱的中国

---

① 引自赛珍珠作品《这颗骄傲的心》（*This Proud Heart*）。她的妹妹格蕾丝于 1945 年在西尔斯人民读书俱乐部写的一篇文章中引用了这段话，描述她不可思议的姐姐从童年到长大成人过程中所展现的惊人的内在驱动力。——原注

了。赛珍珠被迫选择一部未完成且未命名的小说来划上句号。一位来访的中国朋友当时从中国古典文学中帮她选择了这个书名。

“他用优美的中文字为我写下:普天之下。”

剩下的短语“大同”被故意省略,因为它会由未来的人民来决定。

“我不知道我为什么拿出这本没有写完的……书……是的,我其实是知道的……我们已经开启了一个新时代。”“……我们再次与我的另一个国家,中国,开始了沟通。”“哦,自从我回到自己祖先的土地上后,发生多少惊天动地的变化啊……”“我的祖国,美利坚合众国。”“……能互相理解吗? “这不仅对我们这两个国家至关重要,对世界和平也至关重要。”

“是的,这个书名是不完整,没有继续写下‘大同’。至少,现在还没有!我故意让它不完整,因为现实就是这样。我只是一个孤独的女人,独自坐在书桌前。天下民众,我只能把这本书给你,由你把书名连同它的所有意义写全。”①

想象一下吧,如果赛珍珠看到她的文字和作品在2025年“我们的时代”流传,赛珍珠的脸现在一定光泽明亮,洋溢着喜悦。她的诺贝尔奖获奖传记今由来自成都现居美国的洪晓寒和来自上海现居英国的徐京瑾两位女士译成中文,并在南京大学出版社杨金荣编审的努力下出版。

赛珍珠,我们正在追寻和探索对你的新理解。谢谢。

---

① 1972年3月27日,美国佛蒙特州丹比市丹比之家。于1973年出版,也就是她去世的那一年。——原注

关于《战斗天使》

押沙龙 · 赛登斯特里克牧师，1852 年 8 月 13 日出生于西弗吉尼亚州朗塞韦特镇格林布赖尔县，逝于 1931 年 8 月 31 日。

父亲的名字：安德鲁 · 赛登斯特里克

母亲的名字：弗朗西斯 · 科夫曼（黛博拉）

在家族中，押沙龙被称为安迪或安德鲁。在人口普查和其他参考资料中，没有找到他的正式中间名。他母亲的正式名字是弗朗西斯，但在家族中，她可能被称为黛博拉。

正如赛珍珠所写的那样，安德鲁（押沙龙）生来“孤独”，相当敏感，幼小时很易受伤。她在传记中通过押沙龙母亲的朋友佩迪布鲁夫人来传达这一事实。除了严格的宗教教导和他害羞的天性外，日常生活中押沙龙很难与凯丽和孩子们相处，向他们表达爱意。他自始至终坚持自己的信念，决不动摇。赛珍珠和她的兄弟姐妹经常觉得他很疏远。然而，信徒和潜在的皈依者却以不同的眼光看待他，与追随者在一起时他最为快乐，过着有目的和满足的生活。对此赛珍珠还会补充他压根不知道人生还有其他的活法。押沙龙在大多数时候似乎是一座独来独往的孤岛。

赛珍珠、哥哥埃德温和妹妹格蕾丝到父亲年老时才对他的行为有所理解。

“他们看出，假如在不同的、更有善意的信条下，这个灵魂能绽放出更柔和的幽默和不受拘泥的善意。他有对善良的热爱，以及一个孩子一直有的对亲情和理解的渴望。但这些他都无法表达。”①

爱只是针对上帝的，其他的如凯丽和孩子们所期望的“爱”只能是有限的。“所以，他（押沙龙）觉得凯丽从来没有理解过他——他没有想过自己是否理解她——他什么也没对她说。”②直到押沙龙的晚年，他才有了新的表达喜怒哀乐的方式。

据赛珍珠说，父亲在年轻时无法容忍别人的抱怨和对他人的同情或同理，但在年老的时候他进行了反思。他暗示了曾经确实让他动容的时刻，并尽他所能地表达出来。格蕾丝总结道：“情感，以及任何如死亡、疾病还有危险等的具体困难，都不会成为事工的‘障碍’。”

1977 年，格蕾丝与赛珍珠出生地基金会合作，为赛珍珠出生地印刷了押沙龙的手稿，让我们第一次通过他的眼睛和思想瞥见了他的经历。格蕾丝和她的儿子雷蒙德·史道廷·尤基在表亲格蕾丝·史道廷·史密斯的协助下，在不改变他原文的前提下汇编了他的手稿。他们加入他遗漏的一些重要的生活细节，丰富了“故事的色彩和生活细节，因为我们知道这些也是故事的重要组成部分”。

在他生命的最后十年，当他与赛珍珠一起住在南京时，押沙龙展现了他本性中敏感和多愁善感的一面。在这个时期里，他时常怀念他来自德国的祖母，表露他内心的感受，而这些他在年轻时是做不到的。

“……她一个英文单词都看不懂，只会读德文，每天早上去干

① 摘自押沙龙于 1923 年撰写的《我们在中国的生活和工作》（*Our Life and Work in China*）。——原注

② 《我们在中国的生活和工作》。——原注

活之前她总是读德文《圣经》……在晚上休息前，跪下来独自祈祷，而我那时还太小，不明白这意味着什么。我的图书馆里还有几本祖母的灵修书，由于长期使用而破旧不堪……这些书是近两百年前印刷的。”

他也有幽默的一面，押沙龙描述说，在他21岁生日之前，由于教育资金有限，他在暑假去为美国圣经公会工作：“一个朋友非常好心地让我骑一头骡子代步。”“那头骡子很倔，而我也是一个非常糟糕的推销员。我厌恶派书员的工作（宗教书籍的兜售者），所以我不干了。”押沙龙与赛珍珠和格蕾丝还分享了在他传教生涯中其他的“倔骡子”时刻，这些无疑都是特别的回忆。

押沙龙在他的手稿中很少表达失去孩子时的内心情感。根据福音的教导，尘世的生活不是“真正的生活”，只有上帝的圣言才是永恒的。人生就是为生命的下一段历程做准备。他将失去孩子称为在时间长河里发生的事情，而不是刻骨铭心的痛失。押沙龙随意地提到儿子亚瑟出生于1889年1月23日。后来，当亚瑟于1890年8月21日因突发疾病去世时，他亲切地将他称为“我们的小男孩”。他们前往上海安葬亚瑟，结果还在那里安葬了突然死于霍乱的“我们的小女儿”伊迪丝。

1887年秋天，他们搬到清江浦，他高兴地表示：“这是我此生的机会。”

1890年是他传教工作丰收之年，也到了第一次回国休假的时刻，但是：“我们对在新领域里传教非常感兴趣，几乎没有认真考虑过（休假）这件事。”

格蕾丝在1977年出版的《我们在中国的生活和工作》中补充，因为“可怕的事件（突然失去两个孩子），凯丽恳求休假，押沙龙同意了”。而且，“以他的方式”选择了一条不经太平洋的不同路线返回美国，这趟旅程经过南欧，再穿越大西洋，帮凯丽缓解晕船之苦，他希望旅途上“令人愉快的景色”能让她振奋起来。据押沙龙说，他们很喜欢在罗马和瑞士的时光。在谈到瑞士时他说：“这是一个美丽的小镇……住在说德语的寄宿公寓里，.... （我）有机会再次用我童年时的语言说话。（房子）里有一个大型的荷兰暖炉，很暖和舒适。”

他们去了凯丽母亲那边祖先所在的荷兰和法国，然后去了伦敦，再回到美国。1890 年 12 月 14 日，他们在第一次远去中国将近十年后抵达了西弗吉尼亚洲的朗塞韦特和“老农场”，见到了“他们见过的最厚的雪”。在他父母家住了六周后，他们去了“史道廷家”。

押沙龙没有提凯丽又怀孕了，尽管他表示这是一次与家人和朋友的“愉快”相聚。格蕾丝增补了凯丽在休假时期怀孕的细节，因为父亲遗漏了这个重要的事实。

赛珍珠在 1892 年 6 月出生，押沙龙只字未提女儿出生的事情，只称休假时间“比我们应该休的要长”。他们于 1892 年 12 月中旬返回中国，当时赛珍珠还是个婴儿，埃德温十一岁。押沙龙在他的回忆录中几乎没有提过这两个孩子。

在押沙龙的心里传教工作始终是重中之重，特别是《新约》的翻译工作。

格蕾丝补充道：“我听父亲说，如果福音没有得到充分完整的介绍，那么一个人就不会因为没有成为信徒而被定罪。”押沙龙描述道：“我注重将《新约》翻译成中文的日常用语，并附上注释、参考资料……”他还说：“对《圣经》理解的最大障碍莫过于错误的翻译了。”

最后，格蕾丝补充道：“他最终的目标是让普通中国读者理解《圣经》。”有趣的是，赛珍珠在1972年写了英文版本的《故事圣经》。①

关于《流亡者》

卡罗琳·莫德·史道廷·赛登斯特里克于1857年3月9日出生在弗吉尼亚州波卡洪塔斯县，阿卡达密镇。南北战争后，1863年弗吉尼亚州被改名为西弗吉尼亚州。1916年，那里正式被命名为西弗吉尼亚州的希尔斯伯勒地区。因其独特的被阿巴拉契亚山脉和阿勒格尼山脉环绕的平原地貌，该地区也被称为“小平川”。凯丽于1921年10月21日在中国镇江去世。在她的一生中，她患过肺结核、乳糜泻（热带口炎）和糙皮病。为了照顾在中国的母亲，赛珍珠辞去了在兰道夫·麦肯学院的工作，格蕾丝在美国完成三年大学学业后也回到了中国。

最初，史道廷家族住在一座建在位于赛珍珠出生地以南约一英里处的小屋里，在下沉山脚下，那里有充足的水源和平坦的田地可以用来耕种，也是军队安营扎寨的理想地点。不幸的是，1863年

① 1963年1月3日，赛珍珠将她父亲的“特别装订”的《圣经》中文翻译文本交给了在纽约的美国圣经公会。——原注

11 月 6 日，这里成为南北战争一场重大战役的战场。那年凯丽（Carrie）[①]六岁，他们的小屋就在军营和战场的区域内。根据凯丽时年八岁的哥哥加尔文 · 路德 · 史道廷对当时情形的简短回忆："那天早上，他们被枪炮声惊醒。"[②]

人们可以很容易地想象这对一个来自荷兰的新移民家庭的影响，更不用说对孩子们的影响了。凯丽看到了战争、屠杀等。十五岁的长兄科尼利厄斯 · 约翰（出生于荷兰）理所当然地成为主要征兵对象，好在逃过一劫。后来，凯丽在中国一直与他有书信往来，与他关系亲密。科尼利厄斯和她的父亲都非常想念她。

不难想见，凯丽深爱自己的母亲乔安娜 · 桑纽斯 · 史道廷和父亲赫曼纳斯 · 史道廷，他们是家里的顶梁柱。她的母亲在她十九岁那年去世，家人记载失去了一位最有活力、最有精气神的女人。赫曼纳斯于 1905 年去世，赛珍珠最后一次见到他是 1901 年随父母回美国休假时。

史道廷的房子在建筑过程中遇到了许多困难，赛珍珠在她的作品中经常提到那"有双门廊的白色房子"。房屋竣工后，这个家庭就在那里开始了充满生机的生活。他们在希尔斯伯勒站稳了脚跟，是备受尊敬的社区公民，也是当地长老会（今天仍然活跃）的

---

① 押少龙把对凯丽的昵称拼写为"Carrie"。在凯丽的其他文件和注释中，包括他们 1881 年的家庭《圣经》里，她把自己的名字写为 Carrie，而不是 Carie。至于为什么去掉一个"r"，在我个人的研究中也没有发现缘由。（编者注：在《流亡者》中，赛珍珠将凯丽的名字写作"Carie"。）另一则趣事是：1882 年，在凯丽前往中国两年后，赫曼纳斯买了一本名为"世界信仰"（The Faiths of the World）的书。我相信，虽然他不理解或不赞成女儿的婚事和离开在美国的家，但他渴望去学习去更好地了解其他宗教。像押沙龙一样，他也是一名语言学家，此外，凯丽也有语言天赋，能说一口流利的中文。——原注

② 赛珍珠出生地基金会信函存档。——原注

成员；押沙龙的哥哥大卫是当地的牧师，押沙龙和凯丽就是在大卫任职的教堂里相遇的。

凯丽就读于长老会在肯塔基州的贝尔伍德神学院。1877 年毕业后，她在家乡的学校当教师，她也是一位多才多艺的女高音歌唱家，会弹钢琴和管风琴。每个星期天，她都会在她父亲担任执事和管风琴手的长老会教堂里唱歌。星期天的下午是令人难以忘怀的，会有访客前来，大家坐在史道廷家的图书室里，在 1868 年的梅森和哈姆林牌管风琴的伴奏下祈祷歌唱。

为了追求凯丽，押沙龙会在下午去史道廷家，按照荷兰的传统，喝茶吃甜点。有意思的是，虽然她的父亲赫曼纳斯对这位年轻的传教士有很好的印象，但他本能地反对他们的婚事。两人的关系并不浪漫，押沙龙选择写一封信来求婚，要求凯丽完全评估并“成熟地”将她的决定建立在要去中国传教一生的前提下。经过关于对上帝的“责任”的一番深思熟虑后，她接受了他的求婚。

这对夫妇于 1880 年 7 月 8 日在西弗吉尼亚州希尔斯伯勒的橡树林长老会教堂结婚，于 1880 年 8 月 17 日从朗塞韦特火车站出发前往中国。他们乘坐横穿美国大陆的火车，在抵达中国工作了近十年后，才第一次返回祖国休假。在上海虹口外滩短暂停留后，他们的第一份传教工作是在杭州。

押沙龙和她的兄长科尼利厄斯都会用“流亡”一词来描述她，一旦她决定了的事，“她就像一阵狂风，没有什么能阻止得了她。”赛珍珠的性格与母亲很像。

很显然，凯丽被她的孩子们崇拜而且真正地“爱”着。这个女人从小就坚韧不拔、有毅力、果敢，这些品质帮助她生下七个孩子，又经历了其中四个的夭折，与疾病作斗争，履行“传教事业”

的责任……她坚强的品质不胜枚举……她一生都是一个坚强的生存者。难怪赛珍珠的第一部作品是她母亲的回忆录，最初是为了与她自己的女儿分享，然后变成了与世界分享。《流亡者》的手稿在南京事变①中幸存下来，而其他的一切都毁于战火。

凯丽一生忠于婚姻、孩子和传教工作，但总是警觉地质疑对上帝的责任，她寻找“印证”以确定上帝的存在。她非常渴望验证这一切。她哀悼失去的孩子，关心迷失的灵魂，但下意识里，直觉告诉她大家都是上帝的孩子，要按照这条准则生活。这位“美国女人”深深地想念她在西弗吉尼亚州的被大山环绕的家乡。对她来说，生活还有另一面，那也是赛珍珠所热爱的：音乐就是生命，大自然是清新、美丽又令人陶醉的，上帝也肯定会认可跳舞和唱歌的。这些在《流亡者》中都淋漓尽致地表现了出来。

赛珍珠已经描述了凯丽，我是一个多余的“讲故事的人”。我真诚地希望我的序能够吸引读者，为读者搭建一个舞台，让他们也能欣赏赛珍珠写下的她父母充满活力的传记。

感谢让我有此机会为《流亡者》和《战斗天使》②的中文译本在中国首次出版撰写序。

恭敬和感激

菲利斯·鲁宾-泰勒

赛珍珠出生地协调员

---

① 发生于北伐战争期间的1927年3月24日，当时国民革命军攻占南京后，部分士兵和暴民对外国机构和个人发动了袭击，抢劫了外国财产，并攻击了英、美、日等国的领事馆，导致多名外国人伤亡。事件发生后，英美军舰以保护侨民为由，对南京进行了炮击，造成更多混乱和伤亡。

② 这两本传记后来被合并为一册，名为“灵与肉”（The Spirit and the Flesh）。——原注

赛珍珠出生地基金会

国家注册历史地标

西弗吉尼亚州希尔斯伯勒

2025 年 1 月 25 日

菲利斯·鲁宾-泰勒被西弗吉尼亚大学杰伊·科尔，赛珍珠出生地基金会主席助理和董事会财务主管，认可为西弗吉尼亚州赛珍珠出生地独立学者。

后记：关于传教士在中国的命运，1910 年押沙龙在第三次回美休假时，在纽约码头船上的甲板上对赛珍珠说："不要忘记……我们没有受到邀请就去了中国，这完全是出于我们自己的责任感……我们已经尽了最大的努力……"①

① 《我们在中国的生活与工作》。——原注

序

正如她近期的传记作家所说，赛珍珠是一位才华横溢、极具影响力的女性，她一直被“隐藏在公众的视线外”。① 这两部早已停印了的关于她父母的传记讲述了引人入胜的故事，让我们更清楚地看到了赛珍珠本人，更深入地理解《大地》等她其他有关中国的作品，帮助我们走近她的人格：其实赛珍珠本人就既是“流亡者”，又是“战斗天使”。

《流亡者：一位美国母亲的画像》是她为母亲卡罗琳 · 史道

---

① Peter J. Conn, Pearl S. Buck: A Cultural Biography (Cambridge; New York: Cambridge University Press, 1996), xvii. 除非另有说明，有关赛珍珠的生活细节都取自这本引人入胜、研究充分的传记。除了下面的注释中引用的，其他有价值的近期研究还包括：Nora B. Stirling 在心理方面洞察深刻的 *Pearl Buck, a Woman in Conflict* (Piscataway, NJ: New Century Publishers, 1983); Karen J. Leong, The China Mystique: Pearl S. Buck, Anna May Wong, Mayling Soong, and the Transformation of American Orientalism (Berkeley: University of California Press, 2005); Mari Yoshihara, Embracing the East: White Women and American Orientalism (New York: Oxford University Press, 2003); Liao Kang, Pearl S. Buck: A Cultural Bridge across the Pacific (Westport, CT, London: Greenwood 1997). Theodore F, Harris, Pearl S, Buck: A Biography (New York: John Day, 1969)，该传记作者曾有机会接触到赛珍珠不再公开的文件，并与她交谈过。——原注

廷·赛登斯特里克(1857—1921)写的回忆录。赛珍珠为了让她未来的孩子们可以了解自己的外祖母,早在母亲刚去世时就写了草稿,然后把它藏在墙缝间,直到此书1936年出版。她在书中用"凯丽"来称呼自己的母亲。凯丽从小就渴望听到上帝的声音,她曾坐在她母亲的病榻旁,倾听着,却什么也没听到。后来她去了中国,希望只要做出成为传教士的牺牲,上帝就会同她说话,但很快发现她自我流放,远离了在美国的家庭和亲人。在中国痛失三个孩子的经历让她感到自己的牺牲毫无意义,这时她开始疏远男性主导的传统信仰,最后甚至也疏远了自己的丈夫。她丈夫密集的传教使命使他与家人聚少离多,也未能认识真正的中国。当时中国正值政局动乱时期,凯丽看见了四周正在崩塌的恶劣环境,最终在日常生活中找到了自己的使命:她为自己的孩子建造了一个又一个的家园,向邻居和陌生人提供实际的、不带偏见的慈善服务,却对自己的家人做出了道德评判。赛珍珠称自己为"凯丽的女儿",立志决不重蹈她母亲屈从于男人或狂热的信条的覆辙。

凭借《流亡者》的成功,赛珍珠于1936年写了《战斗天使:一个灵魂的画像》,这是她父亲押沙龙·赛登斯特里克(1852—1931)的一幅矛盾的画像,讲述了她父母故事的另一面。在书中,她用了"安德鲁"这个不太生硬的名字来称呼自己的父亲。她写道:他有一颗"赤子之心",早期的传教士都是"天生的斗士和伟大的人",他们"骄傲、好争吵、勇敢、不宽容、充满激情,个个都桀骜不驯"。赛珍珠讽刺地把他全身心投入的传教工作称为"事业"。他一生传教,皈依者寥寥无几,却付出了巨大的代价:他几乎无视妻子和家庭的存在,也没有理解一个时处险境、却又顽强不屈的中国。尽管押沙龙称不知道"帝国主义"是什么意思,但赛珍珠认为他的传教就是“令人瞠目结舌的西方帝国主义”的一部分。[FA76,302][1]赛珍珠说读赫尔曼·麦尔维尔的《白鲸》拯救了她的灵魂，也许她在同样效忠于使命的亚哈船长身上看到了自己父亲的影子。

这两本书首先是这两位美国人的生动小传，他们在中国从19世纪的封建帝国向20世纪的共和政体痛苦转型的过程中勇于迎接挑战。西方列强用暴力强行打开中国的大门，带去了枪支、电力、电报、蒸汽机和基督教。赛登斯特里克夫妇是第一代被容许在中国境内生活的西方人。赛珍珠在暴力和时代变迁的历史背景下描绘了他们的美国传教使命，超越了个性和个人，走进了政治领域。1936年这两本书出版时，美国人正在辩论他们在世界舞台上扮演的角色，这种辩论延续至今。赛珍珠对比了她父亲那种虽幸福却执着而徒劳的传教生涯和她母亲虽痛苦却切合实际的精神进步历程。通过讲述他们的故事，赛珍珠评论了美国对华和对世界的策略方针。[2]

---

① TE是《流亡者》(*The Exile*)，FA是《战斗天使》(*Fighting Angel*)，MSW是《我的几个世界：个人记录》(*My Several Worlds*：*A Personal Record*，New York：John Day，1954)。——原注

② Matthew Frye Jacobson，*Barbarian Virtues*：*The United States Encounters Foreign Peoples at Home and Abroad*，*1876—1917* (New York：Hill and Wang，2000)；William R. Hutchison，*Errand to the World*：*American Protestant Thought and Foreign Missions* (Chicago：University of Chicago Press，1987).——原注

赛珍珠的多重世界

赛珍珠把她在1954年写的回忆录命名为《我的几个世界》。① 其中一些“世界”是地理上或文化上的:“我在中国长大,游走在两个世界间,却不属于任何一个。”一个是“我父母那个小小的、白净的长老会世界”,另一个是“那个巨大的、充满爱与快乐,却不太干净的中国世界”,两者之间没有交流。[MSW10, 51]在中国世界里,她跟着一位据说是孔子后代的老师学习古汉语,聆听文盲乡民们讲述英雄、土匪、阴谋者的故事,这些故事来自中国百科全书版的浩瀚口述历史。

她经历了几个时代。她童年时的中国深受儒家理念和乡村宗教的影响,而20世纪20年代的中国则处于民族主义和革命的时代。她也见证了不同阶段的美国。她母亲在西弗吉尼亚的家庭在内战期间熬过了饥荒,后来通过勤劳和努力繁荣了起来。1901年她在西弗吉尼亚待了一年,看到的是“美好的大地”,但当她1910年回国上大学的时候,美国已经变得城市化、国际化和世俗化了。她和哥哥埃德文逐渐远离教会和父母的清教观念,最终都离了婚。(母亲曾声泪俱下地为儿子的道德沦丧自责,这令埃德文羞愧难当,只好在母亲去世后才离婚。)1934年赛珍珠回到美国,虽然她

① Michael Hunt恰当地称《我的几个世界》“自我隐藏且迂回”,但这本书确实揭示了赛珍珠的态度和感受。Michael H. Hunt,“Pearl Buck: Popular Expert on China, 1931—1949” in *Modern China* 3. 1(January 1977): 33-64。——原注

仍然提到了朴实的乡村价值观，但她的世界已变得国际化和多元化了：她加入了埃莉诺·罗斯福的行列，呼吁种族平等，谴责西方在亚洲的帝国主义。她住在纽约的帕克大道，也常去在宾夕法尼亚州巴克县的一座舒适的农庄。

每一个世界都教给她一些关于其他世界的东西，只生活在一个世界里的人不会有这些体悟。“我能从不同的角度去看待事物”，她说道，并认识到“世上没有绝对的真理”。[MSW52]然而，为了理解她父母的人生，她要搞清楚这些世界之间的联系，并思考它们如何被历史改变。

在中国的美国世界

押沙龙不切实际，笨手笨脚，只顾自己，并不是一个理想的结婚对象，但当他宣称他的呼召是去中国传教时，凯丽欣然接受了他的求婚，希望她做出这样的牺牲，上帝就会为她打开大门。[TE87]但她的父亲反对：“什么，一个年轻漂亮的女人去一个信奉异教的国家，然后活生生地被他们吃了？”[TE85]他们于 1880 年 7 月 8 日结婚，随后几乎立即动身前往中国。押沙龙一开始只买一张火车票，竟忘了新婚妻子也要同去。

押沙龙和他那个时代的传教士相信赞美诗中所说的“基督不拘西东”。他在乡间传教时，穿中式鞋子和衣服，和中国男人一样留辫子。当赛珍珠到了谈婚论嫁的年龄，他说更希望她嫁给一个中国人。抵达中国后的第二天早上，他就开始学习儒家经典，但他的目的是学习优雅的文学词汇，而非研究其思想。他的女儿后来总结道，孔子的哲学“本质上就是耶稣的哲学”①，但是，押沙龙不同意，他承认:“孔子说了一些非常有道理的话”，“但他对上帝一无所知”②。[FA65]他一生致力于把《圣经》翻译成普通人就能朗朗上口能理解的文字，而不是只有受过良好教育的人才能理解的文言文。凯丽有语言天赋，能说流利的中文，这让押沙龙有些尴尬不快，她与周边的朋友建立了深厚的友情，但押沙龙只想建立一个教会和门徒的帝国。

英国和北美的传教会制定了宏伟的计划，旨在实现“在我们这一代把福音传遍世界”和他们后来称为“基督教统领中国”的目标。外交官和商人则瞧不起传教士，嫌他们惹麻烦，担心因教会购买土地、建立学校和保护妇女孤儿而激起敌意，从而干扰到他们眼中更重要的事业。当传教与当地的利益冲突时，传教士们就援引他们受保护的条约。在19世纪90年代，中国人惊恐不已地看着欧洲人瓜分自己的国土，还在中国乡村掌握了要权。一天晚上，一帮乡里的地痞包围了赛登斯特里克一家的房子，凯丽熟知中国人的礼仪，邀请年长的领头男人进屋用茶点，成功化险为夷。当义和团在中国北方杀害基督徒和外国传教士时，凯丽和孩子们在那个冬天搬去了上海住。随后，八国联军发起了一场精心策划的报复行动。押沙龙不相信有人会伤害他，孑身留了下来，但当家人回来团聚时，他虽然安全无恙，却受惊不小，闭口不提自己的经历。

美国要求中国门户开放的初衷是维护商业利益，并不想大动干

---

① 孔子哲学的核心是仁，是人文主义的，说孔子的哲学本质上是耶稣的哲学是不恰切的。

② 孔子是公元前六至五世纪的人，他对鬼神的态度见诸与弟子的对话：“未能事人，焉能事鬼。”

戈花什么血本，而且“门户开放”很快成为一个诱人的名词，把美国描绘成新兴中国的榜样和恩人。1911 年，清朝被中华民国取代，美国中产阶级草率地认为美国可以通过门户开放进入中国，让中国也接受他们以为世上公认的盎格鲁—撒克逊人的新教观。新来的传教士也持这样的神学观点。押沙龙和他的同工们认为他们的使命只是传播福音。年轻的传教士——信奉社会福音①，接受过高等教育的可能性更高——他们对在一个时局混乱的国家让贫困的乡民改变宗教信仰的价值表示怀疑，更想建立城市中产阶级，并让这一集团通过社会改革、经济发展和教育为基督教的传播铺平道路。伍德罗·威尔逊总统与赛登斯特里夫妇一样是长老会信徒，他欢迎新成立的中华民国。中华民国的许多领导人都受过西方教育，其中一些人，包括孙中山，公开表明自己是基督徒。这样看来，中国似乎只是落后了几步而已，终将走上与美国相同的道路。②

1910 年，凯丽和押沙龙带着赛珍珠和妹妹格蕾丝穿越俄罗斯前往欧洲旅行后回美国，中途他们在瑞士停留了六个月学习法语，之后赛珍珠进入位于弗吉尼亚州林奇堡的伦道夫—梅肯女子学院学习。在俄罗斯，押沙龙曾预言道：建立在剥削平民基础上的国家是

---

① Social Gospel，社会福音是 19 世纪末 20 世纪初的一场基督教运动，强调将基督教伦理应用于贫困、不平等和劳工权利等社会问题。它试图通过慈善、激进主义和政府干预来改革社会，影响了后来的社会福利政策。

② 关于这一领域的学术研究和本段引文的来源，见 Charles W，Hayford，“The Open Door Raj：Chinese-American Cultural Relations，1900—1945”，in Warren I，Cohen，ed.，*Pacifc Passages*：*The Study of American-East Asian Relations on the Eve of the Twenty-First Century*（NY：Columbia University Press，1995）：139 - 162。

不可能长久的。在欧洲，凯丽和女儿们参观了博物馆，观赏了那里的美景，而押沙龙却抱怨罗马的“裸体雕像太多了”。

一抵达美国，赛珍珠就被那个名为“家”的陌生国度震惊了。她1901年回美国时，看到白人在旧金山的码头上干体力活儿，感到很惊讶，之前她以为只有中国人才干那种活儿；还有，在后来的几年里，她觉得电影院里空气污浊，让她待不下去。她赞同中国人的观点，认为吃太多肉让美国人身上散发出一股难闻的气味。在大学里，她最初因在亚洲长大而引起了大家的好奇。亚洲是一个“我的同学们丝毫没有兴趣的地方”。这使她具有一种不同的气质，被不太友好地被称为“古怪”。大学同学，甚至连她在西弗吉尼亚的家人，都从来不曾向她问起过中国、那里的人或他们都吃些什么。[MSW92，94，274]

1914年大学毕业后，赛珍珠本打算留在美国教书，但她母亲那时得了口炎性腹泻——一种特别可怕的热带肠道感染病，她回到中国照顾母亲。1917年，她和约翰·洛辛·巴克结婚，洛辛是一位长老会传教士兼农学家，当时正在中国农村做调查，向当地农民传授农业科学知识。赛珍珠很快就后悔嫁给了洛辛，她的父母之前也都反对这桩婚事，他们认为洛辛才智不够，与他们的家庭不相配——洛辛曾就读于康奈尔大学，但他们认为那只是一所农业大学。洛辛的工作符合社会福音传播的使命和伍德罗·威尔逊想要通过社会和经济发展使世界变得安全民主的愿景。①这对夫妇在长江流域中部的安徽农村穿行。洛辛骑自行车；赛珍珠坐轿子，与村

① Randall E. Stross, *The Stubborn Earth: American Agriculturalists on Chinese Soil*, 1898—1937(Berkeley: University of California Press, 1986)——原注

里的妇女和儿童交谈，为洛辛做翻译、填写调查表格。她后来写道："我常常暗自好奇，一个年轻的美国人能教给中国农民什么？他们一代又一代在同一块土地上成功耕作，熟练地使用肥料和灌溉，获取惊人的产量"。她尖锐地指出："我敢肯定，这会让任何一个美国人都感到不安，因为他会发现自己要学的东西比他能教的东西要多得多"。然而，她没有说出自己的想法，因为和父母一起生活教会了她："一个女人不该向男人透露她的质疑"。[MSW139]

金陵大学始建于19世纪晚期，最初是在创建者的客厅里上课，当洛辛于1920年加入其农林学院时，它已是一所繁荣像样的大学了。赛珍珠夫妇搬进了校内一座宽敞的带大花园的房子。赛珍珠在家有佣人帮忙，但仍忙得不可开交，内心也得不到满足。1920年，她生下了她的第一个孩子卡罗尔，但分娩时的并发症导致她不能再生育。卡罗尔后来被诊断出患有苯丙酮尿症，一种遗传性的智障病。1921年，凯丽去世。几年后，押沙龙搬去在南京的赛珍珠家，在那里完成了《圣经》翻译，还在南京神学院任教。他(问也不问)理所当然地让赛珍珠像妻子般照顾他。赛珍珠、洛辛和卡罗尔在康奈尔大学度过了1924—1925学年，洛辛潜心研究农业，赛珍珠攻读英语硕士学位。当地的一所教堂帮助他们找到了珍妮丝，她是赛珍珠收养的许多孩子中的第一个。就在那一年，赛珍珠意识到，要过独立自主的生活，包括在寒冷的北方冬季为自己添一件大衣，她必须自食其力。

革命中的中国世界

1925 年 5 月 30 日，驻上海的英国官员命令英军向抗议日本工厂主的中国学生开枪，造成十余人死亡，凸显了近十年来一直在中国酝酿的社会变革的需求。“革命”这个骄傲但含糊的新名词对威尔逊派美国人[①]来说似乎是可憎的，但对中国的年轻人来说，它意味着建立强大的政治力量，担负起反帝反封建的双重使命。

那年 10 月，赛珍珠、洛辛、卡罗尔和珍妮丝回到南京。赛珍珠理解中国年轻人对社会改革的向往和他们对外国人傲慢和盗窃行为的抨击，但她仍在要不要革命的问题上挣扎。1924 年，当孙中山在苏联代表的指导下改组国民党时，她写道：

> 布尔什维克主义？不，我不同意。中国的年轻人里有好高骛远、空谈哲学的，但他们内心是冷静、务实、有常识的，这是他们的祖先赋予他们的天赋。这种天赋能让他们停下来审视目前布尔什维克主义所取得的成就，发现那是荒芜一片，因此他们会选择更加明智、渐进的改革进程。[②]

① Wilsonian Americans，威尔逊派美国人拥护威尔逊总统的外交政策理想，强调民主、道德领导、国际合作和干预主义，以促进全球稳定与和平。他们认为美国有责任传播民主价值观，维护国际秩序。

② Pearl Buck，“China the Eternal”，*International Review of Missions*（October 1924）. ——原注

她也对她教的来自富裕家庭的大学生感到不耐烦，他们对农村生活一无所知，与那些贫困学生生活在不同的世界里。诗人徐志摩(1898—1931)是她家的一位常客，因被称为“中国的雪莱”而倍感自豪。这位“英俊、杰出的”诗人常来她家做客，一待就是好几个小时，一边聊一边挥舞着他那双美丽的手，“他的手很大，形状完美，像女人的那样光滑，我确信他从未做过粗活”。[MSW178-179](最近的传记作者推测赛珍珠和徐志摩是情人。)1931 年的一场空难终结了徐志摩的生命，但早逝确立了他浪漫的声誉。

政变和局势混乱又一次威胁到外国人的生命安全。蒋介石在孙中山死后成为国民党的领袖，发动了旨在统一中国、驱逐外国帝国主义的北伐战争。1927 年 3 月，国民党部队进入金陵大学校园，当副校长拒绝交出他的手表时，他们开枪打死了他。其他部队还洗劫了外国人的住所，杀死了六个人。赛珍珠的妹妹格蕾丝·尤基和家人逃离了他们在湖南的传教驻地，来南京投靠她。然而，押沙龙这次还是不相信中国人会伤害他，不接受美国领事馆的疏散安排。当劫掠者已近在眼前时，一个家仆冒着生命危险，领着这几家传教士翻过后墙逃到她在附近的小屋。

他们坐在一间没有窗户的小屋里，听着周围乱哄哄的房屋被抢劫和摧毁的声音，赛珍珠想到了被义和团杀害的中国基督徒和外国传教士，得出了结论：“狂风早已经播下了种子，旋风即将来临”。他们生为白人只是偶然，却无法“逃脱在我们出生之前几个世纪的历史”。她后来略带道德优越感地称她“站在中国人一边，反对自己的种族”，觉得她“从未做过对不起他们的事，也从未漠视他国对华的不公之举”。但这些都不重要：“我们如今之所以为了活命东躲西藏是因为我们是白人。”[MSW208]

美国海军炮轰了南京，国民党部队带领藏匿的家庭与美国海军陆战队会合，陆战队用炮艇把他们送往上海。在船上，除了赛珍珠以外，其他人都因吃了美西战争留下来的肉罐头食物中毒。赛珍珠在船上发现了一本旧版的《白鲸》，她说这本书拯救了她的灵魂。一家人在日本的一个山村里度过了这一年剩下的时光。在那里，她更深入地了解了日本人，这使她在第二次世界大战期间没有参于针对日本人和日裔美国人的种族攻击。

那个冬天的经历吓坏了赛珍珠。她对需要用炮舰保护的传教事业更加怀疑了，她认可比起他们所服务的中国人，传教士过着更奢侈的生活的批评，发誓要过简朴的生活，住小一点的房子。蒋介石的新政府要求外国教会学校和医院由中方管理，而且在美国国内筹款变得更加困难，在华传教士的数量因此减少。

1927 年年末，赛珍珠从日本回到中国，全心投入写作。她想实现母亲未能实现的抱负，而且，如果离婚，她需要钱来养活自己。她的婚姻因为洛辛很少顾家，甚至可能与其他女人有染而变得越来越冷淡。另外，由于传教会无法为卡罗尔提供专门护理的费用，她还要筹措这笔钱。赛珍珠于 1929 年再次前往美国，为卡罗尔寻求长期护理；在美期间，纽约约翰 · 戴出版社(John Day)的编辑理查德 · 沃尔什(Richard Walsh)接受了她的小说集《东风，西风》(*East Wind*, *West Wind*)。她和理查德因此结缘，后来结婚，这也开启了他们此后多年事业上的合作。回到南京后，在一家人位于大学校园内的住所中，她每天早上都把自己关在阁楼里写作，当年内就完成了《大地》(*The Good Earth*)的手稿。

这部关于中国乡村劳动和家庭生活的质朴小说在 1931 年和 1932 年荣登美国畅销榜榜首，获得了普利策奖，从此深受读者喜爱。一位历史学家称之为自马可波罗以来最有影响力的有关中国的非中文书。在那个时代，中国人还不能合法地从中国移民到美国，《大地》挑战了种族歧视，帮助美国人做好将中国人视为战时盟友的准备。① 1931 年父亲去世后，赛珍珠从护理职责中解脱出来，《大地》带来的收入让她得以安置好卡罗尔。回到伊萨卡(Ithaca)后，她向洛辛提出离婚，并于 1934 年前往纽约与沃尔什结婚。此后，她再也没有回过中国。

赛珍珠与中国相关的作品和美国在中国的传教

1938 年赛珍珠荣获诺贝尔文学奖，这个奖表彰的不仅是《大地》，还有她写的所有关于中国的书，她父母的传记也被特别提到了。她在南京住所的阁楼里或在刚回到美国后写的这些书，虽然并未事先规划为套系，却形成了一个整体。② 1938 年获得诺贝尔文

---

① James C. Thomson, Jr., "Pearl S. Buck and the American Quest for China", in Elizabeth Johnston Lipscomb, Frances E. Webb, Peter J. Conn, eds., *The Several Worlds of Pearl S. Buck: Essays Presented at a Centennial Symposium, Randolph-Macon Woman's College, March 26 -28, 1992* (Westport, CT: Greenwood Press, 1994): 14. ——原注

② 这些作品包括《东风，西风》(*East Wind, West Wind*, 1930)；《大地》和它的两个续集，形成三部曲，《大地之家》(*House of Earth*)；由中国白话小说翻译的《水浒传》(1933)；受基督教青年会委托，展示革命危险的《年轻的革命者》(*The Young Revolutionist*, 1932)；以她英勇的阿妈的人生为原型创作的小说《母亲》(*The Mother*, 1935)；发表于 1936 年的《流亡者》和《战斗天使》。在接下来的几年里，她重拾中国题材和中国背景，比如《龙种》(*Dragon Seed*, 1941)中写到了南京大屠杀和中国农村。但后来的书更多的是基于阅读和听闻，而不是基于第一手资料，比如对慈禧太后持欣赏态度的传记小说《宫廷女人》(*Imperial Woman*, 1956)。——原注

学奖之后，她经历了创作的低谷，这标志着她生命中中国篇章的结束。

因为《大地》广为人知，这让人们很容易忘记赛珍珠写的中国故事的与众不同之处。大多数美国和欧洲作家写的中国小说都是以中国为背景，主人公是白人，他们经常在中国受到敌对和威胁。相比之下，赛珍珠的小说以中国乡村为背景，主人公都是中国人，她的观点代表了1840年以来，在有关美国入华的辩论中，站在中国这边的少数派。

威尔斯·威廉姆斯的《中央王国》(1848；1872)用繁琐而难以理解的细节描述了中国，想以此证明中国也可以成为一个基督教国家。亚瑟·史密斯(1845—1932)在他的《中国特色》(1894)中论证了中国需要的是基督教，而不应该依赖西方的科学技术。卡尔·克劳(1884—1942)在第一次世界大战后来到上海，经营了一家成功的公关公司，他在《四亿客户》(1937)一书中告诫客户，他们必须因地制宜，而不要指望中国人接受西方的观点。爱丽丝·提斯代尔·霍巴特(1882—1967)在她的小说《为中国加油》(1933)中指出，标准石油公司只是把肤浅表面的“光”带进了中国，这些西方的发展理念破坏了中国。埃德加·斯诺(1905—1972)发现了毛泽东，他的《红星照耀中国》(1937)把革命描绘成反对日本帝国主义和把农民从千百年封建制度里解放出来的出路。西奥多·怀特(1915—1986)可能是第一个在去中国之前学习中文的美国记者，在他的作品《山路》(1954)中，怀特戏剧化地描述了战时一队原本善意的美国士兵最终摧毁了一个中国村庄的故事。

这里的重点不是这些书描绘的不同的中国是美好的还是黑暗的，也不是这些书中的分析是否正确，重点是这些书都源于作者的亲身经历，因此有着独到的见解；尽管这些作品在某些方面也颇具误导性，但它们为我们呈现了生动的画面，展示了那些第一代入华的西方人所建立的对中国和自己的认知。他们辩论了中国的现代化是通过回归古典根基来建立，还是摧毁古典根基全盘西化，抑或是选择其他折中的办法。中国是接受威尔逊式的民主变革还是采用直接而暴力的革命？①

赛珍珠写中国的书，尤其《流亡者》和《战斗天使》，就是以上这场辩论的一部分。赛珍珠亲眼见证了各种旨在振兴中国的途径，但她对这些都不以为然。她的父亲为中国带去了《圣经》，这对他来说就足够了。她的丈夫遵循门户开放和伍德罗·威尔逊的理念，为华引入了科学技术。毛泽东是第三类试图改变中国的人。他于1927年在湖南发动了“秋收起义”，那里距离赛珍珠所在的南京仅几百英里②。毛泽东的纲领是通过暴动摧毁地主阶级和儒家封建思想，从而把中国的“佃农”从封建制度中解放出来。

《大地》隐晦地拒绝了这三个人各自代表的主张。赛珍珠没有描绘一个中国的“佃农”（peasant），这个词在书中从未出现。她的

---

① Arthur H Smith, *Chinese Characteristics* (New York: Revell, 1894. Reprint, with a Preface by Lydia Liu, Norwalk, CT: Eastbridge, D'Asia Vue, 2003); Alice Tisdale Hobart, *Oil for the Lamps of China* (Indianapolis: Bobbs-Merrill, 1933; Reprint, with a new Introduction by Sherman Cochrane, Norwalk, CT: Eastbridge, D'Asia Vue, 2003); Carl Crow. *400 Million Customers: The Experiences-Some Happy, Some Sad, of an American Living in China, and What They Taught Him* (New York; London: Harpers, 1937; reprint, with an Introduction by Ezra Vogel, Norwalk, CT: Eastbridge, D'Asia Vue, 2005); Theodore H, White, *The Mountain Road*, (New York: Sloane; 1958; reprint with a new Introduction by Parks Coble, Norwalk, CT: Eastbridge, D'AsiaVue, 2005). ——原注

② 1英里约等于1.6千米。

书里只用“自耕农”(farmer)。英语作家一直使用这个词,直到20世纪20年代末,中国被重新定义为封建国家,从而理所应当地到处都是“佃农”。[1]书中的主人公称自己为“自耕农王龙”,他实际上是一个小资产阶级家庭的当家人,他不需要《圣经》,不需要科学耕种,也不需要革命。但是,他确实需要他的妻子,赛珍珠没有简单地把她写成一个牺牲品,而是把她描绘成家中的顶梁柱。

这种反对西方家长式管理和支持中国道德自主的观念,反映了开明的神学圈子里对传教使命的反思,超越了社会福音。1931年,哈佛大学教授威廉·欧内斯特·霍金为“平信徒外国传教调查”(Laymen's Foreign Missions Inquiry)来到中国,与赛珍珠相遇并成为好朋友。霍金的报告呼吁“精神层面的普世理解”,而不是敌视或试图取代其他宗教。赛珍珠在《基督教世纪》杂志上对这份报告大加称赞。第二年,赵洛辛带着全家去伊萨卡,她接受了在纽约市阿斯特酒店的长老会妇女午餐会上发表演讲的邀请。她的演讲题目是“外国传教士是否有必要存在?”她的回答是一个含蓄的“否”。她欢迎中国人分享基督教信仰,但她认为中国不需要一个由传教士支配的教会机构,这些传教士不仅对中国一无所知,还傲慢地试图控制在中国的教会。她的演讲引起了轩然大波,导致她辞去了在长老会董事会的职位(她根本也不需要那份薪水),而后她

① Charles W, Hayford, “The Storm over the Peasant: Orientalism, Rhetoric and Representation in Modern China”, in Shelton Stromquist and Jeffrey Cox, ed. *Contesting the Master Narrative: Essays in Social History* (Iowa City: University of Iowa Press, 1998):150-172. ——原注

又在《哈珀斯杂志》上发表了这篇演讲稿。①

赛珍珠和她父母的传记

1936 年，准备出版父母的传记时，赛珍珠已有了好几个想法。首先，当然是要为她丈夫的约翰·戴出版社赚钱，这家出版社当时正处于严重的财务困境之中，同时她也需要养家糊口。她从发霉的纸箱中取出母亲的传记手稿，从最初的两个书名：《他的美国妻子》和《美国女人》，改定成现在的书名。同时她也对原稿做了修改——尽管我们不清楚到底修改了哪些内容，但其中提到了发生在 1927 年的事件，这比初稿的完成时间要晚得多。《流亡者》出版后立刻受到好评，并带来了可观的经济收入，因此她决定接下来写她父亲的传记，这本书出版后也获得了同样的成功。《纽约时报书评》用头版评论了这两本书，每月一书俱乐部也以“灵与肉”为题发行了这两本书的合集。虽然得到了肯定的评论，但是那并不意味着好评如潮，评论说这些是“女人的书”，许多后来的评论家也同意这种说法，却没有确切地指出到底什么是女人的书。

---

① Hutchison, *Errand to the World*, pp. 158－175; Grant Wacker, “Pearl S. Buckand the Waning of the Missionary Impulse”, in Daniel H. Bays, Grant Wacker, eds., *The Foreign Missionary Enterprise at Home: Explorations in North American Cultural History* (Tuscaloosa: University of Alabama Press, 2003). 赛珍珠早在 1927 年就写过类似的话：“外国传教士在中国有一席之地吗？” *Chinese Recorder 58* (February 1927): 100－127; Xi Lian, *The Conversion of Missionaries: Liberalism in American Protestant Missions in China, 1907—1932* (University Park: Pennsylvania State University Press, 1997). ——原注

一位学者称这两本书为“回忆录小说”,现在已经没有办法核实其中的大部分材料了。赛珍珠在书中提到了她母亲的日记,这些日记显然未能幸免于1927年的那场洗劫。除此之外,她没有提及其他资料。她父母年轻时和婚姻的故事一定是从童年记忆、家庭传闻和她妹妹格蕾丝那里收集来的。儒家强调“正名”和“名正言顺”,但奇怪的是赛珍珠没有用真实的名字写父母和他们居住的地方。她称自己为“安慰”(她的中间名)或“女儿”,只用真名称呼已故的兄弟姐妹,而且从不提洛辛的名字。①

因为这两本书的写作时间相隔了近十五年,在语气和观点上自然有不同之处。悲伤和愤怒或许使她淡化了母亲性格中不讨人喜欢的一面,而20世纪30年代中期关于传教的争论则影响了她对父亲的看法。她用书中的这些故事来表达和发泄自己的情感,而非压抑它们,不过书中语气平和,并不像她1954年的回忆录那样幽默和怀旧。在她父母的故事里,她没有明确触及她不相信的抽象概念和道德体系,但这些故事都很深刻。她或许不看好父母的宗教理念,但还是以认真的态度对待。这两部作品不是布道的形式,而是精神反思的故事,带有说教性的道德寓意,这种寓意让人联想到查尔斯·狄更斯、《天路历程》或西格蒙德·弗洛伊德。

作为一名传教士的女儿,赛珍珠有着自己的使命。

---

① Cornelia Spencer [pseud. of Grace Sydenstricker Yaukey], *The Exile's Daughter* (1944),虽然有一些额外的细节,这部作品并没有提供不同的信息。——原注

流亡者:一位美国母亲的肖像

这本书的开篇画面柔情似水，凯丽站在种满美国花卉的花园里，她的手因多年的劳作变得粗糙。凯丽热爱美和上帝，根据她女儿的说法，这两种爱把她塑造成了两个人:一个“热情、快乐、感性、急躁”，另一个是“清教徒，信奉神明，苦苦追寻上帝，但从未真正看到他”。[68]我们很快了解到，凯丽对中国人的态度与押沙龙不同。最终，凯丽给予了中国一份更实际的爱，但赛珍珠对她母亲第一次抵达中国时的描述令人不寒而栗:

> ……这就是那些异教徒,她为他们放弃了自己国家,献出了自己的生命——哦,她愿意为他们奉献自己——她愿意为他们奉献一生！随后她产生了一股厌恶感。他们看上去很可怕,他们狭细的眼睛是那么残忍,他们的好奇是那么冷酷。

当她年轻的家庭在九江定居时，凯丽在这座中国城市的“暗沉的中心”建造了一个有美国特色的家园(TE2)。她可以从花园看到长江，这条河成了“洪水泛滥、天命难逃、麻木无情的象征，它吞噬一切碍其奔流的生命，每次她要为孩子们建造一个美国人的家时，都要防备着它”。(TE142)她在中国埋葬了三个夭折的孩子，悲痛和自责令她几近疯狂。

令凯丽对上帝失望的爱导致了她在精神上的放逐，她对美的热爱导致了她在第一眼见到中国时的厌恶。但是她没有像社会福音传教士那样呼吁中国美国化，而是痛苦地像基督那样喊道：“哦，耶路撒冷，耶路撒冷！”

> 这里不需要很大的改变……这些村庄只需要改变一点点——房子、街道、田地都很好，保持原样就行了。但是，哦，如果他们不扼杀女婴，不让他们的女人无知且裹脚，如果他们不因为恐惧而盲目崇拜——如果可以把街上的垃圾清除掉，把那些半死不活的狗杀了——如果他们能充分利用自己的资源，这会是一个多么美丽的国家！(TE102)

年轻的赛珍珠曾经问母亲和父亲是否相爱过。凯丽停顿了一下，回答道：“你父亲和我都很忙……比起感受，我们更注重我们的责任。”(FA194)

赛珍珠拒绝了这种未经审视的责任感，将其视为清教徒式的压抑，并选择拥抱爱——一个她父母所回避的话题——以及人文主义的信仰，这也是她母亲最终达到的境界，或者说，因为事实已无法查证，她希望如此。赛珍珠一直认为耶稣、佛教和孔子的哲学本质是相同的。哲学家赫伯特·芬加莱特把这种儒家观点定义为“将世俗视为神圣”，即接受这个世界是精神生活的中心。① 根据赛珍珠的描写，她母亲得出的结论是：有道德地生活不是神学正统的问题，而是要看到人的全貌，爱他们本来的样子，不把他们看作物件或附属品(也许凯丽反对埃德文离婚的主要原因不是这么做会冒犯

① Herbert Fingarette, *Confucius: The Secular as Sacred* (New York: Harper's, 1972). ——原注

上帝，而是离婚伤害家庭）。有道德地生活也需要用双手劳动，掌握维系家庭的实用本领。赛珍珠笔下关于中国的作品充满了关于烹饪和餐宴、园艺、金钱、性行为、出生、死亡血腥的内容，她通过描写人物如何应对这一切表达对他们的评判。

书中的重点是她的母亲作为一个女人是如何被对待的。长老会规定只有男人可以被任命为传教士。这一教义虽然并没有阻止妇女从事传教工作，但是她们不能在讲坛上布道，不能领薪水（除非她们未婚），不能组织管理传教活动，而且没有投票权。赛珍珠在《战斗天使》中以幽默和蔑视的口吻描述了传教士中的男性们试图压制他们的妻子，在《流亡者》中则对此做了愤怒的抨击：

> 我打心眼里恨透了圣保罗，我想所有真正的女人都会恨他，因为他过去对像凯丽这样自豪的、生来就自由的女人所做的事情，她们就因为是女人而备受打击。我现在为她高兴，因为他现在没有这样的影响力了。（p. 283）

凯丽晚年后悔去中国传教，说她应该留在美国为那里的人服务。赛珍珠在1934年回到美国时，或许认为自己的新使命就是完成凯丽的夙愿，改变美国关于自由、民主和新教的看法。她一直沿着这条要径前行，直到冷战开始，中国和她的自由价值观在公众眼中都受到了怀疑。之后她开始从事人道主义事业，撰写不涉及政治的作品。①

---

① David D. Buck，"Pearl S. Buck in Search of America"，in Lipscomb，Webb，Conn，eds.，The Several Worlds of Pearl S. Buck，29 – 30. ——原注

战斗天使:一个灵魂的肖像

赛珍珠在此书中给父亲押沙龙·赛登斯特里克取了个不那么生硬的名字“安德鲁”,她对父亲的情感是矛盾的。① 赛珍珠在十一岁时说自己“恨”父亲,在她长大成人,学会欣赏他之前,她都“轻微地”憎恨着他。赛珍珠后来说,1921 年凯丽去世后,安德鲁已七老八十,“我们进入了彼此的世界”,“我热爱他,觉得他令人愉快、富有魅力、和蔼可亲且有趣”。[MSW99]然而,阅读这本回忆录时,你看不到这些形容词。

和她写母亲的那本书一样,她父亲的传记也是以一个可以用在电影中的场景来开篇的。开篇详细描述了押沙龙穿的中国布鞋、长袍和帽子,但提醒说,“他还是不像一个中国人”。他就是个“地地道道的美国人”。押沙龙穿着磨旧的鞋子,从一个村庄走到另一个村庄,在街角向过路的人传道。他的目标是招募和培养中国神职人员,而不是建立一个美国人管理的教会。然而,潜在的皈依者有着截然不同的想法,押沙龙必须豪不含糊地纠正他们的错误和误解。中国的神职人员也很难理解押沙龙绝对的神学观。他们认为信仰可以兼容并包,不用抛弃旧的信仰,可同时吸收接受其他教义和宗教信仰,他们也不认为寻求赞助是可耻的。

有一次,凯丽去应门:

---

① 下文引自 Jost Zetzsche,“Absalom Sydenstricker”, in Kathleen Lodwick and Wah Kwan Cheng, eds., The Missionary Kaleidoscope: Portraits of Six China Missionaries (Norwalk, CT: Eastbridge, 2005), 28-52。——原注

“你有什么事？”

“我来看看这个外国人能不能给我一点活干。”

“但是你说你相信他的话！ 你让他往你头上洒水了！”

“嗯，是的——一点水而已——没什么，我随他，我想他高兴了就会帮我一点。”

赛珍珠对这样的结果表示怀疑——这“一小撮皈依者总是让人感到可怜”。押沙龙关心的是“更难以触及的灵魂”，他从未试图去拯救一个白人，因为他们在祖国已经错过了接受基督教的机会。[FA114]

对淳朴善良的村民们来说，去相信一个最近或最灵验的神并不是什么问题，他们中的一个曾慷慨地说：“我相信所有的神——所有的神都是好的。”但押沙龙完全不接受这种想法，他代表上帝的权威讲话，并引用十诫的禁令：“除我之外，你不可敬拜别的神。”①[FA94，60－61]

押沙龙从不喜欢小说。《战斗天使》最令人心酸的一幕是，她的父亲偶然发现了一本19世纪的幽默小说，边读边笑得眼泪都流了下来，令大家大吃一惊。如果凯丽活到《大地》出版的这天，她会欣赏这部作品。然而，当赛珍珠给她父亲这本书时，他表示了感谢，却说他没有时间读。

赛珍珠声称她的父亲是“我所知道的最幸福的人，他从不挣扎”，然而在书的结尾，她对他的评价却充满了悲伤：“他从未触及

---

① 基督教在中国事实上有很大的影响，虽然不是以押沙龙所赞同的方式。在1949年之前的一个世纪里，至少有三位重要的政治领袖是基督徒——洪秀全，太平天国的领袖；孙中山；还有蒋介石。一些传教士反对这个说法，他们认为洪秀全是个异端，孙中山不能算是一个基督徒，因为他周日不去教堂。——原注

过人的生活的边缘，不知道人世为何物，没有人的怀疑，也不曾感受过人间的痛苦。”[FA p. 53－54，302]押沙龙确保事情按照他的方式来进行，他的做法与凯丽为家庭和中国朋友奉献的爱和美形成了鲜明的对比。凯丽在传教上胜过了丈夫，她用爱来表达她的理解和同情。

诺贝尔奖评委在《流亡者》中发现了一个“缺陷”：“女儿对母亲的挚爱使她无法公正地看待自己的父亲。”但评委认为赛珍珠在《战斗天使》中弥补了这个缺陷：“此书没有掩盖她父亲令人反感的个性”，但他的女儿“仍然对他整体的高尚品德怀有深深的敬仰”。

有些人则对她的“深深的敬仰”表示怀疑。彼得·康恩认为，虽然《战斗天使》确实表达了“热情和崇敬”，但这本书也反映了她“与父亲的疏离，父亲在精神、文化和性别方面的价值观与她完全相反”，她的父亲以脱离现实为代价，利用男性的主宰权换取了自己的幸福。简·亨特在对在华美国女传教士做了研究后表明，赛珍珠将西方对亚洲人的痴迷比作男性的占有欲，并描绘她的父亲在与家人的关系中“情感无能”，是“一个只能在让他感到优越感的中国人中才能找到热情的人”。亨特说，赛珍珠暗示只有通过这种种族支配，她的父亲才能感到自己在性和情感方面的能力。①

---

① 1938年诺贝尔文学奖：颁奖典礼演讲。https://www.nobel prize.org/nobel_prizes/literature/laureates/1938/press html(2008年3月15日访问)。——原注

* * *

这些回忆录讲述了引人入胜的故事，但如果我们真的读懂了，它们也会引发我们的思考。1954 年，中美尚未建交，冷战让美国人无法对中国表示同情时，赛珍珠出版了《我的几个世界》。这本书直接而大胆地解释了中国对西方怨愤的渊源：

> 近年来，美国人一次又一次深感悲哀地对我说，他们不明白为什么“我们为中国人做了这么多”，他们却憎恶我们。实际上，我们并没有为他们做过什么。他们没有要求我们派遣传教士，也没有寻求我们的通商和贸易。当然，双方都有过个别的善意行为。美国人救济过中国的饥荒和战乱。但我确信，如果情形颠倒过来，中国人也会为我们做同样的事情……门户开放政策对中国有利，对美国也有利……但即便这是开明的政策，如果我们宣称这么做除了确保自身利益之外还有其他原因，那就是虚伪的……[MSW199 - 200]

尽管她对美国美好的一面感到无比自豪，但她也质疑美国在国内尚有大量有待完善之事时，是否有带领其他国家走向新世界的权利。在第二次世界大战期间，她与埃莉诺·罗斯福联手宣布，除非美国在国内实现种族平等，否则美国不具备道德上的权威去领导一个自由世界。

今天的美国是否还展现出赛珍珠在她父亲身上看到的“精神帝

国主义”？ 美国还能培养出像她母亲那样的博爱和为人服务的精神吗？ 我们不知道如果赛珍珠今天还活着的话，她会告诉我们什么，但我想她会希望我们喜欢她讲述的这些故事，并欢迎我们提出这些问题。

查尔斯·海福德,子品牌①编辑②

2008 年 4 月 25 日

① imprint，指出版社旗下的分支品牌。 大型出版社旗下往往有多个子品牌，每个都有特定的出版方向、目标受众和品牌形象。

② 我要感谢凯瑟琳·洛德威克、大卫·巴克、劳拉·海因和伯纳德·莫舍的慷慨建议和纠正。 ——原注

流亡者：一个美国母亲的画像

第一章

在我脑海中浮现出的她的无数身影中，我选了一个最能代表她的：在中国长江边上一个暗沉的老城里，在夏天的烈日下，她手里拿着一把泥铲，很踏实地站在她亲手建造的美式花园里。她正值盛年，身材优美强健，个子不高不矮。她刚才一直在花园里挖掘，握铲的手不太白，很有力，这只被晒成棕色但结实的手说明她平时从不闲着。有点出人意料的是，尽管干了很多活儿，那手还是很匀称，手指的末端仍然纤细。

炽热的阳光照在她的身上，她毫不畏惧地抬起头来，在浓浓的眉毛下，在又厚又短的黑色睫毛间，那双深褐色的眼睛圆睁发亮，泛着金光。在她生命的此时此刻，人们不会再去注意她是否美丽，而会被她脸上的活力吸引。她鼻子挺拔偏大，眼距较宽，有一张富于表现和变化的嘴，嘴唇偏厚，下巴小而紧实，形状优美，脖子和肩膀也很漂亮。太阳火辣辣地照在她又厚又软的栗色头发上，几簇卷发垂在她脸旁，但从太阳穴两边和低宽的额头梳上去的已是两簇白发，白色和栗色的头发交织在她头上大大的发髻里。

在长江边这个暗沉的老城里，她站在她的美式花园里，身形强健，看到她在那里是会让人有些出乎意料的！尽管异国的阳光晒黑了她的皮肤，她不会被错认成中国人，她就是一个美国人。她的身旁有片小竹林，一个懒洋洋的中国园丁正斜靠在一根竹子上，光头上戴着一顶竹编的宽边帽子，宽松的蓝布衣裤被腰带束在了一起。

她还是她，一个美国人，竹子和这个中国园丁并没有给她增添几许异国情调。园丁除了提水给花园浇水之外，和这个花园也没有多大关系。是她在那里种了美国花卉：各种墙头花、矢车菊和靠着大院围墙的蜀葵；是她在树下修剪让草长得柔滑舒坦；是她在阳台下种了一床英国紫罗兰；是她让一棵弗吉尼亚爬山虎覆盖了我们住的丑丑的、棱角分明的传教士房屋的两侧。在长长的走廊的尽头，一棵白玫瑰正盛开着，如果你走近，她会厉声叫你走开，因为那里有一个斑鸠窝，她像鸟妈妈一样拼命地守护着它。有一次，我看到她生气了——她经常生气——因为那个懒洋洋的园丁端了鸟窝，她用流利的中文好好数落了他一顿，把他吓了一跳。她满怀怜悯地转向那只扑腾着的鸟妈妈，像变了一个人似的，柔声哄着鸟妈妈，把玫瑰枝扭来扭去，又捡起被打翻在地的鸟巢，小心地将它放回原处，然后悲伤而愤怒地把破碎的蛋壳收集在一起，埋了起来。当鸟妈妈在新巢里又生下四个小鸟蛋时，还有谁会比她更高兴呢!

“乖，真了不起！”那女人感叹道，眼睛闪烁着。

但是，她在一个陌生国度的美式花园里的身影并不是故事的开始。如果她可以被解释的话，这并不能解释她，也不能解释作为一个地地道道的美国人，她怎么会在中国建这个花园。然而，这至少是个开始。

* * *

她来自一个稳定、富裕、独立的荷兰家庭，祖父曾是荷兰乌特勒支的一个富商。在那还是以手工制作为主的年代，他算是富有的，拥有一家工厂，雇了一百名工匠。他们用进口木材制作家具，生产当时流行的紫檀木书桌、镶嵌花纹图案的餐桌和各种红木家具。

这位荷兰人史道廷先生，酷爱手工艺，追求完美。他也很节俭，日积月累地存下了一大笔财富。他和家人住在乌特勒支典型的市区住宅里，这里紧凑、舒适、宽敞，摆满了结实精美的家具，一切都整洁干净。他是一个城里人，但在房子后面的方形花园里，他尝试种植各种郁金香，晚上他会坐在那里，拿着他的长烟斗和高脚杯抽抽烟喝喝酒。

每个礼拜天他和妻子以及他们最小的、也是最后一个还在家的儿子一道去教堂。对于史道廷先生来说，没有比在礼拜天去教堂更重要的事儿了。在教会的三百名成员中，也没有人比他更投入了。在教堂里，他扯着粗短的嗓子，响亮地吟唱着他喜爱的赞美诗。他的儿子是一个瘦小的小伙子，总站在他身边一起歌唱，他比父亲矮些，也瘦些，穿着讲究。站在他的另一边是他的母亲，高大温婉，和蔼可亲，正柔声低吟着赞美诗的曲调，同时心里还惦记着在她一尘不染的厨房的瓷炉里的那顿丰盛的礼拜日正餐。

教会的牧师身材高挑清瘦，声音洪亮，目光如炬，全身心地投入礼拜天早上的宗教活动中。这三百个聚在一起听他讲道的信徒们的清澈、直率、沉思、平静、渴望又挑剔的眼神有时是一种几乎无法忍受的挑战，因为他们很清楚正在给他们布道的人是否和上帝在一起，他们渴望货真价实的精神食粮来滋养心灵，而他毫无保留地满足了他们。

之后，荷兰历史上短暂的对宗教不宽容的时期到来了，逼迫的压力自然落到了这些信徒们身上。在法令颁布后的那个礼拜天，这三百人再次聚会，这次不是为了聆听牧师的传教，而是一起谈论他们应该怎么做。起初安静的谈话变得越来越激烈，很明显至少有一件事是明确的：这些男人和女人不会容忍他们的宗教自由受到干涉。最后，史道廷先生心情沉重地站起身来，伸了伸他粗壮的脖子，用黑沉沉的目光扫视人群，用号角般洪亮的声音说道：

“至于我和我的家庭，”他喊道，“我们必定侍奉耶和华！如果不能在自己的国家侍奉上帝，那我们就离开这个国家！”

他停下来，目光犀利地扫视着四周。大家都知道如果走的话，他们中没有一个会比这个富裕的商人失去更多。他停顿了一下，然后响亮地喊道，“走吧！谁和我一起走？”

白发苍苍的牧师带着一种近乎狂喜的微笑迅速地站了起来。几十个年轻人跳了起来，嘴唇紧闭成一条缝儿，眼睛闪闪发光。慢慢地，年长的跟了上来，尽管他们将会失去很多：兴旺的生意、发达的事业、房屋和土地。而后女人们也站了起来，年轻的女子看见一个个小伙子站了起来，不一会儿也害羞地站了起来。随后，怀抱孩子，眼里充满了不安、恐惧和困惑的母亲们站了起来。最后，三百个信徒都站了起来，牧师看着他们，激动地泪流满面，为上帝国度的胜利而骄傲。他举起双臂祈祷，大家在他的注视下都跪了下来，铿锵有力的祈祷在教堂里回荡。为了上帝和自由，他们不顾一切。

这个美国女人就来自这样的背景。

* * *

令人激动的一天结束后，大家的决心并没有丝毫改变。史道廷先生凭借荷兰人的节俭和精明，以好价钱出售了他的工厂，变卖了一切。

他的妻子边哭边在屋子里走来走去，但她转过脸轻轻地哭，并不阻止她的丈夫，也从不怀疑他比她更清楚上帝的旨意。她总是忙于烘烤、清洗和监管女仆，几乎没有时间去想上帝，她把这些留给她的丈夫。她不善诵读，依赖他每天早晚读《圣经》。令她惭愧的是清晨她一边欣然地听着赞美诗，一边又不由自主地想着咖啡、蛋糕和香肠，更让她感到羞恼的是晚上祈祷时她常常睡着，这时她的丈夫会把她唤醒并扶起来。他从来没有责备过她，这使她更加谦恭。他只宽容而温柔地说：

“噢，我亲爱的胡尔达，你是不是太累了？”

“啊，约翰，”她总是懊悔地回答，“我真想好好听你诵读赞美诗，为什么我总是做不到呢？”

所以，如果他说他们必须离去，她就坚信他们必须离去。他也不会让妻子太难过，他让她带走她最喜欢的东西，他们用大箱子把羽绒床垫、蓝白相间的盘子、银餐具和必要的家具都打了包。

他们的两个大儿子都已成家，因为都在同在一个教会，他们也要变卖自己的房屋，家里只剩下了小儿子赫曼纳斯，那时他非常拘谨耿直，没有像两个哥哥那样学做生意。在他之前，好几个孩子都夭折了，母亲到了挺大的年纪才生下天生纤弱的他。他长大成人时，家业已兴旺发达，吃喝不愁，看到小伙子骄傲而敏感，热爱精美的事物，父母决定让他做他自己喜欢做的事。他喜欢珠宝的颜色和触摸它们的感觉，选择做一名珠宝匠。他还迷恋手表神奇而精密的机械结构，学会了制造和修理手表。

总的来说，赫曼纳斯是这对敦实又热情的夫妇的儿子有些让人感到意外。在教堂长椅排上，当他站在他们中间，或者当他与他强壮的哥哥和他们的妻子及孩子混在一起时，会显得有些格格不入：赫曼纳斯身材瘦小，总像在做梦；但他骄傲、独立，大家都尽量不去打扰他。他求知欲很强，比其他人受过更好的教育，会说几种语言，还能谱曲写诗，画也画得很精致。除了这些，他还有一副好嗓子，喜欢优雅的音乐。他很小的时候，大家就注意到了他的天赋，还是个孩子的时候，他就在教堂里拿着调音板为圣歌定调了。

这个小伙子的精致、炽烈、骄傲和对美好事物的热爱也造就了这个美国女人——他是她的父亲。

* * *

老先生有时会派小儿子出门办事，他也挺喜欢这些差事，出门时他会稍稍让自己出点风头，比如在阿姆斯特丹买一件时髦的马甲，或者一条丝质的宽领巾，他喜欢穿着得一尘不染，对香水和衣服的剪裁也都很挑剔。即使没有带一个忠诚的仆人，你也可以信任他，因为他的骄傲和挑剔使他不会去犯年轻人常犯的傻错误。

当老先生卖完房产准备离开时，还有几笔欠款未收，因为当时许多城市的零售商店还在出售由他监制甚至亲手打磨的精美家具。于是他派儿子去收款，说，“赫曼纳斯，再去一次阿姆斯特丹，这次你必须见到那家的主人，把所有欠款都收了。告诉他我要离开我的祖国了，我会因此获得自由，这是一个结束，也是一个开始。”

这次老先生派儿子去见的是一个从自己父亲那里继承了遗产，有着胡格诺教派①背景的法国人，赫曼纳斯以前见过他，也见过他年轻的女儿。每次他都深深地被这个棕色眼睛的娇小女子迷住，和他认识的漂亮荷兰女孩相比，她显得轻柔脆弱，虽然他个子不高，但若站在她身边，她才刚刚高过他的肩膀。由于严谨的风俗，他们从来没有单独在一起交谈过，但之前三次见面，他们互视对方时，目光已经融为一体，他知道总有一天他们会在一起互诉衷肠的。

现在他知道这是最后一次见她了。他传达父亲的话时，她娴静而沉默地坐在那里，长满栗色卷发的小脑袋低垂着。听说他要去外国时，她抬起了头，有点气喘吁吁，他看到她把手放在胸前。就在那一瞬间，胸中那几乎还没被他称为爱情的激情熊熊燃烧了起来，他心潮起伏得几乎要窒息，知道自己一定要娶这个娇小的法国女子为妻。他结结巴巴，满脸通红，又因骄傲和恐惧而痛苦万分，他请求她的父亲允许他追求他的女儿。老人感到震惊，立刻把女儿从房间里支走，黑眉紧簇在额头，眨着眼睛，耸肩挥手。然而，因为知道这个年轻人的父亲很富有，他不置可否，决定敷衍了事，

---

① Huguenot，胡格诺教派是十六、十七世纪遵循约翰·加尔文（John Calvin）教义的法国新教徒，在天主教占据主导地位的法国受到了严重的迫害，很多胡格诺为寻求宗教自由逃往英国、荷兰、美国等其他国家。

说以后再安排。

“但我就要远走他乡了,”赫曼纳斯坚决地说,突然变得大胆起来,“时不我待。”

啊,那是不可能的,那紧簇的眉毛和眨动的眼睛仿佛宣告着,赫曼纳斯骄傲地转过身去,他的心在看似平静的胸膛和骄傲的脸庞下狂跳。

尽管他是个骄傲的人,走到街上时他还是哭了起来,他跌跌撞撞地沿着铺着鹅卵石的街道走回旅店,因为泪水而难以视物。事情办完了,那天晚上他必须起身离开。这时,令人难以置信的是他听到了身后向他靠近的轻柔脚步声,她就在他身后,头上裹着一条小蕾丝披肩,她抓住他的胳膊,向他倾诉,你要走了吗?啊——去美国?啊——那么远?啊——太远了!她的眼睛低垂着,美丽、坦率、像孩子一样的棕色眼睛里闪烁着金光。赫曼纳斯绝望地看着她。按理说,在这个时刻到来前应该有好几个月的繁忙、缓慢、有礼节的求爱期。这时,荷兰人的直率帮了他。他简单明了地问:“你愿意让我成为你的丈夫吗?”

她迅速而坦率地抬头看他。“我愿意。”她说。

他们很快做了一个计划。她家里除了年迈的父亲和管家——她的母亲早去世了——只有她一人。是的,她可以很容易地跑出来。是的,她可以在半小时后和他见面,然后他们可以一起乘马车离开。是的,她很肯定——这对她来说并不是新鲜事——她曾告诉自己,如果他向她求婚,她就会答应。她会跟随他和他的父母去美国。

赫曼纳斯站在那条安静、弯弯的街道上等着她,心中充满了爱和恐惧,同时也感到尴尬窘迫。她比她说的还要快,不多时,她已戴着小帽子穿着斗篷向他跑来。他把她带回旅店，男仆正在那里等他，尽管男仆平时是个不怎么管闲事的人，但他还是被他们的妄举惊呆了。他们俩哄着他上了路，第二天早上一起出现在史道廷先生和他的妻子面前。经过一夜的旅行，他们脸色苍白，筋疲力尽，但决心已定，绝不改变。

这种激情和爱的力量也融进了这个美国女人——他们是她的父母。

* * *

这群教徒没能像他们计划的那样迅速离开乌特勒支，这三百人难以这么快地和他们的根分离。此外，有些人希望政府的政策会有所改变，但他们没能等到这种改变的到来。在一年里，一切离开的准备工作都就绪了。这一年给了赫曼纳斯和他娇小的法国女友结婚的时间，也给了他们的儿子科尼利厄斯出生的时间。出发的时候，史道廷家族已是三代人背井离乡了。

这三百人在他们的牧师带领下横渡大西洋。他们租了一艘船一起走，在船上平静度日，为将来制定切实可行的计划，准备勇敢地去面对未知的未来。他们花了将近二十天跨洋过海，其中有八人死于流感。在海葬仪式上，牧师祈祷着，海风吹乱了他稀疏的白发，他们把尸体投入了海浪中。

对赫曼纳斯和他的妻子来说，这是一个充满爱和兴奋的时刻。那位法国老父亲捎信来说，虽然他原谅了女儿，但他不要她回家了。这些话对他们来说已毫无意义。

“我怎么可能回家呢？”她听到这话时快活地哭了，“而且，我从来就没爱过他。他是一个残忍的老人。噢，埃曼纳斯！”

赫曼纳斯对她更加着迷了，因为她念他的名字时，总是用柔和的法语并省略辅音。他不知道他们要去哪里，他在这件事上像在其他事情上一样信任他的父亲。此时，他身边有他的爱人和他们年幼的儿子。

* * *

一抵达美国海岸，他们的窘境就开始了。他们不是情绪化的人，促使他们走向自由的冲动已过去了，现在他们考虑得更多的是如何生活的实际问题。当贪婪又聪明的纽约人看见一船勤俭的荷兰商人和工匠驶进港口时，他们知道猎物来了，于是这些看上去富裕的荷兰人不得不用金子去换取最平常的服务。

凭着坚韧不拔的精神，他们立刻赶去了他们已经签约购买的位于宾夕法尼亚州的土地。到达那里时他们才发那是片沼泽地，根本不适合耕种。所有人都希望在同一个地方定居下来，大家可以在一起安家、创业、建教堂。但有些人感到灰心丧气，调头去了他们更习惯的城镇。史道廷先生没有走，他站在泥泞的沼泽地里，就像站在教堂里一样，号召那些跟随他的人和他们的牧师用剩下的金子到南方去买更多的土地，这样他们就可以在一起了。不到三百人中，有一百多人默默地追随他。他们随后在弗吉尼亚买下了土地，怀着阴郁的心情，满怀乡愁地去了那里。不过这一次，土地是上好的，是一片位于高处的肥沃平原，四周群山环抱。然而这一切对他们来说是多么奇怪和艰难，这些城里人习惯了富裕的荷兰城市里忙碌又安逸的生活，即便是在他们小巧而有优良耕作传统的祖国，他们对农业和农村生活也一无所知！这里四周是大山，他们必须学会居住在矗立着大片森林的土地上。附近有片小小的英国定居点，但是印第安人在定居点附近和英国人的土地上四处游荡，幸运的是他们并没有表现出明显的敌意，但看起来还是吓人而野蛮。

荷兰人心胸广阔适应力强，他们用交换来的斧头和刀按英国人教给他们的方法伐树。每个家庭都为自己建造了一座简陋的木屋，然后他们联合起来一起建造了一座更大的木屋用作教堂。在这座教堂的第一个礼拜日，他们坐的长凳是被砍倒的原木，树皮还在上面，讲坛则是一个巨大的树桩。现在这些人必须以异国他乡为家，在这片新天地里敬拜他们为之放弃了很多的上帝。在最初的两年里，许多人离开了，艰难困苦的生活对老人和一些城里来的脆弱的人来说是难以承受的，现在站在那里赞美上帝的只有五六十人，其中许多人一边流泪一边赞美上帝。但他们的牧师仍在那里，他形容枯槁如同幽灵，年老力衰令人同情，却仍旧无畏不屈。不到一年之后他也去世了。

在最初的几年里他们的工作十分艰苦！他们得清理田地，种植庄稼来养活自己。树木先被砍倒用链条绑好，然后才被马和人一起拖走，在更紧迫的种植和收获工作完成前，树桩只能先留在原地。到了冬天，人们把大树桩周围挖空并在树桩上拴上铁链，接着，人和马匹呻吟着把它们从土里拽出来。这些树桩被摆在一侧，构成了他们最初的栅栏。这些都是苦力活。很快，除了赫曼纳斯，其他的人一个也看不出是城里来的。赫曼纳斯身材瘦小，干不了什么粗活，但他仍然保持了他一贯的挑剔的公子哥儿气质。在荒凉的乡野里，他仍摆弄他的工匠手艺，有时有钟表的人会从很远的地方把它们送来让他修理。

赫曼纳斯和他的妻子、孩子们住在他父母隔壁的小木屋里。这位来自巴黎的勇敢的法国小妇人成了一位了不起的开拓者。尽管困难重重，她始终保持良好的心态，脚步轻快，做事利索，务实而热情，她坚持亲力亲为，把小木屋整理得干干净净，照顾一年出生一个的婴儿，在科尼利厄斯之后，她又产下三个女儿和一个儿子，然后才有几年没生孩子。

这个娇小女子一直爱慕着自己的丈夫，觉得他实在太好了。她自己可以接受现在的这种生活，只是觉得委屈了他。每个地方的女人都要做饭、缝纫、照顾孩子，她也不例外。她辛勤地开垦出一个花园，走十英里[①]去定居点，带回一只正在孵蛋的母鸡和六只鸡蛋开始养鸡。她哀叹附近有个水池，但没有鸭蛋——在法国，鸭子真好！她每天为丈夫清洗熨好一件她自己做的白衬衫。赫曼纳斯早晨八点之后才起床，她总是在早餐前给他送一杯热巧克力。她从没想过，在他来到餐桌前喝咖啡和吃蛋糕之前，她已经干了半天的活了。她崇拜他，喜欢他温文尔雅的气质，喜欢他清新的外表和刮过胡子的脸，喜欢他干净清爽的白衬衫和衣领。定居点里没有第二个人和他一样。

比起迟钝的荷兰女人，这位法国小妇人很快就适应了新的环境，她把荒郊野地收拾成一个整洁的法式花园。她还到处收集各种木条树枝，几乎每次去别人家都会用头巾包一块某种植物的根回来。家人美滋滋地吃着她种的蔬菜、养的鸡和鸡蛋，她又通过做针

---

① 1英里等于1.6公里。

线活从一个英国邻居那里换来一头小奶牛，从此他们就有牛奶喝了，并且是第一拨喝上牛奶的人。

她是如此务实和快乐，人们都说生活在乡野里和在乡野中的劳动对她来说都不在话下。有一天，她从土豆地里回家，在小屋门口停下来，想看看正睡在一个用中空木制成的小床上的婴儿是否安全。婴儿正睡着，令她毛骨悚然的是，一条响尾蛇正横在孩子身上，慢慢地盘绕、自如地伸展着！

这位母亲瘫在门楣上。理智告诉她不要出声或移动，但是如果孩子醒了或者动了怎么办？她静静地倒在门阶上，看着蛇放松地展开了身体，吓得浑身无力，心里拼命地祈祷。太阳升得很高了，很快其他人就该回家吃午饭了。她继续祈祷。那条蛇开始无动于衷地移动，滑过婴儿床的边缘溜到了泥地上，向着两根木头之间的裂缝处滑去。

这位勇敢的母亲愤怒了，她抓起手中的锄头，冲向那条吃惊的蛇，对着它又砍又打又叫。赫曼纳斯进来的时候，她躺在地上，几乎昏厥，在已被砍死的蛇旁边抽泣，孩子醒了，正在安静地玩耍。这是他第一次看到她那样抽泣。

下一个出生的孩子是凯丽，法国小母亲的成熟、快乐、务实、勇敢、热情和适应性强的脾性都融入了她的性格里。

荷兰定居点的生活开始逐渐融入美国生活。定居点的人们这么做是自觉自愿的，尽管部分年长的人，有时甚至包括史道廷先生，仍怀念故国舒适安全的生活。牧师的早逝对史道廷先生是个沉重的打击，他对继任者们都不完全满意。

最让人难以接受的是，在他们离开后半年，荷兰政府改变了政策，又给予公民信仰自由了。如果他们当初能够多忍耐一会儿，就不必经历这些艰难甚至死亡了! 有人指责史道廷先生过于急躁,他也为自己的举措感到遗憾,他用恳求、谦卑的眼神看着他们,用发干的嗓音低声说道,“但这是为了上帝和自由!”

这时他的好妻子站出来帮他解了围,这是她第一次也是唯一一次在教徒聚会时说话,她柔声说,“我们怎么可能事先预见这种事呢? 至少仁慈的上帝知道我们愿意放弃一切去跟随他。 我们已经证明了自己,现在他知道我们是什么样的人了。 你们中有谁比我们放弃得更多吗? 我们曾拥有一栋有十二个房间的大房子,每个房间都有一个取暖的瓷炉。”

这些都是真的,大家就不再多言语了,老先生最后坚决地说:“回去是不可能的了,我们只能往前走。 我们必须让自己融入这个新国家,让我们的孩子学会这个国家的语言,我们自己也要学。 让我们做遵纪守法的新公民,我们已不是旧国的公民了。”

他们就都这样做了。

* * *

老先生梦想着在去世前能拥有一栋像在荷兰时那样的房子,他认为如果有了那房子,乡愁会减轻些。 他看到妻子也渴望拥有一幢房子,一幢真正的房子,简陋的木屋未曾给她带来家的感觉,这一切让他的渴望更加强烈。

他们有肥沃的土地,老先生年长的儿子们把地耕种得很好,除了有足够的食物,有好些年到了年底他们还能有一些余钱。 这里木材丰富,英国人定居点里还有一个小型锯木厂,老先生决定自己建造他想要的房子。他亲自规划造房，儿子们闲暇时也来帮忙，让他特别欣慰的是，他的好妻子尽管困惑但还是很有耐心，当知道要造房子时，她满心欢喜。

在移民定居点的边缘，他们建造了一栋漂亮的木头房子，有十二个房间，房间里有平整的地板和抹了石膏和贴了墙纸的墙。他们在自家的土地里就地取用木材，并用其来换取所需的劳力。但是房子造了很久，花了两年多的时间，房子完工前的那个冬天山里极为寒冷，老先生站在室外看造房子时着了凉，他平时很少生病，但这次等他们发现时，他已病入膏肓，不久就去世了。在同一个冬天，他的妻子也开始凋零，她不再关心那栋房子，生命之火慢慢地也熄灭了。

两人离开了他们移民的新家园，去往另一个陌生的国度，他们曾注视着摇篮里他们的孙女凯丽。凯丽对此当然没有记忆，但是他们的印记却烙在了她的血肉身躯里。

1858 年的冬天，因为收成不好，大家都有些垂头丧气，几个荷兰人决定放弃农耕去城里谋生。老先生的两个大儿子也在其中，他们带着家人走了，只剩下赫曼纳斯一家和那栋未完工的房子。

但是那个在荷兰出生的小男孩现在已经快十五岁了，比他的年龄更成熟更有责任感，在他和其他能获得的劳力的帮助下，赫曼纳斯把房子盖好，一家人搬了进去。凯丽那时两岁，她对这栋房子最早的记忆是里面有一间间又大又方的空房间。

这个家那么宽敞、端庄、美丽，由她祖父构思设计，最后由她大哥用年轻而勤劳的双手建成。这，也造就了这个美国女人。

* * *

此后，凯丽可以用她的回忆来讲述自己的故事了，她去了中国以后花了好些年把她记得的事情讲给我听。她从来不会用很长时间来讲，她太忙了，没工夫把很多时间花在聊天上。回想我与她相处的三十年，我发现我能够拼凑出一幅清晰的图景：她在被称为“小平川”(Little Levels)的、山间高耸的肥沃平原上，在当时逐渐成形的弗吉尼亚州小镇，度过了孩提和青春岁月。

通常在礼拜天晚上，她会比平时讲得多些。礼拜天总有一些特别的东西会让她想起自己的家。她一早起来看起来就与平日有些不同：少了点计划和目标，多了点平和，眉毛低平地舒展着，那双通常闪烁着的眼睛也变得宁静安详。

在我的记忆里，礼拜天早上在传教士居所阳光灿烂的饭厅里吃早餐总是很快活的。那里有闪亮的白色餐巾，桌上总放着一盆刚盛开的鲜花，还有水果、热咖啡、南方热面包、果酱、培根和鸡蛋。一个黄皮肤的中国小男仆在餐桌边手忙脚乱地上菜，她一边指点着他，一边忙着摆放蓝色的杯子和碟子。间或，她还会充满爱意地看看她的花园，而且总是充满爱意地看，不管它正鲜花盛开还是光秃秃地躺在冬日的天空下。

“好漂亮的院子！”她总说。

有时在吃饭的时候，她会说，“一个安宁的礼拜天早晨总是让我想起家乡。要是我能听到教堂的钟声就好了！我记得每个礼拜天早上，父亲胳膊下夹着《圣经》健步如飞地走向教堂，甚至到了八十岁也如此。”

她很怀念教堂的钟声，那清脆而简单的声音回荡在每一个宁静的乡村家庭里。有时候在白天，更多的是在夜晚，传教士居所下面山谷的竹林里会飘来寺庙里深沉、忧郁又悲伤的钟声，那单调的音符听了让人心碎，令她不悦。对她来说，那钟声仿佛述说着她在东方生活所经历的所有阴影、疑惑和黑暗，而她憎恨这疑惑和阴暗。当城里建了一个小基督教堂时，她立刻传话到自己的家乡，让大家捐款在美国铸造了一口小巧欢快的钟送给教堂。教堂的钟声活泼而轻快，叮叮当当地回响在中国的街巷里，没有比这更能代表来自美国的问候了。我经常看到一位儒雅的中国老先生，他听到头上传来欢快的钟声时，会停下脚步，抬起头伸长脖子想去探个究竟。凯丽在礼拜天早上听到钟声时，总笑着喊道：“太好了！听起来就好像回到了家。”

礼拜天晚上她会和我们聊得多些。这一天她已去过教堂两次了，第一次是早上和中国教徒们一起做礼拜，第二次是下午和一群孤单的、远离家乡的白人们聚在一起敬拜上帝。两次她都弹风琴，用那小得可怜的风琴弹奏出美妙的音乐。她领唱赞美诗，优美、饱满的女高音响彻教堂，直抵屋顶，那是欢快、甜美的声音，即使后来她病得瘦骨嶙峋，她的声音仍然悦耳清晰。

礼拜天晚上，她用自家的风琴弹唱。风琴是科尼利厄斯送给她的礼物，在众多兄弟姐妹中她最喜爱她的大哥，他扮演了家中父亲的角色，因为赫曼纳斯不是一个可以让人依赖的父亲，他一生文弱，反过来需要大家的关心爱护。我是不是一开始就说过我记得她最好的样子是她在她的美式花园里？我还记得她把传教士住所的小正方形客厅布置得漂亮又美国化，那里有白色的窗帘、盛开的鲜花和藤椅，礼拜天晚上她坐在风琴前唱歌。这个美国人家外面是黑沉沉的中国人家的房屋，在小贩的叫卖、孩子的哭喊、街头巷尾的吵骂和哄闹声中，她就坐在那里唱着古老的赞美诗，带着我们渡过千山万水去往另一个世界——《愿更近我主》《与我同在》《耶稣，爱我灵魂的主》。她选唱的赞美诗主要是欢欣的凯歌；事实上，她的声音也更适合唱欢乐振奋的而不是悲伤的曲子，我们最喜欢听她唱《我知道我的救赎主活着》和《高唱主名》。这些也是她最喜欢的。在去世前，她靠在枕头上，那双不屈服的深褐色眼睛在她瘦弱的小脸上闪烁着，对我们说，“不要唱悲哀的——为我唱荣耀之歌！”

在暗沉嘈杂的日子里，她那清丽的歌声总是昂扬向上的。有时她病得根本不能唱歌，那时，整个房子对我们来说都是死气沉沉的。但是当她很快能再唱歌的时候，在那个很小的、可爱的、几乎没有什么摆设的房间里，我仿佛回到了那个在“小平川”的村庄，通过她我看到了他们早期在美国朴素而充实的生活。

唱歌能帮她排遣乡愁，让她的心里不再空落落的而变得踏实起来。她在冬天的炉火旁、在夏天花园边的长廊中唱着，我们陶醉在她的歌声中，这时候，一点儿一点儿的，正如她想讲给我们听的那样，我们看到了那孩提、少女和初为人妻时的她。

她让我们看到了那栋又大又漂亮的房子，房子的屋檐下有着她最初的记忆。那是一栋很大的白房子，有三层楼高，她一边说一边用手比画给我们看。房子下面还有一个又深又凉的地窖，在那里他们把牛奶倒入浅锅中搅拌加工成奶制品。地窖的架子上摆满了圆形的荷兰奶酪、一桶桶浆果和葡萄酿制的酒。他们在夏天采集黑莓、覆盆子和接骨木果。她有时会在这里停下来回忆说：“每年夏天我们都去树林里采野果。我记得红色的覆盆子上有一层银色的露水。酒端上来时，我总是喝覆盆子酒，在我看来它仍然被包裹在银色的露水中，比其他的都要甜。还有，我光着的腿被荆棘刺得伤痕累累！”

她停下来，静静地坐着，对着暮色微笑，这时，我们看到了那个腿上皮肤颜色偏棕的小女孩，陷在野果丛中，为了不被晒黑戴着一顶遮阳帽。

“那顶遮阳帽没什么用处，”她总是解释说，“我本来就和果仁一样是棕色的，我也为此感到非常羞愧。后来葛丽塔出生了，他们才不再取笑我，因为她的皮肤比我还要黑。她很漂亮，眼睛又大又黑，像小马驹的似的。”

后来我自己看到了那栋房子，它与她描述的一模一样。房子前面有用栅栏围着的一个大院子，栅栏上有一扇宽宽的门，你必须从马车上下来打开门闩才能进去。院子的左边有一棵巨大的老枫树，树下有一个台阶，她曾多次在那里上马。那时她还是个年轻的女子，她的马裙很长，走路时会绊倒她。还是个小女孩的时候，她就能跑进草地，抓住一匹正在奔跑的马的鬃毛跳到它的背上，栗色卷发随之飘动。

“那是种幸福的自由，”她沉思着说，“当我想起自己跃上马背，骑着马儿跳跃穿梭在小山丘和溪谷间时，我真替中国小女孩们感到难过。她们只有在路边溜达、遍身是泥的老水牛！”她说着，眼睛敏捷而又有些不安地看着花园墙外拥挤的屋顶。

那栋她童年时住的白房子周围有很多空地，门前有一个花园和一条通往方形门廊的石板路，藤蔓覆盖着门廊的两边，绿荫处放了几把木制椅子。除了冬天，那扇白色的大门一直敞开，门板上有一个黄铜门环，上方有一扇扇形的玻璃窗。我在那里的时候，门是开着的，我可以从宽宽的走廊的这一端，看到另一端外面的草坪、树木和栅栏边的福禄考花床和更远处的苹果园。

房子里左右两边都是房间，早在亲眼见到之前，我们就知道它们是什么样子的了，对我们来说它们代表了美国。一进屋，左边是客厅，一个阴凉的房间，里面有马毛家具、书架和一张放在中央的漂亮红木桌子。那里还有一架钢琴，钢琴上放着一把小提琴和一支长笛，墙上挂着赫曼纳斯的蚀刻画和精美的钢笔画，还有一两幅风景画，镶着白色雕花凹槽面板的壁炉架上有一幅史道廷先生的深色油画肖像。客厅里铺了一块印花地毯，长长的落地窗对着花园。

右边曾是赫曼纳斯和他妻子的卧房，当我看到时，他们的大儿子科尼利厄斯已接管了这个地方，他和妻子住在这个房间里。赫曼纳斯那时是一个脊梁笔挺、挑剔讲究的老绅士，留着一头令人惊叹的闪闪银发，他住在隔壁的房间，打开他的房门，你可以听到他摆弄的、众多大大小小的钟表发出的滴滴答答声。尽管早餐时间是七点，他每天早上八点才准时从房间里出来。我第一次看到他这样出现的时候，他已经八十七岁了，站姿笔直，穿着考究，又密又直的白发向上梳，发际线下的眉毛呈方形，低低地压在眼睛上，和凯丽的一模一样。进入餐厅之后，他用礼貌但略显咄咄逼人的语气说了声，早上好。餐厅在走廊的尽头，从餐厅的一端看出去是菜园，通过另一端的窗户则能看到果园。这是一个凉爽、空荡的房间，长长的，有几件漂亮的家具和一张雕刻精美的椭圆形餐桌。

这张桌子解释了为什么当凯丽在上海一家旧货店里看到一张椭圆形桌子时会那么高兴。油头滑嘴的中国老板跟她说，他是前一天在一个拍卖会上从一个英国船长那里买下这张桌子的，船长告诉他这桌子是用柚木制成的，木头从印度被运到英国，再由英国工匠制成桌子。船长又把它带到他在上海的家，可现在他的妻子死了，他变卖了这些东西，这张桌子就这样落到了这个中国商家的手中。在满是灰尘的商铺里，在成堆的藤条家具和老旧开裂的竹制器具中，那桌子显得格外典雅和与众不同。凯丽花了几美元买下了它，把它打磨得发亮，从此爱上了它，到哪儿都带着。有时她住在楼上的小房间里，楼道狭窄曲折，桌子抬不上去，碰到这种情形，这张桌子就会被当街拴上麻绳往上吊，摇晃着从窗户进入房间，在下方狭窄的中国街道上，手推车、人力车都停了下来，人们仰起黄色的脸庞围观这令人吃惊的一幕。当我看到大房子餐厅里的那张餐桌时，我知道了为什么这些年来凯丽喜欢坐在这张椭圆形桌子边上，她用它把我们和她的祖国联系在一起。

顺着那栋房子宽宽的、有白色扶手的红木楼梯上楼，那里有六间很大的方形卧室，右手边第一间是凯丽的房间。从房间窗户眺望出去是“小平川”繁茂的树林以及远处的山，房间下面是花园和不远处的那棵大枫树。房间里的一面墙上有很深的壁橱，可以容纳凯丽小时候穿的带箍裙子，靠窗的座位被改成帽盒放她的旧式女帽。房间中央是印花细布床帘下她那又宽又白又清爽的床。墙纸上浅浅地印着粉红色的玫瑰和淡绿色的蕨类植物，墙上挂着三幅画：一幅是装在赫曼纳斯在法国买的镀金画框里的暗色调的古老圣母像，一幅是凯丽母亲达盖尔的银版照片，还有一幅画的是一个牧羊人在傍晚领着羊群沿着低丘间的一条蜿蜒的路回家的场面。凯丽一直喜欢羊群被牧羊人牵领着的画面，在她住的传教士居所的房间里有一张类似的画，是从杂志上剪下来再裱起来的，她在她那几个夭折的孩子们的墓碑上刻了牧羊人的话：“他必把羔羊抱在怀中。”她的房间让我明白了在那遥远的异国土地上的房子里的许多小细节。

她闺房的地板上铺了一条印着玫瑰花的地毯，上面还有一块稻黄色的铺垫。高高的窗户上挂着用玫瑰色窗帘环串起来的起褶的白色窗帘。窗下有两把椅子，一把是白色的摇椅，另一把是有梯背直椅，坐垫是芦编的。房间里还有一个紫檀木梳妆台和一张桌子，桌子上方有一面镶嵌在雕花浅色镀金框架中的椭圆形镜子。房间里总有一盆花，一本打开的书和未做完的针线活。这是一个无比芬芳、简朴而纯净的房间。我把它的细节记录了下来，因为她曾在这里生活、睡觉和梦想过。

三楼是个巨大的阁楼，从山墙窗户可以俯瞰平坦茂盛的草地。阁楼里放着不少来自荷兰的小而结实的圆顶箱子。那里也堆放着《戈迪的女性读物》和《皮尔森》杂志，还有成箱的用来编织地毯的旧衣布。天花板上挂着一串串的干香草，法国小母亲教过他们如何识别和晾晒这些香草，以及如何用它们来做汤料和草药茶。

阁楼从来都不热，它在高处，况且，即使在夏天，在高高的平原般的山谷中，空气也总是凉爽的。那里经常有银色的浓雾在夜里升起，到上午还弥漫在山谷里，而到了日落，空气中又弥漫着山间的寒意。

感受了这种清新、多变、凉爽的空气后，我对凯丽对中国骄阳似火的夏天和暑气仍然熏蒸的秋天所表现出的承受能力感到惊讶。她从小生长在明媚凉爽的日光里，被包裹在银色纯净的美国雾色中，难怪有时在八月闷热的中午她会晕倒在充斥着人呼出的浊气和散发出的汗味的中国南方城市。

在这片浓雾弥漫、大风凛冽、阳光灿烂的清爽平原上，她长成了一个强健又轻盈的姑娘。那里有广阔的土地可以奔跑；有需要照顾、可以抚弄的动物；有目光深邃的多产母牛在牛棚里哞哞地叫；有吃糖和苹果的马可以骑；割完庄稼后，可以把鸡和火鸡放进麦茬地里，让它们捕捉到处乱蹦的蚱蜢。这就是他们的生活：满屋子的孩子，忙碌活泼的小母亲，精致讲究的父亲，严肃和蔼的大哥。每个人都很忙也很开心，晚上他们一起唱歌，有人拉小提琴，有人吹笛子，有人弹钢琴。

有一次，我问凯丽，“你童年最美好的记忆是什么？”

她想了一下，眼睛变得柔和，闪闪发光。“三岁时，有一次我想帮助正在洗碗的妈妈。我从桌子上拿起一个有蓝色图案的装肉的盘子，这个盘子是祖父以前从荷兰带来的。我小心翼翼地慢慢走着，想把它放回餐厅的壁橱里，可它太大了，挡住了我的视线。我光着脚，脚趾被一块稍稍翘起的地板绊了一下，我摔倒了，胖乎乎的身体趴在被砸得粉碎的蓝色盘子上。我记得父亲当即把我揍了一顿，我哭得伤心极了，不是因为被打痛了，而是因为我只是想帮妈妈，没想捣乱。直到今天，我都五十岁了，还是觉得那太不公平了，我不该挨那顿打！”

她一边说话，一边在厨房的桌子上擀开一个松软的大面团。在她的中国厨房里，她常常自己做面包，做又大又甜的黑麦面包和脆皮的南方小面包卷。窗户开着，街上传来一阵铿锵的击钹声，里面还夹杂着走了调的、又尖又细的笛声。我漫不经心地去看这是怎么回事：是一群人在做法事，人不多——一个被糊着破纸长袍的小神像耷拉着脑袋被抬在轿子里，轿子前面有一个衣衫褴褛的道士在敲钹，后面还有两个道士，一个正神情沮丧地吹笛子，另一个拿着一个鱼头形的木鼓，想到时就拿起木槌敲一下。除了后面跟跑着的几个顽皮好奇的小男孩，街上几乎没有人抬头看热闹。

她揉着面，心却在万里之外，说，“嗯，在那个家里生活很幸福。从我记事起——你知道刚才那痴癫的笛声让我想起了什么吗？——我们家里就充满音乐。大一点的孩子都会弹点什么，我们小一点的会唱歌。科尼利厄斯是个很好的歌唱老师。几年后，神学院里最好的歌唱老师也没能教我多少新技巧，科尼利厄斯已经教会我如何连贯地发声。我们曾经一起唱《弥赛亚》，那实在太令人难忘了！”

她把手从面团里抽出，站直了，开始唱哈利路亚大合唱①的曲子，饱满的声音颤抖着。我们的中国厨子放下手中的锅，盯着她看了一会儿，然后才回到他的锅边，虽然一句也听不懂，他已习惯了听到她突然引吭高歌。铿锵的击钹声渐渐消失在街上的噪音里。我注视着她，能够想象她站在美国教堂的唱诗班席上的样子，就是那座后来被建在第一座木屋的位置上的、白色框架的教堂。多年以后，我去了那里，苹果树紧靠着教堂敞开的窗户，教堂里充满了果香味。那天唱诗班里也有一个年轻的女子在唱歌，是科尼利厄斯的女儿，但是她的声音没有这个中国城市里的女人那么洪亮，那么富有激情。

突然，她停了下来，转身又去做她的面包了，厨房的空气似乎仍随着她歌声的回音在跳动。“嗯，”过了一会儿她说，“在南北战争爆发前，我们的生活很幸福。那是多么美好的时光啊！”

---

① Hallelujah Chorus，《弥赛亚》中的一段音乐，因对上帝充满喜悦与力量的赞美而著称。

* * *

那真是一段美好的时光啊！ 战争爆发时，史道廷家所在的弗吉尼亚的地区支持北方，该地区后来成了西弗吉尼亚。 那时赫曼纳斯已经四十岁了，不再年轻，面有细纹，往后梳的头发里布满银丝，纤弱但仍然挺拔。 他的法国小妻子因操劳过度，已身形萎缩，形如槁木，那时就有患上肺结核的症状，后来正是这种疾病夺走了她的生命。 科尼利厄斯二十岁，看上去比他实际年龄大，是一个有耐心的年轻人，睿智温和，有着深色的眼睛、深色的头发，酷爱读书和音乐。 但是，他不得不把精力花在地里，毫无怨言地挑起本该由父亲承担的养家糊口的担子。 赫曼纳斯的个性另类而有魅力，虽然他从来没有分担过生活中的重活累活，虽然他的讲究挑剔导致生活的担子被过早地压在大孩子们身上，孩子们却仍然爱他，齐心让他一直过着城里人养尊处优的生活！ 不知道科尼利厄斯有没有在他还是个大孩子的时候想过，当他在黎明穿上硬邦邦的劳动服时，他的父亲还躺在床上，还要再睡上三个小时，等他们都吃完早餐了才起来，而且，他的热巧克力会被端到他的房间，他可能在穿衣服之前享用。 有一次我问了凯丽，她说，“我想他满足了我们生活中的另一些需要。 我们都喜欢美好的事物，可惜战后这样的东西所剩无几。 我们从没质疑过父亲。 我们理所当然地像母亲那样，觉得他不够强壮，不适合干体力活，所以我们也不能要求他那样做。 他会养蜂，修剪葡萄藤和玫瑰花。 他很擅长养蜂，我们总有甜美的蜂蜜吃。 我相信他从未被蜜蜂蜇过。 他手艺精湛，他的手是我见过的最灵巧的手。他欣赏所有美好的事物。谷仓旁长着一株白色的葡萄藤,我现在还记得那白色的葡萄藤在沾着露水的绿叶中是什么样子的。他让我们在他修剪藤条之前去看,说它们就如月白玛瑙(moon agate)般美丽。我想这就是为什么我们爱他——因为他让我们看到了美。"

"是的,科尼利厄斯才是一家之主。他和母亲总是谈论家庭财务以及如何妥善安排开销的事情。从我记事起,如果需要什么,我总是去找他。这当然也意味着他不能在我们都还小的时候结婚,在我的印象中,那时他甚至从未正眼瞧过一个姑娘。直到战争结束后很久,我们都长大了,他才结婚。"

"我们的父亲对我们来说代表着一些特别的东西。我们与周围的人不同,不是普通的农民,我们家里有书、有音乐、有父亲的绘画和珠宝制品。父亲代表着与众不同。我记得我非常自豪,因为父亲穿黑色外套,每天换白色衬衫和衣领,在我们的邻居中没有人这样做。多年后,我才意识到,这些白衬衫和衣领是有些残忍的,有人——先是我们的母亲,她干不动了就由一个大女孩——不管多忙,每天都要洗烫衣领和衬衫。"

战争爆发时,让一家人特别担心的是,如果科尼利厄斯必须去打仗的话,他们怎么办?他自己当然是不会去参军的。他们附近有不少富人拥有黑奴,科尼利厄斯教导大家憎恶奴隶制,在他们的田地需要劳力时,他拒绝购买奴隶。他血液里有着与生俱来的对自由的追求,根本就不会去购买人口然后强迫他们服从他。如果使用了黑人劳力,他会较真地按劳付费而不是拥有他们。所有的孩子都被他对自由的执着感染了。战争爆发时,他们想不到不让科尼利厄斯为北方作战的理由。同时他们对南方的忠诚也让他们无法忍受同弗吉尼亚作战。因此，赫曼纳斯和科尼利厄斯宣布他们保持中立，这个在最好的时期都难以维持的立场是他们唯一的选择。在当时的情况下，这个选择并不受欢迎，但赫曼纳斯根本不在乎，事实上，越是不受欢迎，他越坚持自己的原则。我听说那时他会更庄重地、甚至夸张地挺起背来走向教堂，带着几分专横的神情为赞美诗定调。周围的人，尤其是那些奴隶主私下嘟囔着威胁他，但他众所周知的正直、无畏和高傲让人不敢公开反对他。

但对于年轻的科尼利厄斯来说，情况就不同了。当他被要求加入一方或另一方时，他总是回答说他的母亲和弟弟妹妹们都依靠他生活，如果他走了，他们就没有人照顾了。他一边默默地忍受村里人对他的嘲笑，一边稳步走回庄稼地。

然而，随着战事的发展，南方的男人越来越少，他得想办法躲过强制征兵。起初，他们不相信他真的会被强征入伍。但这还是发生了。有一天中午他回家，有几个声音柔和、目光冷峻、身穿灰色军服的南方士兵在家门口等他，跟着他进了屋。其中一个说，“孩子，不管你愿不愿意，你都得去打仗。我们急需男人。”

“那你们只有把我绑走了。”他干脆地说，直视着他们。

“嗯，那好吧，”一个士兵说，然后转身对其他人说，“把他捆起来拉上马！”

另外三名士兵上前把他的双手绑在一起，然后把他带到外面，扔上在外等待的马匹。法国小母亲那时正在花园里摘豆角，孩子们的尖叫声引起了她的注意，她立刻看到了发生了什么事。她冲到儿子身边，抱住他的腿。

“放开他——我们全家都靠他养活！”她气喘吁吁地喊道。

那士兵碰了碰他的帽檐，说，“对不起，夫人——这是命令！”

“不——不——不——你必须放了他——他是我的儿子!”

“走!”士兵粗暴地说。他们都上了马,排成一行,小女人紧紧抓着儿子的腿跑了起来。科尼利厄斯惊慌地俯下身,小声对她说:“妈妈,我会想办法回来的。别跑了——你跟不上。我会逃回来——”

“对,然后为此被枪毙!”她激动地低声回答,“不,我绝不让你走。”

马开始慢跑了,她也跑得更快,最后她被拖在地上,但仍不肯松手。领头的士兵实在看不下去了,停下来和她理论。

“夫人,这样做一点用都没有。他必须走,这是命令。我很抱歉,夫人,现在每家人的儿子都要去打仗。”

“我的儿子不去!”她坚决地说,喘着粗气。她的太阳帽挂在背上,卷曲的灰发落下来披在瘦小的脸上,眼睛乏力地瞪着,喉咙颤动着,胸口因喘粗气而起伏。“如果他去——那我也去。还有,我们不支持奴隶制。难道自由不是我们这个国家所倡导的吗?你要让他为我们不相信的东西而战吗?”

那士兵看了看她,有点不情愿地又下了命令,“前进,前进!”

马又开始慢跑了,他试图不去看那个身材矮小、穿着棕色衣服的女人。她喘着粗气双手紧紧地抓着那个在马上的年轻人的腿,自己的双脚在高低不平的路上一会儿磕绊一会儿摇晃。她张着嘴,发出可怕的喘息声,棕色的眼睛苦苦地盯着前方。儿子俯身对着她低声哀求:“妈妈——妈妈——妈妈——”

这太惨不忍睹了。那士兵让她这样跑了一英里后停了下来,下了马,摘下帽子,向她鞠了一躬。

“夫人,你赢了。他是你的了,”他对其他士兵说,“给他松绑，让他走。”

不一会儿，母子俩站在路上，看着远处的士兵们骑着马带着一匹没人骑的马离开了。科尼利厄斯无比温柔地看着母亲，她眼里闪着光，用仍在发抖的手拢起自己的头发。她虚弱地靠在他身上，张开干裂的嘴，低声说，“我绝不能让他们把你带走！”

他们意识到，这是一件很有可能再次发生的事情，下一位军官可能不会像这次的这样心软了。他们必须把科尼利厄斯藏起来。于是，那天晚上他就离开了家，带着一小卷铺盖和一篮子食物，骑马进入远处的下沉山，那里有个空旷的杯形小山谷，山顶上有一座破旧的小屋和一两块无人打理的草地。

这个年轻人独自在那里生活了两年，直到战争结束。他开垦土地种豆子、玉米和小麦。等收了粮食，他在晚上偷偷把食物送回家，顺便再取些自己需要的东西。那时南方和北方军队反复践踏小平川，庄稼地被毁，谷仓和商店被抢劫一空，科尼利厄斯的这些微薄的收成是这个家庭主要的、往往也是唯一的食物来源。我有意不把那些你可以在历史书中找到的资料放进凯丽在内战时的生活中，我只说她告诉我的。就这样，我这个美国小女孩，侨居中国城市的异乡人，通过母亲的眼睛看到了美国，并被她讲述的、我从未见过的祖国的故事给迷住了。

我对战乱非常熟悉。因为此时，我们在中国的白人正经历着令人不安、而又不知会如何发展的义和团运动。每天晚上我的衣服就放在床边，如果要逃走的话，可以立即穿上。凯丽教我如何放置衣物，如何迅速系好鞋带，如何从椅子旁边的地板上拿起我的帽子，以防我们不得不在东方毒辣的太阳下行走。我得自己做这些事，因为家里还有一个更小的孩子要人照顾。门边放着一篮罐装婴儿牛奶，即使在匆忙中我们说不定也能路过那儿把篮子带上。凯丽在每一个细节上都做好了准备，她自己不怕，叫我们也不要害怕。我们知道她会照顾好我们的。

内战的那四年，她还是个小女孩，就学会了从容无畏，超越了她本来就勇敢的天性。1900 年那个漫长而炎热的夏天，我们常常恳求她，“给我们讲讲我们美国的战争故事吧！”她从一个生活在南北交界的弗吉尼亚高地上的小女孩的角度，给我们讲述了在那战火纷飞的年代里，南方和北方的军队是如何来回厮杀的。后来，当我去读那段历史时，我发现从她那里了解到的比任何一本书里写的都要更生动翔实。

从她那里我还了解到了军队大规模作战的气势，南方起初乐观、自信，接下来是动摇、惊讶、痛楚，然后是复仇和拼命，最后是绝望和战败。比这更可怕的是得胜的军队践踏肥沃的农田，摧毁一切被征服的事物。

有一次她讲述时眼睛因往事而变得暗淡，“北方佬过去常常对我们叫嚣，说谢尔曼①要铺一条光秃秃的大道直通佐治亚，就连乌鸦在那条道上也找不到一粒玉米。我想他也做到了。”她又简单地说，“谢尔曼说战争是地狱。他打了这么年的仗，对事实是否如此应该很清楚。”

她又说，“像林肯一样，我们全家都反对奴隶制。我们是美国人，不能在美国看到奴隶还认可奴隶制的正当性。但一次性释放黑奴也不是解放奴隶的方法。为什么？尽管我们区没有多少黑

---

① 指威廉·特库赛·谢尔曼(William Tecumseh Sherman)，美国南北战争时期的一位联邦将军，因创新且无情的战术而著名。

人，战后我们都不怎么敢出门。为了防止被释放的黑奴骚扰我们，我还记得我大哥科尼利厄斯有一阵子还参加过三K党。”

有一次，她突然笑了起来，然后坐下来笑得连眼泪都流了出来，“我永远不会忘记北方佬在果园里宿营了一夜后的那个早晨。那时正是冬天，树枝光秃秃的，我走出门，站在谷仓后面看他们，因为我听到很多关于他们的传说——我们这里的人说他们像魔鬼一样头上长角。嗯，我看到树上挂满了奇怪的果子，不知道是什么，走近一看，原来是一块块的蛋糕！他们不吃酸玉米粉做的蛋糕，就比赛把蛋糕投挂到树枝上，结果树枝上都挂满了。多么搞笑的一幕！后来鸟儿们在那里吃了好几个月。”

“北方佬真的有角吗？”我大气也不敢喘地问道。

“他们没有，”她说道，眼睛闪闪发光，“他们和其他人一样，我非常失望。”

接下来是我们最喜欢的故事之一，我们曾请求她讲了又讲。有一天，赫曼纳斯听说一支北方佬军队要来了。那时，他碰巧在家给附近一个富裕的地主重新镶嵌一些精美的旧宝石。他很担心它们会被抢走，那样的话，他是赔偿不起的。他决定把它们藏起来。他把它们放入一个有盖的小篮子里拿到花园旁边的草地上，然后放在了一块扁平的大石头下面。下午，北方佬来了，让他倒吸一口冷气的是，他们就选择了那片草地作为宿营地。他们坐在石头上，还把它当桌子用，晚上又在上面搭了一个帐篷。他可以从窗口观察北方佬的动态，白天他就守在窗边，看是否有人弯腰去翻石头下面。到黄昏时，一切都安然无恙。天黑后，虽然有巨大的火把燃烧着，但没人知道模糊的阴影中到底发生了什么。

那天晚上，赫曼纳斯一边在地板上来回走着，一边祈祷，还要求所有人都祈祷。他一面埋怨自己没有把这些东西早点交给人家，一面又困惑地想，如果这些东西真的丢了，他该怎么办，那个地主是一个性情骄傲的人，出了名地不讲情面，这些又是他家的传家珠宝，是无可替代的。等到黎明时分，部队一走，赫曼纳斯就忐忑不安地跑了出去。他弯腰翻开石头，那只装着珠宝的小篮子还在那里，完好无损。这是个有惊无险的故事，我们都深深地松了一口气。凯丽压低了声音，表情夸张地讲，让这故事听起来更加生动有趣。通常她会在一天结束后，晚上大家都坐在阳台上时开始讲故事。一眼望去，外面山谷里有稻田和茅屋顶，远处山坡上有一座细长的宝塔似乎挂在竹林上。但我们非但对此视而不见，而且还仿佛身临其境，清楚地看到在我们祖国粗犷的田野里和崎岖的山坡上，战马奔腾，大片大片的蓝军和灰军正在交战。

可怕的一天来了，北方和南方军队在下沉山交火，整整一天一夜，大炮在山上轰鸣着，一家人坐在一起害怕得几乎不能祷告，就怕科尼利厄斯会在他的藏身之处被抓。天亮前，他趔趔趄趄地走了回来，手和衣服都被划破了，光着的腿也被擦伤。他白天一直藏在一个山洞里，天黑后在夜幕的掩护下，从陡峭的悬崖一面下了山。他还活着，无大碍，但是他那一小块已开垦的、准备播种的土地已经被炮弹摧毁。

还有一天，家里除了一小桶干豆子外，什么吃的也没有了。偏巧，那天来了几个狼狈不堪的南方逃兵，他们衣衫褴褛，光着脚，饿得半死。小母亲看到他们，二话不说地煮了所有的豆子，给每个人都分了一大碗汤和豆子，那天下午，孩子们出去采蒲公英叶用来做晚餐。

这些和其他许多的故事是她在一个炎热的夏天，在城外讲给我们听的。当时到处是对外国人的仇恨和敌对，虽然我一无所知。听了她的故事，我看到了我的国家和那里英勇的人民，这使我变得更加坚强。她从不害怕。她从小看到流血受伤的士兵就不犯晕，能忍饥挨饿，并且在看似一无所有的情况下想办法去找资源，找到后再最大限度地利用它们，这一切都是当时的高昂精神所赞美的。

内战结束时，她八岁，一家人和镇上的其他人一样，得适应新的环境。最终接受南方战败后，人们热切地开始了新的生活。在内战的四年里，没学可上，凯丽就一个字母一个字母地向人请教，自学了阅读。但是除了阅读，她什么都不会。比她小一点的妹妹甚至连书也不会读。

还有许多其他的孩子也处于同样的困境，父母们自己也乱了套，父亲长年在外打仗，母亲要干农活养家糊口，还得又当妈又当爹。现在大家都想尽快让孩子们去上学，尽早补回在战争中失去的时光。

科尼利厄斯清楚地知道弟妹们需要上学，他成了镇上第一个开办学校的人。除了干农活，他在清晨和晚上回家后自学。学校从教堂里的一个房间开始，但发展很快，不久就搬进了独立的校舍，那里后来被称为镇上的“学院”。

对凯丽来说，学校打开了她的生命之门。两年多来，她一直迫不及待地学习着，渴望有更多的知识帮助她理解太多她不明白的事情。从某些方面来说，她是个奇怪的孩子，想象力丰富、热情，但又过于敏感，这造成了她一方面实际、有常识，但一方面又深信有另一个不为人知的神秘世界。她常常在夜晚光着腿躺在白房子前的深草丛里仰望星空，想知道星星到底是什么，还渴望探索宇宙。星星总是让她着迷，我记得在中国南方炎热的夜晚，她把身子探出窗外，望着黑紫色天空中又沉重又金光闪烁的星星，说，“很难相信它们就是我以前晚上躺在草地上看到的那些星星。 在那里它们看起来凉飕飕的，泛着银光，遥远又缥缈，而在这里它们看起来结实、炽热，离得很近。 我过去常常梦见星星上面有人——是透明的，翩然的仙女们。 但是在这里，你会感到有真人生活在上面——火热、邪恶的人。 你看那宝塔顶上火红的猎户星座！”

在乡村学校里，她第一次学到了最喜欢的天文知识，她对数学也有些着迷。 她有丰富的想象力，赋予枯燥的事实意义和生命。 科尼利厄斯是天生做老师的料，而她是一位聪颖的学生，有很好的记忆力，但更重要的是她也有很强的领悟能力，因此他们的关系不仅是兄妹，也是师生。

战后的西弗吉尼亚小镇上，相对物质生活上的节制，大家都热切地追求精神生活。 在这样的氛围里成长，感性和追求美好便成了她天性里的一部分，同时这也给了她体验各种不同生活的机会，很适合她对各种事物都感兴趣的性格。 我记得她曾经说过，“为了维持生计，我学会干各种活，这让我很自豪。 内战后，没有商店，什么也买不到。 我们就自己种亚麻，纺线织布，自己做床单、桌布和内衣。 我们用自己纺的棉线和亚麻线染色后织成布。 我学会用不同的药草、树皮以及根茎来染色。 有时染色实验失败了，我们也照穿不误。 我们自己剪羊毛，洗羊毛，梳羊毛，织羊毛。 我很高兴学会了自己做所有事情。”

他们甚至还得自己制作穿在裙子里的箍环，这些环是用绿蔷薇的藤条做成的。 在它们变干断裂前还挺管用。 我记得我一遍又一遍地让她讲同一个故事，而她每次讲的时候也总是眉飞色舞的。

“我的裙箍是怎么断掉的呢？ 嗯，有一个星期天我去了教堂——当然我们每个星期天都必须去——但是这个星期天有一个传教士讲道，教堂里坐满了人。牧师的妻子，亲爱的邓洛普太太就坐在我旁边。她很可爱，我挺喜欢她的，但她很胖，一直往我这边挤，我以为她在不断膨胀。那是一个炎热的夏天。嗯，她一直在往我这边挤，推挤着我的裙箍，最后我的裙箍——它不大，因为父亲不让我们穿很大的——就在我面前鼓了起来，毫无羞耻地把我的裙子推得老高，我试着把它压下来，可它就是下不来。嗯，最后我急了，因为我听到一个坐在我后面的男孩在窃笑，我就用力把裙箍往下压了一下，然后就听到一声裙箍断裂的巨响。我那绿蔷薇藤条做的裙箍！我的裙子突然垮下，你该看到我站起来的样子：我的裙子挂在身上，很长，拖在地上。可爱的邓洛普太太在我面前，我走到她身后的马车旁，马上爬了进去。后来我们都笑得前俯后仰，尽管我感到很难为情，但还是忍不住一起笑了。我知道我看起来很滑稽。父亲说这是对我虚荣心的惩罚。也许是吧，但我总觉得是因为绿蔷薇藤条制成的裙箍实在太干了，它无法承受邓洛普太太的挤压！”

* * *

对我们这些在中国城市里生活的美国小孩来说，在她给我们讲的，她在我们国家生活时的所有有趣的故事中，没有什么比枫糖更激动人心的了。战后，除了要买赫曼纳斯早上一定要吃的巧克力以及咖啡和茶，什么东西都是家里自制的。

直到今天我都没见过炼糖，也没有见过割树取糖水，但我在想象中已经体验过了。在那个不长糖枫树的东方国家，在梦里，我一次又一次地看见取枫糖水炼枫糖浆。我知道，在初春的寒风中，当春天还只是在被盼望着而未真的来临时，你就得去割那些在秋天里变得金黄的大树的树皮。也就是说，在树上打一个小洞，往里面插一根木制的细管导出枫糖水，再在树下放一个桶接糖水。然后，把一桶桶枫糖水和水一起倒入炼糖营地的大铁锅里。大铁锅置放在一个简陋的架子上，男孩们拿来劈好的木柴，里面的糖浆被慢慢地烧开。

接下来是娱乐时间，镇上所有的男孩和女孩都在看炼糖，时不时地去搅拌一下糖浆，往锅底下添烧火的大木头。如果有雪，那时也应当有雪，大家就一起玩雪橇，一起嬉戏欢笑。每个人的脸颊都是红润的，每个人眼睛都是闪亮的，好玩极了。

熬到一定黏稠度时，枫糖浆就被倒入大木桶中，在今后的一年里被用来配荞麦蛋糕、华夫饼和煎饼吃。但是如果你想要枫糖，就必须慢慢地熬糖浆，而且只有老手才知道什么时候才能把热糖浆倒入大大小小的模具中冷却成形。

巨大的圆形模具做出的大糖块，可供一个家庭使用一年，但糖浆也会被倒入成百上千的心形、星形和月牙形的模具。最有趣和最美味的是把热糖浆倒在雪上，然后抓起一把包着变硬的糖浆的雪，吃突然冷却的枫糖。炼糖结束后，大家在刺骨的寒风中唱着歌走回家，没有人会因为吃了太多枫糖而生病——你想吃多少就吃多少。那是因为炼糖营地所在的树林很干净，纯净的白雪覆盖了一切，空气也很清新，每个人都身强体健。啊，凯丽，你让我们对祖国魂牵梦萦!

雪！她让我们仿佛看到了美国的雪！有时，偶尔有那么几次，在寒冷、潮湿的冬日里，我们居住的中国南方城市也会下雪。我们把脸贴在窗玻璃上，看着白花花的雪从灰色的天空中落下，飘到温呼呼的黑瓦片上时就瞬间融化了。我记得有一次，风把一些雪花吹到院子的一个角落里像薄雾似的铺了一层，好歹那也是雪，我们跑了出去，跳着喊着，“雪——雪！”还有一个空前寒冷的冬天，城外下了大雪，光秃秃的坟地上至少有一英寸厚的积雪，如果不靠近去细看地里冒出的残茬，这个世界看起来又白又干净。竹子上盖着羽毛般的雪，白色的坟地间还有嫩绿的麦苗。凯丽把装罐装牛奶的木盒的几块木板钉在一起，系上一根草绳，我们就坐在上面从中国坟地的斜坡上往下滑，幻想着在美国滑雪橇。

多年后，我在弗吉尼亚蓝山森林深处看到了真正的积雪，因为这个美国女人曾告诉过我，我已经体验过了。我看见草地静静地、一丝不动地睡藏在雪下。我看见屋顶上盖着厚厚的雪毯，下面的窗户正惬意快乐地向外窥视，烟雾向着平静的天空袅袅升起。一切都正如她所说的。在一条通往小山的道路上拐弯之前，我想到在小山脚下雪上的阴影应该是蓝色的，一转过弯，蓝色的阴影就出现了。十年前，在一万英里之外，她就指给我看过，所以我知道。

从幼年到二十三岁离开之前，她一直在这里生活，祖国的种种美好都融进了这段岁月。如果她父亲给她的最大礼物是向她展示什么是美，那么她并不需要太多的展示，因为她自己也同样会去发现。她欣赏草地、山谷和山脉随一年四季变换的大美；也爱密集的苔藓、小花和小昆虫的小美。有一次，她俯身看见一只红黑相间的彩色蜘蛛，忍不住伸出一个小手指去触摸，蜘蛛蜇了她，她的整个手臂都因中毒而肿胀起来。此后，她只看不摸了，理性告诉她毕竟是她先去惹恼了蜘蛛，这并不影响她依然欣赏它的美丽。

爱美、欣赏美就在她的骨血里，对美的热情和钟爱是她天性的一部分。春天，她会陶醉在洒满阳光的草地上，笑着，蹦着，几乎要跳起舞来。但她也喜欢干净、简单、和谐的美。对她来说，美不仅体现在月光下的一涧山水里，也体现在一间安静、干爽、清新的房间和刚洗过的闪闪发光的盘子里。我记得她说过，在内战结束后的困难时期里，因为买不到餐具，他们每天都不得不使用她祖父母从荷兰带来的、蓝白相间的柳条图案的瓷器和薄水晶高脚酒杯，使用这些餐具是她每天最大的乐趣之一。比起其他家务活，她总是抢着洗碗，这样她就可以用手感受它们的精美。这也成了她一生中有关美的永远的回忆。

她是感性的，喜欢抚摸物品时的感觉：丝绸、瓷器、亚麻布和天鹅绒的质地，玫瑰叶的平整，松球的粗糙。我记得有一次她拿了一片干燥的竹叶，搓了搓，喃喃道：“又硬又滑又细。”她也有异常敏锐的嗅觉。她在东方生活的痛苦之一是在花园里闻到城墙外飘来的粪肥臭味，在那里，城里每日产生的粪便是用来迅速提升土地收成的主要肥料。

我永远记得她第一次回到美国时的情形。在齐膝深的草地上或者在树林里，她要么一口气接一口气地做深呼吸，要么快速地嗅一嗅这，又嗅一嗅那。

“你在闻什么？”我们问她，生怕自己错过了什么。她高兴地回答，“就是闻一闻这里的一切！你们知道吗，美国最可爱的地方之一就是它的气息——它可爱，甜美的气息！”

她喜欢拿一把松针，用手搓了后放在鼻孔下闻，而后欣喜若狂地闭上眼睛陶醉在松香中。她喜欢纯净强烈的气味，也喜欢淡淡的香水月季的味道。有许多东方的花香她是不怎么喜欢的，因为它们过于香甜浓郁。

她对音乐有很好很深的理解,但音乐对她来说仍然主要是一种感觉和一种情感。在我没什么耐心的青春期,每次看到她一边听音乐一边泪流满面的样子我都觉得很烦人。她流泪倒不是因为伤心,而是因为美妙的音乐打动了她过于敏感的心。我用年轻人傲慢的口吻对她说,“如果你总要哭,干吗还要去听呢?”

她深深地、镇定地看了我一眼,回答说,“你现在还不明白。你怎么会明白呢?你还没有经历过人生。总有一天你听到音乐时,会知道那不止是技艺和旋律,更是对生命意义的描述——无尽的哀伤和令人窒息的美丽。到时候你就明白了。”

她对色彩的喜好有着令人好奇的矛盾。她总是选择精美细致的色调。我也思考过这一点,我觉得她天性中的激情应会让她去喜欢粗犷、原始的颜色。我有一种理论,或许不一定正确,那就是人们选择颜色时其实也真实地揭示了自我。她从不喜欢代表中国帝制的红色和黄色。我认为那里有一种放纵让她感到害怕——一种肉体的放纵。我想她害怕的原因是她感到了自己的血液中有种过于狂热的东西,她害怕自己的反应。她最喜欢的颜色是长在阳台台阶边的香水月季——那是一株美国香水月季——的淡雅、偏冷的浅黄色,她也喜欢温暖雅致的老式橙粉色。后来,当她满头白发时,她开始穿银灰色的长袍,在她身上总能找到她喜欢的色调。我想她知道她的清教徒血统以及她在那个时代里所受的训导一直在和她身上也有的一些异教徒的品质,一种激情,一种有着过于旺盛的精力和欲望的性情,进行着激烈的斗争。

* * *

如果她能从孤独的坟墓里走出来，我想她不会喜欢我刚才写的那些话。她会不安地看着我，说：“我不是一辈子都在和你说的这些事情作斗争吗？现在我都死了你却还要提起这些。”如果能回答的话，我会说：“啊，是的，我们看见了你的挣扎和斗争，但是你知不知道，我们爱你正是因为你身上那些你自己不喜欢的性情。”

每当我们想到她、谈论她时，我们总觉得她有截然不同的两面。一方面她热情、快乐、感性、急性子，擅长发现事情的可笑之处，是一个天生的女演员和模仿者，当她心血来潮，模仿某人的声音、步态和举止时，会把我们都逗得哈哈大笑；她让我们一起欢唱，或者在一个夏日突然放下手头的活去花园或山上野餐。另一方面她是一名清教徒，信奉神明，苦苦地追随上帝，但又从来没有真正看到过他，总是计划着有更多的时间去做祈祷，去做更深更多的奉献，但从来没有完全完成自己的计划。因为宗教上的失败，她更加努力地去约束自己的另一面，也就是激情和感性的一面，她被教导这些是邪恶的，会让她疏远上帝。她一直在两个不同的她之间挣扎着。

细思她性格的形成期时，我开始理解她天性中固有的这些冲突。她从赫曼纳斯那里继承了与她不可分割的对美的热爱；从善良的荷兰祖父母那里，继承了坚定的信念——一种为了正义可以牺牲一切的品质流淌在她的血液里。她在人们为了追随上帝、可以抛下一切，扭头就去另一个国家的故事中长大。她是清教徒的后代。但是在这个已经不怎么协调的混合体中，还有她那快乐、务实、不太虔诚的法国小母亲，她最爱的不是上帝，而是赫曼纳斯和她的孩子们，然后因为他们，她才爱仁慈的上帝。

多年后，当对我自己的国家和人民有了更多了解后，我才更加懂得凯丽。正因为不同血统带给她的多样性和不和谐性，正因为她前辈的先锋精神和她自己的各种人生经历，她才更是一个美国人。

尽管在大房子里的生活很幸福，尽管有音乐、学校和乡村派对，凯丽并不总是快乐的。也许在她那个时代，没有人总是快乐，因为他们总要思考有关灵魂的问题。

在她最快乐的时刻，她会想起自己的灵魂。有时，当她和朋友们一起开玩笑、逗乐、欢笑时，她会突然停下来，就像有一只冰冷的手放在她的心上，她惊慌失措地想："我那永恒的灵魂该如何是好？"有时，她在屋子里干活时会停下来从敞开的门往花园里看，想着天堂是否更加美丽，这时，一种强烈的恐惧会冲进她的脑海，"但是如果我没有被拯救——我还能看到天堂吗？"

这些事情是很难不去想的。漫长的星期天的教堂礼拜，每天在家的两次祈祷，牧师温柔而尖锐的质问，父亲和母亲期望每个孩子都被"拯救"、被教会接纳，这些都会让她感到不太开心。

但让凯丽去寻找上帝的从来不是对地狱的恐惧。我从来没有看到她害怕过，我不信她会因为惧怕地狱而改变自己的意志。不，她是真的很想做一个好人。她过去常对我们说，"做一个好人真好，孩子——做一个好人，因为这是世界上最可爱的事情。"她想找到上帝，因为他们告诉她这是做一个好人的唯一方式。除非找到上帝，否则个体的善良就像《圣经》里说的那样只是一块"肮脏的破布”。

她曾经告诉我，因为不停地寻找上帝，她的青春期过得十分苦恼。她那些会找捷径的朋友一个接一个地被“改变”了，接受了教会圣餐。但是凯丽叛逆又痛苦地坐在小教堂里，对着面包和酒摇了摇头。她不会自欺欺人。她一遍又一遍地祈祷。

在她的日记中，我找到了有关那段岁月的记载，“在十二岁到十五岁的几年里，我每周都要去谷仓后面的树林里好多次，我钻进一丛接骨木的缝隙，跪下来，祈求上帝给我一个印证——任何能让我去相信他的印证，就像《圣经》中的雅各那样。有时我发誓我就在那里待着不走，除非他给我一个特别的印证，但是我一直没有等到。往往是牛铃的叮当声告诉我已经是晚上了，要回去挤牛奶了，要去摆桌子准备吃晚饭了。”

她一次又一次地把这些烦恼讲给教会主日学校的老师，牧师的妻子，邓洛普太太听。这个温柔平和女人也试图让这颗热烈而诚实的心“被救赎”。

“只要把你自己交给上帝，亲爱的——这就可以了，”她说，充满了对这个她并不完全理解的、皮肤略黑、性情率真的女孩的慈爱，“把你的心交给上帝应该是一件非常容易的事情。”

但凯丽想要的不止这些。“我想感觉到上帝接受了我，”她喊道，“我可以把自己交给他，但他为什么不接受我？他为什么不给我一个印证？”

老邓洛普太太显然帮不上什么忙。她只能耐心地重复：“把你自己交给上帝——把你自己交给上帝，亲爱的！”

对凯丽来说，那是风雨飘摇的岁月。不能确定上帝的迷茫常常让她产生相反的无所顾忌的情绪，沉浸在寻欢作乐之中。有时候，她惊恐地意识到自己年轻血液中的骚动，觉得自己邪恶得无可救药，只要一起私心杂念她就感到害怕。

此时的她已是一个皮肤略黑的漂亮女郎，比她的年龄成熟，喜欢幽默也爱笑，但在该严肃时也很严肃。她有红润的嘴唇和灿烂的脸庞，还有一头天然的“瀑布”般的栗色卷发。

我不知道她那时确切的经历，因为她从未告诉过任何人。我只知道在那些年的某个时候，她爱上了一个有着欢快嗓音的英俊男孩，就是那次她的裙箍断裂时，曾在教堂里笑话过她的那个男孩。他已经长成了一个年轻人，高个子，金发碧眼，温文尔雅，尽管他颇以自己“不信上帝”为荣，但他还是会去教堂，他这么做是为了唱歌，我还愿意相信，是为了凯丽。他们每周有一个晚上在教堂的唱诗学校里见面。

“他的歌声能打动任何人的心。”凯丽有点不情愿地说，眼睛是冷静的。这是她白发苍苍时说的话，但我能从她的眼睛里看到她仍然对他念念不忘。除此之外，她什么也没告诉我们。我认为他强健的体魄令她热血翻涌难以自持，而她体内的清教徒让她对他充满恐惧。我不知道他是否爱了她很久。

但我知道他对她青眼相待，因为当被追问时，她承认他对她“好”，她叫他“别那样”，因为她不想嫁给他。

“为什么不？”我们追问，因为他听起来很浪漫。

“因为——因为——他不好。他酗酒，他的家庭有酗酒史。做一个好人不容易，我怕结了婚我可能会变得和他一样。”

我不知道凯丽是否可以独自坚持下去。但碰巧的是，就在那一年，她的小母亲生病了，凯丽从年轻人的生活世界中被带走，去日夜服侍病人。看着母亲日渐虚弱，她发誓永远选择良善而不是邪恶，她会服从自己严谨理性的一面，而不去跟随喜欢快活的一面，她一生将与她深知的、自己体内的感性作斗争。她要做一个好人，把自己否定到极点，把自己献给上帝。但怎么做才是最完全地否定自己呢？如果她把人生和自我全部交给上帝，也许上帝就会给她一个印证，这样她就可以找到他跟随他了。

母亲的这场突如其来的疾病让凯丽在新的生活规律中忘记了她的灵魂。坦白地说，在众多孩子里，母亲最喜欢凯丽。凯丽手脚勤快，擅长烹饪，也很节省。她也喜欢采集草药和做园艺。凯丽经常和母亲在一起欢笑。她身强体健，有时会抓住瘦小的母亲，像孩子一样把她高高举起，威胁她除非答应不那么拼命地干活或者多吃点东西，否则就不放她下来。"你这个大淘气鬼，"小母亲喊着，假装生气，"你把我放下——马上，我说！我是你妈妈！"但她其实是喜欢这样的，喜欢靠在女儿身上。凯丽不仅爱她母亲，也很钦佩她。除了她对上帝的苦苦追寻，她和母亲无所不谈。凯丽一个人默默地承受着对上帝的追寻，因为法国母亲无法理解女儿心中的这个渴望。她去教堂，和父亲一起跪下祈祷，把家收拾干净，做可口的饭菜——这对一个女人来说已经足够了。凯丽什么也没多说，只是温柔地爱着母亲，因为母亲太天真了。

现在母亲病了，变成了一个孩子，依靠着女儿。

这病来得又快又突然。一个冬日，母亲去了冰冷的地窖，想从一个坛子里取一些泡菜，但发现那个坛子已经空了，就去开另一个。就这么点功夫她着了凉，先是剧烈咳嗽，很快就发展成了肺结核。尽管凯丽不愿相信母亲会死，但她还是明晓真相的。

她没有被死亡吓倒，而是勇敢地去面对一切。她轻快地在床边服侍，把病房布置得温馨明亮，用鲜花让房间保持清新，她清洗、上浆、熨烫母亲戴的小褶边蕾丝帽，给她做漂亮的睡袍，把以前打扮洋娃娃的劲儿都用到了关爱这个躺在大床上的眼睛凹陷的娇小女子身上。

赫曼纳斯那时搬去了另一个房间，凯丽睡在了母亲身旁，用她青春的强健温暖着这个弱小、冰冷的身体，尽可能不让她母亲感到害怕。

有一天晚上，母亲开始不停地咳嗽，凯丽跑过去把她的头抬起来。母亲看着她，痛苦不堪地呻吟着，“孩子——这就是死——亡吧？”她一个字母一个字母地拼出“死亡”这个词。

凯丽无法承受母亲眼中的恐惧。哎，要是她懂得上帝就好了——要是她能对母亲说“我懂”就好了。

只要有个印证……她就会把自己交出去。“我要把我的全部奉献给上帝——我全部的生命。”她充满激情地低声说道，一刻不停地搜寻着。事情不能只做一半，也绝不能是不彻底的牺牲。“我要去当传教士，没有比这更能表明我把自己完全交给上帝了。”

突然，一切结束了。母亲微弱地喊着，凯丽把她高高地抱在怀里。母亲暗淡的眼睛变亮了，苍白的嘴唇上露出一丝略显惊讶的微笑，喘息着说，“为什么——这都是真的！”

有那么一会儿，母亲突然透过房间的墙壁清晰地看到了另一个世界，然后她就去世了。凯丽听到低喊，看到母亲的凝视，感到自己的心跳也停止了。这是上帝给的印证吗？她怀着极大的敬畏轻轻地放下了母亲。

第二章

凯丽非常想念母亲，现在那个小小的、温和的人不在了，她再也不能在晚上轻松愉快地歌唱了。她立志献身上帝，牢牢记住自己的决定，她将坚定不移地去实现自己的人生目标。

但是上帝仍然没有给出任何接受她的印证，只有等到印证之后她才知道下一步该做什么。与此同时，日子还得像以前一样，干活、上学，只是她变得更加安静，更加稳重。她不去参加乡村聚会，也不和尼尔·卡特一起出去散步了。她努力学习，为自己的承诺做准备。

传教士对她来说并不陌生。以前有好几个在他乡传教的传教士来过他们的乡村教堂，那些人看上去都有些憔悴，皮肤也晒伤了，但是他们都满怀激情地讲述他们的经历。虽然与她那时的意愿不符，她还是被他们为了上帝而勇敢外出开拓的精神打动了。但她那时还没想要被“召唤”去做一名传教士，因为那将意味着要离开美国，而她不要离开美国！她总避开传教士的目光，溜出教堂后如释重负。

现在一切都变了。她必须——而且已经——做好了去传教的准备，这是她的承诺。她在家里变得沉默寡言，但如果有人注意到了，大家也只是说："凯丽还沉浸在失去母亲的悲痛中。"但事实远不止于此，她已经准备好了要开启新的生活，准备好了要跟随上帝的引领。

两年过去了，经济开始复苏，等战后重建的最困难的日子过去后，赫曼纳斯发现他的爱好有了实际的用途，人们从四面八方把钟表和珠宝带来让他修理镶嵌。他制造的手表也深受欢迎。他细长敏捷的手指仿佛有魔力，可以让这些精密机械运转起来。这也是有生以来他第一次为家庭收入做出可观的贡献。

科尼利厄斯当然还是学校和农田里的中流砥柱。两个大姐负责管理家务和照顾幼小的弟妹。家里那时最大的问题是小儿子路德，他的性格和外表都最像凯丽，但是她有自控能力并努力要去学好，而他却只有年轻人的冲动。他变得越来越叛逆，想要去西部，那里的金矿正吸引着每一个哪怕只有一丁点儿流浪癖的年轻人。全家人联合起来反对他，他最爱他的母亲，因为她理解他，现在她不在了，要留住他很困难。赫曼纳斯一怒之下想狠狠揍他一顿，但这个高个子、黑眼睛、黑头发的小伙子已高出他一头，这位身材瘦小、傲慢好斗的小父亲心有余而力不足。于是他让科尼利厄斯鞭打他。打了一次后，科尼利厄斯痛苦地扔下鞭子，再也不肯打了。自从母亲死后，一切似乎都变得不太对劲，但家庭生活仍要继续。凯丽也在她毅然的秘密决定中等待。

在凯丽十八岁的时候，她幼时的牧师，邓洛普博士准备退休了。他胖了很多，还常常在主持礼拜时昏昏欲睡，显然该有一个新牧师来接替他了。赫曼纳斯像他对待村里的所有事情那样，开始主持选任新牧师的工作。在听取了许多人试讲不同的教义后，他们选中了一个严肃的高个子年轻人，他参加过内战，尽管年轻，但比他的实际年龄要成熟。他来自同一个州,是邻县格林布里尔人,父亲是当地的一个大地主。战后这位年轻人先在学校教书,然后去了神学院并以优异的成绩从那里毕业。他有惊人的语言天赋,尤其擅长梵语、阿拉伯语、希伯来语和希腊语。在这个小村庄里,大家有一种开明的学习意识,赫曼纳斯家也一直保持着热爱文化的优良传统。这位年轻的牧师相貌英俊,身材高大,温文尔雅,一头金发,他娇小的妻子像一个漂亮的公文包一样搭在他的手臂上。他的试讲很不错,令人满意地解释了传统的宿命论和自由意识观,讲得又长又内容丰富,超出了大多数年轻的教堂成员的理解力。这就够了,他就是他们要找的新牧师。

同年夏天,他在村子里的白色教堂旁边爬着蔓藤的牧师宅邸安顿了下来。后来他的一个还在上大学的弟弟来拜访他,在此特别提到这个年轻人是因为凯丽后来的人生故事。那是一个专心于教会工作的学生,一个又高又瘦的年轻人,有着一双近视的蓝眼睛,目光缥缈神秘,声音温和,脸带微笑。他非常害羞寡言,拒绝了所有要他加入唱诗班和唱诗学校的邀请。他微笑着回答说,他很忙——他在和他哥哥一起读书。礼拜天在教堂里他也不和别人坐在一起,似乎看不见任何人,脸上是一副全神贯注敬拜上帝的表情。凯丽如果偶尔注意到他,会认为他是一个极其圣洁的年轻人,也许缺乏幽默感,但肯定很好。她自己的幽默感是她永远的绊脚石,特别让她感到羞耻的是,即便是在葬礼上,她仍然能看到可笑的事情。她在教堂里不止一次为自己的困惑而烦恼,也会为一些愚蠢的小事后悔。比如,在纳尔逊小姐弹风琴时,苍蝇飞进她帽子上的薄纱中,因被帽纱笼住了发出一阵阵嗡嗡声。纳尔逊小姐是一个矮小、害羞的中年妇人,在这混局下,她惊慌失措地坐在那里,脸因尴尬而涨得通红。至少有一次，在做礼拜时，她不得不在赞美诗唱到一半时逃离，等把苍蝇赶走后再回来。但用不了一会儿，帽纱上的粉浆的甜味又吸引了更多的苍蝇从窗外飞来。每年夏天，这顶帽子是一个吸蝇器，也是教堂里年轻人的笑料。

但牧师的弟弟对在教堂里发生的这些事视而不见。他的心思在别的地方——无疑是在应该在的地方。凯丽总是为自己想要做的和做到的之间的差距而感到惭愧，看到他坚毅、略显苍白的年轻的脸上敬拜上帝的表情使她更清醒地意识到了这一点。但他们的交往仅限交谈，他的性情和使命感让他显得有些疏远。她非常尊敬他，其他也就没有多想了。难道没有一个使命在等待着她吗？

凯丽十九岁时，科尼利厄斯已教不了她了，他不愿意就此让聪慧敏捷的她停止进取。战后，家中的经济条件逐渐好了起来，家里不再特别需要她了，路德也安顿了下来，最终同意去上学“接受教育”。科尼利厄斯决定送凯丽去一所女子神学院，让她有机会学习并锻炼她饱满又优美的嗓音。

去上一般的神学院当然也不行，赫曼纳斯要求除了学习通常的课程之外，她还要学习长老会的基础宗教教义，接受行为举止和道德修养方面的教育。经过大量的调查，他们最终选定了在肯塔基州路易斯维尔附近的贝尔伍德神学院。

于是凯丽在十九岁时，怀着激动不已的心情去了那里。她穿了一件新的棕色羊绒连衣裙，是专门为乘汽船旅行做的。裙子后面有一个很高的裙撑，裙底有六个褶边，胸部和袖口有乳白色的蕾丝。她还戴了一顶饰有相同蕾丝的高高的棕色獭皮帽。尽管她觉得自己的嘴有点太大了，但她对自己的外表很满意。那时她有红润的嘴唇和灿烂的面颊。多年后，她的小女儿天真地问：“妈妈，你做女孩子的时候漂亮吗?”她听了后,深褐色的眼睛闪烁着光芒,然后认真地回答道:“尼尔·卡特送我去神学院的时候,似乎是这么认为的!”

在贝尔伍德神学院的两年充满了友爱和快乐。她班上有十七个女孩,她深受大家的喜爱,成了她们的头。她生性热情大方,善解人意,也因此结交了很多不同类型的朋友。她会很快发现一个人是否需要关爱。我认为尼尔·卡特在这一点上比其他人都更从她那受益——他需要她来帮他变好。至少有一次,她告诉我们她曾几乎答应帮助他,但是当他后来又犯酗酒的老毛病时,她敏锐而客观地意识到——他酗酒成性——屡教不改,因此他失去了她。

我身边有两篇她学生时代字迹漂亮的旧作。一篇叫“王后以斯帖”,这篇论文论述了犹太女王为她的人民做出牺牲——她的文章总是宣扬自我牺牲的魅力——和在必要时为他们献出生命。但这篇文章是以一种愉快而天真的确信结尾的,即那些做对事并相信上帝的人一定会得到好报。

另一篇论文让她赢得过金牌,奖牌上系着一条细丝带,丝带上面有一个搭扣,可以挂在脖子上。这篇文章字迹也非常漂亮,没有任何涂改,是为参加道德哲学课的论文竞赛写的,文章里满是炽热的宗教教条。我从中可以看出,至少在她二十岁的时候,凯丽已经不再是少女时代那个喜欢享乐、又在矛盾中挣扎的人了,她已是一个年轻的女人,而且决心要成为一个高尚的基督徒。这篇文章里有一些清高的东西,只不过我也很清楚,她身上还有随心所欲和幽默的另一面。事实是,即使在生命的尽头,只要拿起一支笔,她就会郑重地记下各种有关正直的训诫,而这些都是针对她自己的。她的小日记本里也记载着勉励自己的话语。我认为她这样做是因为她需要这些来支撑自己的精神世界。她不停地对自己说教，生怕她那颗爱笑闹的心会把自己引上歧途。

当然，如果她只是我在这篇优秀但有些荒唐可笑的《基督教的道德依据》中看到的那个人，她是不可能赢得同学们的喜爱的。她们中的一些人在她有生之年一直都乐意与她通信。她同班的、在毕业二十五年后还活着的同学一起给她做了一床漂亮的丝绸和天鹅绒拼布被子，每个人都在自己的方格上绣上自己的名字，把它寄到中国送给她。她笑着把它抱在胸前，眼睛湿润了。“那些可爱的女孩们！”她喃喃地说，虽然那时她们和她一样都已经是白发妇人了。

我记得这一次，她放任了自己对色彩的喜爱，用一块华丽的红色织锦缎铺垫在被子底面。这床被子成了我们大家的财富和光荣，它被放在客房的床上小心保存。当凯丽在那个中国城市里奄奄一息的时候，她让人把这条被子拿来，将这床充满爱和敬意的被子盖在她身上。让我感到欣慰的是她没看到革命到来的那一天，这条被子被一群残暴、到处抢劫的士兵抢走了！然后士兵们抽签决定谁得到这床被子，最终它落入了我此生见过的最黑暗野蛮的家伙手中，被他披在赤裸肮脏的肩上。

* * *

二十二岁时，她完成学业回了家，感到自己是一个年轻的女人了。神学院这几年的制约和对宗教信仰的强调增强了她要去做一名传教士的使命感。她把这一想法告诉了她的父亲。谁知他听后完全惊呆了，而且非常生气，认为这想法太荒唐了。什么，一个年轻美丽的女基督徒要去异教徒的国家，然后被他们活生生地给吃了——什么，他自己的女儿？——绝对不行！

凯丽惊讶万分，因为她本来认为这个想法会和她父亲博大的宗教观相吻合，她一下子发起了脾气和他激烈地争论起来，说他应该支持她为宗教信仰献身。这个给了她火暴脾气和固执倔强的父亲也同样火冒三丈，用非常自负的口吻说，做什么事都应该有分寸，包括对上帝的敬拜，一个只有二十二岁的年轻未婚女子是不适合去当传教士的。

这是凯丽第一次在父亲那里听到这样的异端言论，她愤怒地流下了眼泪，但这反而使原来只是想法而已的事变成了她认定了要去做的事。

那年圣诞假期期间，牧师的弟弟又来了，他更高了，看上去也更苍白，更遥远。在她焕然一新又崇尚圣洁的心境下，她觉得他很棒。尼尔·卡特和他那类人已让她厌恶了。她又听到与她同龄的一些女孩私下议论说他要去做一名传教士，她的心动了起来，这不正是一条出路吗？

有一天，她抓住了一个机会和他说话，她一改往日的轻松自然，变得害羞起来。那是在教堂礼拜后，大家都还在教堂门槛和草坪附近溜达着。他礼貌地对她点点头，像她一样害羞。她深褐色的眼睛闪烁着，透出充斥着她灵魂的热望，她问他："你真的要去中国当传教士吗？"

她等待着他的回答。

"是的。我觉得这是我的责任，"他简单地回答，手里拿着帽子站在那里，高高的白额头显得平整纯洁，蓝色的眼睛里充满了安详。

她热情地喊道，“哦，我也想去，我已经想了好多年了！”

他第一次饶有兴趣地看向她，那缥缈又有点凉意的蓝眼睛凝视着她深褐色的、闪烁着的眼睛。

“是吗？”他说。

后来她对他有了深入的了解，她知道“我觉得这是我的责任”这句简单的话就是他本性的主要特征，他每一个行为的动机，以及他一生无可非议的品质。

他当然没忘记他们的谈话，开始来正式拜访她，他们一起高谈宗教信仰和他们的共同目标。他说话的时候，她看着他，他给她解释她还没有耐心去读的、教堂里满是灰尘的书里所讲的教义。她想上帝似乎是有意让他们互相了解。他们在一起轻松自如地谈论美好的事物，并没有热血澎湃的激情。她的决心变得越来越坚定，她那喜俗乐世的秉性隐退了。他走后，她觉得镇静、安宁、虔诚，不像尼尔追求她时，会有那些激情、欢笑和逗趣，让她感到又开心又羞愧。

没过多久后的一天，她收到了一封写得小心翼翼，措辞生硬的正式求婚信。信上说既然他们有着共同的人生目标和相同的想法，那么他们的结合应该是上帝的旨意。此外，他的母亲不同意他独自一人去异国他乡，她的条件是他得先找到一个妻子。但想找到一个愿意和他去这么远的地方的人并不容易，他一直在等待上帝的指引，现在看来一切都是天意。

她恭敬地读了这封信。和这样一个男人在一起，她想她会变得很好。她生动地想象憧憬着今后他们在一起的岁月，他们会依靠彼此，依靠上帝，互相帮助。他不善言辞，而她的伶牙俐齿正可以帮助他布道。他的渊博知识和她的能言善辩将是一个完美的组合！她似乎看见了丰收的果实，看见一群深色皮肤、穿着白衣的异教徒正在接受洗礼，用敬慕的目光跟随着他们——那是一种成功的生活——她以前所有热烈的、激情的、爱快活的天性将永远地被征服。如果和尼尔·卡特在一起，她非但拯救不了他，自己的灵魂也会迷失。但如果和这个男人在一起，不仅他们会生活在天堂里，她还能把天堂带给他人。但每当她想到要离开深爱的家园时，心中难免会产生一些牵挂和不舍，可是她确信自己清楚自己想要什么并立刻以此自我安慰，她把正义的事业看得高于一切。她想如果她牺牲了一切，那么上帝总有一天会给她一个印证吧？每次和这位年轻的传教士交谈，她似乎感到了那个印证已离得很近了。

但是她没有马上回信。兴奋反而让她平静了下来，她平静地告诉父亲上帝指给了她一条路——她决定嫁给这个年轻的传教士，和他一起去外国。

此时的赫曼纳斯是一个满头白发、脾气暴躁、耿倔好斗的老头，听了女儿的话，他抓起手杖，径直向门口走去。说来也巧，那时是下午三点钟左右，也就是那个年轻的传教士平常来拜访凯丽的时间，他正踱着平日里有点犹豫的步子慢慢地走在那条铺了石板的小路上。看到他，这个正怒火冲天的小个子老头冲了上去，冲着他挥舞手杖。那年轻人吃惊地后退了一步。

“先生，我知道你想要干什么！”赫曼纳斯用与他的体型不相称的巨大音量咆哮道，“你休想让我把女儿嫁给你！”

这位年轻的传教士偶尔也会有一种罕见的、干巴巴的幽默。他低头看着这个小个子老头，温和地回答道：“先生，我会娶您女儿的。”说完就继续走他的路。

凯丽在门口等他，这下所有的疑虑都没有了。赫曼纳斯的话适得其反地帮助了这个年轻人，她接受了他。

科尼利厄斯接下来着手去说服他们的父亲，虽然这位大哥自己并不完全同意妹妹的决定，但他知道她已是一名成年女子，应当按照自己的意愿行事。另外，这个年轻人本身是一个好人，如果想要从事这项事业，又感到了神召，传教是一项高尚的事工。重要的是，凯丽应当做她想做的事，但若能得到家人的祝福就更好了。经过多次商讨，赫曼纳斯非常不情愿地同意了。

此后，每天下午三点，年轻的传教士都会来和凯丽在客厅里单独谈一个小时。在他们结婚以前，他都以“凯丽小姐”称呼她。到了下午四点，他们就和家人一起享用家庭传统的、有葡萄酒和小蛋糕的下午茶。

1880 年 7 月 8 日他们结婚了，凯丽穿着灰白的旅行服，对传教士来说，如果穿橙色花朵点缀、装饰繁复的白色缎子的婚纱就不太合适了。

到了车站，年轻的新郎尴尬地发现他只买了一张火车票。

“你要知道你现在有妻子了。”他的哥哥责备他说。

事实上，比起结婚，那天让这个年轻人更兴奋的是他做一名传教士的梦想终于成真了，他终于要开始他将为之奉献一生的事业了。此后，他一直称其为“事工”。现在什么障碍都没有了，他母亲要求他找一个妻子的条件也满足了。他有了一个妻子，但他似乎还没有完全记住这一点。

* * *

他们俩就像两个一起去旅行的小孩子。两人以前都只生活在安静的乡村里，都没有去过比学校更远的地方。现在他们一下子就要面对横跨半个地球的旅行，他们只知道他们得先走陆路再走海路。安德鲁从派他出去传教的长老会那里领到了1 500美元，他把这些纸币叠好放进了双排扣长外套的口袋里。上了火车，他们一直坐着横穿美国，都不知道还可以买卧铺票。到了旧金山，他们也不知道马上去订船票。过了好几天，安德鲁才找到一艘名叫“东京城”的破烂不堪、不宜长途海航的旧船，第二天就要启航，他订了一个船舱，准备开始他们第二阶段的旅程。

结婚没出三天凯丽就明白她必须管理生活上的事，安德鲁可能在祈祷和布道上有一套，但在日常生活中，他跟孩子一样容易轻信别人，也缺乏方向感。他笃信人性的良善，虽然他也说教人性丑恶的一面，但除了同他在教义上有不同意见的人之外，他不相信人是邪恶的。凯丽安排把行李物品运到船上，着手了解需要为海上旅行做哪些必要准备。

谁知道半个世纪前，当她在那个炎热的夏日从美国西海岸起航时，心里在想些什么？有一次她亲口说，当意识到要离开自己的国家时，她突然有一种恐慌感，跑回了船舱，不顾有可能看不到船起航、心爱的海岸线离她越来越远。那一刻，她对自己嫁的这位圣人突然产生了敌意——不过就只有这么一瞬间，看在上帝的分上，那敌意立即就被压制住了。可是上帝甚至在这分离的时刻也没从天堂里给她一个印证，告诉她做得好。

哪怕到了生命的最后，凯丽都认为在那艘在海上摇摆不停的老爷船上度过的一个月是恐怖的。离岸不到一小时，她就发现自己乘不了船，晕船对她来说几乎是致命的。她不仅恶心，还伴有剧烈的头部和背部的疼痛，而且时间越长越糟糕。她是在山里长大的，热爱大山，海洋除了令人生畏和势不可挡，她看不出有什么美。但是我想她不喜欢海的另一个原因是，对她来说，那永远象征着她和她的国家的分离，随着岁月的流逝，她愈发热爱自己的国家。海洋是将她与祖国隔开的无法逾越的巨大障碍，严重的晕船让她最后不愿为了回国再一次冒险经历海上航行，被迫客死他乡。有一次她晕船晕得脸都绿了，摇晃着走下跳板上了岸，但她仍不失幽默，用明亮的眼睛看着我们说："我现在比任何时候都想去天堂，因为我知道《圣经》上说'海也不再有了！'"

对一个新娘来说，在蜜月期间一直生病是特别难堪的，但因为新郎是安德鲁，这也就不算什么事儿了，他对女人的外貌，甚至连他妻子的都毫不在意。她看明白了这一点，虽然心里有点受伤，但还是觉得好笑。我记得多年后，当她不再年轻美貌，她说过："安德鲁对我的模样和穿着向来不在意。他唯一一次提到我的长相是一次在我生完孩子后，他以为我活不了了，异乎寻常地动情，坐在我的床边，万分害羞地说：'凯丽，我以前都不知道你有一双漂亮的棕色眼睛。'那时我和他都结婚十八年了，刚刚生下第七个孩子！你现在知道嫁给一个圣人是怎么一回事儿了吧。"然后，她又像往常一样，习惯性地、又快又滑稽可笑地话锋一转，补充道，"好吧，我宁愿嫁给一个从来看不到我的美丽的圣人，也不愿嫁给一个看到别的女人都觉得漂亮的罪人！"

* * *

船抵达了日本后，他们在几个港口短暂停留，他们都对那里的社会文明和文化进步感到震惊。尤其是凯丽，她喜欢日本人娇小精致的美，难以相信一个看上去如此完美漂亮的国家会是邪恶的。但安德鲁不容易被外表的美丽所迷惑，当看到到处都是寺庙和膜拜的人群时，他心里明白这里是一个“异教”的国家。

破旧的“东京城”到了日本就不走了，他们换乘一艘往返于中日海域的桨轮蒸汽船，又经历了五天极其艰难的航行。但在进入有大风大浪的水域之前，在日本内海的两天航行堪称完美，海水被周围的岛屿和山脉驯服了，平静地、满足地、美美地躺在那里。对凯丽来说，这片大海永远是平静可爱的记忆，她以后每次乘船渡海时都能从风平浪静中找到快乐。

船快到中国时，她开始急切地寻找驶入日本时看到的那令人难忘、风景如画的崎岖海岸线，但这里没有那样的海岸线。长江阴沉着脸源源不断地流进大海，浑浊的黄泥水在清澈的海水中分明可辨。那艘船在驶过两水交汇的边界时摇摇晃晃。当陆地跃入眼帘时，船的两边都是又长又低的泥滩，她的心沉了一下，难道她要在这个看上去并不美丽的国家度过余生吗?

他们到了中国，在当时就是中国沿海主要港口城市的上海下了船。在码头上迎接他们的是一群老传教士，凯丽急切地审视着他们，想看看他们到底是什么样的男人和女人。当发现他们在外表上与别人没有什么不同时，她暗暗感到有点失望。她没有在他们身上找到什么特别高贵的迹象，当然也没发现什么不好的地方。他们是一群善良、平常的人，着装有点过时，就像她家乡的一些人一样。女人们私下里急切地打量着她的旅行服，她们上来就问她有关美国的问题，这让她感到有些可笑。但是他们热心，友好，见到他们还是很高兴的。

对这些年长的传教士来说，这两个刚来的年轻力壮的美国人是新生力量，这里总共只有十一名传教士，已有七年没有新人来了。在他们到达的那个晚上，一个住在上海的传教士在家里为他们举行了欢迎晚宴，大家都忙着交谈提问，想知道家乡的最新消息，并给他们在中国生活的建议。

每次提起这顿晚宴，我都会记得凯丽是如何把其中的故事告诉我的。安德鲁饱餐一顿后，因旅途疲惫直挺挺地坐在椅子上睡着了，这让坐在房间对面的年轻新娘因无法过去唤醒他而感到尴尬万分。这是凯丽第一次碰到这种情况，但她很快发现这是安德鲁的本事，每当疲倦或无聊的时候，他就可以悄悄地、无所顾忌地睡着，醒来后，精神焕发，心情大好。这种本事在他刚开始拓展工作的艰苦岁月里无疑非常有用，有益于他的身体健康，但这却是凯丽的一大痛苦。她学会了尽可能坐在他身边，用温柔娴熟的动作唤醒他。这样做时还必须小心，不然他醒来时会发出轻微的咕噜声，引起大家的注意。

有一次，我看到她实在是忍无可忍了，那次是他和一群有学问的人一起坐在教堂的讲台上，他也是发言人之一。他感到在他之前发言的人的讲话有些沉闷，就安静地故意睡着了。坐在台下的凯丽立刻看到了，如果眼神能刺人的话，她的眼睛就会刺穿他，再把他钉在后面的墙上。但他继续安静地熟睡，而她则在座位上不安地扭动着，主持人已经开始介绍他下一个发言，他却仍在打盹，凯丽差点站起来。然后奇迹般地，他在最恰当的时候睁开了眼睛，凝视着前方，看到讲坛上空无一人，站起来走上前去开始发言。他对她事后的责备总是不好意思地笑笑，对她来说，更令人恼火的是他总能在最后一刻醒来，没误过事儿。

这群传教士在上海停留了一个星期，购买过冬物品。那时候，上海是唯一可以买到外国商品的地方，他们甚至还购买了冬天用的煤，用本地帆船运到内地。长江流域的冬天又湿又冷，安德鲁在这里买了他的第一件英式阿尔斯特大衣①。他们还为自己的房间买了床上用品和家具，安德鲁对凯丽买的一些做窗帘用的、玫瑰色的平纹细布感到有些奇怪。

随后，大家就分开了，一半人去了苏州，另一半，包括新来的去了杭州。他们乘着又慢又重的旧木船，花了七天时间才从上海到了杭州。这在现在看来是不可想象的，现在火车快车可以在半天内就把上海的商人们送去西湖畔过周末。那个时候，除了他们这一小群人，杭州也没有其他白人。安德鲁、凯丽和老伦道夫夫人在一艘船上，斯图阿特夫妇和他们的三个小男孩在另一艘船上。帆船停泊在苏州河上，他们从那里登船，船夫用篙撑船穿过上海，河岸上站满了人，挤在那里好奇地看着这些奇怪的乘客。

凯丽回头望着那一堆黄褐色的脸，内心十分矛盾。她正是为了这些“异教徒”放弃了自己的国家，献出了自己的人生——哦，她愿意为他们奉献自己——她愿意为他们奉献一生！她又产生了一

---

① British ulster，一种长而厚重的大衣，传统上用厚羊毛织物制成，可以保暖并防风防雨。

股厌恶感，那些人看上去很可怕，他们细狭的眼睛是那么残忍，他们的好奇心是那么冷酷！ 木船终于滑出了暗沉的城市，在城里，河两边的堤岸上都是密密麻麻的房子，有的就在水边，有的甚至建在水中的柱子上。

到了乡间，河水在静静的小田园间平静地流淌着，凯丽深深地吸了一口气。 这里有蔚蓝的天空，一排排的树，还有像她家乡一样的柳树和正待收割的庄稼——她熟悉这样的景象，她不害怕。

凯丽在这个新的国家的第一次旅行经历是美好的，整整七天他们穿梭在金黄的田野中。 这里很美，虽然有些陌生，但确实很美，而美总能赢得她的心。 那时正值九月底十月初，天空万里无云，长江流域的阳光从来没有像现在这样辉煌灿烂，夏天的酷热已经过去了，初来乍到的秋天泄去了空气和阳光中的毒辣，留住了宜人的温暖。 这里有羽毛般舞摆着的竹林，矮矮的绿色山丘，蜿蜒、金光闪闪的河流，金灿灿的田野上成熟的稻子，每隔半英里左右就会出现的一片茅屋组成的棕色小村落，打谷场上传来的连枷打谷令人心醉的节律，秋天甜美的空气——要为凯丽感到庆幸的是，她刚到中国的头几天，四处都是这样的景象。 她坐在船头，凝望着四周，着迷了，淳朴地感叹一个异教徒的国家竟是如此美丽。

初秋的天气风和日丽，有时他们会叫船夫靠岸，让他们上岸走走。 除非有风上了帆，不然行船的速度不比行走快。 船的桅杆上拴了一根绳，绳子的另一端套在纤夫们的肩膀上，纤夫们在岸上拖着船走。

穿过乡村时，凯丽兴致勃勃地观察着人们的面孔，他们不像城里人那样面无表情，显得冷酷。 他们是晒得黝黑、和善的农民，好奇又目瞪口呆地看着外国人，但他们会对微笑作出回应，而微笑，凯丽总是有的。岸上的父亲、母亲、小孩子们就像在地上蹦着的棕色蛐蛐一样快活，她看到了一个个家庭，看到了靠土地谋生的人，他们对她来说是活生生的人，并且此后，我认为，他们永远不再是“异教徒”了。这是她后来在他们中生活的基调，不过，她确实在一定程度上有种族偏见，这或许与她成长的时代有关。但是看到受苦受难、需要帮助或见到有个人魅力的人会使她忘记自己的偏见，她只看到了一个一个的人。

我记得她曾经给我们讲过她童年的一个故事，虽然她父亲反对拥有奴隶，但他也不允许他的孩子和黑人孩子玩耍。那时有一个自由的黑人佃户住在一块地另一端的佃户屋里，他有很多孩子，赫曼纳斯叫人在那建了一个高高的木栅栏，告诉他们必须待在栅栏的另一边。凯丽说:“我们有时会到那块地上玩，但我从来不能玩得痛快，那些黑人小孩会扒在栅栏上眼馋地看着我们。有一天路德大声喊道:‘我们不能和你们一起玩!’那几个黑人小孩异口同声地叫着:‘我们晓得——我们晓得我们是小黑鬼!’我听了很难过，就在那一刻，我知道在白人社区里生活的黑人是什么感觉了。我记得我狠狠地责备路德不该提醒他们这一点，太残忍了!”她告诉我们这些时，眼睛是温柔的，带着记忆里的忧伤。她太渴望人们获得幸福了。

我曾多次看到她在中国的小村庄里停下脚步，就像基督曾经在耶路撒冷停下来，悲怆地呐喊:“哦，耶路撒冷，耶路撒冷!”看到被生活压迫的人们，我听到她充满激情地喊道:“这里不需要很大的改变，”她说，“这些村庄只需要改一点点——房子、街道、田地都很好，保持原样就行了。但是，如果他们不杀害女婴，不让他们的女人无知、裹脚，如果他们不因为恐惧而盲目崇拜——如果可以把街上的垃圾清除掉，把半死不活的狗杀了——如果他们能充分利用自己的资源，这将会是一个多么美丽的国家！”

她又一次感叹道：“我不要他们学我们，他们可以像现在这样生活在他们的村庄、镇子和城市里，只要弄得整洁干净一点——那该多好啊！”

生活在他们中的许多年里，除了基本的正直和清洁，我从未见过她教过他们什么。教人们使用本地的产品就会让务实的她很高兴。“你不需要外国的东西，不需要很多钱，”她对一个女人说，“你只要学会使用已有的东西就可以了。”穿过城镇和乡村时，她会一遍又一遍地低语，“除了清洁和正直两样东西，他们什么都有了。”对她来说，这是她自己生活里的两块基石。

那时，在美丽的乡村，在她新生活的第一阶段，她热切地渴望把这两样她人生必不可少的东西传给他们。她发现这个国家很可爱，人们的友好亲切温暖了她的心灵，让她产生了新的热情。她想，在一个这么美丽的国家里传播上帝福音应当是不难的。她带着巨大的热情开始了那些年的生活——她自己选择的生活。她能做的事情太多了——有眼疾的婴儿，目不识丁的女人——哦，还有很多很多事情要做。但在这些要做的事中，她几乎忘记了自己的苦恼——上帝还从来没有真正给过她一个印证。

* * *

他们是在一个星期六的早上到达杭州的，上岸后他们走过拥挤的街道，来到了传教士居住的院落。街上到处是手推车、轿子、挑着扁担的小贩、街头艺人和化缘的和尚、路边的商店、在井边一边洗衣服一边亲切地和邻里聊家长里短的妇女、在拥挤的街道和车辆间娴熟地跑进跑出的光着身子的小孩——如此狭窄的道路上的众生相实在令人难以置信。但当他们走进一个狭窄的大门后，一切就安静了下来。这里，在一片绿色的草坪上，有两栋粉刷过的传教士居住的房屋，方方正正，造价低廉，但很干净，而且有很多窗户和一个长长的阳台。院落里还有一个粉刷过的、通过单独的门与大街连通的小教堂。这座传教士院落就是他们的家了。

靠街近的第一栋房子里的一个房间是给凯丽和安德鲁的，他们在当天安顿了下来。凯丽挂上玫瑰色的窗帘，对她来说，这是生活里的一种安慰和乐趣。

第二天是星期天，早上大家都去了教堂，凯丽和安德鲁对第一次在一个上帝鲜为人知的地方做礼拜都感到很兴奋。他们在教堂门口分开，安德鲁去了兄弟一边，凯丽和另外两个美国女人去了姐妹一边。两室之间被一堵很高的木板墙隔开。凯丽坐下来看看四周，另外两个白人女人和那些皮肤黝黑的女人们说着话，大家热情地互相问候，斯图亚特太太很轻松地和她们交谈。凯丽在那一瞬间感到很羡慕，因为她不会说中文，开不了口。斯图亚特太太转向她，笑着说："她们都在问你呢。她们喜欢你深色的眼睛和头发。"

凯丽听了也笑了，感到了温暖和友好，她颇有兴趣地看着这些不同年龄的中国妇女，她们大多都抱着婴儿。她看见她们穿着整洁的、有大袖子的布衣和宽宽的百褶裙，又惊恐地注意到了她们尖尖的小脚，她决定要改变这种状况，显然对自己的能力和目的充满了信心。每个女人都有一本赞美诗和其他几本用蓝布方巾整整齐齐捆在一起的书。礼拜开始了，斯图亚特太太走到小小的风琴前弹了几下，赞美诗的曲调就在教堂里回响了起来。凯丽后来才知道，这里的大多数妇女都还在学习识字，她们觉得自己的阅读能力表现在能否在书里找到那首要唱的赞美诗。斯图亚特博士是这里的牧师，他温和地看着他们，耐心地等到大家激动地看过彼此的书页，窃窃私语后都找对了地方才做了一个手势，让斯图亚特太太在那笨重的、被过度使用的小风琴上弹奏起来。

这里赞美诗的唱法令凯丽始料不及。在她童年时代的那个白色小教堂，唱赞美诗是礼拜仪式中庄重而美丽的一部分。她期待斯图亚特太太弹完一遍《宝血活泉》（“There Is A Fountain Filled With Blood”）后，出现那熟悉的唱诗声。而这时，每个中国妇女看上去都紧张又激动。等斯图亚特太太一开口唱歌，你追我赶的比赛就开始了，每个人都又快又大声地唱了起来。从穿过木板墙传来的吼声来看，男人坐的那边也是一样的情况。小教堂里回荡着巨大的声响，屋顶似乎都快要炸开了。

没有人按乐谱唱，大家都只管各唱各的，在惊愕之余，凯丽又感到非常好笑。坐在她旁边的一位老太太前摇后晃着，一边用假声快速、含糊不清地唱，一边用她长长的手指甲顺着书页往下滑。她是第一个唱完的，唱完后，她合上书，得意扬扬地坐好，把书放回了布巾里。其他人看到她都露出了羡慕的目光，也更加努力地唱。这位老太太带着胜利的神情，镇定地坐在那里。

凯丽实在忍不住了，她用手帕捂住嘴跑了出去，一直跑到教堂后面没人看见的地方才放声大笑，笑得眼泪都出来了。等到唱得最慢的一两个人用拖长又零散的声音唱完，里面安静下来了，凯丽才回去，她回头看了一眼斯图亚特太太，想看看她有什么反应，但她早已见怪不怪，合上书，准备听讲道了。

第二天早上，凯丽和安德鲁开始了第一堂中文课。他们的老师是一个瘦小干瘪的老头，穿着一件脏兮兮的黑色长袍，走起路来袍摆不停地拍打脚后跟，他那只看上去空洞涣散的右眼特别引人注目。他唯一知道的英语单词是“yes”（是），但其实他不明白那是什么意思，他们很快就知道他是习惯性地说说而已，那并非他掌握的词汇。

他们有一本由美国人准备的、标有杭州方言发音的小教材，还有一本中译本的《新约》。这些就是他们的教科书了。老师开始讲课了，到中午他们已经学会了几个句子。此后，每天早上八点到十二点，下午两点到五点，他们就跟这位老人学习，晚上再在一起复习白天学过的东西。

凯丽立刻表现出了非凡的口语能力。据说安德鲁对此有些接受不了，他是在男性至上的时代中长大的，这使他有些不知所措。但他在学习写字方面比她更有耐心，这给了他安慰，他认为认字才是真才实学。凯丽的听力很好，也有能准确发音的禀赋。安德鲁在练习说学的字时有点害羞，怕犯了错被人笑话。但凯丽没有这样的自尊和担心，她用学到的每一个词去和任何一个愿意和她说话的人交流——例如同那个随时准备被逗乐的看门老头、厨子和院落里的女佣说。犯错时，她可以跟大家一起笑，一样觉得好玩。她太爱玩闹了，才顾不上什么尊严不尊严的，她灿烂的笑容和明亮的深褐色眼睛很快赢得了中国妇女的喜爱。当然，这也是因为她身上有一种大家都能感到的温暖的人格。当看到这些人和自己一样时，她就开始像对待自己种族的人一样对待他们，没有陌生感，也没有刻意的努力，只是自然地流露出对人的同情和怜悯。只有肮脏和不诚实会让她感到愤怒，令她怀疑他们是否可以“变好”，但这想法也往往转瞬即逝，因为这两种恶习似乎令人懊恼地无处不在。

每天学习后，她和安德鲁会去城里和乡村走走看看。他们很快就选择了乡村，凯丽不堪忍受城里狭窄弯曲的街道、乞丐、拥挤又不卫生的生活状况。而且，无论他们走到哪里，都会有一大群人令人不快地跟着他们。但我认为她是不愿意看到悲惨的场景，看到盲人尤其让她感伤。我多次看到她眼里含着泪水，怜悯地站在一旁让一个盲人走过，如果这个人真的很穷的话，不管是男是女还是小孩，她都会在口袋里摸索着找钱。“哦，真是一点希望都没有！”她小声地说，“这么多人——从未看见过天，从未看见过地——而且永远也看不到！”

他们喜欢在城墙上走走，因为从那里可以眺望杭州城和西湖，还有环绕城市的蜿蜒河流。这里空旷，可以俯瞰广阔的乡野，也没有人来骚扰他们。但即使在这里，她也知道不要离城墙太近，因为城墙脚下经常有儿童、成人、被杀害的人的尸体。

她从初来乍到到现在都认为中国是一个充满矛盾的伟大国家。在这里，大自然和人们想象中最美丽的东西与世界上最悲惨的东西密不可分地混杂在一起。这种美丽和悲惨的结合很奇特地让她扎根在了这片她移居的土地上，但有时它们也会让她产生强烈的排斥感，她会跑进自己的房间，渴望回到自己的国家，自己的家。

* * *

圣人凯丽不久发现自己也是个凡人。她来杭州还不到三个月就怀孕了。孩子本不在她的计划中，她有她那一代人要命的天真，都不知道自己出了什么问题。她服用了很多鱼肝油和奎宁，后来还是有经验的斯图亚特太太看出了问题的所在。凯丽知道后，怀着惊讶和复杂的心情接受了现实。本来她理所当然地认为，既然已经决定把自己的一生献给传教事业，她是不会有孩子的。经过短暂的思考和自我调整后，她又变成了一个欣喜的女人，她向自己保证，这并不影响她的人生目标——只是现在需要一个新的实现目标的方法，她得兼顾家庭和小孩，而不只是单纯地跟随安德鲁。

她继续努力学习中文，尽管她有时会很不舒服，经常要躺下。对于一个性格开朗的人来说，有情绪波动和抑郁的时候也是很正常的，那时，她恐慌地想她应当怎样在一个与她自己的童年如此不同的环境中抚养孩子；怎样才能让他们长大后也一样能达到她的种族对行为和信仰的要求；怎样才能让他们远离悲伤，看不到死亡。身体上的不适让她更加想念自己的家，自己的国家，想念家乡直率、守规矩的人们，想念简单纯朴的生活。

杭州没有西医，快分娩时，她和安德鲁去了上海，她的第一个儿子就在那里出生了，当他躺在她的怀里时，她忘记了所有的疼痛，一个新生的男孩就这样给人带来了快乐。他是一个蓝眼睛、头发金黄的大男孩，她立刻把爱倾注到了他身上，内心深处的母爱从此被唤醒，再也收不回去了。必须承认，在生孩子的这些年里，她忙着带孩子，忙着持家，至少在那段时间里，她暂缓了对自己事业的追求，或者说把事业放到了次要位置。

孩子三个月大的时候，安德鲁被派去填一个在苏州的缺，这意味着他们要拔出在杭州刚扎下的小根，不仅要搬去一个新的城市，还要学习新的方言。但是凯丽也得到了补偿，她有了自己的家，而不只是一个房间。

这个家是在长老会男子寄宿学校楼上的三间屋子，要从室外一段又窄又弯的楼梯上去。但是他们有了自己的三间房，窗外是苏州城里坐落在一条条弯弯曲曲的小河边、挤满了每一个角落的黑瓦房子。从她的房间望出去还可以看见在学校大院一边的宝塔的全景，这座雄伟的宝塔有几个世纪的历史了，耸立在那儿让人们看到古时中国的辉煌。尽管凯丽完全明白它是异教徒的建筑，但它清爽的线条、宏伟的青铜尖顶以及小青铜钟在翘起的塔角上发出的欢快甜美的叮当声赢得了她的心。在这座古老的宝塔下，在楼下男孩们在大院里玩耍的喧闹声中，她那金发的美国儿子逐渐地长大，会坐，会爬，会扶着东西站起来往窗外张望。

儿子长大一些后，凯丽就开始帮着丈夫一起管理学校。她首先把精力放在做清洁卫生工作上。她敏锐地发现那些留着从头皮开始编的长辫子的男孩子们感到不适，这让她十分震惊。她不顾他们的哭喊和抗议，热情地抓住他们，把杀虫药抹进他们的头发根部，毫不客气地帮他们梳洗清理。她还检查每个男孩的床和衣服，对它们进行烟熏消毒，尽管男孩们都被她的一番擦洗折腾得够呛，他们至少都干净了。

安德鲁在拯救这些男孩永恒的灵魂时是不会想到虱子和臭虫的。凯丽大搞清洁卫生时，看见安德鲁和这些桀骜不驯的小伙子们在一起祈祷，她停下来懊悔地反思：“他比我强多了！ 我怎么就忘了人的灵魂了呢？”

她立刻快速地祈祷：“上帝，请帮助我记住灵魂比肉体更重要。”

但接下来的一刻，她又忙着帮厨房买米和蔬菜，或者看见一个脸色苍白的小男孩，哄他喝一点东方人不喜欢的牛奶，或者当看见另一个人的手发痒时，跑去拿硫黄药剂帮他涂上。 灵魂显然是更重要的，但是肉体就在眼前。

因为急切地想帮助别人，她从上海买来各种能买到的医学书籍自学。 她每天的一部分工作就是开一个小诊所，在那里治疗简单的疾病，比如溃疡和皮肤感染，给生病的婴儿的母亲提供一些建议。 她学会了给可怕的痈穿刺，学会了治疗腐烂、生坏疽的缠足。如果她恶心得吃不下东西——这经常发生，她的幽默会来解救她。她总是面带微笑地面对女人们向一片奎宁药片投来的怀疑眼光——这么小一粒东西怎么能治愈长期的寒战、发烧，让人面色发黄、濒临死亡的疾病？ 她一言不发，只是眨了眨眼睛，把药融进一大碗热水中，递给一位老太太，老太太看见了满满一大碗苦药，得到了些安慰，在能康复的保证中放心地喝了下去。

尽管在治疗过程中会恶心反胃，也会看到那些可怕的长期被忽视的疾病，但最大的补偿是看到好的、健康的皮肤再次长出来，苍白瘦弱的身体开始恢复健康。 这太好了。 这就是胜利。

* * *

这一年，她的大哥科尼利厄斯送给她一架跟放在家里客厅里的一样的梅森汉姆林牌的大风琴。它的音调非常优美，科尼利厄斯能辨别音质的好坏，是他亲自去精心挑选的。这架琴经过六个月的海运，穿过地中海，在一个星期六的晚上运到了，凯丽不吃也不休息地忙着开箱，和安德鲁一起从箱子里抬出了这台珍贵的乐器。它被放在了房间里，是她的了！她感动极了，恭敬地坐在那里，弹起了他们以前在家里唱的一首合唱曲,《我知道我的救世主活着》，一会儿，她洪亮优美的嗓音就响彻了外面的大院和街道，人们静静地站在暮色苍茫的街道上，听着他们以前从未听过的歌声。她又用中文唱了一首赞美诗，男仆听到了走过来，站在半开着的门的后面，她看出他被她的歌声打动了，这让她高兴地意识到这也许是她侍奉上帝的特别天赋。

这架风琴在她的生活中变成了一个活生生的人，直到现在，大家想起她时总记得她坐在风琴前的样子，哪怕有时她穿着围裙还在做家务，她强健有力的手指总能弹出优美的旋律来伴她可爱优美的歌声。此后，她无论到哪儿，这架风琴都跟着她，如果她在一个茅草屋顶的泥屋里安了家，为了防止受潮，这架风琴会被放在一块木板上，她每天可以跑过去弹上五六次。

* * *

到了第二年开春，她又怀上了孩子，这次怀孕不怎么顺利，为了离医生近些，这年夏天他们就住在了上海。可正当他们准备回去时，安德鲁重度中暑，他们不得不推迟归期。凯丽决定自己照顾他，因为医生说他能否活下来取决于能否护理好。她把儿子埃德温送去一个朋友家，自己一心一意地照顾丈夫。

他在生死线上挣扎了六个星期，这段时间里，凯丽不脱衣睡觉，除了早晚梳洗，就坐在他身边照顾他。她的毅力让医生颇为惊叹。在夏末和初秋炎热潮湿的日子里，她心平气和，意志坚定，穿着白色长袍，脖子上系着一条丝带，光亮的头发卷曲而整洁。她坚信安德鲁不会也不该在他选择的事业刚刚开始时就死去。另外，他们还有一个未出生的孩子，就为了这个，她也不能让自己害怕焦虑。大多数时候，安德鲁神志不清，有一个男仆帮她扶着他，她用凉水给他洗澡，帮他平静下来。在她的精心看护下，他终于康复了。但从那以后，由于胳膊和肩膀的肌肉受到了影响，他再也不能像以前那样活动自如了。

深秋凉爽的日子来了，他们回到了苏州，她的第一个小女儿莫德出生了。她是一个又小又胖又漂亮的孩子，皮肤白皙，有一双漂亮的眼睛和一头卷曲的金发。有了两个孩子，那年冬天她很快乐。埃德温长得很快，已经开始说话和唱歌了，凯丽高兴地把婴儿放在婴儿床上，让埃德温站在风琴边，为他们弹琴唱歌。婴儿睁大了眼睛听着，埃德温稚嫩的童声清晰悦耳。

凯丽是最快乐的母亲了。她从仅有的几本书和杂志，还有她自己的脑海里，找出或想起一些儿歌和歌曲唱给他们听，让孩子们的生活充满了欢乐，这样，等他们长大回首时，他们会意识到尽管他们当时处于孤独狭小的环境中，但是因为有了她丰富精彩的陪伴他们并没有缺少什么。这种快乐的一部分原因是她自己心里感到快乐，但另一部分是因为她有意要这么做，她不想让他们看见东方极美又极惨的生活，她想要保护孩子们的幼小心灵。东方复杂丰富的人生观让她感到压抑，人们可以同时接受命运的悲惨和生命的热烈。她不想让孩子过早地知道这些，希望他们看到美好的事物。她把婴儿抱到窗边，让她听宝塔上的小铃铛发出的银铃般的叮当声，可她会在窗户下半截上挂上一块褶布窗帘，这样埃德温就看不到那个整天坐在下面、鼻子和脸颊被麻风病侵蚀了的乞丐了。

那个冬天，她首先把自己交给了她的孩子。为人母后，她又去挖掘自己的内心深处，开始了她以前就有的对上帝的思考。这些年来，她仍在寻找上帝的印证，可那个明确认可她的印证却一直没有到来。她始终都不能确定她的激情除了来自她的内心和渴望，是否还有其他来源。上帝从未有形有声地来到她的身边。但过了一段时间，孩子们让她明白了她期望中的上帝——他们对她的依赖，他们转过脸来观察她的心情，他们的双手抓着她——到了她生命的尽头，她都这样说，“他们教我的胜过我教给他们的！”她沉思了一会儿，又说，“我想我们并不理解上帝存在的意义，就像那些婴儿不理解我存在的意义一样。他们完全相信我，相信我对他们的爱，相信我知道该怎么做。我想我们也应该这样看待上帝——只要相信他在那里，他爱你。”

这成了她彻头彻尾的信条。

* * *

春天来临的时候，她懊恼地发现自己又怀孕了。这意味着在炎热难熬的夏季来临之前，她必须给莫德断奶。她不像今天的母亲们那样有书本可参考，也得不到其他帮助，她得自己想办法给孩子断奶。

尽管她小心翼翼地照顾孩子，孩子断奶后还是病了。凯丽慌张地决定，如果想让孩子熬过这个夏天，他们得去一个凉爽的地方。于是她和安德鲁以及孩子们坐船穿过中国海域去了日本的一个小岛，在那里度过了夏天。安德鲁专心工作，和一个日本传教士一起在外传教，凯丽自己照顾孩子们。他们一整天都会待在海滩上，那里清澈的海浪轻轻地拍打着沙滩，涌到海边的松树边，埃德温来来回回地在水里嬉戏，晒黑了也变得结实了，连莫德都坐在温暖的小波浪里双手抓满了沙子。她还病着但好些了，那里没有新鲜的牛奶，她又消化不了又浓又甜的炼乳。夏末时，她仍然很虚弱，很瘦，但还活着。对此，凯丽已感欣慰，开始准备返回中国。安德鲁已经迫不及待地想回去工作了。

一场强台风让乘坐桨轮蒸汽船、穿过波澜汹涌的中国海域的航行雪上加霜，那艘船像是在黎明前就要被巨浪吞噬一样。凯丽晕船晕得厉害，很是害怕，但这比起小莫德的病来说都算不得什么，她在出门后的第一个晚上就得了严重的肠胃病，而且从一开始就能看出有生命危险。凯丽被晕船呕吐折磨着，一边担心着肚子里的孩子，一边抱着生病的孩子在颠簸的小船舱里摇摇晃晃地走来走去。除了焦虑和祈祷外，安德鲁也帮不上忙，因为孩子不要他。封闭的船舱里热得令人窒息，凯丽哭着说她宁愿到甲板上被风浪冲出船外，也不愿在此忍受孩子奄奄的喘息声，于是她跑出船舱，抓住栏杆，爬上楼梯去了甲板上。一名叫马丁博士的乘客看到了她，他是一位老传教士，他轻轻地把小孩从她怀里接过，抱着她走来走去。他立刻看出这孩子活不了多久了，他温柔而悲伤地看着那张小脸逐渐松弛，没了知觉。

这艘日本船上没有医生，凯丽知道要发生什么事情，她被死亡的绝望包围了。她跑回船舱，在极度痛苦中扑倒在地开始祷告。如果上帝会从天堂里说话的话，就现在吧——就现在吧！

安德鲁静静地祈祷着，他受不了她发狂的、对着上帝喋喋不休的纠缠，他温和地责备了她，但她冲他发了火。

“你没有怀过这些孩子，”她对他喊道，“你不明白你把生命给了一个孩子，又看着她死去意味着什么——那是我自己在死去！”她又对他怒不可遏地说，“如果不是因为过早地又怀上一个，我本来整个夏天都可以给她喂奶的，她也就不会死了。哦，莫德——莫德！”

她跑回楼上的甲板，那位温和的老人静静地站在那里，船在风中颠簸，他靠在栏杆上支撑着自己。他用毯子的一角盖住了婴儿的脸，站在那里恭敬地等待她母亲的到来。他走向她，把这个又小又轻、不再动弹的小东西交给了她。“我的孩子，”他温柔地说，“这个小女孩回到了上帝的身边。”

凯丽说不出话来，接过孩子抱入怀里。这是生活给她的第一个重击，而她却无力还手。她要一个人待一会儿，不要见任何人——包括安德鲁。她走到甲板上走道的尽头，打开一扇通向船尾的小门，走了进去，坐在了一堆盘绕着的绳索后面。大海黑波澎湃，被微弱的晨曦照亮的地方闪着浅灰色的光。浪花带着泡沫溅在她身上。她用自己的裙子裹在孩子身上，她掀开毯子，看着那张惨白的、一动也不动的、已如雕刻般的小脸。

“她是饿死的——她真的是饿死的——”凯丽小声地说。

一股浪花溅到她们身上，凯丽遮住了孩子。她恨这大海——她恨这大海，这只知道巨浪起伏麻木不仁的大海！这个宝贵的小身体不会被扔进并丢失在浩瀚的大海里，她要把孩子带回上海，埋在安葬白人的墓地里。

灰色的天空笼罩着咆哮着的灰色大海。上帝到底在哪里？祈祷没有用——祈求一个印证也没有用。她用双臂抱住孩子，挑战地坐在那里凝视着大海，大声地哭泣了起来。那时她也一定是晕船的，即使坐在那里抱着她死去的婴儿，她还是晕船的，但是为了以后的生活，她必须坚强起来。

她头晕目眩地站起来，一只手扶着摸索到的扶手，另一只手小心翼翼地抱着她的婴儿慢慢地走回了船舱。她长长的褐发被风吹乱了，被浪花打湿了。安德鲁站在那里，透过紧紧关闭的舷窗的厚玻璃凝视着外面的暴风雨。但是黑色的海水一直覆盖着舷窗，就像他们在海底航行一样。

他平静地转向她。“这是上帝的旨意。”他温和地说。

她向后甩了甩湿漉漉的褐发，回敬他：“别跟我谈上帝！”

突然，她失声痛哭了起来。

* * *

危机终于过去了，她能平静地面对它了，尽管此后她的胸口一直有一个可怕的空洞让她感到痛楚。他们回到了宝塔下的房子里，她又重新坚强地回到自己的生活中：教埃德温读书，教学生们唱歌，教他们学习历史、算术、地理和其他中国传统学校里不教的现代重要学科。她把家弄得整洁干净，烤黑麦面包，用那时刚开始能弄到的水牛奶做黄油，这些都让她的日子过得充实。但是她受不了宝塔铃铛的叮当声了，当风吹动它们发出声响时，不管在做什么，她都会急忙走过去关上窗户。让她感激的是两个月后，安德鲁突然由于工作需要又被调回了杭州。对她来说，回到莫德从未生活过的地方，回到对那短暂的生命没有记忆的地方是一种解脱。

凯丽开始更多地参与到安德鲁的工作中去。上帝并没有离她更近，但她已不再愤怒。她已经过了这个坎，因为愤怒毫无用处。她有时甚至还会说，“愿你的旨意成就。”而不是像以前那样情绪激烈地反抗，感到心提到了嗓子眼。她又开始压抑自己热情冲动的天性。这是她长期经历的挣扎。她在沉思中试图看到悲伤的意义：也许上帝是通过带走她的孩子来帮助她，因为当她有了孩子后，她太高兴了，以至于忘记了上帝。也许她应该被悲伤引导，因为快乐不能引导她。她谦卑地接受了这个想法，开始经常去联通着繁忙街道的粉刷过的小教堂，和在那里的妇女交谈，同时教她们识字阅读。让她感到高兴的是她们中的一些人还记得她，那些友好的面孔让她感到温暖。当一个人说“我的孩子今年死了”时，凯丽的眼睛里充满了泪水，她理解地、紧紧地握住那人黄褐色的手。

但是凯丽的情感和身体是密不可分地连在一起的，长时间的身心交瘁让她的体力大减，那个冬天她看上去又瘦又疲惫。春天来了，一个小女孩出生了，但这也没有让她再度快乐起来。这个小女孩来得为时过早了些。凯丽平静而慈爱地抱着孩子，但并不快乐。这个被她命名为伊迪丝的孩子似乎受到了母亲心情的影响，她是一个严肃、安静的孩子，总是比同龄人更耐心、有责任感、顺从。

这年夏天，他们去了一个离城市不远的山顶，这样安德鲁既可以继续布道和教学，他们也可以换换空气，逃离山下稻田里闷热又不流通的暑气。山顶上有一座寺庙，他们在那里租了两间屋子。

对凯丽来说，这是一种新的体验：竹林、松树成荫，寂静无声，神态庄严肃穆的和尚穿着灰色长袍，幽暗清凉的殿堂里一尊尊像是在做梦的佛像立在墙边纹丝不动——所有这些都向她展示了这个伟大而复杂的国家的新的一面。大佛像都在寺庙的大殿里，在她和孩子们睡觉的房间的墙上的壁龛里有一尊镀金的小观音温和地俯视着四周。埃德温称她为“漂亮的金色女士”，凯丽为这个穿着飘逸长袍的、优雅的、像洋娃娃般的佛像编了好些故事，她对这个慈爱的、正看着他们这些陌生的白人面孔的小观音感到亲切。

孩子们睡觉时，凯丽一边为他们扇扇子，一边思考着她离奇的人生，从她自己的家的房间望出去是大片的草地，干净的乡村道路和田野，还有远方刮着大风的山和广阔的天空——而现在她和她的两个孩子在一起，坐在一个中国寺庙的一间幽暗的房间里，透过圆窗，她可以看到一条铺着石板、通向对着茂密竹林的大香炉的小路。不管是白天还是黑夜，寺院里每隔一段时间就有孤寂而洪亮的钟声响起，回荡在山坡上——那是一种充满人间悲伤的奇特又神秘的声音。

她突然害怕起来，把儿子抱进怀里，心想，不要让这个美国小男孩——不，她所有的孩子——受到这片土地上奇特的事物的影响。此后，她的头等大事就是教育他们美国是一个公平光明的国家①，那里的人们相信的上帝是一个自由的灵，而不是被困在这些可怕怪诞的彩绘泥塑中。

黎明和日落时分，当听到那缓慢忧郁、余音缭绕的和尚念经声时，埃德温会跑去把他的脸藏在她的怀里，她不动声色地用平常的语调安慰他，“这是他们在唱圣歌呢，宝贝！你不是知道我们也唱的吗？”

她把自己的脸贴在他的小脸上，轻轻地唱“我爱传讲耶稣的福音”，然后又唱起欢快的儿歌。一会儿，那寺庙的房间里充满了她响亮清脆的声音，小孩子们也由此得到了安慰。他们听到的是她温暖、快乐的歌声，那悲伤的念经声只是一个背景，几乎听不到了。她总在最后唱“我的祖国，甜蜜自由的土地”。埃德温会兴高采烈地和她一起唱，这是他能全部唱下来的第一首歌。

尽管她也想好起来，但她的身体还是被悲伤慢慢地压垮了，没了以往轻快的脚步。沉闷的空气使人虚弱，蚊子从稻田里温暾的水里成群地飞出来，那时候没人知道被蚊子叮咬后会得疟疾，凯丽也染上了这种让人一会儿发冷、一会儿发高烧的病。祸不单行，埃德温也得了痢疾，连续几个星期脸色苍白，身体虚弱。

① 美国并不是所说的公平光明的国家，妇女的选举权是进入20世纪后才拥有的，至于种族歧视更是社会痼疾。

* * *

在第三个孩子出生后的这年里，他们还遇到了其他的困难。他们又被调回了苏州，这次一个新来的、年轻美国传教士医生和他们住在一起。因为目睹了不少惨状，又加上工作繁忙艰巨，他受了刺激，开始表现出精神错乱的迹象。敏锐的凯丽最早察觉到了他的异常，她非常担忧会发生不好的事情。

有一天吃完饭，安德鲁离开了家，费希尔医生从他的口袋里拿出一瓶药丸，放在了凯丽面前。

“斯通太太，”他很肯定地说，“你已经病了有段时间了。把这药吃了，你马上就能好。”他尖声怪笑起来，凯丽感到不寒而栗。

“为什么？我现在很好，费希尔医生。”她惊愕地回答，从椅子上半站了起来。

但是他抓住她的手腕，用低沉刺耳的声音说：“吞下去——现在就全部吞下去！”

凯丽立刻明白了她必须和这个疯子较量。她机智、平静地回答：“请等一下，让我先去倒杯水。”她拿着空杯子，平静地走出了房间。

一出门，她就跑去找安德鲁。他在楼下，正给从大街上引来的一屋子的听众布道，她喘着气讲了事情的经过，又说如果那个疯子发现她不在了，孩子们恐怕会有危险，安德鲁听了立刻回了家。他看到那医生手里拿着把切肉刀，蹲在桌子下面。幸好安德鲁个子更高更强壮，经过一番扭打，他制服了这位年轻的医生。

第二天，安德鲁把这个精神错乱的人带上了一艘帆船，日夜监视，一直把他护送到上海交给了一个即将返回美国的美国人看管。这位年轻的医生也有神志清醒的时候，当他听到看管他的美国人向乘客解释他精神失常，如果他行为怪异，大家不要见怪时，他就偷偷地去告诉乘客，是他要带一个精神失常的人回家。乘客和船组人员有好几天都没弄明白到底哪个才是真正的疯子!

但这件事似乎一下子就让凯丽感到吃不消了，她发现自己实在是太累了。她注意到自己咳嗽而且经常发烧，这些症状已经都被她忽略了。他们去上海看医生，在那里她被查出得了肺结核，并被告知必须马上回美国。

回到教会住宿处的那间昏暗的小房间里，她想着到底该怎么办。有那么一瞬间，她高兴地想:“这下子我可以回家了!”然后她看到了安德鲁那张垂头丧气、苍白的脸。在房间里她想起来了，当时他就背对着她，肩膀耷拉着坐在那里。她平静地说，“安德鲁，我不回家了。”

过了一会儿，他问:“那我们该怎么办?”

她激动地回答:“我不会拖你事业后腿的。我也不会让人说是我让你无法传教。我们去北方吧，去烟台，在那里找个房子住下，你可以在那里传教，我自己想办法把病养好。”

她看见他挺直了脊梁，转向她，如释重负地说，“好吧，如果你这么打算，凯丽——”

她看着他，因为骄傲而无法再次开口，内心却极度受伤。他真的明白她要面对的战斗吗?他接受她所有的牺牲，这没关系，她可以独自战斗。但是这是她第一次清楚地意识到，她和这个男人之间除了为他们的宗教传道和他们共有的孩子这两个纽带外，别无其他了。甚至连孩子也只是肉体上的联系，因为安德鲁不是一个理解或爱孩子的人，不是说他不喜欢孩子，而是孩子对他来说根本不在真正意义上存在。他的人生被包裹在他与上帝和人的灵魂的神秘结合中——而且永远仅限灵魂。男人和女人对于他首先是灵魂，很少还有其他的了。但对凯丽来说，感知是真实的。人的生命就是由完整的血肉身躯组成的，那么上帝——上帝在哪里，到底是什么？

如果她连累了安德鲁的工作，那么还有什么其他实质性的东西会让他们在一起？这是她一生的疑问。她想他不会原谅她，也不会离开他选择的事业。在她生活的那个年代里，至少对体面的人家和信教的人来说，婚姻就像死亡一样是没有退路的。她发过誓要和他共度一生，她就会这么做。当别人问她是否回国看病时，她说："不回了，我们要去中国的北部，看看我会不会在那里好起来再说。"

她非常独立，生病时，因为有一段时间不能为长老会工作，她就让安德鲁只取一半他们本来就微薄的工资。他们告别了一小群朋友，租了一艘帆船去上海。凯丽不知道是否还会再见到这些在日常交往中逐渐熟悉起来的面孔，但她的自尊和决心让她勇敢地去面对生活的挑战。

我记得她说过那艘帆船和其他的船一样，到处都是老鼠，它们整夜都在她头顶上低低的横梁上跑来跑去，有天晚上，一只硕鼠钻进了她松散的长发中，把她从睡梦中惊醒。她不得不用手抓住它，扔到地板上，老鼠那光滑、扭动的身子让她感到恶心，她恨不得把自己的头发剪掉。

到了上海后，他们就乘船去了北方的海港城市烟台。我得在此提一下，就是在他们启航前的那天，她在上海一家二手店里发现了那张椭圆形的桌子，她被它细长、结实的构造给迷住了，当即就和那个驼背的老店主讨价还价买下了它。这让安德鲁感到万分费解，对他来说，桌子不过就是桌子而已，他们带了足够的家居用品，已经很麻烦了。如果依了他，带一个笔记本、一个小包和一本书就够了，其他什么都不用。但对凯丽来说，这件漂亮的家具令人开心，在她晕船难熬时，一想到这张曲线优美、木质光洁的精美桌子在她下面的船舱里，她就会变得坚强起来。

第三章

一到烟台，他们就开始找房子。安德鲁想在这座位于山脚下的城市附近租一个地方，但凯丽不同意。她病得很重，很虚弱，很清楚这会是一场生死搏斗，所以住所周围的环境也是很重要的。另外，埃德温仍被他六个月前患上的痢疾折磨着，那孩子又瘦又苍白，几乎站不起来。

她跟我说这些的时候，我看到她的眼神变得怜悯又慈爱。“我那个可怜的孩子，”她说，“我不能让他多吃，他一直都很饿。一天，他在餐厅的地板上看到一些白色的碎片，就弯下腰，把小小的食指放在舌头上舔湿了，把它们捡起来吃。当他发现那只是些从粉刷过的墙上剥落下来的石灰，而不是饼干屑时，他哭了起来！我的心都碎了。”

她盼望着他和她能一起漂洋过海，回到她自己的家，回到她少女时代那温馨宽敞的屋子里去。但因为做不到，她就找了一座坐落在一座小山上靠海的房子，这样，清新、未经人世污染的海风就可以从海面上吹来，只是安德鲁得多走一点路去工作。

这是一座坐落在峭壁上的低矮石头平房，垂直而下就是深不见底的清澈蔚蓝的海水和翻滚着的白涛。那里有一个沙地的小花园，一堵不高不矮的石墙，既可以保护孩子的安全，又可以让凯丽靠着它凝视远方，想象自己能看到一万英里以外她深爱着的海岸线。

她决定自救。安德鲁从来不知道她到底病得有多重。但她很清楚身体一侧的疼痛、持续的干咳以及每天发烧带来的倦怠意味着什么。她把自己的床搬到门厅的一角，放置在砖块上，这样她就可以看到石墙外的大海和天空了。

她躺着的地方右边是光秃秃的沙砾山头，看不到山脚下的城市，这就是她想要的。现在为了自己的健康，她必须忘记拥挤的街道，忘记盲人乞丐，忘记一切让她心碎的悲伤事，因为她也改变不了这些。但是躺在那里，她还是会想这些事。

安德鲁可以去看望那些不幸的人，为他们祈祷，给他们安慰。上帝会拯救他们的灵魂，他们会在天堂里得到快乐。凯丽也在祈祷，但是带着一些愤怒的激情在祈祷，这些事的存在显然不公平，为什么天堂也抹不去世间悲惨的事情。如果上帝允许这些人间苦难，就像安德鲁说的上帝这样做自有他的道理，为什么这不能减轻肉体上的痛苦，不能让失明的眼睛重见光明，不能解放被压迫和囚禁的灵魂。但除了这些哪里都找不到答案的疑问外，她也不会让自己走得太远，多年在乡村教堂里受到的训导让她强迫自己顺服。

“我要做的就是相信和顺服。”她告诉自己，责备自己。

她和安德鲁不同，安德鲁只看人的灵魂，因此在房间里祈祷完就会感到满足，而她做不到。不，她的身体被生活的重负压垮是因为只要力所能及，她就会去清洗包扎伤口，去给病人服药，当人力无法消灾解难、阻止死亡的时候，她会哭泣，就像它们发生在她自己的血肉身躯上一样。

我看到她和一位母亲整夜守在一个将死的孩子身边，一边看护一边大声地祈祷，当孩子在黎明时分死去的时候，她抱住那又小又黑的尸体，悲伤无奈地哭泣。安德鲁知道后，惊讶地睁大了眼睛，温柔地说："毫无疑问，这是上帝的旨意，孩子在天堂是安全的。"她顶了他一句："哦，你认为这就可以安慰那位母亲空荡荡的心和怀抱了吗？"但她立刻又沮丧地说："哦，我知道这样说是不对的——我知道我应该说这是上帝的旨意——但这并不意味着这就可以填满母亲空荡荡的怀抱和心灵了。"

有一次，我听到有人谈到别人家死去的孩子，"灵魂不在了，身体就什么都不是了。"凯丽简单地说："身体就什么都不是了吗？我爱我孩子的身体，我不忍心看他们被埋进土里。我给了他们的身体，养育他们，给他们洗澡，给他们穿衣服，照看他们，那是宝贵的身体。"

死亡和悲伤是她无法理解的，她那么心慈，永远也不会去伤害任何生灵。在她生长的那个时代里，她很难理解上帝，事实上，她也从来没有理解过。

她曾收留过一个女佣，这是她众多难忘的人生经历之一，这个女人后来就一直跟随着她，直到年纪大了做不了事了才离去。这个女人那时和一个不是她丈夫的男人生活在一起，就在她女儿出生的那天早上，那男人把婴儿的头颅打碎了。那天凯丽碰巧路过那间破茅屋，听到里面绝望的哭嚎，她敏感地听出那不是一般的事情，感到必须进去看看出了什么事。她走了进去，看见那个小东西躺在她妈妈的膝上，脑浆从头骨里渗了出来。那个男人躺在木板床上，骂骂咧咧，女人就呆呆地坐在那里。那个可怜的婴儿本来就是半饥不饱，活不了多久的。凯丽用流利的方言询问了情况。那男人看到她吃了一惊，也被她明亮闪烁着的眼睛给吓着了，二话没说就走了，凯丽转向那个棕黄肤色的女人，跪在她身边问她发生了什么事，两个母亲说上了话。凯丽由衷地对这种恶行和那男人表示深恶痛绝。①

“哦，可怜的小东西！”她激动地哭了，那个女人盯着她死去的孩子也突然哭了起来。“哦，这个男人该被杀掉！”凯丽激烈地补充道。

“谁敢碰一个男人？”这位中国母亲抽泣着说，“男人可以随便杀死一个女孩——哦，他也可以杀了我的。”

“你以后不会和他生活在一起了。”凯丽认真地说。

“我又能去哪里？”那女人回答道，“男人都一样。我在很多地方住过，男人都是一样的。”

凯丽觉得这个女人纯朴真诚，她冲动地说：“你来和我一起生活吧。我一直想找一个人来帮我照看我的小女儿。”

那女人缓缓地站起了身。

“让我先去找块布把这小东西包起来，”她说，“然后我就跟你走。”

凯丽再也没问过这个女人其他问题。她把她接到家里，教她怎样做家务，还试着教她识字，可她没学会。因为对凯丽的敬爱，她一直温柔地照看着埃德温和那个小小的白人女孩。当听到莫德夭折的时候，她哭了，这让她想起了往事，她说：“但老爷没有在莫德吮吸你的乳房时用石头砸死她。”

---

① 虐婴可能与施虐者的精神有关，这种极端不人道的案例，在任何社会都是偶发的。

“不，”凯丽看到了一个传教机会，怜悯地低声说，“这样的事情在我们国家是不允许发生的，因为我们的上帝教导我们要善良。”①

啊，她美丽的国家，她热烈地想，亲爱的上帝，相信他的人在他那里懂得了善良！②

“再跟我多讲讲。”那女人说。凯丽停顿了一下就开始和她讲了。她想自己从这个简单的女人身上学到的不比自己能教她的还多吗？上帝一定存在，因为他不在的地方，人可以变得像野兽一样。通过这样的认知，她对上帝的盼望有时也变得更加强烈了。③

此后，无论凯丽去哪里，这个女人都跟着，她成了家里的一员，帮着养育所有凯丽和安德鲁后来的孩子。这些孩子都喜欢这位王阿妈，多年以后，当他们逗她，或者称她为“养母”的时候，我记得凯丽慈爱地看着那个瘦小、干瘪、满头白发的老人，有一次她说：“我知道人家不会说王阿妈是个好女人，我知道她也不可能理解上帝的福音。但我从未见过她对一个孩子不好，也从未听到她说过一句恶语，如果天堂里没有她的位置，我会把我的一半给她的——如果我有一个位置的话！”

---

① 不允许是法律的范畴，属于他律，所谓上帝教导是宗教劝人向善，是一种自律，两者不存在因果关系。

② 这是基督徒的信仰，而非事实。

③ 这一说夸大了宗教劝人向善的效果。

* * *

王阿妈也来了烟台，凯丽可以躺在床上休息，不用自己去照顾孩子。安德鲁一如既往地像圣保罗那样满腔热情地外出布道，对其他的都视而不见。凯丽在清新的空气中睡觉、看书、吃饭，下决心要恢复健康。

六个月后，她不咳嗽了，还可以下床每天在房子和花园里干几小时轻活，并且也不会因此发烧。这是这些年间一段快乐的时光，在高高耸立在海面上的小房子里养了几个月病，除了大海，她和她自己的土地之间没有其他隔阂。她感到自己在慢慢地恢复健康，欣慰地看着安德鲁奔忙于工作中，同时自己也沉浸在天空、山丘和大海的大自然美景之中。

当她又能唱歌时，大家都非常高兴，开始时她的声音很轻，慢慢地她又能唱出饱满的音色了。

对孩子来讲，凯丽生病也有好的一面，她有了时间看他们玩耍，和他们更亲近，并为他们感到骄傲。她给他们讲故事，教他们不要去学在周围看到的一些不好的事情，她经常说："我们是美国人！我们不这么做。"

七月四日是一个欢庆的日子。她自己做了面旗子，大家还一起放鞭炮，一起坐在风琴边上唱《星光灿烂的旗帜》。早在孩子们踏上美国国土之前，他们就知道把回美国休假称为"回家去"。

日落时分，他们常常坐在沙滩上，眺望着水面，凯丽告诉他们大洋彼岸是他们的家乡，他们属于那里。她向他们讲述那幢白色的大房子和草地，讲述那里的果园和可以摘下来生吃的水果——它们是在阳光雨露的滋养下成熟的，甜美干净。对这些白人孩子来说，这些都听起来像天堂一样。在这里，他们从小习惯了被严加看管，生怕一不小心把不干净的东西放进嘴里而生病，就像埃德温，尽管被小心谨慎地照看着，却还是病了，几个月后才慢慢恢复正常。对这些孩子来说，美国是一个神奇的国家，在那里，水不用煮沸就能喝，苹果、梨和桃子从树上摘下来就能吃。

* * *

除非有台风、海浪汹涌，他们每天都去海边海浴，那里曾发生过一件离奇的事情，多年后被当作一个故事来讲。凯丽的手那时仍很瘦，一天早上在水里，她的结婚戒指滑脱了，事后才发现。

她立刻去海边寻找，大家也帮她一起找，但都没有找到。她雇了一个当地的男孩去早上海浴的地方潜水，也没能找到。那天傍晚，尽管已不抱什么希望，她还想做最后一次努力，就沿着海滩慢慢地走。突然，斜阳最后的光芒似乎穿透了平静的水面，一缕光线直射到水底，那枚戒指闪闪发光，就躺在水下的浅滩上。那个小男孩再次潜入水中，把它捡了起来举出水面，她喜出望外地把它戴回到手指上。安德鲁听了，平静地说:“我觉得你会找到的。我祈祷了。”

多年后每当她讲述这个故事时，孩子们总嚷嚷:“妈妈，真的是因为爸爸祈祷了吗?”

她明亮的眼睛闪烁着，说:“也许吧——但如果我没有再回去，就不会找到它了。当然，祈祷是有用的——但你自己也得再去试一次！”

* * *

现在凯丽身体好点了，但在她身体康复可以离开海边、回到安德鲁的事工之前，她觉得有必要挣些钱。夏天来了，有一小群白人来到了海边。她就搬进了阁楼，把下面的房间租给那些人，挣回了她失去的工资。

对她来说比金钱更重要的是她可以趁此机会考验一下自己的体力。除了一个男仆和帮着带孩子的王阿妈，她得自己做面包、洗衣、做饭，照顾家里这十几口人。她都做到了，而且发现自己又怀孕了。她不发烧也不咳嗽，觉得自己痊愈了。夏末，租客走后，她就关上了这个有沙地花园的小平房，全家一起又回到了南方。

她恳求安德鲁不要回到他们住过的长江口。她身体好转了，但并不强壮，于是他们就被派往去了河港城市镇江的中部地区，这座江边城市位于大运河和长江的交汇处，从马可·波罗时代起就以其宏伟的庙宇、宝塔和繁荣的商业而闻名。凯丽看到了从河岸两旁伸展上去的山丘就立刻喜欢上了它。但对有开拓精神的安德鲁来说，这里已受到多国的文化影响，已有其他教会和白人，他不满足现状，渴望有一个更广阔的空间去向还没被传过教的大众布道。在长老会认识到安德鲁是开辟新教区的最佳人选、派他去他想去的地方之前，拥有一个花园是凯丽想都不敢想的。安德鲁在河边一家中国商店楼上租下三间房后就离开了家，乘着一艘舢板去了大运河上游的江苏北部。

凯丽决心再次为孩子们建造一个家。这三个房间俯视着宽广而湍急的长江，江水从源头奔流千里时，带走从堤岸上卷下的黄色泥土。接下来的几个月，凯丽开始憎恨害怕这条不饶人的大河，水流从峡谷湍急而下，到了低处却又阴沉着脸缓缓而行。它吞噬一切迎它而来的生命，对她来说，这条河成了东方生活中所有洪水泛滥、天命难违、麻木无情的象征，每次她要为孩子们建造一个美国人的家时，都要防备着它。

她经常坐在窗边，一边做针线活，一边抬眼望那带着旋涡、缓缓翻滚着的宽广江流。她看见往返于两岸之间的笨重渡船；看见轻快的、像小艇一样的舢板如落叶般在水面飘行，开船的人得使出浑身解数来让舢板小心地穿越好几股对流。

春天来了，高山和峡谷的融雪使河水暴涨，大河变得可怕又愤怒。她几乎不忍看它，她不止一次地看到一船人掉进水里挣扎，却没有一个人得救。有两次，她看到连船沿边都挤满了人的超载渡船翻船，船底朝上，像一头巨兽在水里起伏着。有那么一瞬间，你还能看到黑色的头在黄色的水面上漂浮，手臂拼命地往上伸，但暗流马上就把他们又都拉了下去，河水像什么也没发生过一样继续向前奔腾，只有那艘船还在那里猛烈地左摇右晃。

据说因为在平滑浅凹的河面下是又深又急的交错暗流，掉进这条河里的人是不可能得救的。每隔几天就有一艘舢板翻船沉入水中。然而东方奇特的宿命论让人们继续乘坐各种船只在危险的河面上来回穿梭。凯丽越来越恨这条河，她看到了这条河是如何欺压那些以它为生的人的。埃德温和伊迪丝喜欢站在窗边看来往的船只，她得在一边看着以免他们看到有人掉进水里，在里面挣扎。

* * *

她现在已会在任何地方安家，即使憎恨这河，她在河边也建了一个家。她粉刷了三个房间，雇了一个本地油漆匠漆了地板和木制家具，在布店买了块用来做蚊帐的白色平纹细布——那玫瑰色窗帘早已用坏了——并用那块布做了宽宽的、精致的褶边窗帘，只要把它拉上，她就看不见河了。因为没有花园，她就在窗户外面钉了空牛奶箱。她带着孩子们和王阿妈去了城边的山上，带回了肥沃的黑土装进牛奶箱，在里面种了她从烟台的沙地小花园带回来的天竺葵和她总有的玫瑰。很快，当她看那条河时，眼前多了一片绚丽的色彩。

三间房的下面是家洋货店，一个中国老板在那里出售威士忌和白兰地，也卖外国罐头食品和一些中国产品。住在城里的为数不多的白人会在那买些东西，中国顾客则更少了。店里的主要顾客是时不时停靠在码头上的美国和欧洲军舰上的水手和士兵。长江又宽又深，这些大船可以开到比这个港口更远的地方。看到船停在暗沉危险的河面上，船上的美国国旗迎风飘扬，凯丽感到心里暖暖的。

但这些从她的祖国来的人也让凯丽觉得可怜。他们是来自美国各州的粗鲁又强壮的年轻人，迫不及待地笑着上了岸，忙着到处找乐子。发现岸上无事可做后，他们就挤进这家肮脏的小店买过期的巧克力和英国饼干来吃，买一瓶又一瓶的苏格兰威士忌来喝。从深夜到黎明，她都会从楼上的房间里听到他们唱着，喊着，醉醺醺地哭着，还把瓶子往墙上砸，在乱哄哄的喧闹声中，还能听到青楼歌伎像蚊子一样嗡嗡地用假声歌唱，有时还有尖叫声和哭声。但她从不过问发生了什么，她只为这些远离家乡的小伙子们感到悲伤，感到羞耻，他们是她的同胞，现在却在异国他乡丢人现眼，让人瞧不起。

有时在第二天的早晨，她下楼去店里买东西，看到到处都是砸碎的瓷片和散落的货物，店主郁闷地站在那里苦笑着看着满地的狼藉。有一次，她问他："你知道他们喝酒后会干蠢事，为什么还要卖酒给他们？"

他咧嘴一笑，回答道："哦，白人管把东西打碎，我管让他们付钱！"

出于对同胞的同情和为他们感到羞耻，她在好多年里都为他们做一些事情。每当有外国船只在港口停靠时，她就去烤些蛋糕，比如仿佛落满雪花的椰子蛋糕、浓郁的黑巧克力蛋糕——她在凉爽、贴着瓷砖的厨房里学会了如何实现轻盈的口感——还制作派和曲奇，然后邀请那些小伙子去家里喝茶。他们挤在小房间里，这些腼腆、咧着嘴笑的粗鲁小伙子和这个优雅、有素养的女人之间几乎没有什么共同之处。但是对她来说，这是她把自己和同胞、祖国深情地联系在了一起，看到他们大口吃着蛋糕和馅饼，大口喝着柠檬水，她很开心。当他们吃饱喝足了，她为他们唱歌，或者有时就坐在那里，让这些想着女人的小伙子们和她说说话。他们走后，她有一种胜利的感觉，至少有那么一次她保护了他们一会儿，给了他们一点家的感觉。

* * *

在这个冬天，一个小男孩出生了，她给他取名为亚瑟。又是一个蓝眼睛、金发的孩子，她又一次在一个新的生命里找到了新的快乐。无论要付出多大的代价，她都欢天喜地地去迎接每一个孩子的到来。因为是个男孩，王阿妈也高兴极了。父亲第一次看到他时，他已经两个月大了。他是个漂亮的男孩，但从一出生起就不太强壮。

在保存下来的、凯丽这些年里断断续续的日记中，我看到她多次这样感叹："我的孩子们让我变得那么富有！"这里没有她熟悉的环境和朋友，安德鲁又远在外地，但和孩子们在一起她就满足了，孩子们也一样，有她在就行了。有一次我们听一个女人讲自己的一段浪漫的爱情故事，我看到凯丽的眼睛流露出羡慕渴望的神色，但那很快就过去了，她平静地说："我最大的浪漫是我的孩子。"

埃德温和伊迪丝表现出很强的动脑能力，她很欣慰她能自己教他们阅读和唱歌。她不知道她离奇的生活还会发生什么，但在静静等待度过这个冬天的日子里，她完完全全地把自己交给了孩子们。那里没有花园可以让他们在里面玩，街上又脏又乱，但是只要天好，早上把一天的活儿安排好后，她就抱着婴儿，和王阿妈一起带着孩子们，穿过不引人注目的后街去山上。幸好路不远，很快他们就能走上一条在树林和竹林边的小路，走到一块绿色的坟地上。

这一大片坟地在凯丽心里留下了阴影，这里在春天和夏天是绿色的，但是在冬天因为草被割了当柴火，是一片荒凉的棕褐色。她常常会想着这些已被埋葬、多半已被遗忘的生命。那里一些小的、紧靠在一起的坟墓是阵亡士兵的；用土墙围起来的大坟墓是富人家的；每一个都有它自己的故事。她总是保护着孩子们不让他们知道这些，他们快乐地在坟地上玩耍，采摘野花，在陡坡上跑上跑下。后来，当他们回到自己的国家，惊讶地发现那里平整的山丘上没有坟墓时，才第一次意识到他们以前是在坟地上玩耍的。这位美国母亲就这样既保护了她的孩子，又让他们快乐地玩耍。

他们常去山顶上有城堡的山坡上玩，孩子们喜欢看穿红蓝制服的士兵拿着矛和剑在一片空地上操练，或者听深嵌在城堡围墙里的古炮发出的放炮声。

山脚下，大河蜿蜒，河水逐渐退去，留出块空地，慢慢地形成了一个突起的小岛，成了今天的金山。岛上有一座马可·波罗曾凝望过的精致宝塔，它耸入天际地矗立在岛上寺庙弧形的屋顶间。

孩子们喜欢那些闪亮的士兵和突然作响的好玩的大炮，他们的母亲则喜欢沿河可见的高耸入云的远山。凯丽很喜欢这里中午晴空万里，清晨和傍晚又雾气蒙蒙，这让她想起一万英里外、她家所在的平原上耸起的另一座山脉，这给了她安慰。

夏天又来了，每年夏季那没完没了的潮湿闷热的天气都令凯丽害怕。他们的三个小房间里充斥着街道上垃圾散发出的臭气。天竺葵在炎热中病死，玫瑰也凋谢了。烈日下，一群群苍蝇从一堆堆半腐烂的垃圾中飞出，污秽的热气像雾一样弥漫着。凯丽告诉自己，无论如何，她都要把孩子们带到山上去。

在离城堡不远的一座小山上，有一个旧的传教士居所，经几番打听后，她在那里找到了一座空着的平房，他们可在那里度夏。这是一座低矮的长方形房子，有六个房间，大厅的两边各有三个和房子一样宽的房间，房子的两边都有阳台。和在拥挤嘈杂的街道上的三个房间相比，这里简直是天堂了，她搬去了那里过夏天。但有些事情还是让她受不了：比如她每天晚上都要抓蜈蚣，生怕它们爬上孩子们的床蜇伤他们，让他们生病；比如小山周围的山谷中的池塘和稻田里滋生了许多蚊子；又比如农民用来给田地施肥的粪桶里也生养了成群的苍蝇。但至少从这里可以眺望覆盖着竹林的肥沃山谷和低低的山丘，那条凶恶的河流也成了一条伤不到人的、平躺在一英里之外地平线上的黄色宽带。清晨，浓密的银色薄雾弥漫在山谷里，山顶像雾海之上的绿色岛屿。这很美，让凯丽想起了家乡，这里的雾气又热又重，而西弗吉尼亚的山雾却如黎明的霜冻那样冰凉。

但最棒的是那里有一块小小的草地，孩子们可以在上面玩耍，另外还有一块地可以用来做花园。凯丽早早地种上了花和玫瑰，催哄着它们在她离开前赶紧开花，这是她在这个国家拥有的第一个真正的花园。

但是，夏天过去了，安德鲁回来了，他告诉他们他在大运河上一个叫清江浦的城里准备好了房子，大家可以搬去了。这几个月来，他以那为中心，从那出发，或骑骡子，或搭马车或步行，去了很多地方，在小村庄和城镇里传教布道。现在他觉得自己对城中心熟悉了，就在那租了一栋房子，修缮了一下，他们可以去那里安家了。

凯丽喜欢那座长方形的平房，她种下的花刚长出花蕾，但她还是怀着遗憾打了包，收拾了家具，带着孩子和王阿妈一起登上了帆船。经过十天悠闲的、在平静的运河上的航行，他们到达了那个老城，他们是那里唯一的白人。安德鲁租了一栋有一个大院子的大房子。据说这房子里闹女鬼，那鬼生前是房东备受虐待的妻子，死后变成了黄鼠狼出没在房子里，没人敢住在里面，房东很乐意把它出租给一个外国人。

凯丽还很感激能住在这栋房子里，她再次在那里建了一个家。干净的粉刷过的墙——她现在几乎有了一套程序——在墙上宽大的窗户上挂上崭新的褶边窗帘，地板上铺上干净的垫子，院子里种上草，再种上从卖花郎那里买来的菊花，还有红色、粉色和黄色的单株玫瑰。当心爱的风琴和那张椭圆桌子放妥了，床、藤椅和厨房收拾妥当后，这里就成了他们的家。院外是一条贯穿城东城西的主要商业大街，到处是尘嚣喧闹：小贩大声叫卖着，人力车夫穿行在人群中吆喝着，手推车吱嘎吱嘎着。但在墙和大门的里面却是一个安宁干净的地方，这个美国女人在那里建造了一小块她自己的国家，在那里抚养她的孩子。那里经常有中国妇女来，她们都惊叹这房子被打理得这么漂亮。

* * *

安德鲁在城里开了许多街头小教堂，带着对使命的热情，他还建了遍布周围乡村的布道场所，在场所间来来去去。这时候他的中文已不错了，还花时间给听众写册子。

在这个阶段，凯丽在家带孩子，没有跟随他。但她经常去教堂，弹着风琴用她饱满的声音领唱圣歌，安德鲁布完道后，她就召集那些想知道更多的妇女们，告诉她们这个对她们来说陌生的宗教的教义。这些女人大多神情悲哀，经历过苦难伤心的事，对生活失望、厌倦，也厌恶她们自己的宗教的神职人员的横征暴敛。有些人理解不了这个新宗教，她们可能也听不明白凯丽说的话。

但比说话更有力的是，在听她们讲伤心事时，凯丽表现出的天生的同情心。她总冲动地说：“你得想办法改变这一切。”她们称她为“做善事的美国人”。很多女人来她家，有些只听说过她，先前都未曾谋面，当讲完自己的故事，她们总满怀期望地说：“人家告诉我你总能做点什么来改变现状——你总能想出办法。”

她最好的服事①就是总能放下手头的事来听她们讲悲伤的事。我记得一天里有好几次她坐在小客厅的窗前，面带同情的神色，认真地听一个个破碎的声音不停地倾诉。孩子们在花园里快乐地玩耍叫喊，她时不时地看他们一眼，对他们笑笑，但仍在聆听，眼睛里充满悲伤。这些妇女中有许多是最受压迫的那一类，以前从未有人会愿意坐下来倾听她们的心事，她们一遍一遍地告诉她，有人愿意听她们讲话似乎就是一种解脱。有一次，我听到一个女人对她说：“你告诉我该做什么，我就去做什么。你告诉我该相信什么，我就去相信什么。我活到现在，从来没有一个人在意过我说的话，我掉的眼泪。因为我是个女的，父亲不爱我，丈夫不关心我，儿子看不起我。我只是一个丑陋无知的女人，一生都被人瞧不起。你是一个美国人，一个陌生人，你却在意我。我愿意相信你相信的，因为它使你这么善良，甚至对像我这样的人你都这么友善！”

---

① 指教徒侍奉神、服务他人及教会的行为。

* * *

这是她一生中最快乐的冬天之一。这幢中式房子住得很舒适,屋里装了一个按照锡匠指导做的锡炉,窗台上开着花。她很会种花,很容易让花为她绽放。只有几件家具的房间看上去空荡荡的,但因为有了这些植物和鲜花,房间就显得舒适宜人了。

春天和夏天又来了,凯丽想要是没有夏天就好了!今年更是糟糕,是一个空前干旱的夏天。日子一天一天地过去,整个春天都没有下过雨,农民们本来等着雨水来灌溉稻田,现在却眼巴巴地看着庄稼干枯了。盛夏来了,热得让人难以置信。眼看今年的水稻是不会有什么收成了,农民们匆匆忙忙地到处种了一点玉米,至少这样不会颗粒无收。

凯丽敏感地察觉到了人们的情绪变化。现在几乎没有什么人去安德鲁的小教堂,连本来常来的人也不来了——后来有一个礼拜天居然一个人都没来。第二天,王阿妈从市场回来,对凯丽说:"你最好不要出去,不要去街上走。"当被追问时,她不情愿地补充说:"大家说老天爷很生气,因为外国人来了。以前从没有过这样的干旱,而这是第一年有外国人住在这里。他们说这是老天爷发怒了。"

就连通常只顾工作的安德鲁,也注意到了他在街上传教或发放小册子时,人们会露出怒容和敌意。有一两次,有人拿了他的小册子后当着他的面就撕掉了,这是挺严重的事,因为书本在这个国家是受尊重的。但是安德鲁的性格是越是遇到对抗,他就越发坚定。

一发现自己的工作在城里受阻，他就去了乡村，而且一去就是好几个星期，这时凯丽就和王阿妈在家带着孩子过日子。

八月炎热的一天，她坐在窗边做针线活儿，听到开着的窗户底下有人在低声说话，那时街上的每一个声响似乎都被沉闷的空气放大了，令人担心的是她听到两个男人像是在策划什么。

“今晚半夜，”他们说，“今晚半夜，我们闯进大门，把他们都杀了去祭老天爷，这样就会下雨了。”

她赶紧起身去找王阿妈。“你到街上去打听一下，”她说，“看看能否打听出他们今晚要干什么。”然后她小声说出了她刚听到的话。

王阿妈立即穿上她最寒酸的衣服出了门。过了一会儿，她瞪大着眼睛回来了，小心地关上门，走近凯丽，把嘴凑到凯丽的耳边。

“哦，太太，”她喘着气说，“他们今晚要来杀你和孩子们。他们要杀掉所有的白人。”

凯丽看着她，说：“你觉得他们真的会这么做吗？”

“怎么不会？”王阿妈心情沉重地回答。她拿起围裙的一角，悄悄地擦了擦眼睛。“所有受过你的恩惠的人——”她喃喃自语，“那些人——现在没有一个人敢来帮你。如果他们站出来，他们也会被杀死。”凯丽站着不动，一言不发，脑子却在飞转。王阿妈看着这个白人女人的眼睛，“但是这里还有我。”她坚定地说。

凯丽走向她，握住她那双硬实而忠诚的黄色的手。“我不怕，”她平静地说，“我现在去向上帝祈祷。”

她走进自己的房间，关上门，跪在床边。有那么一会儿，她因心跳加快而头晕目眩。这真的会是她和孩子们短暂的生命中的最后一天吗？ 她把自己的心送到了人们说的上帝所在的那个含糊不清的高处，开始祈祷：“请救救我们吧，但无论如何，请让我不要害怕。”过了一会儿，她再次祈祷：“如果真到了要死的时候，请让孩子们先走。”

她跪了很久，想着她必须做什么。 她又沉默了良久，等待着，就像以前一样，没有回答。 她站了起来，她的勇气和发自内心的怒火让她坚强了起来。

“我才不会让那些迷信、愚昧无知的人来把我杀了，我也不能让他们杀死我的孩子们。”她下了决心，对自己的镇定也有些吃惊。 尽管上帝一如既往地保持沉默，她相信上帝，也不害怕人们会对她做什么。

那天晚上，她让孩子们早早上床睡觉，然后自己静静地坐下来做针线活儿。 怒火一直萦绕在她心头。 “我不想死。”她非常坚定地大声自言自语道。 慢慢地，她想好了她该怎么做。

她坐到窗前，边做针线活边听外面的动静。 沉闷、满布灰尘的空气里传来城里的低语声。 她紧张地听着它的起伏变化。 大约午夜时分，这个变化来了。 那低语声越来越大，似乎就萦绕在院墙外。 时间到了，她站了起来，轻声呼唤默默坐在院子里的王阿妈，“王阿妈，请备茶。”

她下了楼，把杯子和盘子放在那张椭圆的桌子上，把蛋糕放进盘子里。 就像准备一场宴席一样，她把房间打扫得干干净净，把椅子放好了迎客，接着去把院门打开。

院门外站着一队人，见门开了，他们退到黑处，在炎热的黑夜中，他们面目不清。 她似乎没有看到他们，也没有表现出畏缩害怕。 她让门开着，自己回到房子里，把油灯调得亮亮的，让光照到外面去，随后上楼叫醒三个孩子，给他们穿好衣服，带他们下楼。他们也没说话，只是对这个奇怪的过程感到不解，她很自然地和他们说话，给他们唱了一首小曲，把他们放在地板垫子上给了他们礼拜天才能玩的玩具，他们高兴地玩了起来。她又拿起针线活坐下。王阿妈端来了茶放在桌上，而后面无表情地站在孩子们身后，一动不动。

屋子周围的话音越来越大，最后变成了一大片嘈杂声。当声音变得越来越清晰越来越近时，凯丽若无其事地站起来，走到门口，喊道："大家请进来吧！"

那时他们已经在院子里了，一听到她的声音，就向前涌来，那是一大群社会底层的劳工，他们面色阴沉、愤怒，手里拿着棍棒和刀子。"进来吧，朋友们，乡亲们！我已备好了茶点。"她又亲切地喊道，全凭意志让自己的声音显得欢快。

那群人听了不知所措地停了下来。几个人开始往前挤。凯丽忙着倒茶，按照习俗，双手端着茶杯走上前去，把茶端给了一个高大、粗暴、半裸、看上去像是头领的男人。他惊愕地张大了嘴，接过了茶。凯丽又把她最灿烂的笑容投向那些围在门口、在油灯灯光下闪烁着的面孔。

"大家请进来喝茶吧！"她说，"请坐吧。对不起，家里条件有限，椅子不够坐。大家请便吧。"

她走到桌子前，假装在那里忙碌。孩子们停下来不玩了，埃德温跑到她身边。她温柔地安慰他们，"亲爱的，没什么好害怕的。他们只是想看看我们长什么样——这些好玩的人，他们想看看美国人长什么样！他们以前没见过美国人。"

人群开始慢慢地走进房间，他们目瞪口呆，几乎不能相信自己的眼睛。有人低声说：“奇怪，她怎么不害怕！”

凯丽听到了，故作惊讶地问道：“我为什么要害怕我的乡亲们？”

有些人在一旁查看家具、窗帘和风琴。一个人触摸了一下琴键，凯丽就向他展示了如何让琴发出声音，她坐在琴前，轻轻地弹，用中文唱《耶稣，我爱你这名》。

房间里一片寂静，大家听她唱歌。等她唱完了，这些男人们迟疑地交换眼神，一个喃喃道：“这里什么都没有——只有这个女人和这些孩子——”

“我回家去了。”另一个简单地说了一句就走了出去。

其他人仍然沉着脸留在屋里，那个领头的转过身来看着孩子们。他向亚瑟伸出手，亚瑟是个面色红润、友善的小男孩，从小见惯了黄色的面孔，他微笑着抓住了那个人瘦长黝黑的食指。那人开心地笑了起来，喊道：“他真好玩！”

那群人就都围到了孩子们的周围，看着他们，开始各抒己见地评论，有人拿起美国玩具来看看又玩了起来。凯丽在极度恐惧中看着，唯恐他们一个粗暴的动作把孩子吓哭，从而改变这些人的情绪。王阿妈黑着脸站在门口紧紧地盯着。最后那领头的站了起来大声说：“这里没什么可做的。我回家了。”

这显然是一个要被遵循的信号，他们一个一个往后转，穿过院子走回街上去了。凯丽坐下来，突然感到一阵眩晕，她把婴儿抱到怀里轻轻地摇。那些还在门口转悠的男人又最后回头看了她一眼。

他们都走后，王阿妈轻手轻脚地走上前来，抱过了婴儿，把他紧紧地搂在怀里。

“谁敢伤害他，我就把那个魔鬼给杀了。”她低声说，凯丽看到揣在她上衣中的一把菜刀的刀柄，笑得发了颤，她抱起伊迪丝，拉着埃德温，带他们了上楼。她又给孩子们洗了个冷水澡，让他们回到床上睡觉。

她下了楼去关大院的门，在黎明前的黑暗里，街上是静悄悄的。在屋子门口，她停了下来，一股东南风正拂面而来，像是台风要来了。她听着，突然，起风了，一阵风吹进敞开着的窗户，把窗帘全部吹了起来。这是来自遥远的大海的凉爽清新的风。

她上楼去睡觉，静静地躺在那里听着。会下雨吗？很长时间里，她躺在那里无法入睡，进入一段浅睡后又醒了过来。这时她上方铺瓦的屋顶上传来了叮叮咚咚的下雨声，雨水顺着屋檐往下落，溅到院子里的石板上。她惊呆了，也高兴坏了，她的身体终于可以在凉爽潮湿的空气中放松下来了。这可怕的夜晚——这可怕的夜晚也终于过去了。

她起身走到窗前。灰蒙蒙的一天开始了，还没有惊动任何人，这座城市被炎热烤得筋疲力尽，现在还在睡觉，空旷的街道上正下着滂沱的大雨。他们得救了。……这难道就是终于等来的印证吗？

* * *

夏天快结束了，凯丽高兴地松了一口气。但是快乐对她来说仿佛总是不能持久，在九月初的一天，亚瑟突然发烧病倒了。这孩子前一天摔了一跤，掉进了院子里一个贴有瓷砖的排水沟，在之后的几个小时里，他都有些行动迟缓，凯丽焦急地关注着他，到了晚上，他又像往常那样活泼了。

可是第二天早上他又变得无精打采，中午开始满面通红地发烧，她给他服了些简单的药，用凉水给他洗了澡，王阿妈不停地给他扇扇子，但烧还是发得越来越高，到了晚上，这孩子就昏迷了。一个下午他都在痛苦地呻吟，凯丽一遍遍地检查他的小身子，但他太小了，无法说出哪里疼。凯丽恐惧无助地看着他嘴角挂着白沫、慢慢地变得一动不动，王阿妈摸了摸他的小脚。

“他快要死了。”她轻声地说。

城里没有白人医生，但是母亲不能就这么让孩子死了。她发狂地转向王阿妈，“去——去——找城里最好的中国医生——请他马上来——告诉他孩子快要死了！”

王阿妈立刻出了门，不一会儿，医生来了，是个瘦小的老头，穿着一件脏兮兮的黑袍子，戴着一副巨大的铜框眼镜。他默默地、冷静地走进房间，径直走到小床边，从袖子里伸出一只脏兮兮的、指甲长长的、像爪子一样的手，小心翼翼地用拇指和食指捏住孩子滚烫的小手腕。他闭着眼睛在那坐了很长一段时间，然后站起来，从胸前抽出一张叠好的纸，从腰带间取出笔墨，迅速地写下了药方。

“把这个拿到药店，”他告诉王阿妈，“把药取回煎好，每两小时喂一次。”他伸手拿了诊费后就走了。

王阿妈拿着药方走了，回来时带了一包草药和一个旧的、有铜绿的大铜环。她急忙准备去煎药，但凯丽叫了她，“阿妈——阿妈！”那是尖叫着的哭喊声，王阿妈跑进了房间。“我的孩子——我的——”

凯丽把在一阵痉挛中奄奄一息的孩子抱在怀里。王阿妈会意地咕哝了一声，从床上抓起他穿过的一件小衣服，手提着油灯跑了出去。过了一会儿，凯丽听到从街上飘进来王阿妈的喊声。

“孩子，回家吧——回家吧——”

那喊声一遍一遍地传来，渐渐变得愈来愈弱，愈来愈远。

这是凯丽听过多次的叫人伤心的喊声。每当她看到一个哭泣着的母亲手里拿着一个灯笼和一件小外套时，凯丽的心情就会变得沉重，因为她知道又有一个小孩快死了，那母亲是最后一次希望能把他的小游魂召回家。

现在这个小游魂是她自己的孩子。她把他弱小的身子抱在怀里，他颤抖了一下后就一动也不动了。

第二天，因为那时没有其他的邮政服务，她派人去把安德鲁找回家。王阿妈买了一口小棺材，凯丽放了一块蓝丝绸布衬在里面，两个女人一起给这个漂亮的美国小孩洗了澡，把他放进了棺木里，他们都悲伤地哭泣着，分不清到底谁是他的母亲。因为夏天天气炎热，他们请了封棺师傅来封棺。一切都弄好后，凯丽坐下来等丈夫回来；第二天晚上，他回来了，匆匆忙忙地赶回家令他疲惫不堪，筋疲力尽。凯丽见到他时眼泪已经干涸，内心充满绝望。

“我必须离开这里，”她对他说，“我必须见到另一个白人女子——像我这样的。让我们把他带去上海安葬吧，把他和莫德放在一起。我不能让我的孩子独自躺在这个异教城里。”

安德鲁听出了她声音里的绝望，同意了。第二天一早他们租了一艘舢板，在运河和河道上航行了十四天后到达上海。

没人告诉他们当时上海霍乱肆虐。那时也没有报纸、快递邮件传递消息。他们穿过死气沉沉的街道，来到昏暗的教会寄宿处。凯丽第一天就看到五十多口棺材从窗口经过。她吓坏了，葬礼后他们急忙往回赶。

就在他们要返回的那天清晨，凯丽开始上吐下泻，一个小时后，快四岁的伊迪丝也开始了。安德鲁一时也找不到一个医生，因为那天是秋季赛跑的日子，白人都去了在城边的赛跑场地。这样耽搁了两个小时，凯丽已经快不行了。医生一赶到就马上给她治疗，一边指导安德鲁和王阿妈学他的样来看护得病的孩子。

凯丽已经不省人事，但因她身体素质良好，治疗有了效果，她醒了过来。那天晚上十点钟左右，她已能低唤："伊迪丝——伊迪丝？"

安德鲁从来不会对她隐瞒什么，结结巴巴地说，"试着相信——"

"她没死？"可怜的母亲喘息着说。

"她死了。"安德鲁无奈地说。

第二天，他们又买了第二口小棺材，安德鲁独自一人去了墓地，莽莫德的坟墓被打开，这第三个孩子也埋了进去。凯丽痛苦地躺在床上，欲哭无泪，她试图在这种可怕的可以击倒她的力量面前谦卑下来。"我相信——过了这个坎我会好的——我相信——"但在她压不垮的本性里，在她的内心深处，她在流泪，她在哭泣，"到底相信什么呢？"

* * *

过了一段漫长艰苦的日子，凯丽恢复了，他们雇了一艘舢板返回了内地。那房子现在看起来太大太冷清了，九岁的埃德温又成了唯一的孩子，很难让他一直有事情做和快乐。她希望她的儿子有男子气概，充满活力，但在这种封闭、令人懒散的气氛中，除了她，没有人能帮到他了，她为他感到难过。现在她只有他这一个孩子，她怀着恐惧的心情溺爱着他，知道这对他并不好。

她的心日日夜夜都在为她死去的孩子流血。安德鲁可以，也必须回到工作中去，她就只能一个人在这里。王阿妈一直是她的朋友和帮手，但凯丽现在需要的不仅仅是她的纯朴。

她又回到了以前的工作中，力所能及地帮助看病疗伤，也会去小教堂，但是当应该提及上帝的时候，她的心是干枯沉默的。除了她被教导的空洞的话之外，她对上帝又了解多少？她保持沉默，唯有那双顺从的手在工作。

唱一些老歌时，她也总是哭泣。最后，她的身体被压垮了，这不仅是因为失去了亲人，也是因为来自她内心的寻求上帝的压力。她经常祈祷，紧紧抓着她对上帝的希望，因为她不知道还有别的什么可以去信赖，对确切存在的美好事物的信仰对她积极的本性至关重要。但她的祈祷就像抛向荒野的呼唤，回声又回到了她的身边。

王阿妈看到她这样，告诉有一天回家来的安德鲁：如果不尽快做点什么，她的女主人也会死的。安德鲁看了看妻子。的确，她看上去很悲伤，又苍白又瘦弱，她深色眼睛里呆滞的神色把他吓坏了。

“凯丽，”他犹豫地说，“我们——你想回家待一阵子吗？”

她惊讶地看着他，说不出话来，突然她的眼睛模糊了。家——家——这是唯一能救她的了。

他们已经离开十年了，按照长老会的惯例，安德鲁现在可以有一年的假期。不到一个月，他们又一次踏上了去上海的旅途。

* * *

但是到了上海，凯丽觉得现在回家有点勉为其难，突然又不想回家了。她的心还在流血，她觉得无法面对那些同情的面孔，再去重新面对一次丧子之痛。安德鲁被她弄得不知所措，去找了医生，医生说要让她彻底换一下环境——“去她以前从未去过的地方”。这个新环境就是地中海和欧洲。

他们在欧洲游历了三个月，凯丽从来没有像这样被动过。他们先抵达意大利，然后从那里前往瑞士。他们在精致的卢塞恩住了一个月，吃着金色的蜂蜜，看着最蓝的湖泊和闪闪发光的白色山脉。这的确是一剂良药，没有比美景更能治愈凯丽的了。凉爽的空气，安静干净的人们，尖顶的小教堂和暗淡的大教堂，这些都有助于她恢复精神。不知怎的，她又有了生活还是美好的模糊认识，如果生活是美好的，那么上帝一定也是美好的，在遥远的将来，她必须让自己的悲伤与这个事实不再矛盾。她现在已经疲惫得不想做任何挣扎了。头一次丧女，她愤怒；第二次丧子，她悲伤；但是当聪明漂亮的、四岁的小伊迪丝也被带走时，她心碎欲绝，沉默了。另外，在工作中看到其他人悲惨的生活也加深了她的悲伤。她需要见到人们安居乐业、没有深重苦难的国家。

他们又往北游历到荷兰，在那里她急切地寻找乌特勒支和史道廷老先生以前的家具厂，现在工厂更现代了，仍然是一个很大的企业。他们带埃德温去看了房子和城市，很欣慰地看到他为他善良殷实的先辈感到自豪。她从这十年的孤独中走了出来，回到了她自己的根和同胞中。

夏末，他们又在英国待了两个星期，这让她的脑海里充满了美好的事物，觉得自己又恢复了身心健康。如果还不能面对未来，至少她现在可以放下过去的悲伤，可以兴奋而快乐地想她的祖国和她的家了。

* * *

十年了，这片宁静的平原还是那么美吗？她又坐在了自己闺房的窗前，凝视着窗外的旧景，就静静地坐着，看着，永远也不会腻。让她更高兴的是看到从肥沃宁静的土地上耸起的群山，看到枝繁叶茂的榆树和枫树林下的乡村街道。安德鲁的哥哥仍然在那间白色小教堂做牧师，他的布道有点更让人听不懂了，他的小妻子更圆润了，所有其他一切都和原来一样，除了每张熟悉的脸上都多了十年的岁月留下的痕迹。

家里还是那些她爱着的人：父亲的头发已雪白，脾气比以往更加独断，还和安德鲁较着劲儿；科尼利厄斯娶了一个比他小很多，对他有着绝对领导权的、深色头发的漂亮女人。除了最大的和最小的，所有的姊妹都结婚了；还有路德——这个粗野的小伙子竟然已是一个成功又懂得勤俭的商人，还有了妻子和两个孩子！

大家都在这里，因见到她而喜出望外，饱含同情地温柔待她，欢迎她回家——然而她的生活与这一切之间已经永久地产生了巨大的距离！关于两者之间的差异的忧思时常萦绕在她的心头，她会回忆起异国的生活和人们。她和每一个家人交谈；他们又有了有音乐的愉快夜晚；她去了姐妹们的家，了解她们生活中的所有细节：做饭、洗衣、打扫房子，他们还坐着两匹老马拉着的马车去秋天里美丽的乡村——但是她的心并不完全在那里，她意识到她和他们之间对人生大不相同的认识是缘于各自大不相同的人生经历，他们一直安乐地生活在这片富饶肥沃的新土地上。而现在她清楚地知道，在另一个国度里，在那个到处是受苦受难的人的古老国度里，有太多苦难又炽热的生命匆匆而来，又匆匆而去。

渐渐地，她意识到，虽然她的根在美国，她出生在这里，她爱自己的国家，但她也和中国息息相连，这种相连是因为有像王阿妈这样的人，因为有那三个躺在那片古老的土地上、已溶入黑土的苍白的小躯体。啊，那个国家现在对她来说已不再陌生。她愿意有朝一日重返中国，因为那里埋葬着她自己的骨肉和灵魂。

几个月都没人提起关于回去的事。辉煌的秋天过去了——它曾经也像这样辉煌吗？十年来，枫树每年都像这样火红吗？冬天来了，圣诞节期间每一个儿子、女儿和他们的儿女都聚在白房子里。埃德温欣喜若狂地混在他们中间，激动得语无伦次，每天都自由自在地在房子里、树林中和草地上玩耍，还玩雪、溜冰、滑雪橇，他做梦也没想到这会是真的。

“哦，我爱美国，妈妈！”他说了一遍又一遍。但是这句话却给凯丽带来了剧痛。如果回去的话，她是不是剥夺了他与生俱来的、生活在这个美丽的国家里的权利？现在，她又和另一片土地默默而悲伤地相连着。——不，她现在还不会做决定。

圣诞节后，他们去了在格林布里尔河边安德鲁的家，一个很大的杂乱无章的农舍。这里的人和她家的人不同。他们在吃的方面很奢侈，骨子里荷兰人的节俭让她觉得那样的浪费实在很不像话，尽管有大批水果和农产品就烂在了地里，但他们总是缺现金。安德鲁的父亲是一个高大、憔悴、严肃的人，有双深邃虔诚的眼睛，脾气阴沉古怪。他的声音庄严得就像从坟墓里发出来似的。

而安德鲁的母亲则是一个幽默、说话尖刻、爱挖苦人的老太太。她在六十岁时决定不再干活退休了，此后，尽管身体健全，她选择在摇椅和床上度日，并从这两个位置观察世界。她生活中最大的乐趣就是和丈夫不断地斗嘴争吵，而她的丈夫却没有她吵架方面的天赋，他会用雷鸣般的吼声回敬她，让她安静下来。

每天晚上，老头都会在大石头砌的壁炉里点着一堆木头，躺在壁炉前的兽皮上，默默地怒视着炉火，没人知道他在想什么。那时，人们都害怕穿堂风的阴邪，那样躺在火炉前是被视为危险的。他那爱讥讽的老婆总是对他喊："你这样躺在那里会生病的！"当他对这样的好言相劝不作回答时，她又说："你这样躺在那里很幼稚。"

她没完没了地唠叨，直到他耷拉下蓬乱的灰色眉毛转向她，对她大吼一声，"安静，女人！"但那以后，她反而变得快活起来，整个晚上不再和他说话，只有当她的目光落在他身上时才哼哼一声。

七个儿子和两个女儿出生在这个严峻、没有什么欢乐的家庭里，除了一个，其他的儿子都选择了神职工作。对凯丽来说，这是一个奇特的家庭，不像她的家人那样举止优雅、有礼貌、令人愉快。她尽可能不在那里待太久，但从短暂的逗留中她更好地理解了安德鲁：他的节制，他的害羞，堆积在他内心深处奇特的烈火，还有他强大神秘的生命动力。

* * *

深秋时节，她又怀上了孩子，她觉得得待在自己的家里等待这个小生命的到来。她住在自己的闺房里，在待产中度过了一个美丽的春天，不去想过去，不去想将来，与埃德温一起分享播种和收获的喜悦，做梦一样，快乐地从六月的树上摘苹果，吃上面仍带有晨霜晓露的草莓和樱桃。

她沉浸在这简单而完美的生活中，决定在孩子出生之前什么也不去多想。现在所有的生活琐事都是快乐的：在后院的树下洗衣服，洗衣盆就放在一棵大榆树下，水壶挂在一个铁架上，水是从附近的又深又清的井里打上来的；在凉爽的贮藏室里熨着雪白的衣服，对着绿色花园的大门敞开着，一只蜜蜂在边上嗡嗡地哼着；一边搅动牛奶一边看着黄油先是在牛奶表面聚集成金黄色的颗粒，又聚集成金黄色的团，拌入盐后，把黄油放入模具中，再用那枚老的草莓图案印章敲上印戳。

埃德温什么事都要凑热闹，坚持要参加每项工作，但又时不时跑开，和他的表兄妹们光着脚在果园和草地里嬉戏。看着他已不再像在东方生活时那样苍白，人长高长大了，面色红润，眼睛明亮，比她想象的还会吵闹、还要快乐，凯丽觉得这比什么都好。

最棒的是在安静的礼拜天的早晨，在凉爽的大餐厅里吃很晚才开始的早餐，连赫曼纳斯也会在那里。周六大扫除后，屋子一尘不染，家里充满了宁静和崇敬的气氛。接着，大家都穿着最好最干净的衣服，她那受敬爱的满头白发的父亲在前面领着，一家人在树荫下的乡村小道上慢慢地走向教堂；邻居们见了面相互庄重友好地问候，教堂的钟声响了起来——对凯丽来说这是最美妙的音乐——然后便是安静的教堂里圣洁静好的美。上帝当然是存在的，你几乎已经看到了他。

凯丽的国家用宁静与美治愈了她。然后，没有印证，也没有突如其来的神示异象，她曾经认定的人生使命又浮现在她心头。这里有那么多美丽、整洁和正义；而那里，却有那么多又黑又空的手和支离破碎的躯体，她听到了那些可怜的人对着她太过温柔的心发出的令人怜惜的、难以抗拒的呼唤。

没有来自上帝的印证和异象，只有那些不幸的、未被拯救的人对她发出的长长的、无声的呼唤，她知道她必须回去了。

* * *

她的小女儿是在一个万里无云的夏日出生的，生完孩子后，她躺在床上眺望平原边上的山丘，不知怎的，她又感到生活的美好了。一个新的生命来了——这个躺在她身边的小生命——她是她的小小安慰，还有什么名字比“安慰”更好呢？她就给孩子取了这个名字。

他们又住了四个月，孩子健康地成长，成了家里关注的焦点。她的表姐们每天都自豪地为她洗衣服，然后把熨好叠好、散发着阳光和微风的香味的衣服送到楼上。在一个大家都是深色眼睛的家庭里，他们都为这个有着浅色眼睛的漂亮婴儿感到骄傲，对小安慰的母亲来说，这个孩子也成了她的希望。

她告诉自己，因为有了这个小小的安慰，她可以再次离开故土；带着这个在她自己家里出生的美国小女儿，她可以重返异国。想到那几个匆匆到来又迅速离世的小生命，她会陷入恐惧当中，但她知道即便是为了安德鲁，她也必须回去，因为他着急想要回去工作了。

是的，她必须走了。是不是死了三个孩子才让她最终臣服于上帝的旨意，上帝无声的旨意？她臣服了，会服从他的意志。她不再向上帝求印证了。她会相信和服从。现在，她只听从召唤，即使不是上帝的召唤，因为上帝缄默不语，至少是异国那些痛苦不幸、受生活压迫的人的召唤。也许这就是上帝在说话。不管是不是，她都要服从，还要“往普天下去，传福音给万民听[①]”。

* * *

为了返回中国，她再次踏上了穿越大陆和海洋的旅程。以前的经历让她心中充满了对大海的恐惧，她又晕船了，没了母乳喂婴儿，不得不让她吃别的食物。这婴儿虽小，但天生倔强，不肯用奶瓶喝奶。看着安德鲁一边用笨拙的大手抱着这个快乐但固执的婴儿，一边用勺子从杯子里舀出食物来危险地喂她是凯丽在这次旅途中最好笑的记忆之一。横渡太平洋时，喂养她的除了安德鲁还有一位女乘务员，幸运的是，这位善良的女士很喜欢这个倔强、爱笑的小家伙。

---

① 马可福音 16：15

这个婴儿健康地成长，在上海被抱上岸时浑身是劲儿又十分快活，她还不到六个月大就经历了一次一万英里的旅行，但这对她显然没有什么影响。她正是凯丽所需要的那种孩子，一个好玩的、胖嘟嘟的、滑稽的孩子，常常有点小要求但总很快乐。王阿妈被告知他们回来了，到上海来接他们，凯丽一下船就在码头上看到了她那张笑得嘴都合不拢的脸。这个善良的棕黄皮肤的老保姆冲到埃德温面前，把他搂在怀里，让已近成年男子的埃德温感到非常难堪。然后她把那个胖乎乎的漂亮小女孩抱进怀里，对她来说，这是那两个死去的孩子又回来了，她抱着那个小东西，又笑又哭的。在去旅馆的路上，凯丽本可以自己抱着安慰坐在黄包车里，但王阿妈不愿把孩子给她。至于安慰，她理所当然地接受了这份爱，她盯着王阿妈黝黑的脸和奇怪的样子看了一会儿，但还是接受了她。

他们在上海只待了一天，已经是深秋季节了，天气凉爽，安德鲁急于重返乡村传教。凯丽那天抽出一小时去了埋着她三个孩子的小墓地，在那种下了一株从她家的门廊移栽的白玫瑰。她在离家的那天把它挖了出来，用泥土、青苔裹着把它包好，在海上旅行时也一路给它浇水。

“这三个小东西从未见过我们的美国，他们自己的土地，”她悲伤地对在一旁帮她的埃德温说，“他们生在异国又死在异国，我很欣慰现在有来自美国和家乡的美丽的东西覆盖在他们上面，为他们遮阴。”

坟墓边上有一棵巨大的棕榈树，在它的遮蔽下，这株美国白玫瑰茁壮地生长。

他们又出发了，先乘轮船沿长江而上，再乘帆船沿大运河回到他们原来住的地方——清江浦。房子和花园里有着痛苦的记忆——

那条亚瑟跌伤的可怕的下水沟——她无法忍受，把它填了用花坛盖住，不再去想过去的事了。房子里现在有了这个小小的、要这要那、令人愉快的新孩了，还有埃德温要教，这里又来了另一家美国人，有一个男孩子可以和埃德温一起玩，她也有了一个甜美温柔的美国女人做朋友。更重要的是，这里有那些苦难深重、默默召唤她回来，需要她的人。第一次来，她是为了上帝；而这次，她是为了这些人。

* * *

我现在可以自己讲故事了，从那时起，我正式和这个美国女人相识了。我对她的最初记忆是在清江浦的家里。它们是碎片般的记忆，仅仅是些柔和闪烁的画面，我对它们的真实性有些怀疑，但它们却又都是那么深深地印在我的脑海中。

我记得在一个早春的清晨，院子里到处盛开着玫瑰，那些花朵点缀着灰色的院墙，在一小块绿地边闪闪发光。我抓着埃德温的手，蹒跚地走过那条铺着旧石板的小道。我们的面前是一扇总是将我们与外面的世界隔开的大院门。院门大约离地六英寸①，透过缝隙可以看到来来往往的行人的脚——光着的脚、穿草鞋的脚、穿绒布鞋的脚。这些对我来说是外面未知的世界。我停下来，因为胖，我非常小心地蹲下身子趴在地上从门缝里往外看。但我只能看到齐膝或到脚面的长袍随着人的动作晃动，或裸露的棕黄色双腿

① 1英寸等于2.54厘米。

上像绳索般鼓起的肌肉。我也看不明白，就爬了起来，掸了掸身上的灰尘。

这时，凯丽，我们院内世界的中心，走了出来。她穿着一件皱面料的白色连衣裙，边走裙摆边拖在草地上，她褐色的卷发上戴着一顶挺大的系有红色缎带的旧草帽。她用一把园艺剪刀去剪仍沾着露水的玫瑰，剪下一大捆抱在手臂间。

她举起一朵完美的白玫瑰，久久地凝视那在我看来有盘子那么大、上面布满闪烁的水珠的花朵。她又小心翼翼地把它放到鼻孔下，看到她脸上欣喜若狂的表情，我也嚷嚷着要那么做。于是她把玫瑰花递给了我，我一股脑地把脸埋进里面。它比我想象的还要大还要湿，抬起脸时，我打着喷嚏，喘着气，脸上全是水，感觉就像突然掉进冰凉的水池里一样。

整整一个夏天，我几乎没怎么见过她。她一直躺在床上，人萎缩得又瘦又小，眼睛显得特别大。每天早晚各一次，王阿妈会带我去看她。我总是先穿上一条干净的白色连衣裙，王阿妈再用她黑黑的食指把我的黄头发在头顶上卷成一个完美的、像泰晤士河隧道一样的长发卷。她帮我打理头发时，舌头是伸在外面的，当她的舌头回到嘴里，我就知道好了，我又可以动了。在那整个夏天，王阿妈成了我最重要的人。她给我洗澡，喂我吃饭，给我哼唱婉转的中国小曲，教我大量中文儿歌，责骂我过分独立自行，每天两次都为我进入另一个白人的房间做准备。

很久以后，凯丽讲起那些日子，我才知道她那时又感染了可怕的肠道痢疾病菌，整整三个月，她一直都躺在床上——整个炎热的夏天都那样。她说，她只能把孩子交给王阿妈照顾，埃德温已是个大男孩，安慰只有两岁。她每天都在为安慰担心，但王阿妈每天带她进来两次，每次都是干干净净，清清爽爽，头发梳好卷好，小脸看上去快乐又温和。

那时那里没有医生，但凯丽的一个朋友，她曾经善待过的很多人中的一个，一个英国女医生，听说了她的情况后就离开了自己的工作，不去休假，整个夏天都在治疗护理凯丽。否则凯丽就死定了，因为她又怀孕了。

九月的酷热过去后降温了。在一个凉爽有风的早晨，一个黑头发、蓝眼睛、胖胖的小男孩出生了，她给他取名为克莱德。凯丽看到这个圆滚滚的健康的孩子，惊叹于自己消瘦的身躯居然能结出如此健康的果实。凉爽的天气帮了她，她又恢复了健康。

* * *

总的来说，在这些年里她是幸福的。她逐渐回到为大众服务的工作中去，再次为母亲和婴儿开设小诊所，开识字阅读课，接待众多向她寻求各种帮助的人。但她始终没有离开孩子们，她把诊所设在门房，在其中的一个房间里教书和跟人谈话，在那里她可以透过窗户看到孩子们在院子里玩耍。

这些工作都安排在下午。早上，她得先教埃德温，他现在已经是个大小伙子了，很聪明；很快安慰也嚷嚷着要念书了。她的三个孩子迅速长大，他们强壮、健康、聪明，都喜欢音乐和色彩。她不得不自己为他们规划设计课程，这位美国母亲必须自己想方设法地为他们提供如在美国一般的环境。这段时间她总是操心埃德温，他已长成一个高个男孩，总是轻而易举地完成她布置的功课和任务。她不想让他有太多的闲暇，有太多的时间在街上闲逛。她本来抱有很大希望的那家美国人没住多久就离开了，她又成了埃德温唯一的陪伴。她一直担心她不能让孩子们达到他们祖国的生活行为标准，尽管有她在，东方的接受现状的消极文化可能影响孩子，让他们变得软弱。

她和王阿妈真正有过的争吵就是在这一点上。凯丽看到埃德温不喜欢体力劳动，就要求他每天去搬柴火，还要他打扫自己的房间。对王阿妈来说，让长子在家里干佣人干的活简直就跟亵渎神灵差不多，是不可想象的！于是趁大家在吃早餐，她悄悄溜进埃德温的房间，迅速地把它打扫干净。埃德温回来时，房间已经一尘不染，不用再收拾了。他守口如瓶，直到有一天凯丽自己发现了王阿妈因疼爱他而惯着他的行为。

凯丽脾气急躁，有时说话尖刻，她那时已能说很流利的中国方言了。另外，当牵扯到孩子，尤其是他们的教育和教他们做对的事情时，她不能容忍任何干涉。她把自己的想法对王阿妈说了，这个温柔的老妇人道歉道："让长子干活在我们看来是一件丢人的事情。对女孩子来说，的确是好事，但对儿子来说就不合适了。"

"对的，"凯丽火冒三丈地喊道："所以你们的男人都又懒又坏，就像我帮你摆脱的那个男人！"

这一句就够了，王阿妈被说得哑口无言，蹑手蹑脚地走开了。像往常一样，凯丽马上悔悟，跟王阿妈解释说，男孩要想有所成就，就要学会干活工作，在美国，男孩和女孩是受到同样的教育和重视的。这种社会秩序超出了王阿妈的理解范围，但她以后再也没有反对过。

那时，凯丽大部分精力都放在教育大儿子身上。在一个让他错误地自以为了不起的社会环境里，要教育他对他的母亲、妹妹以及来访的中国妇女有礼貌是很难的。埃德温是一个脾气暴躁的男孩，而且仆人们对他过于恭顺，他也听到了有关长子地位的谈论，所有这些都让凯丽觉得很难对付。安德鲁又总不在家，他回家短暂休息时，也因为太累了而没时间去进入这个男孩的生活。

我有一份她在这个时期的纪念品，一份在她的建议下埃德温每周都要编辑的报纸，上面有一幅他非常精巧的钢笔素描画作：在画中，帆船迎风满帆在航行——是一幅很生动活泼的图画。编辑这份报纸是凯丽的主意，埃德温天生爱好写作和画画，他积极热切地投入了进去，到处收集新闻，向分布广泛疏散的传教站和港口城市发送广告，还真找到了不少订户，其中一些人无疑很乐意每月给这个男孩几分钱。他因此积攒了一些零花钱，尽管凯丽看得紧，他还是把这些钱花在了诸如炒面、麻棒糖和街头小贩出售的猪油糕点上了。

埃德温对她来说既是一个一时不好解决的问题，也是快乐的源泉。我后来从埃德温那里得知，凯丽在他的生命中也占据了令人吃惊的位置。他说她快活、愉悦、有趣，时常陪伴他，总会有该去干什么的主意。任何时候，她那闪着金光的眼睛都会一亮，说，“我告诉你我们该去干什么！”

总是有令人愉快的事情可以去做的。她教他唱歌，拉小提琴。虽然理解他，但她严厉批评他试图写小说和叙事诗。她不鼓励小说，而私下里她最喜欢的莫过于一本好的小说了。她是一个活生生的人，对人们的所作所为非常感兴趣。但她受那个时代的宗教教导影响，认为小说是邪恶的，和跳舞和打牌一样，这就是她天性中典型的截然不同的两面，她会在读《匹克威克外传》时发出由衷的笑声，然后又因为自己认为那很有趣感到有点内疚。于是她想出了一个折中的办法，那就是家里只存放经典小说，她的孩子们至少应该对此心怀感激，因为这让他们很早就学会欣赏好的文学作品。埃德温七岁就开始专心阅读狄更斯、萨克雷和斯科特的作品，后来其他孩子也这样，而且在阅读了好的文学作品后，他们发现其他实力相对不足的作家的作品寡淡无味。

七个孩子也没教会安德鲁怎么抱孩子，怎么给孩子穿衣服，他生来就是先知和圣人，一个远离凡尘的人。即使在自己的家里，他也给人一种遥不可及的感觉。没有一个孩子会想到跑去找他帮忙系鞋带或扣扣子。我听凯丽笑着说过，"最有趣的是有时候我生病了，他不得不帮王阿妈一起带孩子。他把孩子们领进来时，他们身上的衣服前后穿反了。他们看起来很奇怪——你也不知道他们这是来了还是要走了！"

他的确是一个像圣保罗一样的人，许多人也都把他比作圣保罗，一个生来就虔诚的先驱者，一心一意地履行他所领悟的职责，其他的就什么也看不到了。对他的孩子们来说，他是一个生活在他们的世界之外、有点模糊不清的人。当他想到他们时，他对他们有非常严格的要求，真心希望他们做正直善良的人。但由于缺乏理解，他从来也没让正直善良在他们眼里变得美丽。比起他们父亲平静的美德，他们更喜欢母亲急躁的冲动、突发的小脾气和紧随其后的真诚道歉、亲密的拥抱、小笑话和快乐的表情。

公正地评价，不管凯丽有时对强加给她的困苦有多不耐烦，但她从来没有怀疑过安德鲁的使命的重要性和首要性。我想她暗暗觉得他有一种对她和我们来说都神秘而高不可测的东西，我们必须追随他。例如，就在这个时候，我想起了我们称之为"父亲的《新约》”的阴影。安德鲁有敏锐的文学判断力，他一直对唯一的《圣经》中文译本不满意。这些年来，他逐渐产生了至少重译《新约》的想法，并且要直接从希腊文翻译成中文。他是一个优秀的希腊文学者，自己总是阅读希伯来文和希腊文的《圣经》。我还记得他穿的所有外衣的胸袋里都放着一本袖珍版的、烫金边已褪色的希腊文《圣经》。他死时，我们把它永远地和他放在了一起，因为我们知道没有这本《圣经》，他是不会安息的。

他开始在晚上和暑期的几天休假日里从事翻译工作，一年年过去了，有着他一行行棱角分明字迹的中文手稿在他书桌上堆得越来越高。一个驼背的中国老学者那时成了我们家的一员，他经常应邀和安德鲁一起讨论翻译文体和字句。

终于有一天书翻译完了要出版了，但除了从我们已经很微薄的工资中抽钱出来，没有别的钱可以用来做出版经费。凯丽和安德鲁商量了一下，她想着孩子们，他想着他的书。她说：“安德鲁，孩子们的衣服不能再少了——我已经又缝又补又重做了，我也不能让他们少吃。”

“我知道。”他绝望又渴望地说。

她看着他，看到这对他意味着什么，又说：“我们能做到每个月省下五美元，把它放在一边，就靠剩下的钱来过日子。我尽可能在各种开销上少花一两分钱。”

他听了后又高兴了起来，尽管从那以后孩子们认为父亲的《新约》是一口井，井里放着他们失去的玩具、小女孩想要的新裙子和很多他们想要读的书。他们会徒然神往地问：“妈妈，爸爸完成《新约》后，我们就可以买想要的东西了吗？”他们永远不会忘记母亲听到这样的问题时脸上的表情，她看起来很生气，但不是因为他们，她非常坚定地说：“是的！我们每个人都可以买自己最想要的东西。”

但是我们没有，因为她在安德鲁完成这项工作之前就去世了。他一版再版，精益求精地修改每一版，她一生都因为这《新约》而更加贫困。这笔花销导致他们失去了原本勉强可以维持的舒适生活，陷入了贫困。尽管如此，她从未让孩子们的渴望变成抱怨。她做了一个决定并围绕它塑造自己的生活，迫使自己尊重安德鲁的梦想，尽管有时她也会公然反对。

孩子们是不可能察觉不到父母之间的巨大差异的。有一个问题一直萦绕在小安慰的脑海里，她父亲每天早上来吃早餐时，白皙的高额上总有三个红色的印记。这些印记在早上会逐渐消散，但当他刚进来低头向上帝感恩时，它们很红很深。一天，她鼓起勇气问凯丽：“为什么爸爸的额头上有红色的印记？”

“这是他把头靠在手上祈祷时手指留下的印记，”凯丽严肃地回答，“你爸爸每天早上起床后都要祈祷一个小时。”

这样的圣洁是令人敬畏的。孩子们也在母亲的额头上寻找类似的印记，一个孩子问道：“妈妈，你为什么不祈祷呢？”

凯丽回答了——或许是用有点尖刻的语气——“如果我也祈祷，那谁来给你们穿衣服，做早餐，打扫房间，上课？有些人必须干活，而有些人则祈祷。”

安德鲁这时已从他惯有的出神中走了出来，无意中听到了这话后温和地评论了一句：“凯丽，你如果多花一点时间祈祷，也许活儿就会做得更好。”

对此，凯丽相当固执地答道：“时间本来就不多，上帝会明白一个有小孩的母亲只能压缩她的祈祷时间。”

事实上凯丽不太擅长做长时间的祈祷。她有时又快又用心地祈祷，但她是一边干活一边祈祷，而且她总是不由自主地意识到她的声音发出后可能绕一圈都得不到回应。但是在生命的这个中间阶段，在她忙碌的生活中，她刻意将过去对上帝的寻求置于次要位置。她不是被动的，也永远不可能是被动的，她只确定一件事，那就是她要尽力帮助那些到她身边寻求帮助的人——她的孩子、邻居、仆人、路过的人。她的宗教信仰最终被她总结成“相信和顺从”。上帝就在那里，她必须相信上帝。就当上帝真的在那里，她要去做一些务实的事情让宗教有社会意义和价值。我认为，她对自己精神信仰的怀疑和私下里的不确信，以及她天性中一直有的热情、慷慨和大方最能代表典型的美国人了。

埃德温有机会接近他父亲是当他在家里表现得非常焦躁不安时，凯丽实在拿他没辙了，就让安德鲁带着他去乡下传教。父子俩一起乘帆船、骑骡子穿行在乡间，因为只有他们两个同类人，在这种不得不一起吃饭、睡觉、与世隔绝的同伴关系下，埃德温第一次真正了解了他的父亲，第一次感到为人的灵魂谋幸福的热情里有一种朦胧的美。

在热爱人类灵魂的父亲和热忱地为人们寻求幸福生活的母亲的影响下，他永远不会满足于任何以赚钱为唯一目的的工作。虽然他母亲一生用最坚定的意志去克服宗教上的怀疑，但她生来的怀疑埋下了种子，在他和他的时代里开花结果，让他不可能投入宗教工作中去，同时另有一种更微妙的影响也不可逆转地塑造了他，那就是他会首先看到人性，并会立即对人的需求做出反应。

此时，安德鲁得出了一个阶段性的结论，认为他必须深入更远的、还没有人去传播福音的内地去，他告诉凯丽他再次“感觉到了召唤”。

凯丽听了后极其沮丧。这所房子和大院已成了她的家，这里有她的花，是她孩子生活和成长的地方。这座暗沉的城市包围着她，但她已经接受了它，在其中建造了一个美国家庭的绿洲。她将个性注入她的所有物之中，她的花园、房间、工具箱、椅子——似乎都与她密不可分，是她的一部分。

除了这些，其他的也一样生根了。她有了自己的朋友，那些中国妇女不是被她提供的帮助、就是被让她们可以随意参观她的家的友好所吸引，她们看到了神奇的炉子、缝纫机、风琴，以及其他外国的新鲜玩意儿。凯丽已喜欢上这些妇女了，她很容易就忘记了她们在种族和背景上的差异。此外，又有两家白人要来了，她期待着再有同种族的朋友。但正是因为安居在同一个地方让安德鲁坐立不安，他觉得有太多的人聚集在同一个地方干同样的事——他必须进军新的地区。

凯丽为此非常生气，又是劝又是求，甚至还哭了，然后又突然投了降。她知道，当一个信仰上帝的人认为自己听到了上帝的召唤时，他一定铁了心了。她默默地收拾好自己的东西，挖出玫瑰，王阿妈也把自己的东西放进一个铺盖卷和一条蓝色的大方巾里，他们做好了离开的准备。

第四章

安德鲁选择了一个在更北面的小城市作为他的新基地。但是那里的人对外国人怀有敌意，没人愿意把房子出租给他们，最后安德鲁带着一家人住进一家客栈，里面有三间简陋的屋子，只有土墙、泥地和茅屋顶。仅一低矮的土墙之隔，他们周围便是拥挤不堪、又脏又乱的民居。

凯丽把玫瑰种在花盆里，又勇敢地再次去建造一个美国人的家，但是她已经失去了一些韧劲儿。陌生的环境为安德鲁注入了新的生命气息，是对他灵魂的一种挑战，但对她而言，重新从这种环境——房屋拥挤，没有花园；周围到处是疾病和污秽；人们对外国人怀有深深的敌意——中开始是可怕的。她又想起了那三个死去的孩子，他们如此短暂的生命是她为安德鲁以及安德鲁的上帝做出的牺牲。她焦虑不安地看着身边的三个孩子——不能再做牺牲了！

对安德鲁而言，尽管这一年非常艰难，但也充满了令人激动的机遇。那时正值甲午战争，在偏远的地区，人们把每个外国人都视为日本人。一天早上，凯丽和孩子们正坐在一起吃早饭，已经有好几个星期没露面的安德鲁出乎意料地走了进来，只穿了内衣，光着脚，肩膀和后背上都有伤口在流血。他被一群散兵抢劫砍伤了，骡子、行旅用品和其他东西都被抢走了。不管他怎么申辩，他们都说他是日本人——尽管安德鲁有六英尺①高，蓝眼睛，当年还留着发红的胡子！

* * *

这土墙泥地的茅屋在冬天是非常阴冷潮湿的，克莱德患上了感冒，后来又发展成了肺炎。安德鲁和往常一样不在家，方圆数百英里之内也没有医生，凯丽又一次面临死亡的威胁。她在房间的一个角落挂上毯子，不让风吹到那里，和王阿妈一起在那里守了他十天十夜，最后，似乎他自己也不愿意走，这个倦怠的小男孩又活了过来。

凯丽把他抱在怀里，心里强烈地喊着——够了，够了！这城里没有人在乎她的这个小儿子为了安德鲁的传教事业是死还是活。上帝在乎吗？……她不会再去牺牲孩子了。

她毫不犹豫地开始收拾东西，准备离开这肮脏简陋的住所。因为下了好几天雨，泥地上积满了水，他们得把木板放在砖上才能行走。桌子和椅子腿儿也有好几英寸泡在了水中。好在心爱的风琴已经被放置到一个木台上了。一切都收拾好了，就等安德鲁回来。在一个初春的早晨，他回来了，她一看见他就急忙戴上帽子，穿上外套。看到迎接他的是已被打包的家具和挖出的玫瑰，他彻底傻了眼。她不容他说一句话，眼睛里怒火中烧，这一次，她让他

① 1英尺等于30.5厘米。

无话可说。

“你可以把教从北京传到广州,”她用一种冷漠而平静的声音说,“你可以从北极走到南极,但我和这些小孩子再也不会和你一起去了。我要带他们回镇江,住到山上的那座平房里,如果那平房还空着的话,那里宁静,有山,有新鲜空气。不然我就回国。我已经献出了三个孩子,我不能把更多的孩子送给上帝了。”

安德鲁这回是着实被震惊了,他已无力挽回,她拉着埃德温的手大步走出大门,王阿妈也一手抱着克莱德一手拉着安慰往外走。这一次,安德鲁只能跟着她,他们走到运河边,登上一艘舢板后向南出发,近三个星期后到达镇江。非常幸运的是那平房仍空着,她二话没说就住了进去。

就这样,她在那座城里住了二十七年,没人能让她再次离开那里。

* * *

然而,住在山上也没能让凯丽解决她那个时候的主要问题:埃德温。他们安定下来后,因为没有同种族的同龄人,这男孩又变得焦躁、孤独。他已经可以上高中了,比他十五岁的年龄要成熟,凯丽很快决定让他独自一人回美国。她极其希望让美国在他长大成人之前在他身上打下烙印,于是她很快就做出了决定。可对她来说,这是为那个她从未看得太清楚的事业的一种新的牺牲,又像经历了一次死亡一样。但她知道为了自己的人生目标,要全面地看问题,就在那个夏天,埃德温与朋友们一同返回美国。

凯丽给她的哥哥科尼利厄斯写了封长长的恳求信，恳求他照看她的儿子，这样埃德温每个假期都可以住在那个充满了安静、美好气氛的大房子里了。埃德温的离开对她来说是一种安慰，但在许多个长夜里，她痛苦地醒着，责备自己把年纪尚小的他送走。他站在她身边时看起来像一个年轻人，但一旦他离开了，他又成了一个孩子。她写充满爱和殷切希望的长信给他，想知道他所有的想法和做的事情。当她听说他学会了抽烟，她一连几天都很不痛快，担心他还学会了别的不好的事情。但当科尼利厄斯信里有对这个高个小伙的正面评价时，她又会骄傲地阅读。在信的最后，他小心翼翼地提到，“我们发现埃德温有点懒。”凯丽读了信很高兴，因为她儿子已走出了东方无所事事的梦幻氛围，融入他自己国家热情洋溢的生活中去了。这对他很好——但是她的家现在因他的离开半空了！

* * *

她在山上的平房里没能住上多久，原来住在那里的那家人休假回来了，他们只好再搬家。幸好安德鲁在城边上找到了一所小房子，凯丽可以很方便地带着两个孩子每天去山上呼吸新鲜空气。

但是房子在码头附近，在鸦片战争后，根据条约，这块地成了英租界，整个区域里到处都是些不三不四的人去的场所。那些场所的门敞开着，里面坐着懒洋洋的、半裸着的各国女人，凯丽带着孩子们匆匆走过，目光敏锐，正处于青春期的埃德温不在这里令她倍感安慰。从船上下来的白人会去逛这些妓院，对凯丽来说，这是极其可怕的，比只有中国人在那里更糟糕。这令她感到羞愧和绝望，从她引以为豪的美丽的国家可以同时走出来两类人：有明确正义感的安德鲁，和这些醉醺醺、骂骂咧咧、好色的男人。然而她又同情他们，因为他们往往很年轻，远离了家乡，有的几乎就和她自己的儿子一样大；有些年纪大些的则更令人感到难过，他们在外流浪多年，现在已无家可归。

她又重新恢复了她以前的做法，只要看到有外国的船只到港，她就去做饭、烘烤，请这些水手和海员来她的小房子，扮演他们的母亲、姐妹和朋友，听他们倾诉心事。

* * *

那些日子里，凯丽特别喜欢克莱德，因为在所有的孩子中，不管是长相还是个性，他最像她。他是一个非常勇敢和英俊的孩子，性情既严肃又快乐，和她一样，他也有一颗温暖热情的心。他本能地像花朵追随太阳一般围绕在母亲身边，他们两个人在一起时总是那么快乐。

她给了他一颗同样勇敢的心，我从未见过她比在他快五岁的那一天更为感动的时候了。那天安德鲁因克莱德顽皮，用自己又大又结实的手揍了他，克莱德小小的大腿又红又痛，在短暂的哭泣后，眼里扔挂着泪珠儿，他开始勇敢地唱道："前进，基督士兵"。多年后，当他只是一个记忆，每次想起他那一刻挂着泪水的小脸，蓝色的大眼睛，还有勇敢和颤抖着的稚嫩声音，她都会泪眼婆娑。他也有她对美的热爱，我记得他是如何欢呼着跑去迎接春天的第一丛蒲公英的，因为他非常喜爱它们，在他死后的每个春天她都会采集一把蒲公英点缀在他的墓上。

在这个心爱的孩子五岁多一点的时候，有一天他突然高烧不退，很快就病重了。那里当时只有一个印度混血、没有什么高超医术却温和善良的英国海关医生，他总是醉醺醺的，没有人知道他的水平到底如何。这印度人说是支气管炎，但凯丽从一开始就担心是白喉，至此，通过自学和帮助向她求助的中国人，她已经积累了不少实用的医学知识。

她焦虑不安地看护着，但克莱德的病情还是急速恶化。她派人去找安德鲁，他在乡下，要三天才能赶回。最后，小家伙的喉咙完全哽住，没治了。安德鲁还没到家，孩子就死了，凯丽又一次抱着一个死去的儿子。

安德鲁到家时，他美丽的小儿子已躺在棺材里了。第二天，也就是葬礼的那天，风刮得很大，雨也下得很大，凯丽的心里又埋了一个小生命，又累又病，无法跟着其他人一起去洋人公墓送葬。

啊，那些散落在中国各个城市里哀伤的一块块小地，那是白人和其他外国人为自己准备的墓地！它们被高墙围着，有铁栅栏的高高的大门也总被大铁条闩着。在奇特的寂静中，墓地里有一些排列整齐的树和铺着沙子的小路，坟墓和坟墓之间隔得很近，大多数是女人和很多很多小孩的坟墓；也有些是水手海员的，他们的墓志铭上往往总写着他们是被愤怒的暴民杀害的。如果这些人活着的时候是中国土地上的外国人，那他们死后仍然是，不，死后更是。他们这样保护着自己，生怕死后会被周围粗心、拥挤的人群侵犯吞噬。

我记得他们埋葬克莱德的那一天，凯丽站在窗前哭泣，看着送殡的人从院子里走出去，她的泪水落在我赤裸裸的心坎上，我一知半解地挪过去站到了她的身旁，凝视着外面。雨水瓢泼而下，溅在他们抬出大门的小棺材上，他们从我们的视野中消失后，她仍然在哭泣，没有愤怒，没有激情，只有一颗伤透的心在哭泣。

在那一天，有一些美好的东西离开了凯丽，再也没能回来；她生活中的一些东西不复存在了。她把其他三个孩子埋在上海的国际公墓里，但她不忍心和这个小家伙，虽然死了，分开。因为母亲必须生活在这个遥远的国家里，她的小儿子就必须一直和她在一起。

* * *

克莱德下葬后的第二天，安慰也得了重病，凯丽惊恐地看到了同一种疾病的迹象。难道她所有的孩子都要被带走吗？再也无法忍受那个印度医生暗沉、无精打采的目光和懒洋洋的动作，她冒着风雨走了出去，叫了一顶轿子去找港口一个常常醉醺醺的医生。她在一家妓院里找到了他，一个咯咯笑着的中国女子正坐在他腿上，她径直走向他，摇了摇他的肩膀，唤醒他。

“我的孩子快死了，”她简单地说，“是白喉。你能去看看吗？”

那白人听了后，布满血丝的眼睛中挣扎着露出一丝久被遗忘的责任感。他摇摇晃晃地站起来，让那女子站起来，然后二话没说跟着凯丽走了，一边走一边喃喃自语：“我有一些新玩意儿——得白喉的人很多——我在上海弄到的——要不试试那新玩意儿——”

后来，在他神志清醒的时候，她得知他还不是一个一般的医生，他恰好前一天从上海带来了新的抗毒剂。生怕他犯糊涂，凯丽一刻也不敢离开他，她让轿夫跟着他去了他的住处，跟着他进了房子，当他坐下昏昏欲睡时，她弄醒了他。他笨手笨脚的，她就帮他在实验室里一起找到了药剂和皮下注射针头，然后她不断催促他，直到他终于来到她家，来到病着的孩子的床边。

他突然醒了，头脑变得出奇地清醒，手也稳定利索了，给孩子注射了药剂。不到一天，孩子就好多了。又注射了两剂，孩子就摆脱了危险。过后，凯丽的身体突然就垮了下来，家里没人能照顾孩子养病。险情过去前安德鲁一直在家里，现在他觉得他必须回去工作了，即便他留下来，也派不上用场，因为安慰根本不要他。

这时，曾被凯丽善待过的一位朋友来了。这次是一个年轻的英国女孩，没什么学识，也没受过什么训练。她曾在一个海关官员家里当孩子的保姆，卷进了港口生活中一场难堪的情爱纠葛中，闹到最后不得不离开她的雇主跑来找凯丽，凯丽庇护了她，帮她渡过了难关。后来，她也看到了自己的愚蠢，鄙视那个让她蒙羞的男人，并准备回家了。现在她推迟了归期，留下来看护安慰，这不是一件小事，因为这个正在康复的孩子任性又倔强地哭着喊着要她的母亲。对于她的帮助，凯丽感激不尽，这两个女人之间的友谊也进一步加深，一直延续至安慰长大成人以后。

凯丽觉得自己再也不会强壮和快乐起来了。整个冬天，她都无精打采，初春时节，她又在江边潮湿的寒流中瑟瑟发抖。只有一个孩子的房子变得惨淡冷清，此时的埃德温远在美国，正沉浸在他的新生活中。想到即将到来的那个孩子也没能给她带来快乐，因为生了孩子又失去孩子是徒劳，令人心碎，也是浪费生命。

她又回到了过去那种病态的恐惧中，唯恐失去孩子是自己的一些罪孽和内心的叛逆造成的。她不是已经放弃了以往对上帝的苦苦追寻，满足于投身到为大众服务中去了吗？在她看来，除非她屈服于上帝，上帝可能就会一次又一次地摧垮她，为了不再被摧垮，她开始努力地去屈服于上帝——只要她还有一个孩子，上帝可能就会再来摧垮她。

她开始花更多的时间去祈祷，并试着止住自己以前一直想要上帝听到她祈祷后给一个印证的渴求。她阅读宗教实践书籍和《圣经》，开始遵循祈祷的某些规则。但她那急躁、务实的脑子常会走神，在阅读的时候，还会去思考其他事情。

她终于在绝望中想到也许美可以治愈她：记忆中美丽的山谷，山顶上的薄雾，还有她在所有的住处种下的一排排小花；优美的音乐和诗歌也带来了宁静，但她又害怕这种宁静，因为她不确定这是否来自上帝，不确定这是否只是她总想克服的喜欢快活的天性被削弱的表现。她一生被教导上帝是严肃的，而她不够严肃，严肃也治愈不了她。

五月，当一个蓝眼睛、深色头发的小女儿出生时，凯丽也没有什么笑容。日子一天一天地过去，她似乎无法从产后的虚弱中恢复过来，开始发烧。她没了奶，寂静的房子里只有饥饿的新生儿的哭声。安德鲁和王阿妈试着给这个小东西喂牛奶混合物，尽管很饿，她也不怎么肯吃。但是，这时候母亲已经不知道孩子那里发生的事了。

王阿妈痛苦万分地看着这场终极灾难。她极不喜欢医生让她的女主人喝寡淡的肉汤和加水后的奶制菜肴。凯丽事后告诉我，一天晚上，她喝的汤里有股鱼腥味，令人作呕，她糊里糊涂地认为它一定是放在鱼旁沾了腥味，想这也害不了她，她需要营养，就喝了下去。 喝完后，她感到了一种奇异的振作感，然后马上入睡了，而且是几天来睡得最踏实的一宿。 早晨醒来时，她觉得好多了，从那天起她开始逐渐恢复了健康。

几个礼拜后，凯丽又可以起身了，王阿妈告诉她，她不忍看她死去，如果再让那白人医生继续治下去，她就会死的。 于是，她私下用一种特殊的鱼和草药熬了鱼汤，是中国人专门用来治疗产褥发烧的，用这替换了凯丽通常喝的汤。

“我不知道这是否救了我，”她过去常说，“或者说，那烧本来就要退了。 但是王阿妈的汤没有害我，她有很多来自生活的智慧。”

不管怎样，凯丽又好了，对我们来说，这就足够了。

* * *

第二年夏天，山上的那所平房又空了出来，原来住在那里的一家人回了美国，这房子就分给了安德鲁和凯丽。 换了别人，这可能不是一件什么令人高兴的事，一个又小又破旧的小砖屋，塌陷的地板里到处是蜈蚣和蝎子。 我记得在天热的日子里，每天半夜，安德鲁都高高地举着灯，凯丽用一只旧的皮拖鞋敏捷地拍打那些害虫。蜈蚣总是藏在最隐秘的地方，有一次凯丽在枕头下发现了一窝，又有一次安德鲁在他晨浴时从海绵里挤出了一个。 但对凯丽来说，这小屋是安逸舒适的。 那里已有一个花园，有些老树，阳台上还攀爬着一丛白玫瑰。 五月搬去时，一簇簇纽扣般的白色小玫瑰正盛开着，沉甸甸，甜蜜蜜，有着令人沉醉的气息。 那里还有一个斑鸠窝。

在这里，凯丽又重新开始了自己的生活。 在这里，安慰逐渐长成一个大女孩，凯丽开始教育她如何去做一名美国女性，这里还有小婴孩费思。 凯丽可以全心全意地投入生活了，因为美就在她的身边，在小山上，在那些有小小的棕黄色的人们耕耘的、像花园一样的山谷间。 美就是滋养她生命的能量和氧气。 晨曦中，薄雾从河面升起，覆盖起伏的竹林，高高的野草在山丘的坟地上变成了银色。 山谷间的田野里有被柳树和桃树环抱着的小水塘，春天，那里处处美景如画。

埃德温的来信也让她满意，因为他比以前快乐多了。 起初，他非常孤独，她教他称之为家的国家对他来说是完全陌生的。 她当时对此感到十分沮丧，所以现在她想:“还好我把他送了回去，否则他永远也不能适应生活在自己的国家里。”

意识到在儿子这件事上处理得好给了她安慰，当他开始适应新的环境并自己去发现美国时，她对祖国的热爱仿佛也焕然一新。

至于那四个死去的孩子，他们从未远离她。 她每次去上海都会去葬着那三个孩子的墓地，克莱德躺着的那块小公墓步行即到，她可以常常抽空去那个安静的小墓旁边坐一会儿。

她怀着坚定的信念进入了人生的中间阶段，进入一种未曾有过的更丰富多彩的生活。 这一次她是带着永久居住下来的心情建造这个家的。 六个房间还是挺大的，有向着花园、山谷和小山敞开的宽大的平开窗，在那里安家她很满意。

我记得那是一个温馨的家，简单整洁，鲜花盛开，地板上草垫子的清香扑鼻而来。 在那里，安慰长成了一个女人；在那里，费思学会了走路、说话，长成了一个姑娘；在那里，安德鲁为他四处布道和教学的漫长旅程养精蓄锐；在那里，凯丽盛情地接待各方来人：因初来乍到东方而困惑的年轻美国夫妇在她的客房里开始了他们的新生活；疲惫不堪的传教士在那里休息；零星的流浪汉在那里过夜，这些流浪汉仿佛是些奇特的、迷失的白人，被东方的大海偶然冲上岸，他们似乎不知道自己是从哪儿来的，也不知道自己要到哪里去——那些无家可归的可怜的人也不知道是通过什么途径来到了她的家门口，她接待他们，让他们吃饱喝足，梳洗得干干净净，精神振作地重新开始。

因为她不擅长说教，她对这些人说的只不过是她在日常生活中愉快的点点滴滴。如果她希望和某个人有心灵对话，那多半是通过歌唱——她最喜欢的赞美诗或《圣经》清唱剧(oratorio)。晚上，当家里安静下来，屋子里充满了各种思绪和梦想时，她一展她饱满又柔情似水的歌喉，不需要做什么特别的努力，歌声就表达了所有要说的话语。

有一次一个陌生的流浪汉来我们家里住了一个星期。他只说他是美国人，无人知晓他以前是干什么的，他的口气听上去像是一个北佬货商，但是在这个世界里的跌打滚爬让他几乎没了人样。他住了下来，狼吞虎咽地吃着，沉默地听着：因为他几乎每说一句话都带着咒骂，而他隐约意识到这样的言谈是不合适的。他在我们家里歇息好并把自己打理干净，穿着安德鲁的衣服和鞋子离开时，他在门口犹豫了一下，而后低声说道："我从来没有想到我会再见到美国——但是我又见到了，就在这里，夫人！"

* * *

大约就在这个时候，她收留了一个被她称为她的中国女儿的女孩。一位她曾在危难时刻帮助过的中国寡妇去世前把她十岁的女儿彩云托付给了她。那女人死时凯丽就在她身边，她临终前说："从来没有人像你一样关心过我。我的父亲不爱我，我只是一大家子里的一个女孩。我丈夫从来没爱过我，他的第一个妻子死了，他是续弦娶我进门来料理家务的；我的儿子也不喜欢我。你为什么对我这么好，我和你又不是血亲？"

凯丽心情悲伤地强打起笑脸，温柔地回答说："你心灵的呼唤打动了我，别的我也不知道为什么，但毕竟我们都是上帝的孩子。"

那女人又说，"我能留给你的只有一件财产，我也只在乎这一件事。请你把我的小女儿当成你自己的，把她培养成一个像你一样的女人。"

那位母亲死后，凯丽把孩子带走了，很多年里，彩云一直是我们家的一员。后来她被送到一所中国寄宿学校，在那里以自己的语言接受了教育，凯丽不会把这孩子和中国人分开的，因为她知道那会让她无比孤独。她让彩云穿中国衣服，但是没有给她裹小脚。彩云起初对她那双大脚感到羞愧，因为那时所有的女孩都是小脚，但凯丽设法给她做漂亮的鞋子，鞋面上的绣花比一般的要好看，她想让彩云知道自然的大脚是漂亮的。

彩云十七岁完成学业时，凯丽按中国人的习俗把她许配给一个受过教育、人品端正的中国年轻人。她也没完全按照风俗来办事，为了先弄清楚彩云是否愿意，她安排了两个年轻人在她的客厅见面——这在当时是闻所未闻的。彩云是一个漂亮温柔的女子，那小伙子也是既庄重又品貌端正，他们一见钟情。凯丽仔细研究了他们的性格，觉得他们会很般配，同时她也被自己充当的媒婆角色给逗乐了。凯丽按中国传统给他们办了婚礼，婚后他们过得很幸福。彩云管凯丽叫妈妈，后来她的孩子们也都叫她外婆，凯丽以宽广的心胸把他们都当作了她自己的孩子。

如果收留每一个被送来给她的孩子，她可以有很多孩子。事实上，有时那是挺悲惨的场面。有一次凯丽在小教堂里正和一些妇女说话，一个男人悄悄走进教堂，手里抱着一个长长的晃动着的人，走近后，他把那人放在她脚边的地砖上。

“这是我们的儿子，”他粗里粗气地说，“你看他那样，只能等死。但是如果你愿意把他带走，我们就可以省心了。他毕竟是个男孩。”

凯丽看着那可怜的人儿，是一个不能自理的弱智男孩。尽管心动了，她也不能收留这个孩子，她摇了摇头，试图告诉这个男人，即使是这样一个孩子，他也有责任照顾。那人什么也没回答，只是抱起了那又长又苍白的残体，大步地走了出去。直到她生命的最后，她都常常思索着，不安地说：“我不知道当初是否该收留那个可怜的孩子？也许我能行的！”

凯丽的人生中期过得既忙碌又快活，尽管年轻的容貌已不在，尽管轻快的举止也已平缓了下来。她经历了太多，也有太多是她无法理解的，然而她不得不屈从于生活，放弃了过去她对上帝蛮横的质疑。偶尔，她还会有爱嬉戏的时候，她的两个小女儿都盼望着那一刻，她们母亲打趣的时候是她们生活中的高光时刻。她的幽默就像一股快乐的轻风，始于她棕褐色的眼睛在暗中调皮的一闪，那时一束光似乎从她身上散发了出来，“好笑的东西”就会随之而来，孩子们笑得上气不接下气地听她说那些荒诞的韵辞和诙谐的语句。 她有押韵的天赋，能一句一句地编出荒唐的打油诗来，有时那纯粹是恶作剧。

这把孩子们逗得哈哈大笑，但这些胡说八道把安德鲁弄得很是痛苦，他举起手表示反对，起初是很温和的，后来就不耐烦了，“凯丽——凯丽——请打住！”他恳求她。

但他的反对会把她变成因逆反而快活的捣蛋鬼，容光焕发地编出更加精彩的韵句，等到安德鲁实在受不了时，她才用优雅的词句收场。 或者，有时她听到那些并没有恶意但又愚笨的人说的话，回家后就学人家装腔作势的语调，安德鲁觉得那可怕极了，孩子们却觉得那好笑极了，因为孩子们也喜欢风趣幽默，喜欢开玩笑。 她很会模仿，当她模仿某人时，就像是那人本人在说话一样。

但她也不会放任这样作乐的行为。 当孩子们高兴地拍手尖叫时，她常常停下来，隐隐有些不安，会突然清醒地说:“我取笑像琼斯兄弟这样的好人是不对的——他是一个好人。 孩子们，你们一定不能学你们淘气的妈妈。”

这是她健康、强壮的天性和她年轻时所受的清教徒教导之间的惯有冲突。 她一直都想成为她自己认为的“好”人，去达到那种平静的境界——这难道不也是自私的吗? 就像安德鲁专心致志地沉浸在他与上帝的神秘关系中那样。

* * *

但是这个美国女人的太平日子总是过不长，1900 年中国发生了义和团运动，为了维护旧的国家秩序，慈禧太后不顾一切地想用简单的方法赶走外国人，那就是杀掉所有在中国的洋人，也不让洋人再进来。①

皇家的法令下达到每个省，在那一年的夏天，到处都是令人震惊的白人团体被谋杀的报道。凯丽一心想着保护她身边的这两个孩子，焦急万分地想知道他们省的总督会怎么做。

太后是个无知、狭隘、迂腐的女人。而江苏总督是个明智的人，看到了这条法令的愚昧之处。如他们所愿，江苏总督没有执行法令去杀他领地上的白人。相反，他与外国领事达成了协定，如果他们不派军舰进入他的水域，他就会保护在他领地内的白人。

这让人感到些许安慰但仍然无法放心，因为大家不能确定他的承诺能维持多久，或者，这根本就是个圈套，看到手无寸铁的白人，他可以更容易地干掉他们。安德鲁和凯丽与他们的中国朋友磋商了很久，安德鲁决定他们应该完全相信上帝并留下来。凯丽却记得有四次连宗教信仰也没能救她的孩子，但他们还是决定留下来一天一天地继续照常生活下去。

安德鲁雇了一个有帆船的老基督徒，告诉他在某条街尽头的入

① 在中国空前民族危机的形势下，义和团运动提出“扶清灭洋”，这是中国底层社会对帝国主义入侵的反应。

河口等着。凯丽计划了一条直接而隐蔽的路线，他们可以随时带着孩子们和王阿妈穿过房子后面的竹林，穿过池塘边和山谷里的芦苇丛到城里去。

在那个炎热的夏天，他们时刻准备好离开，一个小篮子里装满了给婴儿吃的食物，每个人都备了一双额外的鞋子和一套卷好了的换洗内衣。凯丽还在一个小盒子里装了一些她珍视的物品：一点属于她祖父的银器，一串她父亲用紫水晶镶嵌的银饰，一些她母亲的书。在男仆的帮助下她把它们埋在了地窖里。

同时，凯丽不让孩子们感到无处不在的恐惧。她不希望她们受到伤害，不希望她们幼小的心灵被她们生活的这片土地上的阴影笼罩。她总是想着给她们一个像在祖国一样的、无忧无虑、正常的童年。早晨她一边做家务一边想着法儿让她们玩，她有空也和她们一起玩，她们至今还记得她的陪伴。就这样，孩子们在玩乐中愉快地度过了那年夏天。她比以往有空，因为来访的人不多，人们害怕与外国人来往的后果，如果太后反对外国人，那么他们就不该与美国人交往。

但是仍然有一些忠诚的信徒来，凯丽很珍视他们，因为她热爱勇敢和无畏的精神。这也激发出了她内在的一些高贵品质，她简单地对他们说，如果危难来临，他们就该像他们的前辈那样坚守信仰。她自己能做到，她血管里流淌着的先驱精神的力量使她镇定、坚强、无畏。每当困难来临，有事情需要担当时，她总是这样的，义无反顾。

不久，驻在码头的美国领事认为当地政府有背信弃义的嫌疑，他传话来，让他们关注领事馆的旗帜——他们从阳台上就能看到。如果险情迫在眉睫，他会鸣炮，领事馆上方的美国国旗会下降三次，那就是撤离的信号，大家必须马上离开，立刻赶往河边登上在那里等他们的轮船撤离。那时其他的白人都已经走光了。

凯丽的心当时被撕成了两半。这里有她的孩子，她内心的冲动是想和她们一起逃到安全的地方。但是这里小圈子里的中国朋友和基督徒都很恐慌，因为从精神上，他们在某种程度上已与他们的同胞分开，他们现在也不知道该怎么办了。这一直是对凯丽极富同情的心不可抗拒的呼召。

大家后来都同意如果信号来了，凯丽就带着孩子们和王阿妈离开，安德鲁留下来支持这里的信徒。凯丽也同意了，我觉得她是有点伤感的，因为即使她想做好事，她也会经常不耐烦和急躁，到底还是安德鲁比她“更好”。在死亡面前度过的这几周反而让她变得更加冷静了。她重新意识到，即使在经历了这么多不幸之后，她的本性依旧，她仍像以往那样追寻着上帝，这让她变得非常谦卑和沉默，因为如果真有结束的那一天，如果连她自己也没有完全寻找到上帝，她又怎么能把人们引向上帝呢?

在八月一个闷热的星期六下午，这个信号来了，她顺从地带着两个小女孩和王阿妈与安德鲁一起以最快的速度穿过后街来到轮船边。她上了船，转过身看着站在岸上的安德鲁。那一刻，她对他有着前所未有的崇敬，一个外国人，穿着白色的衣服，戴着木髓遮阳帽①，在码头上矮小的棕黄色人群里显得又高又白。她不知道是否还能再见到他。

① pith helmet，一种轻便的宽边帽，由从某些树木的木髓中提取的一种材料制成。

* * *

八个月过去了，安德鲁坚守在他的岗位上，她和两个孩子寄宿在上海一家公寓的小房间里。她每天都有规律地让她们学习，也带她们去黄浦江边的一个小公园里玩，这是孩子们在城里能找到的最好的玩耍场所，她们饶有兴趣地看在水中滑行的船只和舢板。有时一艘大型远洋客轮庄严地驶过码头，那对她们来说就是一件了不起的事情了。凯丽把孩子们领到她身边，指给她们看一艘从美国来的船——从家里来的！王阿妈瞪大眼睛看，两个孩子则用梦幻般的眼神凝视着。那时她们两人对美国几乎都一无所知，在她们的想象中，那是一个无限美丽的国度——在晴朗的天空下绽放的粉色苹果花，在凉爽的秋日里摘下来不用洗就能吃的葡萄，落在地上随便捡的苹果，可以骑的马，可以赛跑的草地，在秋天变成金黄色的大树上的枫糖——美国，他们的祖国，有这些，还有更多！每次当这些船经过的时候，她们就停下游戏，问凯丽一千个有关她们自己国家的问题，回到了狭小的房间后，她们仍会继续谈论着、梦想着那个属于她们的辽阔的国家。

十个月过去了，西方国家派遣的联军让她们得以安全地回到了山上的平房，那是快乐的一天，因为大家又在一起了。房子和花园还和以前一样，但是凯丽埋着贵重物品的小盒子被洗劫一空，她认为就是当初帮她挖洞的男仆干的。她非常气愤，但和往常一样，片刻之后她又内疚了，说："好吧，可怜的东西，我想他认为总会有人来抢走的，既然如此，他为什么不拿？"

她对她所憎恶的品行的态度是很典型的。随着时间的推移，她仍然会憎恶那些品行，甚至更恨，但即便如此，即便她越来越能敏锐地发现自己被欺骗了，她的宽容大度却能让她理解。我记得安德鲁的一个中国助手就是一个例子，她回来后的那个冬天，有一天他来取工资，安德鲁不在家，凯丽说她会把钱给他的。她上楼到小保险柜里把银圆拿下来，给了那人。然后正好有一个孩子叫她，她离开了他一会儿。她回来时，那人说："夫人，你给我的一枚一美元是假的。请你换一下好吗？"

他手里拿着一块呈铅灰色的货币。凯丽立刻拿了过来摸了摸，那块钱是温热的，被这个男人的身体焐热了。而她的钱币是从一个冰冷的房间里拿出来的，是冰冷的。

"你弄错了，"她平静地说，"这是你自己随身携带的一美元。"

她死死地盯着他，眼里充满了怜悯。

"我的朋友，"她遗憾地说，"哪怕是为了一美元，你就可以撒谎了吗？"

那人垂下眼睛，不作声，走了。她很难过，因为在这件事上，她的推测是对的。

* * *

我过于心急，已经在写冬天的事情了，之前还有一个多事之秋没说呢。当时每年夏天过后都会有一场霍乱流行，在这传染病平息下去前凯丽都提心吊胆，她小心翼翼地烹饪食物，把水煮沸才喝。 在能被治愈前，霍乱是一种发展迅速又会致命的疾病，一旦染上，死亡往往随之而来，救也来不及救。 这年秋天，有一天晚上，王阿妈突然就染上了霍乱倒下昏睡，也没来得及叫她的女主人。

王阿妈的干呕和呻吟声吵醒了凯丽，她总是睡得很浅，她说在这个到处是惊奇的土地上她是“半醒着”睡觉的。 她立即起身，跟平常一样，也不怕地上的蜈蚣，匆忙中顾不上穿拖鞋，光着脚跑去王阿妈的房间。 她一看就吓坏了，王阿妈正迅速地陷入昏迷。 她像往常一样果断和勇敢，赶紧跑去厨房，生旺火烧了一大盆子水，她不能让王阿妈就这么死了！ 她把一些热水和威士忌倒在王阿妈的脖子上，摩擦她的手，喂她吃手头有的药。 洗澡水一热，她就把王阿妈抱进澡盆，除了脸以外全部浸了进去，再把牛奶和水灌进王阿妈的嘴里，抚弄她的喉咙让她咽下去。 王阿妈已虚弱得不行了，但经过这么一番折腾，她又活了过来。

这时凯丽才叫了安德鲁，之前匆忙中她没来得及叫任何人，她让他站在远处，以免被感染，又让他千万要管住孩子们。

“安德鲁，今天早上别花太长时间祷告了，”她恳求道，“孩子们会在早餐前惹麻烦的。”安德鲁没作声，用责备的眼光看着她。她把王阿妈挪到了平常放花园工具的小房间里。 整整一个星期，安德鲁都尽责地按她从花园的尽头叫喊着发出的指示办事。

一周后，王阿妈的病不传染了，回到了自己的房间，凯丽也可以回到孩子们身边了。 此后，这两个女人的关系更加亲密了。 王阿妈永远不会忘记凯丽撇下孩子去照顾她，还冒着自己也会被传染上的危险。 她问凯丽：“你是一个怎样的女人，有着怎样的心，愿意为像我这样一个没人肯多瞧一眼的老东西不惜自己的命？”

凯丽总是因被人仰慕而感到羞愧，她谦逊地对安德鲁说，如果想到了后果，害怕了，她就不会那样做了，但看到像霍乱这种肮脏的疾病要夺去王阿妈的性命时，她一下子就火了，所以她也没多想。她的怒火让她行动了起来。

“恐怕我不是看在上帝的分上才去这样做的。”她说，眼里充满了不安。她总是忘记这一点。

“你应当总记住以上帝的名义去做事。”安德鲁说道，为她的灵魂着想。

“但是，安迪，我没有时间，”她诚恳地反对道，“当一个人快要死了，你没有时间去想你为什么要去救他——你必须立即行动！”

这两个人之间隔着一整个世界，他们看着对方，互相不能理解。安德鲁做任何事都会想着上帝。而对凯丽而言，生活本身的丰富多彩就已经足够了。

* * *

在她生命中的这个阶段，我必须提到庐山的牯岭，我想从王阿妈生病之后讲再合适不过了，因为凯丽又说了，“每年夏天这里都有瘟病流行。如果我们能在夏天离开这潮湿闷热的长江流域一会儿，我就不会像现在这样为孩子们担心了。”

其他散落在山谷里的白人对他们的孩子也有同样的担心。一个英国人在庐山打猎时，在一个高高的山顶上看到了几个可爱的浅山谷可用来避暑。那里，盛夏黎明和日落时分的空气是清凉的，即使到了中午，山溪和薄雾带来的凉爽也令人精神焕发。他把消息告诉了大家，于是一群人联合起来租了地，就地取用山谷中的石材建了小别墅。

凯丽催着安德鲁也去看看，他回来说:“那里的环境和我们家乡的差不多。”有这话就够了。他们用能筹到的钱买了块地，我想这一次凯丽是临时挪用了用来出版父亲的《新约》的资金。第二年夏天，凯丽和孩子们乘船沿河而上，到达了离山最近的镇子，从那里又花了一天时间坐轿子，穿过绵延的稻田和长满竹林的连绵山丘，再开始登山。

山麓的空气在夏季也是湿热压抑的，但当轿夫们抬着摇晃的轿子，迈着稳健而有节奏的步伐沿着山坡上行时，空气中有了一股淡淡的凉意，这让凯丽很是兴奋。这空气里有西弗吉尼亚丘陵的气息，自打她离开家以后，这还是她头一回再次闻到这样的气息。在接下来的两小时里，他们沿着山边蜿蜒的小路稳步向上，随处可见的是涌着泡沫的银色瀑布从山上飞流而下，倾泻到下面岩石峡谷中深绿色的水池里。

她也从来没有见过这样的山花，小巧雅致，没什么香气，在美国也没有见过。还有，她经过时，盛开着的、巨大的、有红色斑点的虎百合和花瓣背面有紫色条纹的、高高的白色喇叭百合擦着她坐的轿椅；这里还到处长着纤细的蕨类植物，在松树和毛茸茸的竹林下，厚厚的、蕨类植物般的苔藓覆盖着地面。有株藤蔓在一棵树上开出了一串串繁星般的花朵，散发着浓郁的芳香。突然，在寂静中，一只鸟发出了浑厚、饱满、自然的叫声，响亮又清脆。

在这个人口众多拥挤的国家里，这里有一种她做梦也想不到的美丽，她总是说在这个国家里“太多的人活着，太多的人又在死去”。她躺在轿子里，仰望蓝天，欣喜若狂地看着前方云雾缭绕的山峰。他们一路往上，像是要直入天际，在一个先前看不见的拐弯处一拐，他们到了一个狭窄的山口，一股充满了生气和活力的山风袭来，夹着山水的凉意。

轿夫放下轿子，让风吹着他们布满汗水的赤裸上身。就像打招呼一样，他们突然发出奇特又清晰的呼唤，在山峰之间回荡回响。

"哒啦——啦——啦——啦——呼——呜！"

凯丽听了，觉得自己也在喜悦地分享这对着大山奇特而狂野的呼唤。

接下来是进入山谷前的最后一次快速而短暂的攀登。那山谷就像放在高耸入云的山峰上的一只碗，在碗的一边就是安德鲁让人建的有三个房间的石头小屋。

这里的小屋、山谷、美景和凉爽在那时和以后的岁月中对凯丽意味着什么是无可估量的。夜晚终于是凉爽的了，可以让人酣然入睡；可以深呼吸山里清新的空气；清凉的泉水从岩石中涌出，不需要消毒就可饮用；两个月可以不用为传染病而焦虑。孩子们以前在夏天总被痱子折磨，她习以为常地看到她们因睡眠不足而又瘦又苍白又疲倦，而现在，孩子们在夏天结束时变得脸色红润而且胖乎乎圆滚滚的——所有这些都是无法用语言来表达的。感激之情涌上她的心头，她有时大声地和孩子们一起做她常做的快速的祷告，那祷告更像是她的心声，而不仅仅是嘴上说说。她向上帝祈祷，不管他是否听到，那都是她真情的流露。

她和孩子们在山里漫游，随处野餐。她像一个孩子一样喜欢在户外用餐，只要安德鲁不在，她可能随时都会高兴地喊："让我们把盘子端到外面去吃吧！"

在小屋的台阶上或半山腰上，她们随心所欲地坐下来吃东西，看着山里才有的太阳在山后突然地坠落下去。但这仅限安德鲁不在的时候，他不喜欢心血来潮和突如其来的变化，不喜欢只有盘子没有桌子的野餐，不喜欢任何不同平常的事情，当他在家的时候，一日三餐，他们都必须规规矩矩地坐下来感谢上帝的赐予然后再吃，凯丽这时就把椅子搬到门的对面坐下，门敞开着，她可以看到外面的景色。

安德鲁有时会去山里度一个短暂的假，他并不像她和孩子们那样怕热。随着岁月的流逝，他变得越发清瘦，看上去也越发健康。他不像凯丽，不会从自己的肉体和精神上感受到别人的痛苦。音乐和诗歌打动不了他，就连大自然的美也很少让他为之感动，对他来说，人们发出的痛苦的呻吟声，也往往只是上帝对他们的罪恶进行公正惩罚时，他们发出的叫喊声。

夫妻之间的这种性格上的差异不可避免地时间越长越明显。凯丽自己不承认他们之间的不和谐，但她在不知不觉中会表现出各式各样的不耐烦，对此，安德鲁默默地忍受着，但明显是把它们当作上帝的考验，但是这种极大的容忍和耐心并没真的帮上凯丽，相反，她总是不安，因为她觉得她不够好，他比她“更好”。

但在她带孩子、孩子们依赖她的岁月里，两人之间的紧张关系并不多见。没有一个女人比这个女人更会做母亲了，她会不停地唱着各种小歌曲，为了哄孩子不哭，编出一堆开心的胡言乱语，她也是很任性的，但当需要的时候，她会很快地变得温柔、体贴、充满了母爱。在山顶上的夏天，她是最完美的母亲，把自己完全交给了孩子，带着她们到处寻找美，教她们喜欢悬崖和被天空映衬着的粗犷的岩石，也要喜欢小幽谷里的池塘周围遍布的蕨类植物和苔藓。她也把美带进了小屋，房间里放满了蕨类植物和鲜花。

我认为她从未完全放弃对上帝的追寻，山上看不见人间苦难，上帝似乎也更靠近了，追寻起来会容易一些。几乎在那里的每一天，她都认为可能会看到上帝，美的无处不在让她变得更有耐心、更好。星期天早上，她去石头建的教堂做礼拜，这座教堂是随着社区的发展而建起的，教堂小钟发出清脆的邀请声是这一天里快乐的一部分。我想她一听到钟声响起就会想到她的家乡，当随着钟声的呼唤去教堂时，她一半是怀念在大洋彼岸的家。另一方面，她是去敬拜上帝和歌唱，甚至去敬拜她并不理解的东西。对这个美国女人来说，她的血统以及受到的训导引导她要快乐地去追寻比自己更崇高的东西，所以她会在精神上去追寻那个存在——当生活很幸福的时候，应当赞美和感谢的存在。她就是这样一个人，幸福与平安会激发出她最好的品质，而磨难和痛苦会让她感到气愤、变得叛逆。

* * *

就这样，九年又很快地过去了，他们又可以回家休假一年。他们准备好在六月回去，把山上的小屋租给了需要的朋友后，就从海岸起航横渡太平洋。埃德温已长大成人，在这漫漫的岁月里，对他无尽的思念和担忧让她有过多少个不眠之夜啊。他已经高中毕业，准备去上大学了，是去他父亲曾就读的大学，他们决定大部分在美国的时间住在埃德温要去的大学城，而不住在凯丽家的大白房子里。这所大学在弗吉尼亚，在有着历史意义和氛围的一个叫列克星敦的小镇上，凯丽热切地盼望着此行，她认为这可以让小的孩子们感受一下她们还没有见过、但已热爱的祖国。

但首先是要穿越大海，她又晕船了，像以往一样痛苦，抵达旧金山时，她赶紧踏上心爱的国土。上岸后，她向两个小女孩指指这指指那，她们瞪大眼睛看着一切，为神奇的自来水、电灯以及威严的高楼大厦感到无比自豪。这不就是美国，他们的美国吗？

有一件事让她们颇为震惊，那是当她们看到白人男子装卸、搬运行李时。"妈妈，"安慰惊恐地问，"这里的劳工苦力都是白人吗？"

凯丽笑了。"我们国家没有苦力，"她回答，"这就是为什么人们都快乐。每个人都工作，凭力气干活并不丢脸。"

但这样的问题让她清醒，因为尽管有她在，她还是怕孩子受了太多东方的影响。她决定就在这一年里，安慰应该学习缝纫、做饭、洗碗以及其他女人应会干的家务活。当女人对生活不满、有牢骚时，她坚信做家务是治愈的良方。

"每个女人都应该知道如何持家，要会做面包、烹饪和缝纫，"她宣称，"不管你有多少佣人，如果你是女人，你就应该会做这些事情。"安慰有时对这种理论的实践有点不高兴，凯丽说："在你的一生中，你总会有自己必须去做这些事情的时候。再说，我们美国人都工作！"

这就是最终的决定了，她亲自维护着她种族的传统。确实，她那无畏而充满活力的身上是没有一滴懒惰的血液的。

* * *

坐火车穿越美国对凯丽来说是愉快、令人着迷的。她的国家在她眼前展开，壮丽的群山、田野和平原，晚上小房子里点亮的灯，街道、村庄和城市里的生活如同音乐一般优美动人，她眼睛闪闪发光地坐在车窗旁看着经过的庆典盛会。她留心每一个微小的发展和变化，把它们指给孩子们看，每一个繁荣的迹象都会让她感到欢欣鼓舞。

但这一次，美国对她有着更特殊的意义，那里有埃德温，他已是个成年人了。又回到家乡了：白色的大门，高大的枫树，那栋永远是家的大房子。那里有她身材瘦小的父亲，身子还像年轻时那样笔挺，但已满头白发，讲究地穿着清爽的白衬衣和黑色西装——赫曼纳斯永远也不会老到不讲究吧？——还有一个有白发的人，难道科尼利厄斯已变得这么老、这么驼背了吗？这些年轻的女子是他的女儿，这个年轻的男子是他的儿子，一个肩膀宽大，脸颊红润的男孩，他年轻的妻子已变成一个稳重的主妇了？真的是九年过去了。当她照着自己房间里的镜子时，她看见自己的太阳穴附近也有了两簇白发，脸颊上深深的红晕也已消失了。

每个姐妹现在都有了自己的家，没有她们在门口迎接，房子看起来有些奇怪。但在那里，就在那里，一个瘦长、懂事的年轻人在害羞地张罗着，他就是埃德温。他长得很高了，凯丽要用胳膊搂住他的脖子时，他得弯下腰才能让她搂住。他戴着夹鼻眼镜，穿着高领衣服，看上去比他二十一岁的年龄要大得多。她放开了他，让他站在面前让她好好地看。他用梦幻般的，但温柔、真诚、聪慧的目光看着她。她需要重新去认识那双严肃的近视眼后面的人，显然，他已不再是她的小男孩了。

她高兴地带着两个小女孩走遍农场和村庄，指给她们看每个她记得的地方，还去见了老朋友。对她来说，这个安静的家园就是美国的心脏。星期天，她愉快地去教堂，她永远也不会忘记从那口小小的教堂钟里发出的清脆、甜美的声音。赫曼纳斯已经很老了，但仍然像以前一样按老规矩沿着村庄道路走在最前面，一家人跟在他后面。这次，她和安德鲁以及他们的三个孩子也在其中。安德鲁的哥哥还在教堂里讲道，白发苍苍，身体很虚弱，臀部旧疾一次次复发，他一直未能从在内战中受的伤中完全恢复过来。他仍用他温和、脱俗、讲教义的方式来布道，再次听到他的声音让凯丽的灵魂得到了滋养。

美国，美国，她怎么能再离开它!

* * *

她又可以愉快地干各种活了：在树下搓洗衣物，在凉爽的食物贮藏室里熨烫，罐装各种丰收的水果。她还一个个拜访已婚的兄弟姐妹——有深色眼睛的小葛丽塔怎么可能已是一个有孩子的母亲，她的调皮捣蛋收敛了但并没有消失，还有路德，现在是个稳重成功的商人，还是四个孩子的父亲了？——快乐的夏天过后，他们去了莱克星顿，在镇子边上找到了一栋凌乱、装修布置过时的老房子，在那里她有了在美国的第一个自己的家。这是一座内战前的老房子，厨房离房子很远，在与奴隶住宅相连的房间里，她得在乱糟糟的花园里来回穿行。对其他人来说，这可能太累人了，但对她来说，眺望花园远处的山坡和树林是一种享受。她迈着轻快的步子，哼着歌，轻松地干着活儿，在经历了那么多之后，这点活儿根本算不上什么。现在她只要顾自己的家人，只要喂饱、照料、哄他们开心就行了。不像在中国，这里没有人来找她看病，诉说悲伤事或提出其他需求。暂时放下同情他人的担子本身就是一种休息。

她也不必自己教孩子，安慰可以在这里上一年学，埃德温上大学了，才学卓越，让她很高兴，费思是她身边的一个玩伴。这是团圆的时刻，晚上，安德鲁生起一堆火，他们坐在古老的石头壁炉旁，吃着好吃的姜饼和在中国吃不到的水果，费思每天晚上都会很认真地解释他们喝的牛奶的来处，"是从一头奶牛那里来的"。

这时候，凯丽看着儿子，想去了解他，想重新建立在他离开之前他们之间的那种亲密关系，同时也热切地渴望他能去做她没能够做的事情。他似乎顺从、坦诚，当然也是善意的，但温柔地回避着，她觉得他离她很远。最后，她只好改了主意，随他去了，她痛苦地意识到与他即将到来的分离，同时她也等待着，不知何故，她还认为她仍然会找到她的小男孩。但在这分离的几年里，他已长大成人，不能再依赖她了。

也许他的独立让年底返回东方的离别变得容易了一些，那里有很多人仍然需要她。她已离开自己的祖国二十二年，她把它牢牢地记在心里，它永远是最美丽、最好的国家，上帝保佑着它。但是这里已没有她的位置了。二十年了，兄弟姐妹们虽然很爱她，但已经习惯了没有她在身边。二十年了，科尼利厄斯的女儿们现在是住在她闺房里的年轻女子，她们的连衣裙、长裙、泡泡袖衣挂在她以前挂克里诺林裙的地方，她们在寄宿学校的照片用当时流行的渔网罩着，挂在以前挂那张暗暗的小圣母像的墙上。科尼利厄斯和他的妻子已在她母亲去世的房间里生活了很多年，甚至连赫曼纳斯似乎也忘记了那个曾深爱他的妻子。村子里的邓洛普夫妇早就去世了，她在学校的朋友都结了婚，离开了，只有还是单身汉的老尼尔·卡特独自一人和他的黑人仆人过着昏昏沉沉的日子。他又高又胖，脸总喝得红红的，从瞌睡中醒来后咆哮着，看到他这个样子，两人之间本可能存在的浪漫关系就此永远地结束了。除了食物和酒，他什么都已忘了。

是的，她已经离开了美国，而且美国也已经忘记了她，如果她要回来的话，那么她就需要重新找到自己的位置。

但这不是个问题，早在一年假期结束以前，安德鲁就迫不及待地想回去工作了。他的父母都已去世，房子也卖掉了，现在他整个身心都在东方黄皮肤的人群里。此外，他觉得美国不需要他，这里到处都有传教士和教堂，只要愿意，所有人都能“听到并被拯救”。而那些在遥远的土地上的人是不知道的，因为没有人告诉他们，他们在召唤他，除此之外他什么也听不到。第二年夏天，埃德温以优异的成绩完成了大学学业，在一所学校找到了校长的职位，他确实完全独立了，他们准备回去了。

凯丽这次和儿子告别时，心里有一种特别的伤感。尽管她没有意识到如果美国接纳了他，她也愿意把儿子交给美国，那么她就失去了他，尽管她不清楚这是如何发生的。他现在已成人，必须选择他自己的生活，她从他出生起就教导他要好好爱他的国家，现在他选择了自己的国家，她能责怪他吗？但是选择了美国就意味着母亲要远离她的儿子在外流亡，在她的有生之年，他们也许只能再见上一两次。她离开了美国，眼里噙着少有的泪水，心里充满了孤独。这次不仅仅是肉体上的分离，也更是精神上分离的开始，她就这样无家可归地离去了。

* * *

她又一次回到了那河港城市，回到了坐落在暗沉城市里被小山围着的避风的平房里。她心平气和地持家、打理花园，这是她精力充沛的天性最接近平淡的时候。尽管她一直引以为傲的头发仍然卷曲、浓厚、柔软，但她已显老了，头发变白了，她中年成熟的曲线又变得纤细了。

我觉得正是她生命的这个时候，她告别了少女时代，只留下了对它的回忆。美国已经越过了她，忘记了她，她曾在那里的位置也被占据了。如果一个人想完全属于那个国家的话，他就必须在那个国家里和它一起成长。她很高兴自己把儿子交给了美国。至于她，这是她一生中第一次认真地开始自己的生活，而她并没有意识到她就代表了美国，无论在哪里，她都把美国带给了她遇到的人。

她又开始为身边的人提供各种友善的服务，也下决心为自己的孩子营造一个她希望她们有的环境。安慰现在是一个高个子女孩，在许多方面都很难弄，任性又热情——凯丽或许没有发现，安慰其实和她很像。凯丽带着恐惧和悲伤看着这个孩子，因为她生来也有太敏感的天性和太多的情感，和她的母亲一样不得不忍受痛苦。凯丽试着教她的女儿自我控制，但凯丽自己也从未打赢过这一仗！她给安慰布置每天的学习任务，教她音乐和绘画，要求她每周写一篇长长的作文练习写作。在没有像现在的母亲们那样有其他帮助的情况下，凯丽独自一人对两个孩子的教育尽了最大努力。她还让她们通过锻炼提高体质，纠正她们的姿势，鼓励她们做各种各样的体力活动。

我记得安慰每端掉一个乌鸦巢，她都会给她一块银币，她想通过这个来锻炼孩子冒险的胆量。乌鸦巢通常在树顶上，这个女孩，现在已是一个中年妇女了，永远不会忘记在三月的一个刮风的日子里，在一棵树上越爬越高，去端乌鸦巢是怎样的情形。你得趁早去把乌鸦巢端了，因为一旦建成了，凯丽心就软了，不愿把它摧毁。

然而，要让安慰每天按计划行事并不总是容易的，她会强烈地抵抗。后来凯丽明白了，如果她要赢，就必须通过认可和鼓励，因为这个女孩不能被强迫。凯丽很快理解了这一点并去审视自己的内心，想着该怎样去赢得孩子的心，因此，姐妹俩相对容易地渡过了任性的青春期。尽管母亲和女儿都性情激烈，凯丽还是给孩子创造一个良好的环境，让孩子的生活里充满了自己国家文化中最好的东西，让她坚定又永远地踏上了一条寻求美好和善良的道路。这是一个不小的成就，因为除了书和美丽的自然景观，那里没有其他的东西了。

除了教育孩子们，凯丽的日子前所未有地被她周围的人和事填满了。1905 年是一个特大的饥荒年，那年农作物歉收，大批难民从北方涌入，即使是在土地肥沃、富饶的长江流域，食物也是短缺的。

冬天来了，城里乡下挤满了可怜的难民，男人、女人和孩子，他们一路走来，一路乞讨，很多人死在了路上。寒冬来了，但是逃荒的人还是越来越多，他们形容枯槁，有些人倒下就死了。凯丽看到这悲惨的景象，痛苦极了，她怀着无比的同情心，想尽办法拿出自己可以拿得出的，还到处募捐。那一年，她的桌子上没有甜点，能省下的都被省了下来。那一年连《新约》也得暂停一下。

她不敢在白天出门救济，对于成千上万的难民来说她那微薄的帮助简直微不足道，根本解决不了问题；如果他们围上来抢，她的生命反而会受到威胁。因此，她白天空着手去看难民住的茅屋，留意最糟糕的情况，晚上她穿上王阿妈的旧外套和王阿妈一起在人群中蹑手蹑脚地走着，在这里留下一块钱，在那里留下一点食物。

安德鲁整个冬天都不在家，他在饥荒最严重的北方分发从美国寄来的救济款。他也给凯丽寄了一点救济款，对她来说这钱是极为珍贵的，因为它来自祖国慷慨的人民。

“这是从美国来的，给你的——从美国来的！”

我一遍又一遍地听她说这些话。对于那些绝望的人，她成了美国活生生的化身。

有时候来自美国的不是钱而是一船船的救济食物，但那些食物并不总是合适的。我记得有一回运来的是一船轻微受损的奶酪，而中国人大概唯一不吃的东西就是奶酪，除非在国外学会了吃，奶酪是让人感到恶心的食物。凯丽先是悲哀地看着河边码头上堆积成山的奶酪，然后转眼就成了一个奶酪商。她去敲每一个白人家的门，用她的能说会道和一颗温暖的心说服了一个并不大的白人社区购买这批数量惊人的奶酪。她买下了所有卖不掉的奶酪，储存在自家地窖里，在后来的好几年里我们家都有这些“饥荒奶酪”。她大获全胜地用卖奶酪的钱买了米和面粉，养活了许多难民。

但她时时刻刻被这苦难的场面折磨着，精神被自己的悲伤和无能为力给压垮了，尽管如此，她还是力所能及地去做更多。她难以置信地看到饥饿让人变得浮肿，慢慢地死去；那些双眼干涸呆滞的小孩们；还有人性的极度自私，常常有母亲和孩子，丈夫和妻子抢夺食物的事件发生。

后来，难民们知道了她的身份，跟到了她的家，他们饿疯了，趔趔趄趄地爬上了山来到了平房，敲打大门，又成群结队哆嗦着靠躺在墙角下。我认为那时没有人比凯丽更加痛苦。她食同嚼蜡，一想到那些一无所有的人，就一点胃口也没有了。她也不敢让他们进来，因为即使把家里所有的东西都给他们吃，他们状况也不会改变。

墙外从早到晚都会传来呻吟和大声呼唤她的名字的声音，每天黎明时分躺在那里的死人会被抬走，无助的怜悯和愤怒的悲伤几乎使她发疯，所有过去对为什么上帝会让这一切发生的愤怒又再次在她心中燃起并膨胀。但是她被教导不要去质疑上帝，上帝知晓一切，万事都是他的意愿。你会同情地看到她难以相信自己的旧信条“相信和服从”，看到她那颗被撕裂的心。她鼓足了劲儿，竭尽所能，夜以继日地去富人家，去任何能找到食物的地方，只要能帮到难民的，她什么都肯做。

她不再尝试将孩子们与这一切隔绝了；事实上，她做不到。有什么墙可以挡住人们临终绝望的哭喊，还有小孩子们极其悲惨的微弱呻吟声？不，她们必须看到真实生活中发生的事情。她也让她们和她一起去为难民服务，只是小心翼翼地不让她们看到极端的痛苦死亡的场面。

那一年我们没有圣诞节。往年，她都会让圣诞节成为孩子们最快乐的时光，用冬青和绿叶装饰房子，做李子布丁是过圣诞的传统项目。和其他的事情一样，她都得自己做，因为这里没有玩具店，没有圣诞节市场，但她让圣诞节成为一个狂欢的节日：人型姜饼，自制的玩具，有用的和无用的东西，平安夜挂在壁炉旁的长筒袜，圣诞节树上装饰着她用一年攒下的亮片纸和丝带做成的小玩意儿。一年一次，她完全沉浸在欢乐中，不允许任何事情破坏节日的气氛，破坏平安夜甜蜜的神秘气氛。我们坐在火炉边听耶稣出生在马棚里的故事，睡前大家围着风琴唱圣诞颂歌。早晨，她洪亮的嗓音在黎明时分响彻整个屋子，“普世欢腾，救主降临!”

她为孩子制造圣诞气氛，告诉他们圣诞节的传统和它的深刻含义。现在，尽管他们分散在三大洲，她自己被埋在异乡第四个洲的土地里，圣诞节仍然给他们留下了深刻的记忆。她告诉他们圣诞节是一个分享的时刻，每个孩子都被教导不仅要为父母和彼此准备礼物，还要为仆人、中国小朋友以及任何他们知道需要帮助的人准备礼物。她懂得分享的快乐和它带给人的满足感。但是今年，即使是为了孩子，她也没有心情欢度圣诞。当院墙外到处都是逃荒的难民，怎么可能高兴地去做李子布丁和水果蛋糕呢?

“孩子们，今年我们不能过圣诞节了，”她认真地说，“让我们把本来要花在节日上的和能省下的钱都拿出来，给难民们买吃的。”

这是一个特殊的圣诞节，我们煮了一大桶一大桶的米饭，从大门的一个窄缝里一碗一碗地分发出去，我们尽了全力，一粒米也没剩下。这是漫长而寂静的一天，晚上她甚至都没力气唱歌了，但那晚她哭得少了一点，睡得多了一点。

费思那时还小，无法理解这件事的意义，但这却给安慰留下了深刻的印象。春天来了，那些冬天里存活下来的难民聚在一起，带着希望又回家去耕种他们的土地了。此时的安慰变得多愁善感又心烦意乱，凯丽看到了，决定让她离开一段时间。上海有一所由一些从新英格兰来的妇女们开办的寄宿学校，凯丽决定把她送到那里去上两年学，然后再去美国念大学。

安慰是一个在异国他乡长大的孩子，太孤独，太沉溺于梦幻中了，所以凯丽准备把她送走。

凯丽似乎永远难以从自己的孩子处得到慰藉，这个国家和这份工作要求他们牺牲，即使不是死亡，那至少也是分离。她把这种悲伤一直藏在心里，尽量让这种分离看起来像是让安慰快乐地离开，去寻找和她同龄和同种族的朋友。她煞费苦心地为安慰准备了精致而简单的衣服，小心翼翼地把它们装在那个已经历过无数次陆上和海上旅行的圆顶箱子里，安德鲁带安慰去了学校。家里就只剩下小费思了，一个严肃、安静的小女孩。

冬天里承受的压力在某种程度上被在庐山小屋里度过的又一个愉快的夏天抹平了。庐山上的白人越来越多了，对凯丽来说，这里不仅有新鲜的空气、美丽的天空和山脉，她还能与自己同种族和有相同文化背景的人交友，为此，她深感欣喜。此外，在这几个星期里，她可以放松心情好好休息，不用在中国妇女中来来去去，暂时摆脱无法避免的、让人听了揪心的事情。

这里是隐退的好去处，她沉浸在山谷里的宁静和美景中，在花园里度过了夏天，在这里种种蕨类植物，在那里种种野花，再去修剪修剪花草树木，这是让她恢复精神状态的最好方法。

* * *

这些年来，安德鲁一直是步行或骑着一头灰色的小毛驴在乡间穿行，现在他在许多村庄里都建了教堂，教会会员认为一个骑着毛驴的牧师让他们有失脸面。 有一天，他骑着他的教区民众送给他的一匹丰满的小白马回家，凯丽惊讶地问他是怎么回事，他不好意思又高兴地回答:“也许我不应该骑它——我们的主也是骑驴的。”

但是凯丽已爱上了这匹马，她拍着它的黑鼻子，马上说:“我敢说，如果有人给他一匹马的话，他也会骑的。”

这个时候，家里只剩下一个孩子了。 凯丽和安德鲁一起回到了教会的工作中去，她还为中国妇女拟好了大计划。 他们买了一艘小帆船，她经常和安德鲁一起，带着费思，穿梭在蜿蜒的运河里去城镇、去村庄。 她一边教费思、打理着小帆船，一边抽空教其他妇女和女孩。

她和安德鲁有时会就基督教教义和他们面临的问题产生激烈的争论。 例如，林先生想加入教会，但他有两个妻子。 对安德鲁来说，唯一可行的解决办法是让他的妾走，但是凯丽听了那个妾说的情况，知道她的处境，她和安德鲁争辩道:“但是这个可怜的女人无处可去——这不是她的错！”

安德鲁那时已有不小的牧师权力，不会在原则问题上让步。

“那么，林先生就不能加入教会。”他坚决地说。

“这太残忍了！”凯丽竭力反对这个不公的决定，她大声说道，“就是当着上帝的面，我还是会说这很残忍！”

安德鲁对此不作回答。还有其他的一些事也令人头疼,例如,凯丽发现了安德鲁信任的一位牧师吸食鸦片,凭直觉,她已经怀疑了很久了。但是安德鲁听不进任何反对他的话。有一天,她看到一张纸片从那人的《圣经》里掉了出来,他还没来得及捡,凯丽就先拿了起来,那是张买鸦片的账单。

还有一次,她听到了一些有关另一个安德鲁信任的助手的风言风语,还找到了他向进教堂的人收费的证据。曾经有一段时间,教堂里挤满了人,因为"洋人"有权势,基督教徒也能享受条约的保护,人们争着付费成为教会会员。如果安德鲁喜欢凯丽的这种针锋相对就不大正常了,他当然也不会因为她是对的而感到快乐。

但是凯丽不会用其他方式工作,她一定要知道真相。当那个做妾的女人倾吐她的困境后,凯丽很快地说道,"我知道怎么回事了,但我们能做点什么?"

她进行了简短、半对话式的祷告:"上帝,请您看看这个女子。您知道她身处困境。她无力自助。如果我们找不到出路,就只能就这样接受她。"

之后她因为担心自己做错了而充满恐惧,但又自我安慰:"如果我能理解,我想上帝也能理解。"

但她并非完全确定。因为世上还有安德鲁那样的人。或许上帝更像安德鲁。

* * *

凯丽的家在那些年里成了有各种各样困难的人的聚集地。她惬意、令人感到舒畅的处事态度,欢快、洪亮的声音,对阳光和鲜花的热爱,理智和友善,还有那些布置得漂亮温馨的房间,这一切似乎就可以让事情往好的方面发展。在那些日子里,经常有一个高挑貌美的女人来到她的客厅,她黑头发黑眼睛,有着光滑浅橄榄色的皮肤,总是穿着漂亮的巴黎长裙。她是一个受过良好教育、身居高位的英国商人的女儿。

这个英国人在他年轻的时候,像其他许多人一样,把一个无知但漂亮的中国歌女带回了家,和她有了两个孩子,一个男孩和一个女孩。儿子是一个放荡的恶棍,经常喝醉,但每当他惹上麻烦,他的父亲会一次又一次地把他解救出来,对此,凯丽总是说,"可怜的哈利·埃文斯——他太孤独了。没有人理他,白人也好,中国人也好。他不属于任何一个国家——这是世界上最孤独的事情。"

但是如果说儿子是孤独的,那么女儿埃拉,一个美丽又骄傲的人,就孤独得无法想象了。她成了家里的女主人,因为那个中国女人老了后越发俗不可耐上不了台面,再也没有公开露面过。这位白人父亲为女儿惊人的美貌和从容的自尊而骄傲,她坐在桌尾,是他精心安排的晚宴上的女主人。在那所房子里,除了下人,没有其他中国男人,因此,她没有机会遇到好的中国男人,即使有,他们也只会瞧不起她。但她真的是一个英国人,除了纤细的手和略暗的肤色,她哪里也不像中国人。然而就是因为这些细节,在那个年代，没有一个英国人会娶她为妻。所以她继续留在了家里，是英国人又不是英国人，但永远是个外国人。

这个女人也有彻底绝望的时候，她向她的父亲隐瞒着这些，因为老人真的爱她，不能原谅自己把混合的血液注入了她的血管，每当他看到她情绪低落的时候，他也难以平静，痛苦地后悔自己犯下的错误，因为一时迷恋上一张漂亮的脸蛋和肉体上的冲动，他毁了这个骄傲的女儿的一生。

埃拉·埃文斯找到了凯丽，我记得她坐在漂亮的轿子里，常在黄昏渐逝的夜晚来，然后坐在昏暗朦胧的客厅里等凯丽。两人谈了些什么我不知道，因为凯丽总是把门关上，我只能听到她们喃喃的谈话声。但是有一次她们出来的时候，我看见埃文斯小姐俯下身来，诚恳无声地凝望着凯丽清澈直视的眼睛。那天晚上在饭桌上，凯丽有点沉默，还有些不同寻常的伤感。

有时会有一个身材娇小、穿着和服的人来等凯丽。那是一个奇怪的英国老人的日本妻子，他们住在远山的一个山谷里的一座木头房子里，房子是日式的。港口有关于这个老人年轻时的传闻，我认识他的时候，他已白发苍苍，年老体弱，但仍然身子挺直，彬彬有礼，是位非常矜持独立的英国绅士。据说，他是一个英国准男爵的小儿子，像许多人那样被送到东方来寻找财富，早年在港口的海关任职。在英国他有一个深爱的女孩，两人说好，一等他晋升，她就来和他团聚，那时他还是一个有毛茸茸的黄头发的乳臭未干的孩子，工作三年后他就让她来了，因为他已攒够了钱可以给她一个家了。

还有一些离奇的故事是关于他为她准备的房子和在上海买的家

当——欧比松地毯①、缎面家具和一架红木钢琴，这些东西是他自己饿着肚子借了钱买的。他去海边接她，内心在那平静的外表下燃烧。但当船到港时，他只接到了一张纸条。

“我很抱歉，亲爱的罗纳德，但这是一个错误。我不——也不能爱你。”

她和船上的事务长跑了。罗纳德·斯特恩斯把纸条折小了，撕成了碎片，扔进了黄浦江翻滚着的泥水中。那天晚上，他走进了一家高档的日本妓院，给自己买了一个严肃、有礼貌、干净、身材娇小的女人，她比其他的妓女年龄大，一点儿也不漂亮。

他为她举行了一个盛大的求婚仪式，带她去了英国领事馆，她穿着木屐焦急地跟在他身后穿过走廊，对自己命运的突然转变百思不得其解。尽管英国领事劝他不要一时冲动，罗纳德·斯特恩斯还是娶了这个身材娇小的日本女人，把她带回了港口。

他在山坡上给她建了一座日式房子，因为偏远，没什么人会去那里，他拍卖了红木钢琴、欧比松地毯、缎面家具和其他小饰品。当我认识他时，他过着体面有尊严的生活已经很多年了，他从不参与港口白人狭隘的社交活动，他与他们的交往只限于公事往来。父亲去世后，他继承了一些财产，但再也没有返回英国，只在这里与他的日本妻子生活在一起，他对她一直温柔体贴、彬彬有礼。他们没有孩子。

我不知道为什么这个穿着花绸和服配着鲜艳腰带的小斯特恩斯夫人要来找凯丽。也许只是为了可以和另一个女人友好地攀谈，

① Aubusson carpet，一种平织的法国地毯，以其复杂的设计和历史意义而闻名，源自欧比松镇，通常以花卉和徽章图案为特色。

因为她很孤独。她几乎不会说英语，这是她能与她英国丈夫相伴的重要原因。但在各个方面，两人的生活都相去甚远。他每天读很多书，下班后大部分时间也是待在书房里，但是他每天总会循规蹈矩地和她一起在他为她建的漂亮的日本花园里散步。那是沉默的散步，因为他们之间没什么可说的。他的教养和经历都是她做梦也想不到的，而她的人生是如此简单，对他来说简直就是小儿科。而凯丽可以满足她在这样的生活中对陪伴的渴望。

在港口的白人中，向她求助的不止是几个人。有一个可怜疯癫的英国女人常常在夜里坐轿子来，她有一个冷酷无情的丈夫，而她是一个充满激情、善妒的妻子。她毫无保留地把她的不幸全部都告诉了凯丽，她走后，凯丽的眼睛里充满了恐惧，她根本就不想知道那些事。

还有一个瘦瘦的、有肺痨的苏格兰女人，她曾经是一个传教士，嫁给了一个爱喝威士忌的船长，她让他戒酒，但蜜月过后他就又喝上了。她想着各种办法哄他，想用爱来增强他戒酒的意志，但这些都是一个不够漂亮、不够迷人、不能留住任何男人的女人的徒劳——她一边咳嗽一边向凯丽哭诉。

“如果能有个孩子就好了，”她过去常常唠叨，“他想要一个女儿。”

可是她那瘦小弯曲的身体生不出孩子，后来她从澳大利亚的一家孤儿院领养了一个孩子，他们一起重新开始。但是不到一年，这个孩子从一个中国仆人那里染上了天花，死了。这个已爱上那个长着黄头发的小东西的父亲此后成了一个真正的酒鬼，可怜的吉布斯夫人最终死于她久患的肺痨。

这些人和其他许多途经东方的港口的人来找凯丽，她总是诚恳地给予帮助。那时好像总有人等着要见她。那个印度混血儿医生和他黝黑结实的妻子也把她当成一个特别的朋友，尽管她每次见到他们都会心痛地想到她那死去的可爱的儿子。

* * *

在她生命的这个时候，凯丽是一个非常有吸引力、有魅力的人。她年轻时的一些浮躁已经不在了，这也带走了她有时又急又大的脾气。她在从同情别人中变得成熟稳重，但又充满活力，总是带着一股生机勃勃、亲切友好的美国女性的气质。在她面前，人们会想到生活中美好而简单的事情。在一种让白人变得忧郁而慢慢做出降低自己身份的事的氛围里，她是如此的正常，机智、幽默、身心健康。

在家里，她凭自己的天性营造了她想要的氛围。她有一个不错的美国菜园子，你可以在她的餐桌上吃到别处没有的美国蔬菜：利马豆、西红柿、芦笋、爱尔兰土豆和生菜。她不太喜欢散养的有粗纤维的家禽，就自己饲养小鸡，让它们下蛋，家里总有一只可以用来烤的肥母鸡，在春天，她会做最美味的美国南方风味炸小鸡。她手工制作的饼干轻如云朵，她的椰子蛋糕、黑巧克力蛋糕、水果蛋糕和大理石纹长条蛋糕会吸引一百英里外的人来。我记得在她很忙碌的一天里，她揉一团又轻又白的面团，再用锅烤出又大又甜的面包，满屋子飘香。

她用这种健康而简单的方式治愈了那些来找她的人，以她自己的本色，把家和国家带给了那些流亡者。

* * *

我认为她生命最后三分之一的岁月是快乐的。她现在明白了家和国家都在自己的心里，不管你在哪里，它们都跟随着你。她已不再对西弗吉尼亚山丘和在那里的生活怀着浓浓的乡愁了。这些成了她永远的记忆，谁也拿不走；事实上，它们现在也只是记忆了，因为她的生活已完全改变。她的父亲赫曼纳斯在高龄去世，直到死他都讲究挑剔。死亡并没有让他们分开，只要她活着，她把他和其他重要的都记在了心里，她并不悲伤。

她下定决心再也不搬家了。这些年来，安德鲁四处传教，但他是独自一人去的，不时回到她为一家人建造的一个可以让人休息的家。这对他也是最好的，因为他不适合管理家庭琐事，这么做也省去了拖家带小四处奔波的麻烦和烦恼，他满足的灵魂想去哪里他就去哪里，在他看来，灵魂的渴望是上帝的召唤。

至于凯丽，她在花园里种树并期待丰收，让玫瑰攀上平房的屋顶，再也不用把孩子从一个破房子拖到另一个破房子了。她在那所平房里营造了他们自己的环境。他们去山上野餐，去竹林环抱着的寺庙。在寺庙里，站在那些看上去凶巴巴的菩萨面前，她是那么顽强、真实、不动声色，大概没有人比她看起来更格格不入了吧？我的记忆中有一个极妙的反差：在一个有上千年历史并因此破败褪色的寺院里，她一边轻快地拿出三明治和可可喂孩子，一边看着默默无语的菩萨，就像一个强健、活生生的精灵看着久逝的神话。

她精心培养着孩子的每一个天赋。不仅在愉快的野餐和徒步旅行时教她们认识各种植物及它们的属性，还精心设计各种活动让她们学习优雅的举止，这样，当她们走出这里有限的生活环境时，她们就不会不知所措。最特别的活动之一是她举办的小型季度音乐会，她不仅自己优美地演唱，还让每一个孩子都表演。她让她们印制简单的节目单，配上插图让它看起来更美观大方，这一切都是为了孩子，她想通过这样的训练让她们可以在世界上任何地方生活。

这些年也是中国前所未有的和平时期。义和团驱逐外国人失败后，列强对中国施以报复，在短短的几年里，中国人前所未有地、深深地感到自己的落后和洋人的强大。那时，白人可以随处安全出入，因为在每个洋人的背后，中国人看到了军舰、枪炮以及快捷无情的军队。这些带来了暂时的和平。

最让凯丽高兴的是，死神没有再次带走她的家人。孩子们的健康成长让她感到欣慰和安全。埃德温已经结婚了，她还没有见过他的妻子和她的第一个孙儿，但她很高兴有人能代替她给他一个家，让他快乐舒适。安慰也在长大，虽然在女孩青春期的时候，母女之间的关系经常让凯丽感到是种痛苦的考验，但她仍为这个孩子感到骄傲。很快，这个孩子也要去美国上大学了。

至于小费思，这个孩子是她的孩子中，也许除了克莱德外，她最喜欢的一个。从外表上，她很像克莱德，有着同样松散卷曲的深色头发和深蓝如紫罗兰的大眼睛。从性格上来说，她比安慰更讨母亲欢心，她是一个心地善良、富有同情心、顺从的孩子，性情平和、友善。安慰继承了太多她母亲的缺点，有又急又任性的脾气，还有对美和音乐的感性的爱；这些都是凯丽由衷地想去克服的，她沮丧地看到这些秉性出现在这个又高又任性的女儿身上。费思则更像安德鲁，不那么急躁，善于自我控制，安静，话也不多；凯丽当时也没意识到，她过早地把这个严肃、敏感的孩子当成了自己的知己和朋友。

这几年也是凯丽身体精力最旺盛的时期，她已经过了生育年龄，没有了带幼儿的压力。河港山坡上的气候也非常适合她，她比以前生活在大运河上游的平原上时更强健。同时她也很忙，在中国社区和极小的白人圈子里找到了自己的位置。

在这充实的生活里，凯丽仍然感到她与上帝关系的不足。有时她计划隐退一段时间，去寻找她真正需要的东西。她打算多读《圣经》，多祈祷，努力做到“好”。但她从来也没有很好地了解自己，其实，只有当她死了，她才可能从人们的生活中退隐。毕竟，活着比死去更有挑战性，而她也喜欢挑战，喜欢让自己的大脑和才智受到考验。举个小例子，她太忙，并不大喜欢游戏，但她喜欢下棋，我认为，这是因为下棋挑战了她的才智。

我记得她过去常常悲哀地看着她自己的手，她那双美丽、总是在干活、粗糙的手，手掌如此有力，手指却出乎意料地纤细，尖尖的；那不是双小手，但有着纤细优美的线条。她总是在计划不再忙这忙那；做园艺时戴上手套，用护手霜，把双手保养好。她喜欢女士们白皙的手，皮肤柔软光滑，指甲呈粉红色，手指逐渐变细。但哪怕她记得戴上手套——她很久以前曾经这么做过——也迟早会脱掉它们，直接用手在土里挖掘翻找，抬起头来抱歉地说：“我得检查下根是不是对头，不然它们就不会生长的。而且我真的喜欢触摸土壤的感觉！”

我们了解她的人会嘲笑她的虚荣心，因为我们都知道她的双手从园艺到帮某个孩子清洗伤口，无所不及。

“嗯，当我老了，我不能干活的时候——”她坚持，笑话自己。

啊，她注定过不上她向往的老年生活：她会尝试各种方法让她的手变得漂亮，做一个端庄的老太太——但可能随时爆发出一阵大笑的她似乎与端庄搭不上边；她会多读《圣经》，多了解上帝。但这样的老年生活永远不属于像她这样精力旺盛、朝气蓬勃的人！

我该怎么样去形容她在极有限的经济条件下的生活情形？家里每份报纸都被保存起来派上用场，这种经济条件可能会摧垮一个没有顽强精神的人！她总是清新美丽，我一细想，她其实年复一年都穿着同样的衣服，但她会换一种方式系丝带，或者在领口别一朵花，让自己看起来就好像穿了一件新衣服一样。她就是有这种本事。我记得在阁楼上有一个很大的旧铁皮盒子，里面放着她拥有的每一顶帽子，每一朵丝质花朵和丝带。一年里有两次她高兴地喊道：“我们一定要去巴黎买这一季的帽子！”

就像一个盛大的仪式，我们爬上阁楼，打开铁皮盒子，拿出一顶顶她用巧手为自己和两个女孩做的各种帽子。我们对她做的帽子十分满意。如果有什么不同的话，那就是她的帽子比我在别处看到的帽子都要漂亮，而且很有风格。如果有机会，她或许能成为一个一流的女帽制造商、歌手、艺术家或其他她可能成为的人。不管怎么说，她丰富的想象力、快活的胡说八道和灵巧的双手给我们制造了要去购买新帽子的幻想和兴奋。多年后，当我真的去巴黎买新帽子的时候，却没有一半那时候爬上阁楼、打开铁皮盒子、向往去巴黎买帽子的兴奋。

* * *

七年就这样过去了，比她生命中其他的七年过得都要快。那些年是美好的，死亡一次也没找上门来。带着她丰富美丽的本性和一直有的缺点，她变得越来越有智慧。虽然也有发生摩擦的时候，但孩子们还是认为她是一个快乐有趣的伙伴，尽管这些快乐时光也许没有以前那么频繁了。她变得越来越有耐心，越来越善解人意，但当她被激怒时，她就不是一个有耐心的人了。

又到了可以回美国休假一年的时候了。安慰那时是一个苗条的十七岁少女，准备去上大学。她是一个急切、害羞、幼稚的人，性格里充满矛盾，但在许多方面又异常成熟。凯丽想为即将到来的离别给她准备份礼物——一份能满足孩子对美和冒险的渴望的礼物。经过一番思考，她决定这份礼物是安排全家经由欧洲回美国。她想和孩子们分享她对其他国家仍有的记忆。

这个决定引起了她和父亲关于《新约》的大争吵。这也是凯丽唯一一次获胜，她铁了心，发了脾气，最终让安德鲁推迟了计划已久的新版《新约》的出版时间，这样安慰就可以买些新衣服去上大学了。这个女孩至少在父母卧室紧闭着的门后听到了尽量小声但仍很激烈的争吵，她记得她的父亲满面沮丧、沉思默想着走了出来，而她的母亲，打定了主意，红着脸，目光炯炯地说："我会另外再给你买件衣服的，毕竟我们要经欧洲回家。"

这一次，他们乘火车穿越西伯利亚，凯丽也可以避免晕船之苦。他们先乘轮船沿长江而上，而后在汉口乘火车北上。凯丽和孩子们一样对一切新鲜事物都非常感兴趣。在俄罗斯，她被那里的社会情况吸引了。她看到了那里严峻而危险的社会局势，对极少富有、受过教育的人和其他数百万过着牛马般生活的普通民众之间的差距感到震惊。她不停地说："这些人总有一天会掀起一场震撼世界的革命。一个国家不可能在这样的两极分化下还是安全稳定的。"

不出十年，她的预言果真应验了。看到世界如她所说的那样动荡，她又怀着极大的兴趣关心俄国革命的发展，她同情那里的人民，尽管她是天生的保守主义者，反对过激行为。

他们在那个夏天饱览了欧洲的美景，每个人都看到了自己最喜欢的。安德鲁对大小教堂感兴趣，安慰如饥似渴地看着一切。但凯丽最喜欢看家宅、农场和人。他们在瑞士的一个蓝色的湖边的一个小城堡里待了两个月，这个庄园是一个寡妇为游客开的，她的丈夫生前曾富有过，但后来却在贫穷中死去。美丽的湖泊、白雪皑皑的阿尔卑斯山和寡妇的故事都让凯丽感兴趣。总有人给凯丽讲自己的故事，不出两天，旅店里的女仆就向她吐露了自己的秘密。

当要前往美国的时候，凯丽并没有像以前那样渴望，我认为她甚至是抱着有些怀疑的态度回到自己的国家的。美国在她心中变化很快。现实与她上次所见是否已经不同？上次她已不确定自己在那里的位置——在她缺席的情况下，七年又过去了。这次会是什么样的呢？她听到了许多新鲜事，人们说这个国家有很多新发明，比如汽车和奇怪的家用电器。一切都很不同了。

但如果美国变得陌生的话，那里至少还有埃德温、他的妻子和孩子，这些都会让人热切地期待。他们横跨了暴风雨肆虐的大西洋，从纽约乘第一班火车南下。

* * *

不知怎么的，凯丽和安德鲁这次都没能待满一年。凯丽回到了大白房子，无比想念她那个傲慢的、满头白发的小老头父亲。他的房间曾是放满手工制作的珠宝和各种各样的钟表的宝库，而现在却空荡荡的，科尼利厄斯的儿子住在里面。凯丽再也不属于这座大房子了，她现在只是一个客人，一个长期在外漂泊、偶尔来访的客人。科尼利厄斯的妻子默默接管了这个地方，仿佛所有以前的生活都消失了，甚至连记忆都没有了。

在村子里，安德鲁的哥哥死了，一个陌生人站在了那白色教堂里的讲坛上。尼尔·卡特也死了，他的房子卖给了夏季来度假的游客。几乎所有的老面孔都不见了，连这个镇子的名字也改了。这对她来说既奇怪又感伤，她在那里待不下去了。

但是幸好还有埃德温和他的小家庭，还有安慰要去入学，她就把注意力转向了这些，在埃德温的家里住了六个月。她很喜欢埃德温的孩子，她的怀抱永远是婴儿的栖息地，她对世界上所有的婴儿都充满了母爱。但是，即便是在这个年轻的家庭里，她也只是个客人。

她在自己的国家再也没有家了，她不属于任何地方。她看着安慰进了大学，看着她进入新的生活和社交中，悲伤地意识到，在这个国家，已没有人真正需要她了，甚至连她自己的孩子也不再需要她了，他们都有了她无法参与的自己的生活。她必须再次跨洋过海回去了，那里有需要她的人，他们惦记着她，急切地等待着她的归来。以前,她从来没有在回到美国时觉得是否再回中国是个问题,因为每次她都觉得这次她肯定舍不得离开自己的国家,但是这次她坚定地转过身去面对流亡,因为美国,她的美国,现在只在她的心里,只在她的记忆里了。

我想她的直觉告诉她,这是她最后一次横渡大洋了。我不知道这是不是因为她已患上后来加速她死亡的热病,还是她觉得她的国家对她不感兴趣,让她在那里没有了家的缘故,她在心里同美国所有的美丽作了告别。

在儿子家度过的漫长而清爽的秋天里,她独自一人在树林里散步,凝视着红色和金色的树木,陶醉在那最后的、紫雾笼罩群山的景色里。她满怀爱恋地看着那些房子,那些安静、干净、满足的人们,看着星期天的教堂里,一个个家庭、父亲、母亲和孩子礼貌得体地聚在一起。对她来说,美国最好的是它的人民,那些幸运快乐的人,一辈子都能生活在美国。有时她觉得必须让他们知道生活在这样的土地上是多么的幸福。但是她不能轻易谈及深层的东西,当人们问她是否真的想"回到那个异教徒的国家"时,她只是痛苦地微微一笑。直到她生命的最后,我想她都在想念她记忆中的那个美国。

有一天早上在教堂里,我站在她身边唱赞美诗,才知道了这一年对她意味着什么。那首赞美诗是以"哦,广阔的天空真美"开头的,她起先一直欢唱着,但突然沉默了,我看了看她,想知道是怎么回事,只见她泪流满面,一遍一遍地低吟,"哦,美国——美国!"

* * *

她回去了，这次只有费思和他们一起回去。她跨过太平洋，和往常一样晕船遭罪，但默默地坚信这是最后一次了。

到了上海，王阿妈那张忠实的棕黄色的脸又出现了，她的头发稀疏雪白，满脸皱纹，牙齿也掉光了。凯丽握着她那双又老又硬的棕色的手，他们一起回到了镇江的平房里。这位老仆人和老朋友已经不大能干活了，但她又继续和凯丽在一起生活了几年，直到她去养子家生活，那时她已经需要持续的照顾了，而她不想给凯丽增添负担。凯丽告诉自己，在她前面的是漫长而静好的岁月，她会踏踏实实地去面对。

但是凯丽的人生总不是那么太平，就在这个时候，一场大革命席卷了中国，也把他们一起卷入了混局之中。在过去十一年里，中国大地上有一种奇特的、令人难以置信的安宁——一种对所有人来说都是不同寻常的安宁和安全。

突然间，一连串的事件迅速发生，这表明和平只是表面现象，而剧变在地下酝酿已久。清王朝被推翻了，革命先驱孙中山宣布中国成为一个共和国。

凯丽才回来不到几个月，美国领事就建议所有的美国人都撤离到沿海城市，以免在混乱和没有中央控制的情况下被攻击。凯丽和安德鲁面面相觑，他们又要面对一次这样的麻烦吗？安德鲁半心半意地说："你最好还是走吧。"然后凯丽也心不在焉地收拾了行李准备走。就在大家要一起离开的那天早上，凯丽说她不舒服——

我怀疑她是否真的像她说的那样不舒服——说她不能走了。他们就留了下来，第二天，凯丽就好了，高兴地取出箱中的行李，留下来见证这场革命。她已不再有幼儿要照顾，而且她最讨厌的就是一有风吹草动就逃跑。

最激烈的战斗发生在长江上游离镇江几十英里的南京，但从她的床上，凯丽就可以听到中国人从西方学会使用的现代大炮的隆隆的回响声。有一次，她听到在离房子很近的地方有枪声，像往常一样鲁莽地冲到窗户前，想看看究竟是怎么回事。

她看到在大院外的竹林里有蜷缩着的身影，匆匆穿上衣服，下了楼，也没跟其他人说。到了外面，她才发现那是些难民，都是满族妇女，穿着漂亮的绸缎袍子，发髻梳得高高的，脚按照满族妇女习俗没裹小脚。她们中的一些人穿着汉族服装做伪装，但她们的高颧骨和大脚暴露了她们的身份。她一下子想到，这些是清王朝官员的妻子和女儿，现在正因朝代的更替而流离失所。在中国，当一个旧王朝灭亡时，新的统治者往往会去消灭旧统治阶层里的成员，这些可怜的人现在正遭受着这样的命运。凯丽向一个人示意暂时到她家躲起来，但是那些女人们害怕地缩进了长长的草丛中，她束手无策，无可奈何地回去了。的确，她也帮不上什么忙，如果作为一个外国人她帮了她们，还可能反而更害了她们。

那一天，谁也不知道有多少满族妇小和男人被屠杀，凯丽和费思坐在凯丽的房间里，闭上眼睛，尽量不去理会周围发生的一切。虽然凯丽见多了悲惨的场面，但我认为那天的所见对凯丽来说也极为残忍，她永远也忘不了那些可怜的女人，她们曾经一直养尊处优，现在却像鹿一样被追杀，倒在了竹林中，绸缎长袍上渗满了鲜血。

过了些日子，中华民国至少在形式上建立起来了，凯丽对变革很感兴趣。她是天生的叛逆者，叛逆总是让她感兴趣。她自己的国家就是一个共和国，正因为如此，她觉得共和政体是最好的，她满怀希望地迎接一个崭新的未来。

“也许他们现在会打理得干净一点。”她过去常常说，由衷地赞成新政府发布的剪辫令，因为辫子被新政府视为清王朝强加的奴役的标志。在剪辫令执行中她看到了很多滑稽可笑的事情，同时她也同情那些古板保守认为辫子是他们的命根子的中国人。清晨，一无所知的农民们挑着新鲜的蔬菜进城来卖，刚到城门口就被驻扎在那的士兵逮住，士兵挥舞着一把粗制的剪刀就把辫子给绞了。很多人被剪辫子后大声哭嚎，因为他们真的以为这下子命根子没了，命也就没了。

新政府在短时间里很有干劲，到处都有驻扎的士兵逮人剪辫子，那时，许多人早上挺着胸膛进了城，黄昏时却像一只落魄的狗那样爬回家，因为他们的辫子从颈后被剪掉了。但对凯丽来说，这是一件好事。她让家里的园丁和男仆也去剪了辫子，认为剪辫子是向她讲卫生和爱正义的准则迈近了一步。

这座城市很快又恢复了平静，革命军北上了，除了辫子被剪，没有其他实质性的变化。兴奋过后，凯丽发现自己的生活和原来一样，但现在，孩子们大了，她可以全身心投入传教工作。费思也已经长大，可以去上海上寄宿学校了，家里没了孩子，凯丽的手也闲了下来。

现在，她可以和安德鲁一起在外长途旅行，一起乘帆船、手推车和轿子到处走。那几年里，一条直通海岸的铁路已铺成通车，她也把这条铁路作为主要的交通工具，从车站向不同的方向走好几英里，去集镇、城市和乡村，再徒步穿梭在乡间。在安德鲁布道的地方，她招集当地的妇女和儿童，教她们阅读、唱歌、编织和其他手工，还在教学中传授基督教生活和行为的基本要素。

但这一切她都是以自己的方式做的，而不是像安德鲁那样。安德鲁是上帝的信使，以一个陌生人的身份来到一个陌生的国度，向那里的人传达天国的信息。他的责任是将上帝的讯息读出来让大家听，读完了，他的任务也就完成了。

* * *

我想就是在这个时候，凯丽意识到她和安德鲁其实离得很远，尽管他们已经做了三十多年的夫妻，一起生了七个孩子。她人格中严格的清教徒的一面让她嫁给了这个男人，但在她的人生旅途上，她富有人性的一面不断加深和发展。他们两人虽然并肩在一起，她却实质上是孤身一人在家里、在帆船上、行走在尘土飞扬的乡村道路和拥挤的城市里铺着鹅卵石的街道上，他们之间没有交流。别人喜欢她的欢快、幽默和健谈，而对安德鲁来说，她对所看到的事物的活泼评论通常令人厌倦，是没必要的鲁莽。尽管她钦佩他的自制力和升华的灵魂，但他学究式的说话方式，缺少幽默感的个性，对工作的极端专注，在面对和理解人们生活中的实际困难方面的无能，容不下美和快活玩乐的、苦行僧般严谨的生活，都令她反感。

她曾经幻想过和他并肩工作，建立一种完美的、坚不可摧的同志关系。当孩子们还小的时候，她因家务缠身而不能去建立这种同志关系，现在孩子们长大了，她想她可以和他一起做所有的事情了。她想着他们一起读书，一起说话，一起工作，他会教她如何提升自己，如何深化对精神世界的探索，向她解释《圣经》中她还不明白的地方。而她当然也可以帮到他，他们可以互补互助。在教堂里，在音乐方面，她可以帮助他选真正可爱的、而不是那些通常没有人喜欢的严肃的赞美诗。她口齿伶俐、擅长表达，这样的天赋也许可以为他有点枯燥的说教添色增辉。他们可以在他讲道之前一起准备，她可以向他就讲什么故事、例子、有趣的类比提出建议。

她带着以往的活力，愉快地投入这个新阶段的生活中，也没想过安德鲁是否需要她的帮助。在她看来，她在这些年所做的事是她离开祖国的初衷，让她相信自己的牺牲是值得的。她对自己说，有她在一边帮忙，安德鲁肯定会很高兴的，就像她会高兴地让他来帮自己一样，他们可以互补互利。

但她错了，安德鲁在传教方面不需要任何帮助。他对自己的布道方式很满意，并且对她的建议能否带来任何改善持严重怀疑的态度，至于她喜欢的赞美诗，他觉得它们奇怪而毫无意义，而且过于活泼，就宗教而言，不够得体。地狱就潜伏在不远处，歌唱这个世界的快乐和美丽是不合适的。

此外，他还深受保罗教义①的影响，认为女人就应该服从于男人，她只要持家，生孩子，满足他的需要就行了。“男人是女人的头。”②《圣经》教导说女人只有通过男人才能靠近上帝。没错，

① Pauline doctrine，保罗教义指《新约》中使徒保罗拥护的教义，特别强调女性应该服从男性，尤其是在婚姻中。

② 哥林多前书 11:3

凯丽可以在教会里力所能及地去教一些妇女，但是作为上帝的牧师，只有安德鲁才有权考核这些人的信仰和认知，只有他才能最终决定他们是否可以加入教会。

当凯丽意识到他的真实想法后，一下子就被激怒了。他是她眼中的圣人，她因为他的美德嫁给了他，然而她似乎第一次看清了他的真实面目——他对她的善待是狭隘、自私、傲慢的。什么？就因为她是女人，她就不能直接去上帝那里了吗？难道她不比大多数男人更敏锐、更执着、更纯洁？为什么上帝是那样的，安德鲁的上帝是那样的？这就好比她双手捧着自己脑袋和身体作为礼物来了，像个孩子一样令人动容地以为肯定会得到赞赏——但是她的礼物却被退了回来，被斥为无用。这是她第一次真正认识到安德鲁内心的真实想法。

在这里，我必须停笔，不再描述这个精神上受了致命打击的女人所经历的。我太了解她了，和她太亲密了，无法再去分析探究她生命中的这一部分，她自己也从来没有有意识地向其他人透露过这一切。然而，我们都知道这一点。有时尽管她自己也不想，她还是会说些伤心话和气话的，但这些话从来没有逃脱过她的审视，之后她总是为此难过。

她出生、接受训练的时代对女人十分严苛，或者说对所有追寻宗教的人都很严苛。对她来说，离婚是不可能的。即使两人关系紧张，貌合神离，婚姻关系是不会被打破的，因为宗教和责任比爱的纽带都更加牢固。

凯丽确实也知道这一点，她克制住了自己，克制住了以往那种热情、喜爱快活的天性，尽管我们无法知道她内心为此付出了什么样的代价。她以一反常态的沉默和温柔开始了新的生活，平静地为底层的中国妇女服务，再也没有了要在教堂里建立一个强大而充满活力的妇女团体的宏伟愿景。她不会去打扰安德鲁的教堂，她只会尽她所能地四处助人，不管是不是在教堂里。

就在最近，我听到一位中国大学的教授提到这个时期的她：“我记得她不像别人，她自己洗衣服，把钱省下来给穷人。在那之前和之后我都没见过她这样的人。”

* * *

她在那些日子里躲进自己独处的精神世界里，这是以前在她忙碌的做母亲的生活中从未有过的。她一个人唱着歌——如果安德鲁在家的话，她会唱得很轻柔——打理着她的花园，这样只要有人来，而且常常也有很多人来，大家看到那花园都会很高兴。她在崎岖的乡村道路上步行，去小茅草屋找等她的妇女和女孩。她又开始关心邻居和仆人，给王阿妈送去小礼物，王阿妈现在已很老了，不能再劳动了，和她的养子住在一起。她给孩子们写充满爱的长信，并寻思着为他们准备一些她能负担得起的小礼物，期待着他们回来。

但这毕竟不是一种长久的生活方式，有些东西使她变得暗淡了。她是一个要做大事的人，她也能胜任。她所有可爱、丰富、奔放的天性似乎都被压抑了。在她生命的这个时候，她可能是世界上最孤独的人之一了，她需要温馨的爱。当孩子们还小的时候，他们把这种爱给了她，所以她也没在意别的地方有没有。现在他们长大了，都离开了家，她的生活似乎空虚得令人无法忍受。

“如果能有一个人一起散散步——一个自己的人，那该多好啊，”她有时会喃喃自语。

她看到安德鲁独自走在蜿蜒的路上的身影时说道。像往常一样，他沉浸在自己的想法和工作中，不会想到邀请她和他一起走，而她也很骄傲，没有主动提议。他是一个陌生而遥远的灵魂，他可以穿彻苍穹，明确地去了解上帝，却永远也看不到就在他身旁的那个骄傲而孤独的人！对他而言，她只是一个女人。在那些日子里，我看到她所有美好的本性变得暗淡，此后我打心眼里恨透了圣保罗，我想所有的女人都会恨他，因为他对像凯丽这样自豪的、生来自由的女人所做的事情，就因为是女人，她们备受打击。我现在为她高兴，因为他现在没有这样的影响力了。

这些年里她老得很快，变得又小又瘦，瘦得让人心疼，虽然她的身体还像以前一样挺直，浓密的长发已变得雪白，一根黑发都不剩了，从额前柔顺地飘逸而出。白发让她看起来有点像她的父亲赫曼纳斯，虽然她不再像他那样热情和好斗，但她随时可能在大笑，说话或听到笑话的瞬间展现出那种活力。

那些日子里她心怀渴望地读着《圣经》，虽然她不常提到上帝。我认为她又有些笨拙地回到了她曾经对上帝的追寻之中，现在她觉得自己越来越老了，没有完成任何她计划要做的事情。这些年来，上帝并没有真正给过她一个印证——一个不会让她误以为是偶然发生的印证。她常常从报纸和杂志上剪下一些小诗句和诗歌，把它们夹在《圣经》里。《圣经》书页里塞满了剪报，大多数是简单、悲伤的小诗句，还有些是她喜欢的对大自然的描述。她死后，我读了那些剪报，知道了她那时的想法。那些诗句的主题包括死去的小孩，远离家乡的流亡者，关于即使人们没有人见过上帝，也总要相信他的尤其多。

* * *

在她六十岁的时候，她一下子被得了很久的热病压垮了。我们后来才知道这种病是慢慢侵蚀人的身体的，除了有时可以通过调节饮食来治愈外，这是一种病因和治疗方法都鲜为人知的疾病。本地人很少会生这病，但在生活在那里的白人中却很常见。

凯丽本来的好体质已被反反复复的疟疾和痢疾消磨殆尽，所以这病对她的身体造成了更大更快的破坏，她起初很不愿意卧床休息，但她现在需要努力地让自己的身体恢复健康。安慰赶了回来悉心照料母亲，她大学毕业了，已是一个年轻的成年女子。

凯丽一直到不能走路了才上床休息，但卧床后变得更糟，连续好几天都在疲惫不堪的昏睡中静静地躺着。这些日子过去后，她突然奋力振作起来，知道自己如果想活下去的话，就必须下定决心、全力以赴地与病魔作斗争。对凯丽来说，现在没有比这更重要的了，她突然变得非常开朗。

“我已经决定不死了，”一天早上她高兴地宣布，“我不会被我的这把老骨头摧垮——我还年轻！我想到了我还有很多想做的事情——美好愉快的事情。我很傻，已经很久没有享受生活了，我要从现在开始好好享受生活。”

她给自己治病，好像自己就是医生一样，连医生都对她的变化感到震惊。带着给自己治病的极大热情，她和医生讨论每一个相关的细节，就好像他们谈论的不是她自己。关于她的病医生所知甚少，因此，她让安慰给每一个她听说得过此病又康复了的人写信。

“别去问死人，那没用。”她非常幽默地说。

从收到的回信来看，很明确饮食是治愈的关键。但令人困惑的是每个人的饮食疗法都不同。这显然是因身体缺乏某种特别的营养而引起的疾病。

“我得弄清自己缺的是什么，”她笑着说，“我一直知道自己是缺点什么的！”

喝牛奶似乎对许多人都有帮助。于是她连续两个月只喝牛奶，每两小时喝一点。但那没用。她瘦得可怕，那干枯的小脸上，只有那双深褐色的眼睛显得明亮、勇敢、坚定。

“我很快就会像爱丽丝那样去漫游仙境了，”一天早上，安慰帮她洗澡时，她看着自己干枯的四肢说，“趁我还没全部枯掉，我得赶紧去吃点别的东西让自己胖起来。”

她尝试吃用凝乳酶片制成的酪乳，这稍微好一点，至少她有一个月没掉体重。但那时已是六月，随之而来的便是夏天的炎热、潮闷和稻田里蒸发出的浓浓湿气。

我们带她去了在庐山牯岭的石头小屋，那是一段艰难的旅程，因为她瘦骨嶙峋，只有在她身下垫一个厚厚的垫子才能把她抬走。

山上的空气马上起了作用。她又听说了一种新的疗法，有人喝了肝脏汤和菠菜汁后恢复了，她带着极大的热情接受了这令人作呕的汤汁。她躺在小阳台上的沙发里，一边喝着汤汁，一边凝视着树下的山谷。我们知道她是为了喝下那汤汁，在用美景来转移注意力。

那第一周我们密切关注磅秤！她体重增加了两盎司[①]；一个月后，她一共增重了一磅[②]半。一些症状已经减轻，尤其是口腔溃疡，至少一部分口腔黏膜恢复了正常。她受到了极大的鼓舞，非常高兴地坚持喝肝脏汤和菠菜汁。

在生病的这些日子里她思考了很多，我们从她的一些讲话片段中瞥见了这些思考。

“你们知道吗，等我好了我会变得很自私，我会好好照顾自己的！”当我们嘲讽笑话她时，她恶作剧地眨眨眼，幽默地说，“我会的，我还要把我的手弄得很好看！”

她还用文字为我们描绘她将成为的可爱的、讨人喜欢的老妇人的样子：甜美、端庄，穿着考究。我们又一次笑话了她，知道一旦有力气走路，她就会到穷人中跑来跑去，在花园的黑土里翻来翻去，她有点严肃地说：“不，我是认真的。我过去常常感到悲伤，这是很傻的，我会更加热爱生活。我以前都在为别人做事，现在我要变得很自私，你们都会认不出我的。我一直偷偷地想有时间自私一下！我要去读很多我喜欢的书和杂志，去买一件新的淡紫色丝绸连衣裙，去拜访朋友。你们知道吗，尽管我们家里来客不断，但我却从来没有专门去别人家玩过，我总是因为要为某人做些什么才去的。”但是这种疾病的康复过程并不稳定。凯丽在这个夏天经历了一系列的好转和复发，但总体的康复进程可以用每次复发的严重性来衡量，她的每次复发都没有前一次那么严重。她就要赢得这场战斗了。

---

① 1盎司等于28.35克。

② 1磅等于454克。

秋天来了，我们都要回到各自的工作中去了。凯丽决定独自留在山上完成她的战斗。她很想王阿妈，但她已年老体弱，无法前来，凯丽就和一个男仆留下来调养自己的身体。

* * *

我得从凯丽的来信中拼凑出她那年秋冬的生活。她躺在阳台上，看着树叶变色、落下，同时她的身体也在缓慢但平稳地恢复。山坡被一片赤褐色的光芒笼罩，紫色的紫苑开得灿烂。她感到这一切最像祖国的秋天，美丽和宁静渗入了她正在康复的身体。

终于有一天，她又可以站起来走一会儿了。她每天给自己按摩四肢，晒日光浴，坚持特别的饮食，并且一点一点地扩大饮食范围。有时，她也会犯错误，受挫折，但她会客观地去看待这些，在她给我们发来的关于她自己的报告里，她好像就是自己的一个病人一样。从尝试中，她逐渐找到了适合自己的饮食，一下子身体就有了很大改善，不多日，她就可以下台阶走进那满是蕨类植物的小园子，可以沿着屋子上方铺有鹅卵石的山路走一会儿了。

没过多久她就去看望其他一些也在山里康复、但情况不如她的病人，然后她信里的内容就是关于他们的而不是她自己的事了。她定期去拜访每个人，很快就知道了他们生活里的故事和他们详细的病情，我肯定她向他们提供了不少实用的建议。她对一个跟她有同样病症的美国中年妇女很关注，特别研究她的病例，像一个热情的年轻人那样渴望去帮助她。她很开心看到这个女人后来康复了。

冬天来了，凯丽的身体恢复得不错，又有了活力，清楚周围发生的一切，她开始焦躁不安地想着要去做些事情。但是疾病的症状仍然存在，医生也不让她离开山里清新的空气。她于是想利用这段时间重建小屋。

小屋因年久失修变得破旧不堪，白蚁毁了木制品，许多地方石头也碎了松动了。此外，安慰现在回来了，费思也要来，这小屋太小了。对她来说，没有什么比重新规划修建这小屋更令人高兴了，尽管开支必须控制在最低限度里。把所有的旧材料都翻一遍，看看还有什么可以再利用也很有趣；做些改变会是很有趣的；给家人一个惊喜会是很有趣的！她带着往日的热情投入其中，不再在意自己的病情。

她找了一个中国建筑承包商，和他一起一点一点地检查了小屋里的木头和石头，看看有什么还能再利用。最后的结论是除了一些已破碎的页岩，其余的石头和大横梁都是能再用上的。她画了一张有三个小卧室，两个小浴室，一个大门廊和一个带大石头壁炉的客厅的房屋设计图，还想在屋下的斜坡盖两间地下室。经过精打细算，同时考虑到父亲《新约》的出版经费，这一切居然不用花很多钱就能做到。

她搬进了附近一所空着的房子，极为兴奋地看着老房子被夷为平地，新地基被打好。从早到晚，她就在那里走来走去，看看石头被搁置的位置，兴高采烈地看着墙头越砌越高。她尽量让它从屋顶到地下室都是美国式的。她和一个劳工一起在溪流中寻找光滑的石头来搭建宽大的壁炉。在一间卧室里，她也放了一个小壁炉。我想她模糊地梦想未来老了来此居住，就像在美国一样。从她内心来说，尽管她不愿意承认，她已经对被无情的大海分隔开的美国说了再见。而且,美国也没有热切地迎回那些爱她但离她而去的孩子。

那是一个快乐的冬天,她积极地做事,感觉自己身心都在恢复健康,这让她很高兴。此外,她远离了那些贫穷和受压迫的人们,生活在最可爱的大自然中。我记得她写信告诉我们那年冬天山上的一场冰雪,竹子、藤蔓、每一根树枝上都结满了冰,当太阳出来的时候,她写道,“太漂亮了,真是秀色可餐,再多也不会腻。”

她在那年冬天做了很多愉快的事情。当时那里有一所为美国儿童开办的小学校,她很高兴地和孩子们一起滑雪。我有一张小照片,她坐在坐满了孩子的雪橇的头上,手里拿着引绳,眼睛又黑又亮,满面笑容。这还是她长大后第一次玩雪橇,大家都为她的快乐而感到高兴。

八月份我们都回去度假时,她在新的小屋里迎接了我们,比在宫殿里还要自豪。她精心布置了一切,包括窗户上的白色薄纱帘,地板上的新垫子,吊篮里的绿色蕨类植物和到处摆满的鲜花。这是心灵的家园,她心中的美国图景被移植到了此地。她是多么的欢喜!

这的确是一个可爱的小屋,一个坐落在山坡上、树梢中、有阶梯式的草坪的小小的、干净的石头小屋。透过树林,你可以看见对面的山,透过远山中的间隙,你可以看到更远处蓝色的平原。小屋简单质朴,但是那么清新干净,被山风吹着,被薄雾笼罩着!我相信这下她有时想到可能再也见不到美国时,也能接受了。

夏天过后,她冷静了下来,有一天她说她已经玩够,应该回去工作了,安德鲁也需要一个家,她知道她不在的话,房子会变成什么样子。此外,安慰在那个夏天和一个年轻的美国人订了婚,她要准备几个月后的婚礼。费思在上海已读完高中,也要为她回美国上大学做准备。她急切地要去处理这些摆在面前的事情。

整个冬天我们都在观察她，她身体并不强壮，但情况稳定，对于一个曾那么消瘦的人来说，这已经是很不错的了。她坚持自己的特别饮食，不太情愿休息。与此同时，她为安慰准备婚礼，也为费思就学做准备，她又变得快乐而忙碌——她的代名词。

春天来了，婚礼如她计划的一样完美，和在任何一个美国家庭的草坪上举行的婚礼没什么区别。那是一个简单的、日落时举行的仪式，朋友们相聚在一起，安慰是一个高大苗条的年轻新娘，穿着白色的礼服，戴着新娘的面纱，轻快地走向新郎。凯丽看着这激动人心的新篇章，这对新人将给她带来新的生活，新的乐趣——她本来认为自己已经无事可做的想法是多么愚蠢!

那天，她看上去异常可爱，雪白的头发高高地盘在头上，卷曲而丰盈，那深褐色的明亮的眼睛显得那么年轻。她穿着一件银灰色的连衣裙，抱着一大束淡粉色的康乃馨。紫藤架下放着她亲手做的裱花结婚蛋糕，她看着年轻的新娘切开了它，当一切结束时，我们听到她心满意足地喃喃自语:“即使在美国，也不会有比这更可爱的婚礼了。”

* * *

安德鲁有八年没回美国了，现在他又可以回去休假了。凯丽渴望再次看到美国，但她身体虚弱，医生说她经不起海上旅行的折磨了，我不知道她是在什么时候做出最后放弃的决定的。也许她一直在犹豫，她对此一直保持沉默，几乎是到了最后我们才知道她是否要回去。她决定不去了，安德鲁一个人带费思回美国，半年后回来。她会一个人待在家里，在他回来前，尽力做他的工作。

似乎是为了证明她的决定是对的，那时传来了科尼利厄斯去世的消息，想到再也见不到这个在她年轻时不仅仅是兄长的哥哥的亲爱的脸庞，她更容易地放弃了最后一次回家的想法。她会永远把美国留在她心里和记忆中。太多的老面孔消失了，太多的新事物出现了，也许那里根本就没有她的位置了。甚至埃德温似乎都很遥远，他有自己的工作和孩子，不再需要她了。

她仍然每周给他写一封长信，温柔地待他，好像他还是她年轻时的小儿子。安德鲁是绝不会想要看看埃德温的孩子长什么样的，她恳求费思写信告诉她关于他们的头发、眼睛和调皮捣蛋的所有细节。她非常渴望见到自己的孙子孙女，但她同时也很欣慰，因为他们在美国，很安全，在那里的每一个人都很安全。

因此，她独自一人被留在那座方正的老传教士居所里，她习惯了在那里听到孩子们的声音，看安德鲁在那里祈祷、学习、从那里出发踏上长途旅行，还有以前那些来来往往的人们，而现在就她一个人了。

我从来没有听她说她害怕过什么。除了留下帮她打理花园的一个老园丁睡在楼下仆人的房间里，家里没有其他人。她在一家特别的商店里给自己买了一把生了锈的旧手枪，她根本就不知道怎么开枪，但晚上她会起来，一只手拿着枪，一只手拿着蜡烛，在房子里巡逻两三次。

在第一次革命后动荡不安的岁月里，她这样一个人住着是有危险的，但她的邻居都认识她，她从不害怕。她过去常说她没有时间害怕，因为她会先对敢让她害怕的人发火。我记得早些年的一个炎热夏夜，她听到卧室敞开的窗口处有声响，就从床上跳了起来，推开在床脚的屏风，看见窗户外站着一个高大的中国人不怀好意地看着她。

“快走开！”她毫不客气地马上对他说，“你来我家干什么？”

她穿着老式白长袍睡衣向他跑去，他犹豫不决地往后退，扔下偷的毛巾和枕套后消失在花园的花木中。

安德鲁一直在床上躺着，他对小偷有一种莫名其妙的恐惧，凯丽叫他，他也不起来，这让凯丽很生气，就自己赤着脚冲出去追小偷。她边跑边喊仆人，但他们都故意慢慢地穿衣服，他们也害怕，因为小偷都持刀。凯丽冲到月光下满是露水的草坪上，也顾不上蜈蚣和蝎子了，她追到了院墙边，紧紧抓住眼看就要被抢走的一个袋子，嘴里还冒出一连串的中文粗话。结果那人把袋子放下了，凯丽捡起了散落在花园里的各种物品。这时安德鲁已起床，即使是圣人这时也感到羞怯。既然小偷已经走了，仆人也四下忙碌了起来。凯丽就这样拿回了大部分她本就不多的衣物，而后怀着胜利的喜悦回到了床上。

“你就不怕被杀掉吗？这是非常愚蠢的行为。”安德鲁责备她说。

凯丽这时才想到了这种可能性。她若有所思地回答：“是的。但想到有人就那样跑到我家里来，我真是气愤极了。还有，你打算怎么办——难道一句话也不说，就让那流氓把东西都拿走？”

我相信她这辈子也没害怕过。她很瞧不起懦弱的行为，这是安德鲁和她之间的又一个不同之处，安德鲁在履行自己的职责时可以面对任何危险，但若与职责无关，他就会羞怯。凯丽从来无法理解他的这种羞怯，这种与生俱来与现实脱节的羞怯。

* * *

虽然是一个人住，她没有让自己感到孤独，每天在远远近近的人群中来来往往，晚上疲惫不堪地回到家，脸上却显得那么满足和平静。我常问她今天做了什么，她总是有点含糊但愉快地说："哦，也没干什么。"

这是她以前一直做的与人打交道、在人群中来来去去的工作。我相信她除了会说我们都要相信上帝，去做他希望我们做的事情之外，不会有别的说教了。上帝当然希望人们更好地去照顾小孩，男人善待自己的妻子，妻子为丈夫和孩子把家打理得整洁干净。她教年轻的女孩读书，我知道那些年轻的女孩们渴望学习，但那时的社会制度没有给她们机会。她常常谈论世界上的许多事物，描述她见过的其他国家。我曾亲眼看到她对一群妇女说这些，这些贫苦的人除了生孩子和在又脏又暗的房屋里进进出出，对外面的世界一无所知，她们张大了嘴听她说，眼里充满向往。她告诉她们星星和行星，告诉她们大海和它特有的生态环境，让她们觉得自己是这个伟大而奇妙的宇宙的一部分。她一直那么温柔地对待这些从一出生就不幸的妇女们。

但是她会对一个哭泣着的、裹了小脚的小女孩的母亲非常生气，她时不时能说服母亲不给女儿裹小脚。她还时不时地去解救鸦片瘾君子。我认识一个可怜的老人，也不管他愿不愿意，她用几个星期的时间看紧了他不让他抽鸦片，最后成功地让他戒了毒。他也很高兴能从让他和他的家人负债累累的毒瘾中解脱出来，并将此归因于她的祈祷和她的宗教。我没有立场说他这么想不对，因为对他和对其他许多人一样，凯丽和她对他戒毒的热心关注就是陌生的基督教信仰的化身。

“肯定是这样，因为没有其他人会来关心我和我的家人是否挨饿。”他简单地总结道。

我相信凯丽喜欢做这些看起来几乎无从着手的事情，当然她也让那老人在戒鸦片过程中受了罪，但结果是他戒了毒，重新操起编织手工养家糊口了。

那时她身边还有一群渴望友谊、希望有人愿意和她们聊聊日常小事的老妇人，她们往往比那些认为她们只是负担的家人活得长。她们都知道凯丽是刀子嘴豆腐心，等她生过气后，她会塞给她们一些钱、一篮食物或者一块做衣服的布料。

除了那些来找她和她去看望、与他们长时间亲密交谈的人之外，那里还有她的中国女儿，她已是六个孩子的母亲了，她觉得自己对他们每一个人都有一份责任。我敢说，如果这位美国女人致力于小说创作的话，她能写出很多有关她所知道的生活的书，而这些都是我所见过的其他白人不知道的。

她讨厌别人的缺点和罪过，但她也是宽容的，能够很快看到他们的长处，她喜欢玩笑，包括调侃她的那些。有一次，她看中了一张小小的漂亮地毯，就狠心花钱买下放在风琴前。一天，安德鲁带了一个偶然认识的人到家里来谈论“新宗教”。安德鲁和那个人谈了一会儿，当他起身离开时，安德鲁说他可以陪他一起走一段路，他们可以继续谈，但请他先等一下，他要去换双鞋，因为那时是冬天，路面不好。凯丽在楼上，看到安德鲁上来，她决定也出去走走，于是他们三个就一起走了出去。那个中国人走了一小段路，说他还另外有事，就拐进了一条小街。凯丽和安德鲁回到家时，凯丽立刻注意到房间里少了什么，是那块新的小地毯不见了。他们谈论宗教时，那个人注意到了地毯，一等安德鲁离开，他就把它折了起来，塞在他宽大的冬衣里。丢了那块地毯，凯丽当然不高兴，但一想起那个男人虔敬的脸庞、诚恳的话语和他胸前的地毯，她笑得眼泪都出来了。她被他的小聪明给逗乐了，还说了一句让安德鲁很不高兴的话，“我希望你遇见的慕道友不都是像他那样的，安迪，否则我们家里家当就都没了！”

她是宽容的，没有恶意。我记得有一次，一个美国人有些不耐烦地说：“我非常讨厌人们老是冲我们大喊的‘洋鬼子’的称呼，他们当然应该知道我们也做好事的。”

凯丽温和地笑了笑，回答说：“有时候是他们不知道该怎么来称呼我们。我记得有一次，一个生病的老妇人向我求助，她向我鞠躬磕头，低声下气，就像在对一位女王说话一样，‘尊敬的洋鬼子，求你帮帮我。’这取决于他们是怎么说的。”她总结道。

* * *

安德鲁在八个月后回来了，对新的美国感到有些茫然。这是第一次世界大战刚刚结束后的几年，他看到了一个他以前从未见过的国家。他一直相信他的国家几乎像天堂一样坚定可靠，如今却发现它在动摇和迷茫，对一些价值产生了疑惑，而他的父辈曾捍卫过这些价值并正是为了它们才来此定居。他不能详细讲述自己的经历，但凯丽从他口里一点一点挖出片段，然后用她敏捷的思维拼凑出一个画面，那是一幅迷途的、不知所措的国家的画面——那可是她的祖国啊!

这个时候她开始深深地懊恼自己老了，无能为力，为自己的国家做不了什么了。她多次对我们说，“我希望我现在能重生，从一个年轻而崭新的生命开始。你们知道我会干什么吗? 我会去纽约，去那些外国人进我们大门的地方，我会用一生去告诉他们美国意味着什么，他们应当做什么，如何做人才符合美国精神。我认为这就是现在的美国与过去不同的原因——太多的人不明白做一个美国人意味着什么。”

她一遍又一遍地说:“我希望我能再活一次，我要为美国而活。我很高兴我儿子在那里，他会替我为美国做点什么的。”

我认为在接下来的两年里，她一直被这种想法困扰着。她阅读了所有她能找到的关于现代美国的资料，试图找出美国陷入困境的原因。她曾在那片美丽而宁静的土地上听到来自其他不那么幸运的地方的呼唤，现在她听到了她自己国家需要她的呼唤。在自己年老体衰、无能为力的岁月里，她为自己的国家祈祷了很多，是很久以来她祈祷的最多的事情。

她没有注意到自己的身体因极度贫血而越来越瘦。这旧疾让她的身体受到了严重损伤，不知不觉中她吃得越来越少。但如果她发现自己瘦了，她也只认为那是因为她吃得很少。

有一天，她气尽力竭，甚至不能自己上楼去她的房间。安慰匆忙赶来，目光敏锐的她立刻看出这是件严重的事情。她决定留下来看护凯丽，尽管她母亲强烈反对——凯丽从来也不会认为自己病到了需要去找医生的地步——安慰叫来了医生。

情况真的很糟糕，而且从一开始就没有什么希望，潜在的心脏问题导致她无法接受必要的手术。凯丽像往常一样快速地阅读着别人的表情，看出了安慰在隐瞒真相，她惯有的倔强帮助了她。

“我不会死的，”她坚持说，尽管她很虚弱，“我还没来得及去做很多我计划好要做的事情呢。还有很多书我想读，还有很多人需要我。此外——”她眨了眨眼睛补充道，“我还没把我的手弄好看。不，不——我还会有十来年的好日子，我会真正安定下来，做一个端庄的老太太，穿漂亮的淡紫色衣裙，做我孩子的孩子的祖母。”然后，仿佛意识到了自己的病体，她愤怒地对上帝喊道：“无论如何，在费思回家前我不会死，我会再见到她的。”

这又是一场漫长的与病魔的生死搏斗。

我们再次让苦力把这个骨瘦如柴、但不屈不挠的人抬上庐山，抬进牯岭的石头小屋。一路上，她那双坚定的、年轻的、深褐色的眼睛勇敢地从浓密的白发下的小脸上往外看着。

她又一次勇敢地开始为自己治疗。这本来是一个健康良好的身体，但它已按她的意愿多次从重病中恢复过来，这次它不会再恢复了。她自己也清楚，在短短的几天里，我们看到一个年轻勇敢的灵魂带着愤怒沮丧的目光看着这个将要死去的虚弱的老人。除了必要的礼貌话语之外，她不对任何人说话。她的眼神也很可怕，我们看到了都痛苦地扭过头去。

当这过去后，她接受了现实，就好像放弃了对她来说微不足道、毫无价值的自己的身体，在最后的几个月里，她开始致力于满足自己精神上的需求。她没提到过死亡。她真的没有提，不去理会整个事情，比以往任何时候都更加珍惜她所爱的、胜过生命中其他东西的美。她经常谈到房子周围树上的鸟鸣，草地上的绿色树荫，阳台上美丽的百合花。日落时，她静静地躺着，观赏云层和山谷中的景色。

我不知道她是否想过未来。她是一个不屈不挠的女人，生活让她变得坚强，能够面对即将到来的一切。她不滥说临终前的宗教话语，上帝甚至到现在也没有给过她任何印证。她似乎意识到没有一个人能肯定地说出在她必须独自前行的时刻到来之前会发生什么。

作为一个对生命无比眷恋和热爱的女人，在最后的日子里，她拼命地拥抱着生命。夏天过后，我们把她带回了在江边的平房，那时我们都知道她要死了。日日夜夜，她都很安静，没有给出任何迹象表明她自己也知道。有时在黑暗笼罩的深夜，她变得虚弱，气喘吁吁，把眼睛睁得大大的转向在一边陪护她的安慰，她问了她母亲曾经问她的问题，“孩子——这是——死亡吗？”当安慰充满激情地喊道：“我不会让你死的。”她笑了笑，说，“你多么像我——我也是这样告诉我的妈妈的。”

有一天，她说：“我有太多没有听说过、看到过的事情——太多太多快活的事情。你们谁也不知道我有多喜欢快活！我想要一部留声机，我想听听我没听过的音乐。”

我们让人去上海买了一部留声机和一些唱片。她躺在那里听，在想什么我不知道，只是她不要听悲伤的音乐。有一次有人放了一张唱片，“在主里面安息吧，耐心地等候他。”她带着一种平静而深切的苦涩说道，“把那张唱片拿走。我一直耐心地等待着——却毫无结果。”

我们再也没有放过这首曲子，直到今天我都无法忍受这首曲子，因为它让我想起了她的话——不是悲伤的话，而是平静、骄傲、顺从、勇敢的话。这时候她已经接受了真相，即她想要找到上帝的毕生理想在此生已无法实现了。

* * *

在最后越来越虚弱的时候，她需要一个受过专门训练、知道怎样抬起她、护理她的护士来看护。她一直不愿意有一个人专门来看护她，她对专业人士有一种奇怪和坚决的不信任。我们唯一能说服她的办法是说我们日夜照顾她很累，她立刻同意了。这疾病在她身体里蔓延，她的听觉和视觉都变得模糊了。她常常处于昏睡状态，尽管也有很清醒的时候，有时甚至一整天都很清醒。

我不会忘记那个护士到来的时刻。我们去上海的一家医院找护士，由于当时霍乱流行，很难找到人。但终于有一个护士回复了我们的紧急电报，在一个清晨，她来了，我陪了凯丽一夜，去门口迎接了她。

我一看到她，心就沉了下来。她是一个英国人，年龄不确定，头发染过，肤色很不自然，是凯丽不会喜欢的那种人。但现在需要人手，我让她进来，把她介绍给了凯丽。

凯丽用她暗淡的眼睛死死地盯着那护士看。护士头上戴着一顶英国护士戴的高大的帽子，凯丽像她一贯那样直截了当地问："你头上戴那个枕套干吗？"

"如果你不喜欢，我可以把它摘下来。"护士和蔼地说。

"好的，摘下它。"凯丽加重语气回答。等护士摘下帽子后她说，"为什么，亲爱的，你有这么漂亮的头发，却要把它藏起来，它可以衬托你白皙的肤色！”

这时候，她的视力已经看不清这个可怜的人那张被毁了的面容了，而这真诚简单的赞美感动了这个女人，赢得了她的爱心，从那时起，她就一直全心全意地照看凯丽。

奇怪而又恰当的是，一个从上海底层走出来的可怜人见证了这个慷慨而又最有人情味的人的最后时刻。凯丽像以前那样饶有兴致、满怀同情地询问了她的生活经历。我想她不是个有道德的女人，仅存的一点美德被她经历的第一次世界大战给剥夺得荡然无存，她的故事中有许多肮脏不堪的地方，但凯丽只是轻描淡写地忽略，说：“我知道——我知道做一个好人有多难——尤其是当一个人在黑暗中等待，却没有答案的时候。”然后她突然转了话题，说道：“你说你会跳舞。你知道吗，我一直想看看狐步舞是怎么跳的，我听说过这个舞，你能为我演示一下吗？”

伴随着留声机上传来的爵士乐，这就是我们当时看到的场景：凯丽死气沉沉的身体靠在枕头上，但眼睛里却闪烁着以往的火焰和光芒，活泼而喜悦地看着护士白色、旋转着的身影。舞蹈结束了，护士气喘吁吁地跌坐在椅子上，凯丽以鉴赏家的口吻说道，“哇，太美了——如此优雅和轻盈。我想安德鲁对上帝的看法是错误的。我相信一个人应该选择生活中快乐、生气勃勃的事物，比如舞蹈、欢笑和美。我想如果让我重来一次，我会选择这些，而不认为它们是罪恶的。谁知道呢？——上帝可能也是喜欢这些的。”

她沉思了一会儿，睡着了。如此，在年轻时被她坚决抛下的她天性里活泼快活的一面，在她最后充满智慧的年岁里又被重新肯定了。

* * *

那些天她变得不喜欢看见安德鲁，不喜欢他在她身边。她倒没有叫他走，而是看到他时总是不安，不自在，她的内心似乎又在挣扎了。有一次她看到他的时候低声说："这么多年过去了，那本书仍然没有读完——"我们把他拉走了，他很困惑，但同意了。他从来都没有理解过她的本性，没有欣赏过她的所作所为。在最后时刻，她特意抛开她对宗教和上帝的所有想法，选择了她热爱和熟知的世界里绚丽的生命和万物，这真是非常美好。

我们把她的床推到窗前，她躺在那里心满意足地看着外面。有一次，她半梦半醒地说："我毕竟拥有了生活中许多美好的事物。我有孩子，好的土地做园艺，被风吹起的褶布窗帘，有山丘、峡谷和天空，书和音乐——还和各种各样的人交往过。我此生过得很好。我想继续活下去，但这次我要把我的生命献给美国。"

那些日子里她唯一的担心是她会在费思回来之前死去。但是费思马上就回来了，她下定了决心，在费思回来前，她不死。这一天终于来了。凯丽不让自己兴奋起来，生怕心脏因额外的负担而停止跳动；因此，她非常安静、平常。

她也决定，费思作为一个大学毕业回来的年轻人不应该为家里即将到来的死亡而悲伤。她要求给她穿上她最新的衣服——来自安慰的礼物，一件精致的有银丝绣的淡紫色丝绸礼服；把头发也做好了，还有一碗玫瑰花蕾放在她身边，当一切都准备好了，她提了个前所未闻的要求——要一块口香糖！之前她从来没有吃过它，我们去洋货店买了，迷惑不解地给了她。她状态很好地躺在白色枕头上，当费思到时，她就在那里嚼着口香糖，眼睛闪闪发光。

“嗯，你看你的老母亲！”她欢快地说，漫不经心，仿佛昨天才见到过费思，而不是三年前，“像一个利落的年轻人嚼口香糖——我听说美国现在流行这玩意儿！”

我们都笑了，紧张的气氛过去了。这是她计划的，她要我们笑，而不是哭。她似乎提防着悲伤，生怕自己的心脏会碎裂，身体会崩溃。她平静地看到费思回来，并在几天后似乎忘记了她曾离开过。

* * *

她躺在床上昏睡着，偶尔，你可以感受到那强大的坚定的精神醒来了，在和即将到来的变化作对抗。有一次，她举起那双让人看了心疼、肿着的双手，目不转睛地盯着它们，喃喃自语道：“我还没把手弄好看，也许以后吧——”

只有一次她提到了死，那是一次她突然从睡梦中醒来，非常清晰地对碰巧在一边看护她的安慰说：“孩子，如果你看到我最后害怕了，那只是我的这把老骨头暂时占了上风。它一直是我的敌人——总是想打倒我。你要记住我的精神一直是挺拔的。我不怕！”

那之后，她又一次清醒过来，这次是为了给她的墓碑做交代。不要赞扬的话语，不要提到为人妻为人母，只要她的中英文名，名字下是三段双语的文字，最后一段是胜利的宣言：“靠主得胜者，必得生命冠冕。”

她又唤醒了自己，说："不要唱任何悲伤的赞美诗，我要荣耀之歌。我不想死，我的人生未完，我本打算活到一百岁的。但是如果我一定要死——我会带着喜悦和凯旋死去——我会继续前行——"

没有遗言也没有其他特别迹象，她在睡梦中死去。在离世的瞬间，她的脸上露出了灿烂的笑容，继而沉寂了下来。我们谁也不知道那个微笑的含义。她只身离开了我们，独自前行，只让我们记住她的生命，一个生动、充实、苦乐参半的生命。我们给她穿上她喜欢的那件淡紫色丝绸长袍，在她身边放上秋天里银灰色和金黄色的菊花。在一个灰色天空下有风有雾的秋日我们埋葬了她。她让我们唱给她听的那些赞美诗里的勇敢的诗句就像人类在绝望中的呼喊，挑战着这世上不可避免的死亡。她就这样结束了我们所知道的她的一生。

* * *

如果以她自己本来想做的事来衡量的话，我想她可能会认为自己的人生是失败的。如果在开始就看到了结局，她会称之为失败的。对上帝的追寻是她多面精神世界中深受清教影响的、深刻的需求，但这种需求从未实现。我认为这些对她这样一个敏锐而务实的人来说也是不可能实现的。她天生是个怀疑者，也是个神秘主义者，她热爱美，痴迷未知事物。

她看望病人和囚犯，照顾孤寡，喂养饥民，和那些伤心着的人一起哭泣，和那些快乐着的人一起欢笑，她责备自己没能做得更好。她是那种会谦卑地责备自己的人，她可能会对她寻求的上帝说："主啊，我什么时候为你做了这些事情？"对这样一个人，上帝可能会回答，"因为——"

她认为自己的生命里有不足之处，但对我们这些生活在她身边的人来说，那是多么美好的生命啊！我们不会称她为圣女，因为她太务实，太生动，太热情，太幽默，太会变化，也太急躁了。她是我们所知道的最有人情味的人，也是最复杂的人，富有同情心，时常情绪高涨，但缺乏耐心。她是我们最好的朋友和伙伴。

现在，我终于亲自了解了她如此热爱的国家，这才明白了她正是这个国家的花朵。她的精神自始至终都年轻，不屈不挠；她慷慨大方，追求生活中的美好事物，也能在必要时在贫困中热情地生活。她是一个真正的理想主义者，要把理想变为现实，而不是单纯地只停留在理想上——她就是美国灵与肉的化身。

对成千上万接触过她的中国人来说，她代表美国。多少次我听到他们说："美国人是好人，因为他们善良。她是一个美国人。"对那些孤独的水手和士兵，还有那些白人男女，她诚挚的鼓舞和友谊代表着家——代表着一个远在他乡的美国。对她的孩子，在遥远和陌生的环境中，她付出了巨大的心血尽可能地为他们营造了美国式的环境，让他们能真正成为自己国家的公民，让他们永远爱它。

对我们所有认识她的人来说，她就是美国。

战斗天使：一个灵魂的肖像

第一章

在中国任何一个小村庄或集市，你都可能看见过这个高高瘦瘦、微微驼背的美国人。曾有一段时间他身着汉服。我有一张他的照片，他坐在一把硬木雕花的中式椅子上，美国大脚穿着一双巨大的中式鞋子。当他大步走在满是灰尘的泥泞道路上，或穿过铺着鹅卵石的街巷时，在路边剪布鞋底的中国女人看到他的那副模样，总是捂住了嘴巴笑他，许多路人也停下脚步直愣愣地盯着他，有人大声跟他开玩笑，他自己也有点尴尬地笑了。但是穿中式鞋子、长袍，戴顶缀着红色纽扣的黑色小圆礼帽不会让他看起来像个中国人，也不会有人错把他当成中国人。他就是个地地道道的美国人：有着瘦削的大骨架，又大又薄的精致的手，端正的五官，大鼻子，突出的下颌，清澈透明的蓝眼睛，微微泛红的白皙皮肤和略微卷曲的深色头发。

他年轻时就去了中国，在那辗转了半个多世纪，最后也死在那里。他年老时头发虽然雪白，眼睛却仍蓝得如同孩子的一般。我对他说："我希望你能为我们写下你的故事。"他走遍了这个国家东西南北的城市乡村，遭遇过无数次性命之危，所经历的冒险多到足够写一本书。很少有白人像他那样深入中国人的家里，出现在像婚宴、疾病和死亡这些最私密的场合。他目睹了中国社会的变迁，亲身经历了跌宕起伏的帝王更替、革命、共和、二次革命的历史变革。

七十岁那年，他用了整个夏天的业余时间从他的视角写下自己一生的故事。我常常在炎热的下午全家午睡正酣时，或在黎明听到他那架旧打字机发出犹犹豫豫的敲打声。他是在西弗吉尼亚州的一个农场长大的，习惯了早起早睡——那是他的身体也是灵魂的作息表。他遵循《圣经》的教导，牢记生命的短暂，《圣经》上讲“趁着白日，我们必须作那差我来者的工。黑夜将到，就没有人能作工了”①，“凡有血气的，尽都如草，他的美荣都像草上的花。草必枯干，花必凋谢”②。

最后终于写完了，他一生的故事只有二十五页。他在二十五页的纸上写下了所有对他来说重要的事件，我只用了一个小时就读完了。这是关乎他灵魂的故事，那个从来没有改变过的灵魂的故事。里面只有一次，他提到了和妻子凯丽结婚；只有一次，他列出了他们所生的孩子，但完全忘记了凯丽最喜欢的、一个只活到五岁的小儿子。他对所有的孩子都没有作任何评论。

这种遗漏也很说明问题。事实上，他的故事不是关乎一个男人、一个女人或孩子，而是关乎一个灵魂以及这个灵魂穿越时空走向指定终点的故事。对这个灵魂来说，有命中注定的出生，有使命，而且完成了使命，最后还有天堂——这就是全部的故事。里面没有生活在其中的人们，没有盛宴的欢乐、生活的乐趣、死亡的悲

① 约翰福音 9:4

② 彼得前书 1:24

协。他只字不提他曾频频遭遇到的、不可思议的危险，未提到帝国、皇帝、革命或所有时代变迁的骚动，对人们的思想行为，或者微妙的哲学也未加以分析和探讨。这个故事讲述得如此简单，如同太阳在黎明升起，飞速穿过苍穹，然后在它自身霞光万道的辉煌中落幕。

* * *

他的故事，是他的兄弟姐妹，凯丽和他的儿子，还有曾经与他一道生活和工作的人告诉我的。最重要的是我也有他的故事，他是我孩提时代的记忆之一，我的童年是在他的家里度过的，他生命的最后十年与我同住，我照顾他的起居。尽管如此，在他去世后的许多年里，我仍看不清他到底是什么样的人。甚至在他与我同住，生病时我照顾他的那段岁月中，他的轮廓对我来说仍然模糊不清。直到回到生养并差派他的国家，我才终于看清了他。他出生在美国，是几代美国人的后裔，除了美国，没有哪个国家能繁育出他那样的人。

我不太了解他古老家族的历史，也没有探询过，在我看来，这已经无关紧要了。美国独立战争前，为了宗教自由，他的家族从德国某个地方迁居到美国，我不清楚具体是什么时候。他的一个祖先是乔治·华盛顿的信使，另外两个曾效忠于华盛顿。我说他的家史无关紧要，是因为个体并不重要。如果他的生命对其他人来说比对他自己更有意义，这正体现了他的国家和他所处时代的一种特有的精神。他就是我们的祖先遗留下的精神的体现，这种精神就是：盲目的确信、完全的不宽容、狂热的使命感、对人和人间的蔑视以及对天堂不容置疑的笃信。

* * *

只要活着，他就不会忘记孩提时代听到的那席话。那些与其说是一席话，不如说是一个一直没有愈合的伤口。那年他不到七岁，在六月的一个美丽晴朗温暖的下午，他正坐在他家大农舍走廊的台阶上。之前他在果园里找苹果吃，听到了车轮的声音，透过树丛，他看到那个肥胖善良的邻居来看望他的母亲。

他一直喜欢佩迪布鲁太太，尽管他非常害羞，总是只敢用微笑来回答她的问题，但他喜欢她轻松愉快的话语中夹杂的各种故事，和她不时发出的爽朗笑声。她待人友善，总是开开心心。他想靠近她，等到她在走廊上坐下，他的母亲把婴孩抱出来，坐在摇椅上给孩子喂奶时，他悄悄地绕过房子前来，静静地坐在那里嚼着苹果，听她们讲话。他装作心不在焉的样子，谁在乎女人的聊天呢！

“你好，安迪！”佩迪布鲁太太大声跟他打招呼。

“你好。”他眼睛低垂，低声答道。

“大声点，安德鲁！”他母亲命令他。

她们都盯着他，他开始浑身发烫。他的哥哥姐姐们经常跟他讲，他的脸很容易就红得像鸡冠一样。那时他想说点什么，却说不出口——他的口太干了，口中的苹果变得如同土块一样梗在那儿，他在草地上痛苦地来回搓擦着他骨头突出的大脚趾。

他母亲担心地说：“我简直不知道这个男孩到底在害怕什么。”

“他看起来不像你的孩子，黛博拉，”佩迪布鲁太太认真地说，“他长得一点不像是你们家里的人。我不知道他的浅色眼睛和红色头发是从哪里来的。海勒姆是我见过的最英俊的男孩。除了安迪，你其他的孩子都长得又高又帅，人见人爱。不过，大多数家庭都有一个例外。”

这就是善良的佩迪布鲁太太！他的心开始像气球一样膨胀，难过得快哭出来了，想逃走却又不能，只好坐在那里，尴尬地嚼着干干的苹果，脚趾在草地上来回摩擦，痛苦万分。他妈妈终于放了他一马，和蔼地说：“嗯，也许他不那么英俊，但他特别好，其他的兄弟姐妹都不如他。我总说他可能会像大卫那样成为一名传教士，以撒将来也想当传教士，如果那样，他会是他们中最棒的。”

“嗯，那当然，做个好人比有一张漂亮的脸要强。”佩迪布鲁太太由衷地说。“对啦，黛博拉，我听说了一个新的做榅桲蜜饯的配方……”

这下她们总算忘了他。他紧绷的心稍微放松了一些，可以呼吸了，于是他装着没听见走开了。她们继续谈论着，完全没有察觉方才说的话对他的影响。然而，六月的那一天，在西弗吉尼亚州的那间农舍里，她们评论他长相平凡，这席谈话将他引上了后来的人生道路，这条道路让他穿越平原和海洋，来到异国他乡并客居多年，最终客死异乡，肉体在遥远的坟墓中化为尘埃。就在那一天，他下定决心要永远做个好人。他一生都是好人。做好人胜过拥有一张英俊的脸庞，如《圣经》上说：“人若赚得全世界，赔上自己的生命，有什么益处呢？”①

---

① 马太福音 16:26

* * *

他的家庭一向有做好人的传统。他记得祖母总喜欢坐在火炉旁。祖母年轻时随家人从宾夕法尼亚州搬到弗吉尼亚州，一家除她都是长老会教徒，而她从出生到成人都是门诺派教徒。直到生命的尽头，她仍戴着那顶小小的、黑色的门诺派的帽子，严格坚守门诺派信仰，从未去过她称之为“令人愉快的”其他教会。在还能走动之时，她一直都在安息日去教会，参加周三的两次祈祷会，每天祷告两次——这也是她竭力维护的家规。现在，她老了，只好坐在壁炉旁，管不了别的什么事儿了。

除了宗教，她还相信真的有鬼。安德鲁的一些古怪的胆小行为曾让我感到奇怪，我小时候甚至还为他的胆怯感到有点羞愧。这并不是说，在任何情况下，他都是胆小鬼，为了传教，他完全可以将生命置之度外。不，那是一种孩子般的胆怯，例如，他不喜欢在黑暗中独自上楼，不愿意在夜里起来探究噪音源于何处。我见过他来回六次检查门是否锁好，“我会一直惦记这件事，越想越不敢确定门是不是锁好了。”他微笑着说，面带愧色。

晚年，他有一次无意中泄露了这个秘密，之前他从来没有有意识地跟任何人提过。一天晚上，有人闹着玩地讲了一个鬼故事，他无法忍受，起身离开了。后来，他带着那种羞愧的微笑单独告诉我：“以前老人们在家里总讲鬼故事，吓得我不敢上床睡觉。他们说那些不是编造的，而是确有其事。”

老祖母相信这些鬼故事。她坐在角落里，老态龙钟，已经无法分辨活人和鬼魂的区别了。她许多过去的亲朋好友都已变成了永久的灵魂，很快就要轮到她了。她毫不怀疑灵魂会回到他们生前熟悉和热爱的地方，她自己也会回来的。这个小男孩就坐在他劲头十足的兄弟姐妹中间，静静地听着，一生都无法忘记那些故事。

在那栋房子里，大家都相信灵的存在。上帝是灵，一直都在房子里。魔鬼也是灵，上帝在哪里，魔鬼也在哪里，它们是不可分离的敌人。他从小就对这两种灵很熟悉，每天早晚他都听父亲读《圣经》，讲《圣经》中这两种灵之间的争战。他的父亲年复一年地读这个故事，通读《圣经》是他夸耀自己的一种方式。家里也因此弥漫着宗教气氛，什么都跟宗教扯到一起。七个儿子中有六个成为牧师，宗教是他们的精神食粮和情感享受。他们会为宗教话题争吵不休，就像男人们为政治争吵不休一样。

这是一个吵吵闹闹的家，父母之间也不例外。父亲是个高大、专横、方下巴的地主。他爱地如命，一有钱就购置土地，从不嫌多。结果反而使得每个儿子都对土地生厌，在他去世后，没有人愿意再种地了。我记得安德鲁甚至对凯丽的花园也一点都不感兴趣，为此她颇为受伤，但我知道他也是情有可原的。他小时候劳动过度，渴望书籍，向往学校，厌倦土地，直到二十一岁才从土地的束缚中解放出来。获得自由后，他骑着父亲给每个成年儿子准备的马离开了，开始了他被延误的大学生活，一心找回荒废的岁月。从此，他再也没有拿过铁锹锄头种花种菜，甚至也不会帮凯丽打理花园。

二十一岁前，所有儿子都得在父亲手下干农活儿，他的母亲和两个姐妹得挤奶做饭。父亲有几个黑奴，但他更喜欢让儿女干活儿。他是一个霸道粗野的家伙，每天早晚大声给他们念《圣经》。

他特别强调要“尊敬你的父母”①——尽管对他而言,“尊敬”并不适用于母亲。他敏锐、幽默,非常享受用此支配家人,在整个社区也飞扬跋扈。他是一所仅有一间教室的学校的董事,负责挑选老师。老师们来的时候,他就把他们安置在他家没有粉刷过的杂乱的房子里。房子很大,多六个人在那里吃住根本不是问题。他也控制教堂,传教士们巡回到这间小小的长老会教堂时就寄宿在他家。有时他对某个传教士的教义感到愤怒,为了惩罚倔强的传教士,他至少有两次短暂地转成了卫理公会教徒,之后又因这种反叛行为懊恼不已。在一次激烈的争吵后,他的妻子黛博拉加入了卫理公会,并一直留在了那里。为此他一直没有原谅她,不仅仅因为这是背叛教会,还因为她这么做导致他失去了反抗长老会时可用的伎俩。在他七个归属长老会的儿子中,有一个叫克里斯托弗的,如同家里每个人那样顽固不化,他在青年叛逆期加入了卫理公会,从此再也没有出来。半个世纪后,当地一家报纸的记者这样评论他们:“格林布里尔县里最富传教传统的家庭,他们惯持己见的血统像碱液一样浓烈。”

一直到被送回美国上大学时,我才第一次亲眼见到了叔伯们。那时,他们大都已白发苍苍,清一色的高大、热情、易怒,个个都身高六英尺以上,有着同样闪亮的蓝眼睛、冷幽默,偏狭的头脑。他们之间的激烈争吵一如既往,争吵好斗成了他们在县里的代名词和惹人耻笑的话柄,甚至见诸报纸。五位身为长老会传教士的兄弟们在许多问题上固执己见,争吵的内容更是五花八门。例如,创世是一段时期还是七天,如何解释《小先知书》和《所罗门之

① 出埃及记 20:12

歌》，预定论，基督的第二次降临等等。如果不争论神学，他们就会为分割土地、出售旧农舍及其古老手工家具，还有安德鲁的姐姐丽贝卡的丈夫是否善待她等问题吵个不停。但是，在反对卫理公会时，他们总是同仇敌忾——尽管那时安德鲁为自己的传教事业奋斗已久。“可怜的克里斯”，他们这样称这位卫理公会教徒，非常同情克里斯托弗不幸误入歧途。

当我亲眼看到“可怜的克里斯”时，却很难同情他。他是所在教会的首席长老，和他们所有人一样狂热、不宽容，对自己的神学观点坚信不疑，认为那才是唯一的救赎之路。因为他在教会担任要职，对自己可怜的刚愎自用、极其傲慢毫无自知之明。星期天的早晨，会众们看见他明亮的蓝眼睛上的两道眉毛像甲虫般跳动着，他用如雷贯耳的声音吼叫着《圣经》中的八福：“温柔的人有福了……”还坚持说，“虚心的人有福了……”①

是的，安德鲁就是在这种好战的宗教气氛中长大的，但他的长相和自信使得他无法和他的兄弟们比肩而立。他个儿高，但有点驼背，没有其他兄弟那种充满骄傲的眼神，女孩子们从来没有像关注他的兄弟们那样关注他。海勒姆的头发黑黑的，会弹奏，还欠着大学的贷款；约翰为人谨慎，早早就娶了一个富有而年长的寡妇，退出了家庭宗教战争，去了州议会。安德鲁从没忘记佩迪布鲁太太，她那番刻骨铭心的话令他一生都暗自害羞，只能一步一步地逃离到充满激情的个人宗教中。然而，在害羞、孤寡的外表下，执着于宗教的火焰在他心中熊熊燃烧着，丝毫不输他兄弟中的任何一个。事实上，他对美德的追寻更加热切，因为他心中没有一丝可以

① 马太福音 5：3－5

浇灭那火焰的世俗气。

我不是从安德鲁那里听到这些不同寻常的故事的。不过，有一个故事倒是他亲口告诉我的。我还是个小女孩的时候，有一天我央求他给我讲个故事，当时我对他会讲什么不抱多大的希望。凯丽会讲好听的故事，但她当时正忙着带新生儿。安德鲁刚从外面布道回来，显得不同寻常的轻松。他坐在炉火旁，把我抱到他的膝上，我立刻感觉到了短裙下他硬硬的膝盖骨。安德鲁总是很瘦，对任何胖的人都极其鄙视。如果看见一个传教士同工长了一个大肚腩，他会立刻表示愤慨并质疑“他吃得太多了”或“他变懒了”。他对肥胖的谴责仅次于离经叛道。这一次，我坐在他隆起的膝盖上，问道:“你能给我讲一个故事吗？”我凝视着他清澈、温和的眼睛。“不是《圣经》的故事，”我急忙修正道，“这些我都听过了。”他大吃一惊，显然脑子里一直在搜索《旧约》里的故事。“让我想想。”他沉思着说。“也许讲讲你小时候的故事。”为了帮助他，我提了建议。我似乎等了很长时间，看来他不太记得自己小时候的故事了，最后他终于想起点什么。

“有一次，我父亲养了几头猪，”他开始一本正经地讲故事，一边回忆着，眼睛盯着炉火，“那些猪本来应该待在果园里吃掉在地上的果实，但它们总喜欢挤过果园的栅栏，冲到前院里来。我父亲脾气暴躁，盛怒之下，不管当时在做什么，都会立刻冲出去把猪赶回果园，但不一会儿猪又会冲进前院。一天，他实在气得忍无可忍，追着它们跑到栅栏前，除了一只猪因为胖被卡住了，其余的都从栅栏缝中挤出去跑掉了。我父亲从口袋里掏出一把小刀，把那头猪的尾巴给割了。”

我惊讶地盯着他。“他为什么这么做呀？”我问。

“只是给它一个教训。”他回答，笑了笑。

但我仍然很严肃：“什么教训呢？”我刨根问底。

他意外克制地笑了笑：“也许是让它不要长得这么胖吧。”

后来我听到了许多有关安德鲁父亲勇猛无畏的故事。人们害怕他，又喜欢他，嘲笑他却又信任他。他总是横冲直撞，怒气冲冲，极其固执，对家人完全无情，但对可怜的邻居百般的仁慈。有一次，他在家里大谷仓的角落看到一个穷人站在谷仓一个洞旁，手里拿着一个大袋子正在接从里面源源不断漏出的小麦。当他看到安德鲁的父亲时，立即落荒而逃。安德鲁的父亲什么也没说。他站在那个人的位置上，拿着大袋子站在那里，眼睛闪闪发光。过了一会儿，谷仓里传来一个声音，“是不是已经满了？”

“差不多了。”他和蔼地回答。

谷仓里一片死寂。他系好麻袋口，扛到自己的肩膀上，走进谷仓，发现一个畏缩的身影正等待惩罚。

“拿着！”他认出那人是他贫穷的邻居，一个佃农，“下次来找我，我给你！”

我从未见过安德鲁的父母，但我有他们的照片。他的父亲有一张坚强不屈的四方脸，一双傲慢不羁的眼睛，只有对上帝和自己的灵魂有十足把握的人才会有那样的眼神，我从未在其他人的脸上见过。

他的妻子黛博拉是他的对手。她的下巴和他的一样坚毅有力，如果她的眼睛里不是上帝的光芒，就是魔鬼的冷静。难怪上帝和魔鬼在那个动荡不安的家里共存着！这个故事不是安德鲁而是别人告诉我的：黛博拉六十岁时不仅成了卫理公会的终身教徒，而且认为自己在家里干够了。这个决定彻底改变了她。她从一个忙忙碌碌、能干、操持一个大家庭的母亲，一个人人皆知擅长做奶酪、馅饼、蛋糕和面包的厨师，变成了完全安闲的女人，甚至连自己的床也不铺了。天气好的话，她就整天坐在农舍宽敞的阳台上平静地摇晃着摇椅，天气不好的时候，她就坐在客厅的窗户旁边看着外面的公路。她独自散步，身材高挑、苗条挺拔。若儿子克里斯托弗不在家，她就独自去卫理公会教堂。

这让她的家人十分困惑，她的丈夫几乎气疯了，她比他们都活得长。在将近三十五年的时间里，她过着完全自由自在的生活，让家人一个接一个地来侍候她。她的家成了附近妇女的聚会中心。最多的一次，二十二个女人不打招呼就在那里待了一天。一下子来十几个也是家常便饭。她们坐在阳台或客厅里，东家长西家短，叽叽喳喳停不下来。那幢房子里人流如织，如果上帝无处不在的话，也要挤挤才行。

但我要讲的是安德鲁的故事，其他的都无关紧要，他的父母对他来说也微不足道。他们给了他身体和灵魂，让他对上帝和魔鬼着迷，的确在很大程度上塑造了他。他从他们那里学到了信条，这些信条不仅形成了他的神学观，也确定了他在神创造的世界中安身立命的位置。在那座挤满七个成年儿子的房子里，男人和女人吵闹不休。他经常听到父亲大声喊叫：《圣经》里讲“男人是女人的头”，他是冲着那个永远坐在摇椅上的我行我素的老妇人喊的，然而这喊叫只对她的七个儿子有影响，对她却毫无意义。凯丽曾经告诉我，她第一次看到他们时，七个男孩都已经长大成人。每天晚上，只有当两个姐妹中的一位点亮蜡烛，领着他们时，他们才会一个接一个上楼睡觉。这是一支怎样的队伍啊——大卫、以撒、海勒姆、约翰、克里斯托弗、安德鲁和富兰克林。两位姐妹是丽贝卡和玛丽，她俩和兄弟们一样高大，但性情温顺，不多言语。由于她们得照顾家里的男人，年轻时父亲不许她们结婚，最后她们只好下嫁给了被别人挑剩的，社会地位卑微的男人。

正是在这片骚乱的土地上，狂怒的种子孕育出了安德鲁。

第二章

安德鲁自己总认为他的生命是从二十一岁才开始的，所以他的故事应该从那时开始讲起。他认为自己之前无非只是辛辛苦苦干农活喂养人的肉体，因而毫无价值。似乎没有人记得他孩提和少年时代的事儿。有位过去的邻居老妇人曾说过：“那孩子有一双老人的手——他们说他生来就有一双老人的手。”关于他的青春年月，我只知道一件事，听说他有一种默不出声、恶作剧式的幽默，后来他一生都保持这种幽默。我过去常认为尽管那并非出自他的本意，但他的幽默里有时的确略带残忍的色彩。我曾经遇到过一位老人，他是安德鲁小时候的小伙伴。在农闲的那几个冬天，他们一起去了那所只有一间教室的学校。老人吐出烟草汁，咧嘴笑着说：“那个安德鲁！他在教室里做的鬼脸把大家乐死了。然后，当老师转过身来，被我们大喊大叫气疯时，他是唯一一个脸上还一本正经的。”无论什么幽默都被压抑在他那张严肃的脸的后面，只在干巴巴的笑话里和偶尔的挖苦讽刺中才显露出来。他的笑话里常常带着苦涩，他自己从不开怀大笑，总憋着不出声，最多只发出“呦！”的声音。

有一次我问他：“你年轻时都做些什么？”

他的脸阴下来，简短地回答："为我父亲作工。"

他的妹妹玛丽有一次对我说："安德鲁很可靠，所以爸希望他能留下来。他是那几个男孩中唯一一个会按时、不偷工减料地干完所有的活儿的，他有很强的责任感。"

"我想你知道他根本就讨厌干那些活儿吧。"我说。

"即使讨厌农活，他也得干。"她干脆地回答。"至少对爸来说，什么也不会改变。"她笑着补充道。

她那时已经是个年老的女人，很胖，粗鲁，有点邋遢，长期和一个地位比她低下的男人生活在一起让她变得粗枝大叶。但当她微笑时，仍能看到那家人特有的坚定、无畏的蓝眼睛。

他少年的早期正值美国内战。四个兄弟去跟北方打仗去了。大卫、海勒姆、以撒、约翰穿着灰色的军装离家出征，短暂地把与魔鬼的战争转移到打北方佬上去了。后来两人受伤，一人长期被关押在北方的监狱里。我从没听安德鲁提起过这些，只有一次他说以撒从战场回来后就不喜欢豆子汤了，因为以撒说在北方佬监狱里一天三顿都喝豆汤。安德鲁苦笑着补充道："汤很稀，以撒说他得到碗底才能捞到豆子。"当安德鲁最小的孩子告诉他她订婚了的时候，他从书页中抬起头来，顿了一会儿，苦着脸说："我也不知道为什么，我的三个孩子都跟北方佬结婚！"对了，我还记得另一件事儿。每当听到亚伯拉罕·林肯的名字，他总是干巴巴地说："林肯是一个被过高评价的人。"在安德鲁的家里长大的我那时从来不知道林肯是一位民族英雄，也不知道在大洋彼岸的美国，学校在他生日那天放假。

但是战争和人们的经历在安德鲁的生活中并不重要。少年时，他一边默默地、小心翼翼地为父亲干活儿，一边厌倦地等待，在某个时刻，他听到了传教的呼召。我知道这个，是因为他写的那个简短的人生故事就是从那里开始的。对他而言，那才是他生命的黎明，那才是他真正的诞生。他写道:“十六岁时，我第一次得到了为神圣的上帝传教的启示。”

后来经过我反复询问，才从他寥寥数语中拼凑出了缘由。当然，他成为福音传道者是不可避免的。我无法想象那些高个子男人中的任何一个，包括安德鲁在内，成为牧师，他们都是传教士。我想，他们早晚统统都会成为传教士的。原因在于，除了传教士的身份给了他们一个对别人的思想和生活行使个人权威的机会外，那时候的传教士还有着比较高的社会地位，社区的传教士在其他方面也是领导者。对一个渴望权力的雄心勃勃的年轻人来讲，几乎找不到比这更好的获得权利的途径了，而这七位年轻人都雄心勃勃，热爱权力。

但安德鲁本人告诉我，起初他从未想过要成为一名传教士，甚至从未想过离开家乡。在他奇特的性格中，他对家有一种依恋。我觉得正是他的胆怯感，使他依恋安全和庇护。如果不是出生在那个宗教时代，他会成为一名学者，把自己关在某个温暖的满是书籍的房间里过一辈子。当他徒步或骑着驴跨越半个中国回到家时，我看着他靠着炉火，吃着食物，喝着热茶，像孩子一样得到了安慰，喃喃自语道:“哦，回家好，回家真好。”

他年老时曾告诉我:“每一次离家，我的内心都会挣扎。”但不作为会让他良心不安，焦躁难耐，在我的记忆中，他从未推迟过出发的时间，从未逃避过困难、危险的旅程，他把离家的痛苦藏于心中。他对自己非常严格，看不惯不如他坚韧的同伴。我听到他对一位传教士同伴大声评论道:“他很懒，不愿意离开自己舒适的家！”如果他自己被诱惑过，还曾屈服于诱惑的话，他可能会对他的同伴有些同情心，但他像所有心灵强大，能抵抗诱惑的人一样从不败给自己的弱点，当职责与他奇怪的肉体上的胆怯起了冲突，他会毫不犹豫地选择职责。

他蒙召的故事是这样的：一位在中国传教的传教士来到西弗吉尼亚州刘易斯堡的“老石头”教堂。当时安德鲁十六岁，他和家人坐在教堂的前排，听这位传教士讲述他经历的艰难、危险和信徒迫切需要福音的故事。听着听着，他害怕了，一个人独自匆匆跑回家，躲着那名传教士。但是他的父亲却把这个又高又憔悴的传教士带回家共进周日丰盛的正餐，这下他就回避不了了。传教士低头看着一长串的儿子，对他的父亲说：“你生了这么多的儿子，不送给中国一个吗？”

没有人回答。他的父亲吃了一惊。对他父亲而言，一年去听一次传教士的布道，招待他一顿丰盛的饭菜，再用马车送他去下一个教堂，这已经足够好了，但让儿子到国外传教则完全是另一码事。

“我不想让孩子们有这样的想法。”母亲黛博拉在桌子的另一端坚定地说。

“这是上帝的呼召。”传教士平静地说。

“再来点鸡肉和肉汁。”父亲急忙打圆场，“喂，黛博拉，再来点土豆泥，丽贝卡，去拿些热面包来，吃吧吃吧，伙计！我们这里的人都很好客的！”

没有人回答，但安德鲁感到害怕了。上帝是不是在呼召他呢？食物在他嘴里顿时变得索然无味。

五十年后回忆起当初，他说自己因此恐惧虚弱了好几天。“我相信我瘦了十磅。”他越来越害怕祈祷，唯恐上帝在他祈祷时呼召他。他尽量不一人独处，生怕天堂会裂开条口子，上帝的声音从天而降地命令他，他由衷感到家是如此的温暖安全。他很痛苦:“我在逃避上帝，”年老时他这样写道，“我清楚这一点，因此特别痛苦。”

对他而言，他必须感受到他与上帝之间的沟通渠道畅通无阻，现在，他无处无时都感觉到上帝在追捕他。

有一天，他母亲抓住了他问:“安迪，你怎么了？脸色这么难看，像有黄疸！”

他憋了半天，不愿告诉她。那时她个儿仍然比他高，她紧紧地抓着他的肩膀。最后他眼里充满了无助的泪水，喃喃地吐出了真相:“我害怕我会被呼召。”

“什么呼召？”她问，完全忘记了那个传教士。

“去外国传教。”

“滚！”她使劲地说，“你爸不会听的！他还指望着你来管这片土地呢。”

尽管安德鲁已去世多年，但如果有人说他是为了逃避在家务农才成为传教士的，那么他一定会大为光火。但他的灵魂确实厌恶母亲的话。他扭转肩膀挣脱了她，大步走开了。不管有没有呼召，他绝不会留在父亲的土地上。愤怒暂时驱散了恐惧，他独自走进树林，在那里坚定地向上帝呼喊。“我制服了自己固执的心，”他写道，“我向上帝呼喊，‘我在这里，差派我吧！’我的灵魂立刻宁静了下来。我不再害怕，感到自己很坚强。当我放下了自己的意志，上帝的力量就降临在我身上，上帝差派了我。”

所以，他的人生就这么决定了，但他当时什么也没说。他规划了自己的人生，还得再为父亲做五年的工。他从哥哥们的先例中知道，二十一岁生日时，父亲会给他们每个人一个选择：要么留在家里务农，不像以前那样是无偿劳动，父亲会支付他们工钱；要么给他们一匹好马再加一百美元离开。他的几个哥哥都骑马离开了，他也会做出同样的选择，他不会告诉任何人，但他会离开的，去上大学和神学院，为他的将来做准备。想到这，他的心为之怦怦直跳。书，他终于会有很多书了！他一直渴求知识，之前从来没有受过多少正规教育。我听过他为数不多的热情洋溢的话之一是“我爱上学！”事实上，我不记得他还用过“爱”这个字眼来描述他和其他人与事之间的关系。“上帝如此爱这个世界……”这是那时我听惯了的说法。所以听他说“我爱……”感觉挺奇怪的。我之所以记得是因为那些日子我自己也被送去上学，我不觉得自己爱上学。除了爱上帝，我从未想到过他还会爱别的什么。

* * *

二十一岁生日那天，神的呼召激励着他，他骑马走了，如饥似渴地开始了新生活。他写的故事里提到他并不是一下子就能去上大学的。内战中断了所有的学校教育，哥哥们只好又回家，在再次离开前在家教年幼的兄弟姐妹，因此，他学到的东西并不扎实。我只知道，他先上了一年法兰克福学院(Frankfort Academy)，然后才去了华盛顿与李大学(Washington and Lee University)，他的哥哥海勒姆在他之前已去了华盛顿与李大学。

我还是个小女孩的时候初次听说了那些年的故事。和当初安德鲁渴望书一样，我翻遍了我们那个位于长江边的山坡上的传教士居所里书架上的书。世界上所有的书对我来说都是不够的，而家里除了宗教书籍，其他书则少得可怜。有一次，安德鲁去了外地布道，我做了他在家时我绝对不敢做的事儿。我不抱什么希望地走进了他的书房。之前，我已看过所有有点故事的书了，像普鲁塔克的《生活》(*Lives*)、约瑟夫斯和福克斯的《殉道史》(*Martyres*)。那天我甚至把盖基的《〈圣经〉评论》(*Commentary on the Bible*)也拿了下来，但又放了回去，这比什么都没有找到还要糟糕。然后，在极度空虚中，我决定翻翻他的旧翻盖书桌的抽屉。我记得有一次他偶然打开抽屉时，我看到过一些书。但这次，我只看到些他用稍微摇晃的笔迹一丝不苟地记录下来的传教来往账目——有一次他中暑，差点要了命，之后，他用右手写字就有些颤抖了。我打开了一个又一个抽屉，在最下面的一个看到了一堆奇怪的质感类似皮革的纸卷，它们布满灰尘，很久没有人动过它们了，其中一些还从未被展开过。我把它们拿出来，一个接一个展开，看到上面印着拉丁文，那时我正在学习拉丁文，我看到了他的名字，而且每一张纸上都有“优等生”(*Magna cum laude*)的字样。

“这是什么意思?”我跑去问凯丽。

她在她的卧室里，正快速地织补一只在手上撑开的大袜子——他那双瘦骨嶙峋的脚，每天走很多路，走过城里鹅卵石铺的街巷，穿过乡村布满灰尘的小道，所以她的针线筐总是堆得高高的。她的脸庞掠过一道骄傲的光芒，说:“你父亲是以门门优异的成绩从大学毕业的。”几年后，我也上了大学，他看了我成绩报告单上的优秀成绩之后什么也没说，这令我很是受伤。但是，如果他什么也没说，那是因为他对自己的孩子期望不低，甚至比她预想的还要高。

令我惊讶的是，有次我不擅长的几何得了 99 分，他先含蓄地说：“考得不错。”然后马上补充：“不过，一百分就更好了。”

他在大学时非常穷，我都能想象得出他那时的模样：高个子，背已经有点驼，但一直保持着他始终都有的尊严。从那时起，同学们就害怕他，没人愿意接近他，后来他一生都是如此。那时，他已很近视，自己却不知道，别人也没注意到。他上课时尽量坐在前排，不然就只好抄同学的笔记。除非离得很近，他什么都看不清。因此，他不会看人的脸，也不善于观察周围事物，变得更加独来独往。后来，在一位教授的建议下，他戴上了眼镜。他很开心，理由很简单，这下读起书来就清楚许多了。他在大学没有社交生活，一方面因为穷，只想省下钱来买更多的书，另一方面因为他一心只想读书。英俊的哥哥海勒姆会去参加聚会，弹吉他，找漂亮女孩子玩儿，但安德鲁没有心思干那些事儿。他起得更早了。想想，他再也不用挤奶，干农活了，这是何等的奢侈和欣喜啊。他在读书方面胜过了他的哥哥们，海勒姆不如他，就连极有语言天赋的大卫也比不上他。

安德鲁告诉我，他太穷了，付不起每月十一美元的学生宿舍费。他和海勒姆只好住在一间旧的木建宿舍里，冬天找些柴火，堆在房间的一个角落用来取暖做饭，吃的也只有玉米糊和烤土豆而已。他告诉我这些是因为四十年之后，在他看来，他的女儿在大学里要花这么多钱简直不可思议。她听着，不忍心告诉他，他给她的钱，在他看来已经很宽裕了，但连支付她的伙食费和学生宿舍费用都不够。她静静地坐着，等他走了以后，找了一份在夜校教书的工作。对安德鲁来说，时间是静止的，他从不活在时间里，而是活在永恒中。

除了这些，我对他的大学生活便一无所知了，只知道他成绩优异地毕业了，受到了大家不同寻常的关注。还有便是下面提到的这件事，他一生都视之为悲剧，即使到老年都耿耿于怀。

事情发生在毕业的那个晚上，第二天他就要离开学校了，摇摇欲坠的木建宿舍却发生了火灾。海勒姆一年前已经毕业，年轻的安德鲁独自一人住在那里，如期以优异的成绩毕业令他兴奋不已又疲惫不堪，他睡得很沉。直到最后一刻，他才被可怕的浓烟和热浪呛醒，摸索着走向已经着火的楼梯，刚逃离现场，宿舍楼房就在他身后塌落了。因为其他人都已经离开了，所以没有人受伤。他站在那里，痛苦万分地看着破烂的宿舍楼熊熊地燃烧，继而暗淡下来，最后化为了灰烬。他视之如命、省吃俭用买下的一本本书，也随之灰飞烟灭了。

* * *

他身无分文，只好回家，一切还跟从前一样。父亲草草欢迎了他，并不怎么真的同情他。书？不是已经读完了吗？难道他现在不应该安顿下来开始正经的工作吗？工钱都准备好了。但是他没有准备好。他不可能再去干乏味无聊的体力活儿了。他害怕体力劳动，认为体力劳动吸干了脑力，只留下唯有睡眠才能恢复的麻木疲劳的身体。他偶然在一份宗教报纸上看到一则招募年轻人销售《圣经》的广告，突然想到，这不仅仅是卖一本书，也是广传上帝话语的渠道。于是他回复了广告，拿了一捆《圣经》，步行着挨家挨户去做销售。

在他极简版的人生自述中，他这样写道:“不知道问题出在哪里，我只卖出去了一本《圣经》。我不知道是人的心肠很硬，还是我不善销售，上帝没有祝福我的努力。”

真实原因当然是世上没有比安德鲁更不像一个推销员的人了，我想即使是卖《圣经》，那也是需要推销技巧的。我可以想象他羞怯地走到一所房子前，一位正忙着收拾早餐桌的心直口快的家庭主妇打开门，看到一个高大、驼背的年轻人红着脸站在她的门口举着一本书。

“夫人，我是来卖《圣经》的。我不知道——”

“我家有《圣经》了。”她坚决地回答。谁家没有《圣经》，这不是基督教国家吗？她砰的一声关上门，又回过头去继续洗碗。《圣经》，谁还需要买《圣经》！

“我试了一个月得出的结论是，”安德鲁写道，“上帝没有呼召我去卖东西。”

不知道还能做什么，他只好回到父亲身边。父亲轻声笑了笑，给了他慷慨的工钱。然而对安德鲁来说，哪怕报酬再高，他都不愿做讨厌的工作。

在大学的这些年里，安德鲁没把自己决心要成为一名传教士的事告诉任何人。他在自己心里筹划了多年，每个细节都想好了，对外却守口如瓶。多年以后，他的这种保密习惯对凯丽来说简直是一种折磨，令他的传教士同行也颇为恼怒。安德鲁很早就发现，想要做自己喜欢的事情的最好办法是先不告诉任何人。夏天一天天地过去，他不得不告诉父母秋天将去神学院学习，接受成为一名传教士的训练。他吃着家里丰盛奢侈的饭菜，暗暗省下每一分工钱。他的哥哥约翰那时已娶了个有钱的寡妇，答应借钱给他。大卫当时在邻县的一个小镇上布道，对他也很支持。

但当他告诉父母自己的决定时，却立即遭到了父亲强烈的反对。

“胡闹！”那个脾气暴躁的老人咆哮着，蓬乱的白发被他从前额甩到脑后。“如果你一定要去布道的话，尽管去好啦。我七个儿子中出了六个牧师，已经有点过了，但说要去外国闲逛的话，那根本不是什么使命的呼召。”

“这是上帝的呼召。”安德鲁说。只要是上帝让他做的，他一定会去做，在这一点上，他是我认识的人中最固执的。所以我知道他父亲的愤怒和咆哮只会让他更坚定。他母亲本来想说些什么，但听了老头的话，她当即打圆场给出了不同的意见。

“我不在乎，安迪，”她在摇椅上来回摇晃着，“你想做什么就去做什么。但你是我的儿子，我对你只有一个要求。你得答应我，安德鲁。”

他松了口气，感激地同意了：“我当然会答应的，妈妈。”

他做梦也没想到她的条件会是：“除非你找到一个妻子和你一起去，”她来回摇晃着说，“如果没有妻子照顾你，我是不会放心的。”

他差点晕倒。妻子！他想都没有想过这事。他从未想过结婚。他要去一个陌生而危险的国家，怎么可能拖家带口？况且，他一个女人也不认识啊！

“我怎么可能找到一个愿意同去的女人？”他呻吟道，“你还不如干脆不让我去！”

“哦，出去吧，”母亲和蔼地回答，“总有女人愿意嫁给穿着裤子的两脚生物的。”

安德鲁恍恍惚惚地走了，母亲的话一点都没有让他感到宽慰。

后来，他似乎把这件事交给了上帝。我不是说他自己没有努力过，但都是徒劳。我也不知道细节，他总是对自己的失败保持沉默，而且马上就会忘掉。当他很老的时候，有一天晚上他跟我讲起了陈年旧事。那些年里，每天晚上我都和他单独坐一会儿。这样，如果他愿意的话，就有人可以陪他说话。那几个小时里，他说的话比以往任何时候都多。他聊的不是什么连续的话题，而是从四分之三个世纪的生活中想到哪儿就聊到哪儿，之后，我不得不自己把它们拼凑起来。有一天晚上，他突然说:“珍妮·胡斯特德原本可能是你们的母亲。”

“什么!”我惊呼。除了凯丽，我们无法想象还有其他什么人可能是我们的母亲。

我立刻怨恨起珍妮·赫斯特德。她是谁?

“因为我向母亲许诺了，我在神学院里就为这事一直担着心。”他盯着炉火说，“我观察了许多年轻的女士——当然是远远地观察，”他马上补充道，“如果观察下来她们确有虔诚的宗教信仰，我会首先问她们有没有考虑过去外国传教。在进一步投入时间和精力之前，我得弄明白她们在这一点上的态度，她们的回答都是否定的。”

“珍妮·赫斯特德是谁呢?”我问。

他不理会我的打断，以平静的方式继续说:“我的布道试讲反应很好，事实上非常好，讲稿被发表在一份教会报纸上，标题是‘论向异教徒传福音的必要性——侧重于预定论的教义’。这篇讲道发表后，我收到了珍妮·赫斯特德小姐的一封信，她非常赞同我的观点，我们开始了书信往来。她家在肯塔基州的路易斯维尔。在神学院的最后一年，我请求她允许我去拜访她。我有一种强烈的预感，上帝是召唤她来做我的妻子的。于是，我千里迢迢地去看望了她，但当我们相见时，我发现我弄错了。”

“怎么回事儿?”我问道，非常好奇。

“我完全弄错了。”他坚定地重复道，不再多说了。

“好吧，至少告诉我她长什么样。”我失望透顶地追问。

“我不记得了。”他非常有尊严地说。

我就知道这么多了。如此，凯丽作为我们母亲的地位并没有受到什么严重的威胁。

第三章

关于他们的相识和婚姻，凯丽自有她的说法，在这本书里我就不记述了。对安德鲁而言，婚姻反正与凯丽也没什么关系，那完全是上帝的旨意——是上帝在他从神学院毕业的那个夏天安排好的，他已做好去中国传教的准备，当时拖后腿的唯有他对母亲的承诺，那就是他得找到一个年轻女人，至少看起来愿意和他同去传教。

和前一个夏天一样，这年夏天他来到哥哥大卫家，在哥哥手下学习。大卫是梵文、希伯来文、希腊文的学者，还精通与《圣经》有关的其他重要语言。除此之外，安德鲁也为邻近的教堂和大卫所在的教堂帮忙，这不仅锻炼了他，也是顺便挣点小钱的机会。安德鲁无疑需要锻炼，他永远摆脱不了羞怯。尽管他从来不怀疑上帝无误的带领，但私下总是暗自怀疑自己是不是上帝的使者。我认为，他缺乏自信的源头是他无法忘怀佩迪布鲁太太的那番话。他一生都钦佩英俊聪明的年轻人，许多年轻英俊聪明的中国人也就因此趁机在他那里为所欲为。

然而，不管佩迪布鲁太太那时是怎么说的，他还是长得比他自己想象的要好看，童年时乱蓬蓬的红色头发奇迹般地变成了深棕色的卷发。令人惊讶的是变得太快了，有人还取笑他染了头发。凯丽告诉我，第一次见到他时，他的头发的确是红色的，但是在他向她求婚的那个夏天，也就是他们结婚去中国的那个夏天，他的头发变成了深棕色。她说：“他长得一点都不难看。”但他的眉毛变成沙色的，胡子却还是红色的，后来他来往于中国人中时蓄起了胡子，他们称他为“红胡子”，惯于取绰号的中国人还给他取了一个“书呆子”的绰号。他酷爱书籍，我们最后把他与他的希腊语《新约》葬在了一起，比起我们任何人，这本书都更像是他的一部分。

我有一张那年夏天他和凯丽结婚的照片。按那时拍结婚照的习俗，他坐着，她站在他身边，手有点笨拙地搭在他的肩膀上。但他显然不知道她的手在他肩上，他的目光往外看。我太熟悉他的那种目光了，还有那固执突出的下巴、孩子般清澈的蓝眼睛和美丽圣洁的额头。如果他活到明年夏天，也就是活到八十岁，他的额头仍会保持着原样。我一直不知道他脸上这三个部位哪个更不容易随岁月而改变，但我想应该是他又宽又光滑、皮肤透明白皙的额头。他总把遮阳帽低低地戴在眼睛之上，这样他的额头就不会像脸颊那样被晒伤变成红褐色。每天早上，当他独自祈祷一个小时后从书房里走出来时，因为他把头放在张开的手掌上，额头上总会有三条红色的手指印，但这些指印很快就会褪去，高高的额头仍然白净光滑。他从未谢顶，晚年时，棕色的头发变成了稀疏的银丝。他的心灵从未遭受过苦难的折磨。因此，他不同寻常地、幸福地走完了一生，高贵的额头上从未长过皱纹。

在这里，我决定把凯丽的故事放在一边不提。

在他晚年的那些漫长的夜晚里，我会向他提问。我问他：“你和母亲结婚时，她长什么样儿？”他凝视着煤燃烧的火焰——他喜欢在他房间里的壁炉生火——把手伸向火焰。他的手完全看不出年轻时干过农活儿，那是一双学者的手，相当大，非常薄，手形精致，指甲修剪得好好的。不管在我们贫困的童年，还是在他晚年，我们从来没有看到过他一次衣冠不整，他的胡子总是刮得干干净净，翼领又白又挺，头发也梳得好好的。哪怕在极度贫困中，他也极其讲究衣着整洁。他一生中最多只有两套西装，如果他有更多的话，就会把它们送给需要衣服的人。他的西装穿得破旧不堪，但总是清新整洁。无论走到哪里，即使在肮脏的中国小旅馆里过夜，他也总是先想办法洗澡才开始新的一天，他的手从来都干干净净。

“你妈妈？”他想了一下，“我不太记得了。她有一头深褐色的头发和一对深褐色的眼睛，她喜欢唱歌。”

“你是怎么向妈妈求婚的？”我大胆地问。

他显得有些尴尬。“我给她写了封信，”他回答，考虑了一会儿，补充道，“在我看来，我得把一切都跟她讲清楚了，她才能在深思熟虑后做出决定。”

“母亲的父亲不愿意她嫁给你，是吗？”我故意刺激他回忆。

他平静地回答：“有些胡扯的事儿，但我不与理会。他是个好人，但脾气不好，非常固执。然而，固执的人拿我是没有办法的。”

“然后呢？”

“然后我们就结婚了，很快来了中国。我记得没有人告诉我火车上有卧铺，所以我们就坐了一路。”

“我记得有人说你只买了一张火车票。”我刺激他。

“哦，那，”他说，“那也不是什么事儿。”

“那只是一个故事？”

“哦，我发现后就又买了一张票。”他说。

他嘲笑自己对车票和旅行一无所知，他笑起来干巴巴的，不怎么发出声音。真正可笑的是他从未意识到自己对世间的一切都天真无知。对买票之类旅行上的琐事，他总是一片迷惘，但是最终他又总是会到达目的地。他的权宜之计就是很早去码头或车站，这样，如果他弄错了，就会有人发现，让他及时去搭他该乘的船或该坐的火车。他当然用过各种交通工具去过很多很远的地方。但每当他登上轮船火车，或使用任何现代交通工具，我们都能感到他的无助、焦虑，怀疑自己是否会到达目的地，还能不能回到家。然而，在一些好心人的帮助下，他总能安全回来。私下他也很喜欢安逸舒适，但他反对任何形式的奢侈，从不坐头等舱旅行，直到很老了也不愿坐二等舱。当中国开始有了火车，他像孩子一样兴奋，这样他就不用再徒步或骑驴穿行这个国家了。多年来，他只肯坐只有窄窄的木板凳的三等车厢，若我们一不留神，他甚至会去四等车厢。这并非为了省钱，而是为了上帝的国度，他宁愿自己节俭清贫，把所有的一切都投入自己献身的事奉中。还有就是他下意识地要毫无保留地把一切奉献给他负责的所有生命。

他的蜜月是在一艘横渡太平洋的船上度过的，在旅途中他一心只想着提高中文水平。几个月前他就开始学中文，他像平常一样安排自己的生活。每天花些时间学中文、希伯来文和希腊文，他总是用希伯来文和希腊文阅读《圣经》。他对《圣经》的英文译本不满意，也不喜欢后来从英文译的中文《圣经》。他信仰坚定，但他也是一位严谨的学者，从不把任何《圣经》译本视为上帝的最终话语。在他看来，上帝的最终话语锁在了希伯来文和希腊文的原文里，他用一生的激情去发现上帝话语的真谛。他自己无意识中有很多邪说，但他从不承认。首个被他提到的宗教邪说是《创世纪》

第一章中翻译的“一天”这个词。他常说这里不是“一天”而应该是“一段时期”,“上帝是在七个时期创造世界的”。但是他也不相信那些研究人类起源的科学家,对他们统统嗤之以鼻。他说:“就因为在有某个洞穴或其他地方发现了一点蛛丝马迹,那些老家伙们也有点儿过于兴奋了吧。”他还毫不留情地认为达尔文是一个被撒旦附身的灵魂。“进化!”他哼哼道,“我称之为恶魔化!”然而,他却带着渴望和敬意去倾听一些《圣经》考古学家讲述尼尼微或提尔的发现①,深信“复活”、“千禧年”这些圣经预言,而这些预言在他从不屑去一读的“不真实”的小说里也是找不到的。

他满怀喜悦地投入中文学习。他很有语言天赋,喜欢深奥的中文,乐此不疲地学习和研究中文发音的送气和非送气音,平、上、去、入四声,以及汉字因结构上的变化所产生的意义上的细微区别。白人很少可以把中文讲得像他那么地道,而且用词准确恰当。因为中文说得更多,后来他的中文比母语说得都好。有一次他回美国休假,在美国教堂的讲台上,他站在一大群会众面前祈祷。像往常一样,他静静地站了很长一段时间,当他觉得只剩下自己和上帝时,才开始祈祷。祈祷到了一半他才意识到居然用的是中文,他停下来改成英语,结果祈祷变成了虚无。当他意识到周围的其他人和事物时,上帝已经不在了。

事实上,中国人里也少有像他那样通晓中文语法,可以把话说得像他那样准确的。他曾用他惯有的简练风格写过一本关于中国习语的小册子,这是一项很有价值的研究成果。修订这本书时,他

---

① 尼尼微(Nineveh),亚述帝国首都,19 世纪在现代伊拉克摩苏尔附近被重新发现;提尔(Tyre),古腓尼基城市,19 世纪末 20 世纪初在现代黎巴嫩被重新发现。

被敦促做个索引，他拒绝了，说：“如果人们真的想要找想要的东西，自然能找到的。”

正因为语言上的精确性，他说起中文来过于文绉绉，一般人常常不明白他在说什么。我记得他一直抱怨凯丽在中文发音上的满不在乎。“你妈妈，”他对我们有些哀怨地说，“永远不知道某些字是该发送气音的。”他敏感的耳朵因此被冒犯得痛苦不堪，“凯丽，求你了，这个词是发送气音的。”

对此，她坚决地回答：“他们会因为我发音不准听不懂我说的话吗？我才管不了那么多，只要他们听得懂，更何况，一般人更容易听懂我说的。”她说得一点不错，安德鲁根本说服不了凯丽。

* * *

回顾安德鲁这八十年的一生，我意识到组成他一生的脉络很简单。最初的二十八年是挣扎和准备的时期，他顽强地努力着，不达目的绝不罢休，一直坚持到了启航驶往中国的那一刻。之后的五十年便是简单纯粹的幸福了。

今天在我的周围，在世界的每个国家，我看到人们在为个人幸福奋斗。他们以各种各样的方式奋斗，又把希望寄托在各种各样的事情上。比如，寄托于新的政府和社会理论，公共福利计划，私人财富积累。无论一个人如何以崇高事业为名掩饰其挣扎，事实是，一个真正幸福的人是无需挣扎的。安德鲁是我所知道的最幸福的人，他从不用挣扎，安然自信地做事儿，走自己的路，确信自己是对的。我曾见过他因别人阻碍了他走跟随上帝的路而生气，但从未见过他感到困惑或不自信，从未见过他和别人有过有损尊严的争吵。在崇高的宣教呼召下，他带着明确坚定的决心，自豪而平静地走自己的路。

我无法容忍那种令人作呕，认为是宗教才让安德鲁如此坚定不移的说法，宗教与此无关。如果他自身不够强大，他可能会选择一个小神；如果他出生在今天，他可能会选择另一个神。但无论选择什么，他都会选择最强大的神，他都会怀着一颗赤子之心，一心一意地去跟随他选择的神。生于那个时代，又长于那个好斗的家庭，他选择了他所知道的最伟大的上帝，然后走向世界去传播上帝的福音。

安德鲁也有天真烂漫的童心。如果有人指责他傲慢专横，他会感到痛苦和惊讶。他的确也并不是那样的，他通常举止庄重有礼，脚步轻柔，嗓音温和，态度克制有节，只有当深藏在他心中的东西被打碎，他才会爆发出罕见的、奇怪的、突然的愤怒。而这些时刻，每个人都害怕他。他的孩子们看到他脸上表情突变，手骤然向上挥动时都吓坏了。他的手或手杖一旦飞出去，就会有人受伤。好在，他的愤怒通常很快就会过去。当他渐渐老去，这种怒气的爆发也越来越少，直到最后完全熄灭。我想，那火气已弥散，不再有在愤怒中爆发的力量了。在最后的岁月里，他愈发醇厚，只专注自己心底最重要的事情。

他年轻时会突然发怒。我现在知道，他发过火后都会感到羞愧，会去忏悔。当他突然把手放下，迅速离开房间时，他是去书房跪下乞求上帝的宽恕，而他从来没有想过要请求任何人的原谅，之所以如此，我想那是因为他不为人而感到骄傲，他真的没有想到这一点。如果他认为请求他人的原谅是他的责任，他会很积极地去做，他是不逃避责任的。对他来说，得到上帝的宽恕才是重要的，这样才能确保他和上帝之间那深深的、清澈的通道毫无污损。他不惜一切代价保持与上帝的交流畅通无阻，这样他才能一直幸福地活着。他很早就信奉要过一个确信无疑的人生，甚至连他自己的思想也必须受到严格的控制，不能背叛他。临终时，他坚信此生所选择的是正确的，所信仰的是智慧的，所做的是成功的。世上能获得这种幸福的人真的不多。

这种彻头彻尾的幸福让他富有魅力。他经常独自安静快乐，有时自己好像还被很多笑话给逗乐了。我发现，在他坐在桌边时，或在一天的工作结束后的寂静夜晚，他的蓝眼睛会突然泛起神秘的喜悦，他会静静地露出笑容。“笑什么呢？”我总问他。他很少告诉我。大多数时候，只简单地说：“想起一些事情来。”我感到，他似乎觉得公开笑出声不合适。有时他说出笑的原因，自己竟笑得结结巴巴，喘不过气来。而让我们吃惊的是，这些让他感到好笑的事情往往非常简单，只不过是些稍有点不寻常的事儿。凯丽冲他笑笑，就像对一个年幼的孩子一样。他的幽默只停留在这些在我们看来微不足道的事儿上。

他也有令人难堪的时候。如果不喜欢一个人，他不会掩饰自己的厌恶。例如，他不喜欢女人，尤其公开地讨厌我们西方文明所滋生的那种肥胖、浮华、自负的女人。有一次，在他年老时，坐在我的餐桌边的正好是这样一位客人，安德鲁一看就不喜欢她，坐在那里沉默不语，除了微微欠身之外，拒绝承认她的存在。她滔滔不绝，谈到她晚餐后将去参加美国领事馆的舞会，并不知道自己是否“介意”与在场的中国男人跳舞，她之前从未和非自己种族的男人跳过舞。这时，安德鲁警觉地抬起头来。我知道他讨厌她的样子:肥胖的手臂裸露着,硕大的胸脯裹在紧身的礼服里。她的一身横肉都让他厌恶到了要发怒的份儿上了。我看到他心不在焉的眼睛泛出我熟悉的、快乐的、淘气的光芒。他突然用那种欺骗人的、缓慢的、轻柔的声音开始说:“我想恐怕没有一个中国男人会……”我在桌子下面使劲踩他的脚。那个肥胖女人的眼睛闪闪发着光。

“来,喝点咖啡,”我恳求她。“哦,你的礼服真可爱,”我不停地奉承她,“颜色和你的眼睛正好相配!”

她转向我,受宠若惊,光彩照人地问道:“真的吗?”

“是的,是的。”我喊道,一直紧紧踩住安德鲁的脚。他搅拌着一杯茶,默默地笑得发抖,眼前只有他想象中的画面:这个肥胖硕大的美国女人被一个瘦小的中国男人支撑着,笨拙地跳着舞。后来,我向他提出抗议——那时我已敢于那样做了,他平静地说:“嗯,这个女人应该被嘲笑,她是个傻瓜。”安德鲁总是非常自信。

* * *

“真的很不幸,”安德鲁过去常常对我们说,“你母亲晕船。我记得她一离开美国海岸就晕船。我让她自己努力控制一下,但她却决定顺其自然。如果她本性不那么顽固的话,自我控制本是可能的,但她的不自控加重了晕船,没有办法恢复正常。”

“你不是在说她真有办法让自己不晕船吧?”我们跳起来为凯丽辩护。

“一个人必须努力,”他平静地说,“况且晕船把一切都弄得乱糟糟的。”

我想象得出，在这横跨有暴风骤雨的太平洋的新婚旅途中，安德鲁不会是个会照顾晕船的新娘的好护士。他当然会体贴地去询问病情，但他不知道该为她做些什么。他自己从来不生病。他无意间告诉了我一段愉快的回忆：那天晚上船驶出了金门大桥后，他人生第一次吃了生蚝。第一个吃得太快了，还没等他吞咽，生蚝就自己从喉咙滑了下去，他没能尝到它的滋味。第二只被他紧紧咬住了。“加点胡椒和番茄酱，”他温和地说，“我觉得它们还算能吃。我记得我吃了十二个，但后来又后悔吃太多了，吃六个就行了。”

“你没晕船？”我们不怀好意地问。

“没有，”他回答道。“我从来没有晕过船。我一直后悔吃得太多了，但我把心思转移到其他事情上去了。”

他有钢铁般的体质和消化能力，似乎吃什么东西都不会有问题。即使有过这样一次最接近晕船的经历，他也绝对不能理解晕船给凯丽敏感的身体带来的痛苦。

安德鲁从来不生病。多年来，在传教旅途中，他总是有什么吃什么。白煮蛋是中国农民的妻子们招待他的美食。一天晚上，他看到凯丽做的沙拉里有煮熟的鸡蛋。

“十二个，”他喃喃道，“我今天吃了十二个白煮蛋。”

“安德鲁！”凯丽惊恐地喊道，“你为什么吃那么多呢？”

“看在上帝的分上，”他说，“如果我伤害了他们的感情，他们就不会听我的了，他们那么穷，鸡蛋是他们最好的食物了。”

有一次，为了能去一个农民家里聊天，他眺望着一片开着白花的荞麦地，说他喜欢用荞麦做的饼。这位家庭主妇立即忙碌起来，给他做了一大盘又厚又干的巨大荞麦饼，上面什么料都没有，他只好艰难地尽可能吃下去。从此，尽管他害怕荞麦饼，每次都想拒绝，但他从来没有逃避过去那家，他觉得去那里是他的责任。

所以当凯丽晕船时，他相信如果她尝试自我控制，应该会好起来的。

“努力克制一下。”他在她昏昏沉沉的头上嘟囔着。

“哦，走开，安德鲁！”她恳求他，“你现在不应该去读读书吗？”

“安德鲁没有什么概念。”她过去常常一遍又一遍地对我们说，但接下来她便恳求道，“你们这些孩子不要听我的，你们的父亲是个非常好的人。”

他真的很棒。安德鲁是一个天才传教士，到中国六个月后，他便能用中文布道了，而一般人如果两年后能用中文便被认为了不起。为此他自己也感到骄傲，并且带着天真的骄傲讲了很多次。他蓝色眼睛里闪着柔和的光芒，又总是补充道：“当然，人们是否听懂了，那是另一回事儿，我从来没有听他们谈论过我的布道。”

他对他们首次登陆中国海岸的记忆与凯丽的非常不同。凯丽无法忘怀随处可见的穷苦的中国老百姓，而安德鲁对传教士们的舒适生活感到吃惊。

“我们一上岸，”他说，“就受到一个老传教士代表团的接待，他们很高兴见到我，因为已经好几年没有新人来了。我们被带到艾伦博士家吃饭。晚餐很棒，对传教士来说太丰富了，我记得我当时是这么想的。但后来我听说艾伦博士同时也经商。内战期间，他陷入了经济困境，差派他的教会无法继续支付他的薪水，他就从那时开始经商了——好像是做炉子买卖的。”

“你吃饭的时候睡着了，凯丽为此感到很难为情。”我们告诉他，我们听凯丽也讲过这段往事。

“我怎么不记得有这事儿？”他温和地说。

“我在上海买了平生第一件大衣，”他继续说。“我觉得太奢侈了，但他们告诉我这是必需品。”

凯丽在蜜月旅途中，不仅晕船，还长出了四颗智齿，她狭小的下颚被它们折磨得痛苦不堪。安德鲁带她去看牙医，当时中国只有上海才有牙医。牙医没有用麻醉剂就拔掉了她四颗结实的新牙齿。凯莉的牙齿总是很漂亮。她六十岁时，一位牙医叫他的学生去看她这个年龄的牙齿居然那么完美。她被一群严肃的年轻中国牙医围着，尽可能配合地张大了嘴巴。她边说边笑，声音中带着点骄傲：“他们一直盯着我，让我觉得嘴里塞满了他们的眼睛。”她知道自己身体不错，智齿的根又深又牢。

还有一个安德鲁版本的故事：凯丽刚拔完牙，他们就登上帆船，准备取道运河去杭州，但起航前凯丽的牙齿开始出血了，他不得不带她折回去看牙医。

“真够麻烦的，”他说，“但在耽搁了不到两个小时后，我们就出发了，我急于开始工作。”

第四章

有趣的是，对于发生的同一件事情，我们从安德鲁和凯丽那里总听到完全不同的版本。他们的视觉和感觉如此不同，就好像去的不是同一个地方、见的不是同样的人。在运河上航行时，安德鲁只记得与一位资深的传教士长谈，在中文上大有长进，而凯丽则长时间坐在船舱小小的甲板上的一把太阳伞下观赏着缓缓后退的河岸、正在被收割的稻田和小村庄。我经常走过中国九月的田野，熟悉那些景象——温暖无风的空气中回响着谷场的打谷声，金色的田野上空是蔚蓝的天空，一群群白鹅正啄食着散落在地上的米粒。天还很热，孩子们在小路上蹦蹦跳跳，赤裸着，被夏日的阳光晒得黝黑，而后又蜷缩在树荫下睡觉。空气是那么甜美，那单调不连贯的打谷声令人睡意蒙眬。

安德鲁对长老会传教士的住所颇有微词。

“一切都比我想象的好太多了。”他有一次告诉我，“房子又大又干净，饭菜很棒。我原以为我们会住在小小的泥屋里，没想到住在这么舒适的环境中，有美食、仆人、宽敞的住房，这让我感到不安。你妈妈在我们的房间里挂了粉红色的窗帘，我跟她说那太花了。”

“她把窗帘取下来了吗?”我问。

“没有,”他说,“她总有自己的想法。我主要在楼下的书房里,很少在卧室。到达后的第二天早上,我们就开始学习中文了。从早上八点开始,一直学到中午十二点,下午一点再学到五点,下课后,我们散步锻炼身体。当时也没有正儿八经的教科书,我们就读《新约》。老师念一行,我们尽可能地用同样的语调跟在他后面重复。除了星期天,每天安排都如此。”

“你不累吗?”我们问。凯丽经常学得很累。她坐在窗边,灰色的砖墙边有一簇菊花,当她再也忍受不了老教师低沉的声音时,就转头去看那些怒放的花朵。当然,只有当她实在太累了,不能忍受的时候才去瞅瞅。后来花谢了,幸好窗户旁边有一棵南天竹,上面挂着沉甸甸的猩红色浆果。有的时候,她还能看见野鹅从大院的上空飞过。

“累?”安德鲁喊道。“怎么会累呢?我在做我最想做的事情——为我的事工做准备!”

他把从他德国条顿祖先那里继承的刻苦钻研的精神用在了中文学习上。他刨根问底,孜孜不倦,学习了二百一十四个偏旁部首,学习汉字的送气音和非送气音的发音,掌握了中文的语法,并推敲理解成语。他还开始学习儒家经典,以便从一开始就能学习到优雅的词汇和表达方式。当他比较孔子与耶稣基督时,他坚定的信仰和专一的目标导致他从来不认为孔子有什么了不起。“孔子说了一些非常有道理的话,”他用一贯平静的语调说,“但他对上帝一无所知,当然也不了解人性的邪恶,不知道我们的救世主耶稣基督把罪人从罪恶中拯救出来的必要性。”①

有些传教士态度更加温和，在孔子的智慧中看到了某种形式的救赎，在之后的岁月中，他一直对这些人极为蔑视。“他偏离了正道。”他会如此评价这样的人，对其感到真挚的同情。

他的传教士同伴令安德鲁颇为惊讶。他身边的这些人如他所料都没有得到拯救。但是他没想到他们竟如此凡人气。“他们大多数人，”他说，“虽然人很好，但都不太聪明。”他大声批评另一位传教士：“那个家伙懒透了！他不想离开舒适的家，每周只去街上的教堂一两次，竟然还好奇为什么上帝没有给他信徒。”

“他们都非常好斗。”想起了那些早期来华的神职人员，他说，“我记得当我第一次被派去苏州时，惊讶地发现城中仅有的两个白人，杜博斯博士和戴维斯博士，一个住在城北，一个住在城南，竟然从来没有见过面说过话。我在戴维斯博士面前谈到杜博斯博士时，他说：‘哦，我讨厌那个人！’”他停顿了一下，一本正经地补充道：“我简直惊呆了。”他继续道：“我在镇江遇到了伍德布里奇博士和伍兹博士，他们花很多时间下棋，他们有时是朋友，有时是敌人。当我第一次见到他们时，他们在敌对期，彼此不说话，双方都跟我讲另一个人完全不适合做传教士。我觉得我有责任公正地倾听每一个人的话，并努力使他们和解。”

他苦笑了一下。

“你成功了吗？”我们问他。

---

① 儒家文化也有性善性恶的争论，孟子主张性本善，而荀子主张性本恶。儒家主张通过正心诚意修身来提升自己。

“我取得了一定程度的成功——他们联合起来与我作对!”他干笑了一声。

* * *

安德鲁自己从来不知道，直到我长大目睹后才意识到，尽管他看起来很平静，但他是他们中最优秀的斗士、一个不断战斗的上帝之子。在那传教士住的长方形平房里，我最早的记忆之一是周一下午的“宣教站会议”，常驻传教士的聚会。周日，每个人都经历了三次教堂礼拜的宗教磨砺——不仅是宗教磨砺，还有身体上的疲惫和情绪上的紧张不堪。第二天便是礼拜一。我一个困惑不解的小孩，在数百个礼拜一里，坐在那里看到长辈们一张张倔强的脸，听着他们一个个倔强的声音。因为话题不断变化，我从来不知道他们到底在争吵什么，其中很大一部分是关于钱。例如，西门教堂的传道士王先生每月是否应该得到十美元而不是八美元。我希望王先生得到十美元，因为我比较喜欢圆脸又快乐的小王先生，他在新年那天还给了我几包甜米糕。有关那两美元的讨论持续了几个小时，原因在于这两块钱似乎还有其他含义——如果现在给了他十美元，也许小王以后还会奢望十二美元。传教经费是神圣的，是一种信任，王先生只能拿八美元。凯丽起身出去了，红着脸，我怯生生地跟在她身后。

“怎么了，妈妈?”我好奇地问。

“没什么，”她说，双唇紧闭，“没什么!”

但是我从她脸上看到了一切，我垂头丧气地回去，却发现王先生现在已经完全被人遗忘了，他们正在为重新粉刷教堂的门、划拨土地或开设新传教据点争吵。安德鲁总想扩大传教范围，开设更多的宣教站，其他人不希望他这样做。听着他们的话，我的心里充满了无助的泪水。在我看来，这些皮肤粗糙、讲话不依不饶、目光冷酷坚定的人总是与安德鲁和凯丽作对。安德鲁坐在那里，从来不看他们，总是眺望窗外的山谷和山丘，他的额头洁白而安宁，声音安静但决绝。他一遍又一遍地说："我觉得我有责任深入内陆。如果那违背你们的意愿，我很遗憾，但我必须忠于职守。"

就这样，安德鲁总以他自己的方式参与到争论中。他从来不遵守任何规则，因为这些规则老是与他认定的职责冲突。其他传教士一般都通过民主投票决定工作事项，而且还要等到美国的财务委员会批准后才开始实施，但安德鲁只听上帝的。缺钱从来没有阻止过他。如果没有钱，事实上他从来都没有钱，他就写信给他认识的有钱人，理直气壮地要钱。如果要到了钱，他通常都能要到，他应该按照传教规定上报，并将其纳入公共预算。但是，尽管他想起来时会上报，却从来没有上交过要到的钱，他按照自己所愿使用这些钱，把事工推进到内地，为他的布道开辟新的小中心。我见过那些工作不如他，但又很官僚的传教士们几乎是发了狂地想要控制安德鲁。他们对他破口大骂，威胁说如果他不遵守规则，就要将他开除，还不停地称他为异教徒。因为他一句也不听他们的，他们就说他是疯子。他是那堆泡沫中的一块不为所动的坚石，平淡地面对指责，宁静安详但又无比坚定固执。我知道有些人看到他高高在上，顽固不化又保持着天使般的宁静，气得抓狂想跑出去用头撞墙，但是安德鲁甚至连他们在生他的气都不知道。难道他没有告诉他们这是上帝的旨意吗？他必须顺从上帝的旨意。

他在上帝旨意的引领下战斗了一生。他发动了持续不断、大大小小的宗教战争,从不后退。在其中的一场战斗中,因为他的坚持和时代的变迁,他最终赢了——那是他坚持宣教中应当使用有文化的中国神职人员。在中国四处宣教时,他发现中国的神职人员几乎都是文盲。他们大多曾做过苦力、仆人、传教士户院的看门人,是容易归依的卑微者,他们站上讲道坛,慷慨激昂地劝说街上来往的人群时,容易感到自己高人一等。这让安德鲁感到惊异万分。他自己是一位学者,热爱学识,了解中国人的聪明才智,知道有品味、有地位的中国人是看不上这些文盲的,他觉得这样下去教会是会被人蔑视的。

半个多世纪后的今天来看这个问题,安德鲁的这种信念曾引起了很大的骚动,真是荒唐之极。他被称为异教徒,被谴责为自由主义和现代主义,不相信圣灵的力量,只相信人类的大脑而不是上帝的万能——这些定罪不正是几个世纪以来那些敢于不同于正统宗教的人所熟悉的吗?正统教徒不总是这样叫喊吗?上帝无所不能,可以把一个看门人变成一个伟大的传教士。人类的知识只不过是欺骗,是"肮脏的破衣烂衫",圣保罗也说教知识是人类的自以为是。

安德鲁在一片喧哗中高高地昂着头,开始在他周围聚集五六个有文化的年轻人,在自己的书房里教导他们。他们都是很有学识的中国人。他教他们他在神学院学到的所有东西:历史、宗教哲学、希伯来文、希腊文、布道学。多年里他一直坚持办这个培训班,成员更新变动。他从来没有在他的教堂里使用过没有受过教育的人。在发动那场战争五十年后,他看到一所神学院欣欣向荣地建立起来,这才关闭了自己的培训班,他所在的世界终于赶上了他。

然后就是宗教派别的问题了。西方帝国主义另一个令人震惊的地方体现在卫理公会、长老会、浸信会在中国的宗教控制，还有，仅新教就有一百多个不同派别在中国落脚。在中国，这不仅仅是一种精神上的帝国主义，也是一种客观存在的帝国主义。那时，日本、德国、英国和法国竞相在华扩展势力范围，讨论着如何瓜分在华的贸易和权利。传教士也参与了瓜分中国，省份、地区被分给特定的教派传教，不得越界。

安德鲁天生目无传教疆界，随心所欲，想去哪里布道就去哪里布道。如果愤怒的卫理公会传教士跟他讲，那个城镇已经有一个卫理公会教堂，安德鲁无权在那里，他只不屑一顾地哼哼一声，然后继续轻快地布他的道。受到指控时，他也只平静地说:“卫理公会在那里没有什么效果，他们教堂里的那个人根本无用，我不能让那个城里的人没有福音。”是的，我知道他因此极其遭人讨厌。

然而不合逻辑的是，他对任何进入他的领地的人也毫不留情。我们的童年阴影是一个独眼浸信会传教士，我现在知道，他是一个并无恶意的好人，不比其他人更顽固。但在我的整个童年，我都觉得他是一个黑暗的灵魂，我是从安德鲁那里得到这个印象的。这人相信并教导只有浸礼才是真正的洗礼，而长老会教徒安德鲁却认可给受洗人头上行洒水礼。这个独眼浸信会教徒在安德鲁的领地上四处走动，告诉大家行洒水礼是错误的。

只有不偏不倚的旁观者才会体验到这种不合逻辑的幽默。对于无知者来说，如果一点水对灵魂有好处，那水越多就越好，因此他们时常跟随独眼传教士，这让安德鲁非常愤怒。此外，《新约》中似乎有某些段落令人不安地支持独眼传教士的理论，即耶稣带领众人在水上行走。唯一真正对安德鲁有帮助的是，许多中国人不喜欢全身浸透，尤其是在冬天，所以除了在炎热的季节，浸礼是不受欢迎的。

这个战斗持续了好多年，又因为凯丽与那独眼传教士友善的妻子关系很好，这事儿变得更不好办。我们常常默默地吃着饭，听安德鲁一反常态滔滔不绝地讲述他对其他教派的看法，尤其浸没①是多么愚蠢，那些无知的人只接受浸礼简直是精神错乱。必须为他辩护的是，确保一个好的信徒在长老会留下来是件极其费心费力的事情，常常是下次见到这位信徒时，他已经在浸信会受洗了。浸信会传教士简直鸠占雀巢。安德鲁辛辛苦苦地向一个异教徒讲传基督教基本教义，至少在统计数据时应该可以记下教会新增了一名成员。当这个成员被算成浸信会的传福音成果时，简直就是宗教盗窃。

经过三十年艰苦作战，事情终于得到了解决。一天早上，独眼传教士因心力衰竭猝死在了床上。安德鲁觉得自己完全被证明是正确的。当大院门卫传来这个不幸的消息时，他正在吃早饭。他把罐装奶油倒在咖啡里，还多放了一点糖才回了话。他私下爱吃糖，但不许自己放纵，这天早上他顾不上了。他看着我们，用平静的语调宣布正义的胜利:“我知道上帝不会让这种事情永远持续下去的!”

后来，他成了教派合一的倡导者。但那是另一场战争的故事了，他在那个战争结束前就去世了。

事实是，早期的传教士都是天生的斗士和伟人。在那些日子

① 此处浸没指的是在进行洗礼时让人完全浸入水中。

里，宗教仍然是一面让人为之战斗的旗帜。除非在这面旗帜下真的认定殉道是一种荣耀，没有一个软弱或胆怯的灵魂会不顾危险和死亡，不远万里地漂洋过海去异国他乡的。早期的传教士们确信他们的事业，而现在的人却不知道该相信什么。他们确信天堂是一个充满实体的真实空间，地狱的确为邪恶的不信者而燃烧，但更可怕的是，还为那些至死无知的人燃烧。前进，呐喊，警世，拯救他人——这对那些已经得救的灵魂是可怕又迫切的呼召，救赎是痛苦的，非常疯狂，但又是必需的。他们在为一项绝望的事业而战——赶快去拯救那些生得快、死得快、来不及挽救的人们。他们制定了宏伟的计划，在长达几万英里的救赎战线上展开了快速拯救一个又一个灵魂的战役。他们甚至估计将一个灵魂引上救赎之路大约需要两分钟，“相信我主耶稣基督——你相信吗？得救了，得救了！”

即使在现在这样怀疑的时代，也不该去笑话那些早期的传教士。海外宣教是件可怕的事情，这种无与伦比的恐惧，不是降临到那些安详死去、不知不觉下了地狱的无知的人身上，而是降临到那些感到自己有责任去拯救他人灵魂的疯狂的男男女女身上。除了强者，除了怀有盲目希望的人，没有人能承担这个重担，没有人能在这样日复一日的压力下吃得下饭，睡得着觉，生得了孩子。

但是他们都很坚强。我从未在其他地方见过像安德鲁和他那代人那样的人。他们不是温和的居家男人，也不是生活安逸的乡绅。如果不成为无畏的传教士，他们就会去淘金，探索极地，或者干脆上海盗船去威临四海。如果上帝没有抓住他们如此年轻的灵魂，他们会用其他的方式去统治异域的当地人。他们骄傲、好争吵、勇敢、不宽容、充满激情，个个都桀骜不驯。他们在中国的街道上大步走着，理所当然地认为他们有权在那里传教。他们从不困扰，坚定不移，相信自己所做的是正确的。他们为上帝而战，确信自己会大获全胜。

啊，好了，他们现在都不在了！再也没有像他们那样的人了。现代社会的传教士疑惑重重，不相信自己，也不相信所传的信息。他们谈论宽容、相互尊重、开放教育、友好关系，以及所有这些温情的东西，在所有的宗教中都看到了好的一面，不再发动更多的宗教战争，他们索然无味，在小安小稳中度过一生。如果安德鲁仍活着，我可以听见他用严厉的口气对着他们读《圣经》中的《启示录》："因为你不冷不热，所以我要把你从我口中吐出来！"①巨人的时代已一去不复返。

* * *

我对那个圈子里衣装严肃的人有着不快的记忆。现在，我已离开他们多年，了解了普通人的生活状态是什么样子的，我才意识到他们的灵魂是如何被紧绷到了难以想象的极限。传教站的真实生活从未被完整披露过。要带着谅解、柔情和残酷才能如实讲述，或许完全公正的讲述本就是不可能的。传教站里会上演恐怖的剧情。想象一下，传教站里住着四到六个——一般不会更多——的白人男女，有的是夫妻，有的独身却得不到禁欲的补偿，无论性格是否合拍，他们都会被不管三七二十一地被扔在中国内陆的某个小镇

① 启示录 3:16

或城镇，在那里连续好几年朝夕相处，被迫亲密地住在传教士居所中，被迫一起工作，他们狭隘的精神和宗教观念让他们无法在周围的异国文化中找到解脱和释放。传教站的院墙内才是他们真实的世界。他们真正的伙伴只有彼此，否则就完全孤独。哪怕没有偏见，他们大多也不具备能够体验中国社会或品味中国文学的中文水平。他们吃力地维持着基督兄弟情谊，竭力反抗自己本能的反感和欲望，把精力消耗在调和他们之间不可调和的矛盾上。

那些故事多么不可思议，多么可悲，富有人性又在所难免！为了事工，为了差派他们的西方教会，为了不让上帝蒙羞，真相被小心翼翼地藏着掖着，不能张扬出去，但这都是些什么事儿啊！

有一个白发苍苍、温文尔雅的老人，勤勤恳恳地工作了许多年，最后却莫名其妙、不声不响地疯了，他那十分痛苦又忠诚的妻子庇护着他。像往常一样，这个故事是仆人透露出来的。他有一个妾——是一个稚气未脱的中国农村女孩。是的，他妻子知道。是的，他们曾为此痛苦地长时间祈祷，但是他对这种事情有着无法满足的欲望。旁人很难理解，他真的是一个好人。他的妻子想到了老亚伯拉罕渴望得到年轻的夏甲，觉得自己就像撒拉，撒拉把夏甲给了亚伯拉罕。① 上帝没有生气，上帝理解。但是故事慢慢地传开了，那对白发苍苍的老夫妇只好匆忙退休。

还有一个奇怪的有灰色小眼睛、棕色头发、脸色苍白的中国孩子在一群本地牧师的孩子中间跑来跑去。有一个高大孤独的传教士，他的妻子没有来中国，多年来一直留在英国抚养他们的孩子。

---

① 此处提到的《圣经》故事来自《创世纪》16，亚伯拉罕和他的妻子撒拉无法生育。撒拉迫切希望亚伯拉罕能有继承人，于是将自己的女仆夏甲献给了亚伯拉罕，这样他就可以通过她生下孩子。

没有人知道这个故事是如何从一个小村庄悄悄流传出来的。也许是仇人干的。在中国，人人都有仇人。但是当那个中国牧师被问及为什么在他一群肤色黝黑的孩子中有一个长着外国眼睛、皮肤白皙的孩子时，他很坦率地回答说:“我的白人上司很孤独。大卫不也占用了别人的妻子吗? 他仍是耶和华所喜爱的。”

有一对老传教士夫妻在一起生活了四十年，历经危难，勇于牺牲。但当他们老了，他们的生活突然变得支离破碎，这个敏感又筋疲力尽的男人道出他恨他的妻子多年了，他厌恶她，他一直生活得极其不幸。他颤抖着，反反复复地喊着同样的事:“我再也不想听到她的声音了，再也不要让她来触摸我了!”

还有一个长得很英俊的传教士的故事。多年来他一直有狂躁症，当他幻觉他善良的黑眼睛妻子对他不忠时，就会顺手抓起桌上的一把刀，一把椅子或其他随手可及的东西要去杀她。他让妻子在他身边跪爬着忏悔。等他的狂躁劲头过后，他的妻子强烈要求孩子们永远都不许说出去。他们的四个孩子在这个可怕的秘密中长大，没有一个人敢说出真相。这四个孩子长大后个个看上去都莫名的神经紧张，周围没有人知道究竟发生了什么。后来忠实的妻子死了，传教士又与一个温柔的老处女结了婚，她也对此沉默不语，直到最后他自己一时冲动一口气说出了真相。而后，所有这些年的折磨才在孩子们颤抖的话语中曝光，他们终于可以说出来了。

没有人讲那些年轻时怀着甜蜜的理想主义去了寂寞偏僻传教站的老处女们的故事。一年又一年，她们变得越来越苍白，越来越沉默，越来越枯萎，越来越惆怅。她们时而对同事态度严厉、冷酷无情，时而又奇迹般地变得怀有纯洁温柔的无私。因为没有男人向她们求婚，她们大多数人一生未婚。有时她们只好嫁给一个不如她们的人，比如一个年长的鳏夫，粗鲁的船长，有时甚至是中国同工。与中国同工结婚实属罕见，因此更不会被说出来。

而那些传教士鳏夫妻子刚去世就立刻再婚，让一夫多妻的中国人都觉得吃惊！传教士墓地里埋满了他们的妻子。我想起了长江边某个有围墙的墓地里的一块黑色墓碑，下面躺着一个上帝的老传教士、他的三个妻子和七个孩子，但墓碑只为他而立。是的，即使他们都是上帝的人，白人的血比异教徒的还是要热。

理解了极其狭窄的传教士生活圈子后，你就可以去原谅那些人性的脆弱了。在炎热的异国他乡，他们过着流离不安的日子：狂风沙尘，洪水泛滥，战乱不断，饱受暴民们的袭击，很难去实现自己原来的目标。再加上与同种同类的人的隔离，他们身心备受压抑，即使没生气发怒，从他们昏暗的眼睛和说话的声音中流溢出来的也至少是冷漠和无动于衷。因此，奇怪的不是这些上帝之子经常争吵，而是他们竟然没有更频繁地互相残杀或者自杀。

他们有时会自杀。有一个传教士的妻子，在给丈夫生了八个孩子后，从他的床上爬起来，身着白色的睡袍，穿过黑夜里的中国街道，从悬崖上跳进了长江。还有那个快乐美丽的南方女孩，她在另一个夜晚爬起来下楼去了厨房，用一把普通的切菜刀试图割断自己的喉咙，却没有死，就走进阁楼，丈夫和四个孩子还在睡觉，她找到一根绳子把自己吊起来，从窗户跳下来，绳子断了，她仍然没有死，她摇摇晃晃，滴着血，上楼，又进浴室，找到了毒药，最后终于死了。没有人愿意说出这样的故事，因为事工必须继续下去。我想说，奇怪的不是发生了这些事情，而是为什么没有更多。信主并不能真正改变人们充满渴求的内心。

* * *

当然，我是后来才知道这些的。在童年的那些日子里，我承认自己害怕安德鲁和他们那些人，我的私人生活其实是在一个根本没有上帝的地方度过的。

在无数阳光明媚春天的早晨，我醒来后遐想联翩。通常是当安德鲁又要出门的一天。我想说出更多的真相。当他准备外出布道旅行时，我们大家都松了一口气。仆人们轻快地跑去打点行李，行李中总有一个被褥卷，一个棕色家纺土布棉布的长袋子，里面放了一个薄床垫、毯子和枕头。安德鲁很忌讳客栈床上的虱子。如果他在陆上旅行，这些寝具会被搁到驴背上。然后，他戴着一顶遮阳帽，穿着一套浅灰色的棉布衣服，更早的时期则是穿中国长袍，腋下夹着一根用来打狗的手杖，跨骑在放了被褥卷的驴背上，长腿悬空，脚离地面不到两英寸。他总干巴巴地说如果驴想向上踢，他就把脚放在地上。这头驴是一只强壮的动物，一路顽强快乐地小跑着，竖起耳朵，尾巴摆得嗖嗖作响。当我们看着那个瘦削、不屈不挠的身影消失在柳树成荫的鹅卵石铺成的小路上，大家都感到平和释然了。仆人们磨磨蹭蹭，凯丽走到风琴前弹唱很久，或者去读一本书。至于我，我去了花园，在那儿玩上一整天，那里没有上帝。凯丽经常在黄昏时不自觉地说："我们今晚不祈祷，去散步，就这一次，上帝不会介意的。"天哪！一整天都不用跟上帝打交道。

在这样一个晚上，我的想象力把我带到了一个危险的境地，我决定不祈祷了。我害怕黑暗，久久不能入睡。黑暗中，我当然知道真的有一个上帝，上帝的眼睛能看见一切。但我坚持着邪念睡着了。令我吃惊的是，醒来时我居然安然无恙，夏日灿烂安静的阳光照进我的窗户。我再也不那么害怕安德鲁了，上帝并没有惩罚我。

现在我已经不年轻了，我知道安德鲁从来不会，也没有想过要吓唬一个小孩。我现在还记得，有几次他结束了漫长的布道旅行，虽然疲惫不堪，但因为服事神的工作做得很好，心满意足。他很少看到美的东西，但有时在晚餐时他会说："今天的山很美，到处开满了红色、黄色的杜鹃花。"如果碰巧心情特别好，他甚至还会带一大抱花回来。有时他告诉我们他所看到的——一只小山豹蹲在路边，他不知道是继续前进还是回头，但他答应过中午要赶到某个村庄，那里有人等他，所以他若无其事地继续前进，野兽也没有跳起来。他经常在冬天看到狼，它们一旦跑进田地就会被农民追赶。我第一次看到狼时十分失望，因为除了毛色怪异灰暗外，它看起来就像村里的一条大狗。

春天里，安德鲁总不在家。每当冬天快结束时，他就会变得焦躁不安。一旦春天的洪流从河流涌入运河，他便开始忙于计划乘帆船或骑着那头驴出远门布道了。凯丽很清楚安德鲁总需要女人的照料，她在弥留之际还对我说："当心春天！大约在四月一日左右，他就坐不住了，就是到了八十岁他也会这样，他会想去乡下，到山里布道。"嗯，挺好的，他总有福音要传，觉得这是他的责任，非常快乐地满世界走。不是每个人都这么幸运。后来我总说安德鲁有着幸福人生，上帝让他做的事情似乎总是他本就想做的事情。

* * *

我只听到安德鲁赞美过两个人，但因为我出生得晚，没有见过他们。 据我所知，他们只是普通人，但我把他们想象成巨人，像神一样伟大，他们与歌利亚和大卫有同等的地位，也是年长的先知，否则安德鲁不可能那样称赞他们。 安德鲁可以随手送人金银，但他从来不随便赞扬人。 要从他嘴里听到一句赞许的话，我得等上好几年，但当这句话到来时，我知道这是我应得的，否则他不会表扬我。

安德鲁似乎对狭隘的传教团体的扩展计划很不满意。“为什么只蹑手蹑脚从一个村庄传教到另一个村庄，”他曾声称，“为什么在城镇里建一两个街道礼拜堂就满足了？ 我们必须从整个大陆和数百万民众的角度来思考！”他拟出一个快速向北扩展传教的方案，对他的传教士同伴来说，这简直是疯了，但反对声总使安德鲁更加干劲十足。

碰巧那时凯丽患了肺结核，他们去了北部海岸，在那里她可以更好地康复。 她休养康复期间，安德鲁开始了他的布道之旅，他调查了山东省传教的方法，这个地区属于另一个宗教派别，就这样他找到了两位巨人，他们的名字分别是科贝特和内维斯。 他们没有一起同工，其实我相信他们是死对头。 但是两人都很有政治家风度，雄心万丈，令安德鲁钦佩不已。 他倾听，观摩，向他们学习。多年来，他一直在探讨他们不同的传道方式的长处。 两位巨人，一个不错过任何一个机会广泛地传播福音，为了持续地拓展业务范围接受有时不太令人满意的结果；另一个人则集中精力，在新建的教堂没有完全扎根巩固前不去开发新的基地，这样就形成了连锁而非分散在各处的教堂。两人都才华横溢、盛气凌人、精力充沛。一个是美国农民家里出生的粗野的儿子，另一个则来自优雅而有教养的绅士家庭。上帝的儿子就是从这样极端的家庭环境中诞生的。

安德鲁雄心勃勃，打算在两种方法中取其精华，发展壮大。“那几个月是我一生中最受益的时光，”他写道，“那两位伟大的宣教家决定了我自己传教生涯的计划。”当凯丽恢复了健康，他们又回到中国中部时，他就狂热地开始了他真正的工作。他来中国已经将近五年，但觉得直到现在才是真正开始。他把家人留在镇江的一所租来的房子里，独自一人乘船，急切地赶往大运河上游。

第五章

我讲这个故事的时候，老忘了也说说安德鲁的孩子们出生的事儿。往事历历在目，我现在仍记得当年他急切地踏上布道之旅的情形。他晚年常零零碎碎、断断续续地讲些自己的故事，但从来不曾提到过他的孩子们。我当时还没有出生，所以不能从我的所见来讲他那时的故事。凯丽告诉我，当他坐船去大运河上游开拓新的福音之地时，他有一个活着的儿子，一个死去的女儿，还有一个即将出生的婴儿。

他从未向我讲述过孩子们的出生和死亡，却咯咯笑着跟我说起，在运河上游他决定建立第一个传教中心的城里，他没花几个钱就租到了一栋他称“豪华”的房子。之前，那栋房子因为有一只狐狸常常出没，没有中国人愿意住在里面。“那只不过是只黄鼠狼。”他干笑着说，看不出人家的害怕和他私底下对鬼故事的恐惧其实是一回事儿。他把这栋房子粉刷一新，接来了家人，然后把家扔给了凯丽，自己就北上了。说起那栋房子时，他总是有点深情，非常自豪，在那些长途布道的路途上，他会温情地回想着它带来的朴素简单的安逸和舒适。我没有那房子的照片，他自己也说不大清楚。我知道他们从上海买了一个炉子，冬天炉子把屋里烤得暖暖的，他有一个自己的书房，里面放着他的书，有一张大桌子，上面放着一盏很好的阅读灯，还有一把安乐椅。他躺在客栈的砖床上，或骑着驴颠簸在崎岖的路途上时，时常回想这一切。

为了能更方便快捷地旅行，他在一个中国木匠的帮助下，设计制造了一种带有粗制弹簧的马车。他站在铁匠铺门口，看着马车的零件从铁砧上被打造出来，周围围了一大群人，他们好奇地盯着他，怀疑地看着那些锻出的铁器，猜想那些是用来制作外国人的剑的。令所有旁观者兴奋不已的是，他接着去买了一头骡子并把它拴在车上，然后心满意足地驾驶大车哗啦啦地跑上了乡间的小道。

他的马车让人羡慕不已。后来一帮强盗听说了，把他的小册子和《圣经》扔进了沟里，抢走了他所有的东西。安德鲁光着脚，穿着内衣走了三十英里，他的背上有三个大口子，是他反抗时被他们打的。凯丽仔细询问后才知道他打了一场硬仗。她是一点一点从他口中套出这个故事的。是的，他当然拒绝把马车交给他们。为什么要交给他们？凭什么？他用鞭子抽打他们，他们把他从座位上推下，他又跳上车，狠狠地打他们的头！他个子高，可以这样做，但他寡不敌众，没办法把他们都打倒。凯丽为他清洗包扎了伤口，他苦不堪言地抱怨这下要趴着好几个星期了。他憋了一肚子的火去找当地的县令，要求找回他的大车和骡子。那县令是一个不敢惹事、吸食鸦片的老学者，他悲哀地说肯定找不回来了，但他会赔给安德鲁钱。安德鲁则坚持一定要找回他的大车和骡子，还威胁说，如果事情得不到解决，恐怕就会有不良的国际后果。安德鲁会利用国际条约和治外法权，难道他没有传福音的权利吗？县令叹了口气，只好答应了下来。可是骡子再也没有回来。那县令再三道歉，说它已不幸被吃掉了。马车拿回来的时候已经毁坏，安德鲁冷峻地看着它，但还算满意，至少这些人没有从中获益。他只好重新回去骑驴了，对一个为上帝传道的人来说，骑驴更安全，也更合适。

这是安德鲁作战式扩展传教区域的方法：骑一头驴子进入他选择作为下一个宣教中心的村庄或城镇，找间最大的茶馆，把驴子拴在一根支撑蓝色棉布棚子的竹竿上，然后走进去，在街旁的一张桌子旁坐下。他高大的身材，大鼻子，明亮的蓝眼睛，十足的洋人样儿很快就会吸引一大群人。不到一个小时，“一个洋鬼子在大桥上的茶馆里”便以拍电报一样的速度口口传开了，镇上除了卧床不起的，都跑到茶馆来了。茶店老板也不知道一下子来这么多人该高兴还是害怕，他以前也没有见过像这个巨人一样的顾客。

安德鲁和蔼地笑了笑，喝了几碗茶，问一些关于这个镇的问题，比如住着多少户人家，主要的行业是些什么，谁是地方官？少数几个胆子大、挨他近的回答了，但又有点害怕——一个外国佬为什么想知道这些事情？

胆子最大的问他：“外国佬，你是哪个国家来的？”

“你在问我是从哪个不值一提的国家来的？——美国！”

人群松了口气。啊，美国，美国不错。他们眼睛眨都不眨地盯着他看。

美国人原来长这样！他们仔细打量他，提出下一个问题：“你是干什么的，外国先生？”

“我是耶稣教会的。”

人群再次注视着他，互相点头。耶稣教会——他们听过这个词。嗯，这是件好事，所有的宗教都是好的，所有的神都是好的。弄清楚了安德鲁从哪来，是干什么的，他们觉得轻松多了。

但是安德鲁摇了摇头，不是所有的神都是好的，他坚定地说。有的神是假的，泥塑石雕的神都是假的，他的神才是唯一的真神。他们听着，迁就他。毕竟，他是一个外国人，不可能期望他懂礼貌。

他开始分发传单，现在他们都摇头，抱歉地说:“我们都不识字。”他们想，最好不要从这个外国人那里拿任何东西，也不要拿有图片的奇怪纸张。“我还有一些书，”他说，“每本售价一分钱。”嗯，有价出售是不同的，可以理解。有两三个出于好奇从裤兜里掏出硬币，拿走了些小的纸质书。他在那里坐了一两个小时，然后就走了。在他身后，人群作出了判断——毫无疑问，这是一个心怀善意的好人正在进行宗教活动。他一定向他的神发过誓要做一件好事，否则他为什么要浪迹天涯来我们这里呢？他一定在为自己进天堂积德，或许他在自己的国家犯了罪。嗯，他是一个丑陋的家伙，手和脚都那么大，鼻子像犁一样，眼睛像鬼一样。但毫无疑问，他是一个好人，靠沿途旅兜售他的小书来买米维生。好吧，我们该回家了。

几天后安德鲁回来了，又招来一群人，没有之前多，但来的人都态度友好，不感到陌生了。“外国人，你又来了！你一定喜欢我们村庄！”

“是的，这是一个好村庄。我想在此传道。”

“传道，随你传什么，我们会听的！”他们笑着说。

于是安德鲁站在茶馆布道。“神爱世人，甚至将他的独生子赐给他们，叫一切信他的人不至灭亡，反得永生。”①他庄严地一遍

① 约翰福音 3:16

遍重复这些话，简短紧凑地阐述了整个拯救计划。上帝——他的儿子——相信——不至灭亡——永生，全部信条都在那里了。“我设计了一个简短的布道，”多年后，他庄严地写道，“这个简短的布道包含了拯救的所有要点。这样，未得救的灵魂，也许只听一次，就能理解并承担起拯救自己的责任。”

安德鲁一次又一次地回到那个地方，直到他们熟悉他的身影，然后就四处寻找租一个面向街道的房间，把它粉刷得干干净净，买些一些廉价的木头凳子和一张粗糙的桌子当讲台，再在后面的墙上写上一段文字。安德鲁定期一周两三次，或者尽可能多地站在桌子后面布道。人群来来往往，疲惫的农民在从市场回家的路上放下篮子，坐在那里边休息边听听讲道；好奇的人们也走进来坐一会儿，听听新鲜的东西；母亲们进来乘凉，坐在长椅上给婴儿喂奶。

但是，安德鲁对来的女人总很恼火。“她们从来不认真听，”他抱怨道，“她们扯着嗓子在房间的这头跟那头的人打招呼，问一些关于烹饪和孩子的愚蠢问题。她们什么都不懂，在她们身上浪费时间毫无用处。”

“嗯，我想她们也是有灵魂的，安德鲁。”凯丽总鼓励道。

但是安德鲁从不去接她的话茬。很明显，他对此表示怀疑，在他看来女人的灵魂很难算作完整的灵魂。他的信主记录里总这样记录她们：“今年有 73 人信主(15 名女性)。”真正成功的一年是女性比例较低的一年。她们来参加教会成员资格考试时，他从来没有像对待男人那样对待她们。“她们不太清楚自己在做什么，”他说，“这超出了她们的认知范围。”

一旦有了三四个信主，他就让较早建立的福音中心的一位被培训过的老信徒来负责这个点，自己则继续向新的村庄推进。在他漫长的春秋布道旅行中，他一年两次探访每一个村庄，检查新信徒，为那些在他看来真诚的人施洗礼，倾听抱怨和烦恼，并为父母是信徒的婴孩施点水礼。那些母亲们永远也不明白施过水礼的婴孩并未就此成为教会的成员，这成了他坚持认为女人是愚蠢的证据之一。在圣餐仪式上，我一次次地看到无知的中国母亲把圣饼塞进婴儿的嘴里，再给孩子喂一大口红酒，婴孩发出抗议的哭嚎声，他们没有一个愿意成为基督徒！安德鲁的脸都被吓得僵硬了。她们看着他，被他的一脸严肃和震惊吓坏了。安德鲁总这样和母亲们“交谈”。

“孩子会死吗？”有时有人低声问。

“不，不，不是那样的，”他解释说，“你难道不明白……”他继续解释。她们听着，试着去明白。他布道时，男人和女人都听着，试着理解他在讲什么。

即使我离开那里多年了，我仍为那些为数不多的信徒们心痛不已。他们真的十分可怜。他们为何脱离自己的族人来听这个陌生人的话呢？为什么要相信他呢？每个村庄的情形都如此相似。老妇人耐心的脸庞上写满多年深重的失望。生命就要结束了，然后呢？她的眼神里流露出聪慧和深邃，她生来就比她的同伴们更有智慧。对她来说，平常人生儿育女的生活满足不了她，这些她都有了，甚至更多。问她为什么来这里，她有点痛苦地回答：“我试了用其他方法来寻找安宁，但都不行。”

“你试过什么办法，阿婆？”

“我向许多神祈祷过。我听了许多和尚道士的话，却仍然痛苦。”她把一只精致的老人的手小心翼翼地放在胸前。

“你为什么痛苦呢？”

“我不知道。”

“你有儿子吗?”

“是的,我有儿子,我有三个儿子,但这无关儿子。”

“你什么都有吗?

“是的,什么都有了,但就是没有安宁。”

“你怎么知道自己没有安宁?”

“我总想知道,日日夜夜我都想弄明白一些事情。”

“想弄明白什么?”

“我问自己为什么活着? 为什么我周围的人活着? 既然最后只有死亡,那么出生,婚姻,代代繁衍有什么意义?”

“你希望在这里找到安宁?”

“我不知道。 这里有位我不认识的神,有位陌生的牧师,他的话我还没有听过。”

“你相信他说的了吗?”

“我不知道,但我觉得至少他是可信的,因为他自己是那么确信。 当一位牧师自己这么相信时,我愿意试试。”

坐在她旁边是另一个老妇人,满脸麻子。 安德鲁布道时,她垂着下巴,坐在那里打瞌睡。

“好妈妈,你为什么来这里?”

她咕哝着,睁开眼睛,笑着,揉揉头把自己弄醒。

“为什么? 你看,是这样的,我被诅咒了,没有儿子,只有两个女儿,她们都结婚了。 我现在老了,我男人又是个废物,十年都没管过我。 我只好尽我所能到处找点活儿干,为士兵缝补袜子,替客栈老板洗菜,帮富人的仆人刷洗夜壶,他们的仆人都太娇滴滴了,不愿为主人做这样的事情。 我什么都肯做。 我不能总拿着个空碗去女儿家吧，那样的话她们的丈夫会让她们的日子不好过的。我必须养活自己。我来这里是想看看这个外国人能不能给我找点活儿干。”

“但是你说你相信他的话！你让他往你头上洒了水！”

“嗯，是的，一点水而已，没什么，我随他，我想他高兴了就会帮我一点。你认识他吗？你能为我说话吗？转告他……”

在男人们坐的过道的另一边，有一个脸色苍白的小伙子，跷着二郎腿坐着，一只不安的脚敲打着砖砌的地板，他并不专心听安德鲁的讲道，有时焦躁不安地打开一本赞美诗集，有时盯着肮脏的小窗户看外面。

“年轻的先生，你为什么来这里？”

“我想学英语。”

“为什么？”

“我想离开这个悲惨的村庄，去上海找份工作。如果我能说英语，就能在一家大的外国办事处找份工作。”

“谁告诉你的？”

“我听说的。”

“你不相信他讲的道？”

“你是说这个高个子外国人？我不信仰任何宗教。我不要宗教，只要钱，我想去看世界。”

有一个老人——总有一个老人

“老先生，你为什么领圣餐？”

“宗教是好的，所有的宗教都是好的，它给人带来平安。”

“除了这个人的神，你还相信别的神吗？”他愉快地微笑着，脸色平静如佛。“我相信所有的神，所有的神都是好的。”

有一个高大的伊斯兰教徒，有着阿拉伯人的血统：瘦削的脸颊、弯曲的鼻孔和薄而拱起的嘴唇。

“你离开真主安拉了？”

“在这个人的神里，我看见了我要寻求的真主安拉。他让我相信了。”

“他怎么使你相信的？”

“他心中有团火，我心中也有团火。他灵魂里的火焰碰到了我灵魂的火焰，我就被降伏了。”

“你没有因此被你的朋友、家人抛弃？”

“是的，我被抛弃了。我没有朋友、家庭，我被家族除名了。当我告诉他们我是基督徒的那一天，他们就把我赶走了。”

“你现在怎么办？”

“我跟着这个人。”

“然后呢？”

“我会跟着他。”

这个人确实跟随了安德鲁一生，安德鲁使他成了一个伟大的传道者。日后，他俩如同兄弟一般，连外貌都如此相像：两人都又高又瘦，脸瘦削，大鼻子。安德鲁白皙的脸被风吹日晒成了暗红色，同样的风和太阳也把这位穆斯林兄弟的脸变成了古铜色，他们是灵魂上的兄弟。

这样说来，他们来听道的目的不尽相同。那些只为了看看新鲜事情的人一会儿就不见了。但是总有那么几个人留下来倾听，学习，最后擘饼喝杯[①]。之后，他们紧紧跟随安德鲁。他们信主后离开了过去的朋友们，再也不像以前那样了。他们是基督徒，灵魂的颜色变了，吸收了外来的信仰，再也无法回到过去与亲朋好友们在街道上、茶馆里、集市中那种亲密无间、吵吵嚷嚷、快快活活的生活了，也不再膜拜过去的神明了。他们吃了新神的肉，喝了新神的血。他们的兄弟伙伴们从此不完全信任他们了。

* * *

在这段时间的某个点儿，女儿安慰出生了，但这完全无关紧要，对安德鲁没有任何影响，尤其因为这是个女孩。然而，他应该有点感激，因为她的出生帮助了他。事情是这样的，那时凯丽接连失去了两个孩子，一下子精神崩溃了。安德鲁一直认为她无比坚强，是打不垮的，但她崩溃了，恳求回趟家。

安德鲁并非对丧子无动于衷。凯丽曾经告诉我，她从未看见安德鲁哭过，但她看到安德鲁那双清澈明亮的蓝眼睛在儿子亚瑟去世时黯然失色。那天晚上，孩子白皙的小身体在那里准备下葬，安德鲁和凯丽睡觉前一起读了每日的经文，他们正好读到大卫王哀悼他死去的儿子的故事。“我儿押沙龙啊，我儿，我儿押沙龙！”[②]

“他有点哽咽，”凯丽说，“然后他继续以他一贯坚定的口气读完了余下的经文。‘我儿押沙龙啊，我儿押沙龙啊，我恨不得替你

---

① 指基督教圣餐仪式，信徒分享象征耶稣身体的饼和象征耶稣血的葡萄酒或葡萄汁。

② 撒母耳记下 18:33

死！’”他合上《圣经》，情绪恢复如常。

安德鲁相信这是上帝和神圣的天意，这让他没有多少悲伤。“赏赐的是耶和华，收取的也是耶和华；耶和华的名是应当称颂的！”[①]对他来说，这巨大的宁静覆盖了整个宇宙。

当第二个孩子，一个女孩死去时，凯丽悲伤得近乎失常。几年后，他仍用一种震惊的口吻说：“我从来没有见过心如此坚硬，一点不讲道理的人了，我说什么都不能打动她。上海的医生说必须转移她的注意力，否则她就要精神失常了。所以我订了去欧洲的旅行。我更喜欢圣地，但她不愿意去，因为有人告诉她，圣地村里的狗像中国的狗一样肮脏，人也很穷，于是我们去了意大利的布林迪西海边。我记得瑞士琉森早餐的蜂蜜非常棒。罗马到处是裸体雕像。很奇怪人们会认为罗马是基督教的中心。不过，我认为虽然是教皇制，天主教仍然是基督教的一种形式。我很快就厌倦了欧洲。”

其实，安德鲁很快就厌倦了工作以外的任何其他事情。他制定了宏大的计划，任何生命在这个巨大计划面前都显得太短暂了。中国大陆就在他面前，只有不断稳步前进，才能在死前成功地完成他心中如此清晰的使命。凯丽曾经说过，她相信安德鲁的大脑里有一幅中国地图。他知道每个省，每个城市，每条河流和城镇。他将已有小教堂的地方视为自己的领地，每个教堂一旦建成，就汇入他的中心链中，他接着又去开拓新的福音领地。

这种永无止境的传教，这种不顾一切的拯救，给他带来了内在的深深的精神紧张，吞噬着他的身心，他平静的外表下燃烧着熊熊

---

① 约伯记 1:21

烈火。在罗马和佛罗伦萨参观大教堂的时候，他的心却还在中国，规划着、思考着，担心张教徒太弱不能独当一面，担心李教徒对他所牧养的灵魂太专横跋扈。

但他更担心他的传教士同工，唯恐他们改变他的计划，解雇或调动他的人马，干扰他复杂精细的宣教战役。回到酒店后，他拿出一张纸来，用清晰的中文告诫和警示同工："不要听别人的。"他不止一次写信给他那位曾经是穆斯林教徒，现在是基督徒的马信徒，"不要听别人的，听我的，我是你的灵属兄弟，在我回来之前，请按照我们定下的计划执行。"他凝视着外面的罗马街道，看到阳光照射在一座大理石教堂上。"罗马到处都是雕像，"他说，"罗马的这些裸体雕像比异教徒的神还要糟糕。"他焦虑不安把手放在额头上："我应该以我父的事为念。"[①]他喃喃自语。"我必须以我父的事为念！"

他像一头被拴着链子爱争吵的狮子一样在欧洲游荡，无法忍受当地的习俗。他特别恼火付不完的小费，什么？为什么要给一个他从未见过、帮忙搬行李的人一笔钱，而这笔钱足够用于一个星期的福音布道，足够买一本《旧约》和一本《新约》！他自己拖着行李，大步走进酒店大堂，像赶苍蝇一样甩开旁边的那些跑堂跟班。他只输过一次：那天，他把凯丽和埃德温送上了一列去法国的火车，因为还有要等十分钟，他进了车站的厕所。他怒视着站在那里伸出手来帮忙的服务员，大步走开了。但这一次他失败了，服务员把他锁在屋里，根本不理会他的敲打和渎神外的各式诅咒。服务员不会说英语，没有人知道安德鲁说了什么。除了些基本事实外，

---

① 路加福音 2:49

安德鲁后来也没跟凯丽说更多。他在最后一刻才赶上了火车，凯丽和埃德温都松了一口气。“被锁在里面了。”他气喘吁吁地喃喃自语。

凯丽立刻明白发生了什么事情。“你得付给他们一点小费。”她说。

“如果不是因为火车马上要开了，我才不会给他们钱的。”安德鲁气喘吁吁，坚定地说。

“毕竟，这是他们的国家，”凯丽温和地说，“我们在这里是外国人。”

“这也不能成为抢劫的借口。”安德鲁正说着，火车就开动了。显然，这是一场意志的搏斗，此事对他唯一的影响是他比以往更加顽固了。他在法国比任何一个美国人都做得更绝，根本不付什么小费。然而，当福音、《圣经》研究的小册子和《圣经》研究书籍需要钱，或者为了帮助一个经济拮据的神学学生从神学院毕业时，他可以疯了一样慷慨解囊，一点也不抠门儿。但如果仅仅把钱白白送人，那便和不工作浪费时间一样愚蠢，他会觉得这等同于犯罪，简直不能容忍。多年后，他那些过于敏感的孩子看着他高大瘦削的身影扛着大包小包，忍受回避着跑堂跟班们脸上露出的不屑。

“别人都不是那样的！”正值青春期的他们为此痛苦地喃喃道。

但是安德鲁坚定地咬紧牙关。为什么在乎人怎么讲？他只听上帝的话。

* * *

欧洲之后，他急于回到自己的国家。最后，终于到了一个基督教国家了，那里的人们诚实，不总钻在钱眼里。当船在纽约靠了岸，他按捺着喜悦，看上去有点滑稽，把行李扛上岸，放进靠得最近的那辆马车里。

“带我去一个像样的、价钱合理的旅馆。”他跟马车夫讲。

想起欧洲的冲突，凯丽不同寻常地谨慎地问：“你不先问问车马费多少？”

安德鲁异常轻松地说：“感谢上帝，我们现在是在一个基督教国家！”

马车咯咯作响地驶过陌生的街道。“这么远啊？”凯丽疑惑地问。

“呦，凯丽，这个人知道他在做什么。”安德鲁回答。终于，车夫猛地一拉缰绳，马车在一家简朴的旅馆前停了下来。

“车费多少？”安德鲁问道。

“五美元。”车夫说。

安德鲁大跌眼镜。五美元。这么贵，但路很远，他付了钱，仍然兴致勃勃。“我们到家了。”他说着，和凯丽、埃德温一起上了楼，进了他们的房间。每到一个陌生的地方，凯丽就都习惯性地径直走到窗前。她一看就喘着粗气说：

“怎么回事儿，怎么回事儿，安德鲁，你快过来！”她大喊着，忍不住大笑起来。

“怎么啦？”他慌张地走到她身边，顺着她的手指，他看到不到两个街区的地方，停靠着他们近一个小时前下的那艘船。

“你笑什么？”安德鲁冷冷地说。五美元！

“因为，”她笑得喘不过气来，“因为这是一个，一个基督教国家！”

* * *

他们坐火车回家经过了好些州。穿过森林覆盖的山丘，看惯了中国矮树林的山丘，这些毛茸茸的山丘看起来有点陌生了；穿过很多河流，这些河流跟泛滥的长江和黄河相比如同小溪一般；经过城镇，与只有泥屋茅屋、混乱不堪的中国村庄相比，这里的房屋井然有序，干干净净，看起来是那么不真实。安德鲁在中国十年了，在那里还从来没有见过火车。虽然他还是不太习惯快捷便利，但他天真单纯地喜欢上了火车。不过，他认为坐普尔曼车厢①与传教士身份太不相符。什么？把教会用来给异邦传播福音的募款花到他和家人乘坐软卧上！他为此感到痛苦。之后，他们改成只乘坐普通列车旅行。尽管如此，他仍然怀疑是不是还是太奢侈了。至于去餐车吃饭，他认为那是罪恶，怎么可以仅仅为了吃饭就花这么多钱！他买了三明治，吃得开开心心，既省钱又填饱了肚子。

这次回家倒成了一种特别的离别。十年前他和凯丽离开时，确实觉得他们是为了呼召才离开了父母。这所又大又杂乱无章的

① 指美国普尔曼公司(Pullman Company)开发的豪华火车车厢。

老农舍是他的家，就像天堂是灵魂的家一样，他的父母在自己的土地上安稳度日，这样的生活似乎会永远持续下去。现在他回来了，感觉却如同回到一个空壳里。他的见识不一样了，他已在异乡的土地上布道旅行去了很多地方，在另一个屋檐下生了孩子，其中三个被埋在了异国的土地上。这座他年轻时感觉如此宽敞和坚固的农舍变得又小又旧，而且已经腐败了，需要油漆和修补，门廊的木柱下陷了，屋顶漏雨，栅栏坏得很厉害，猪很容易跑出来。家里那个脾气暴躁的老人还活着，但是他的火气现在只在心里燃烧了。他和那个女人之间的争吵一如既往。每天晚上父亲都像过去一样躺在炉火前的地板上，盯着炉火，母亲还是像以前那样斥责他为什么不好好坐在她对面的扶手椅上。

“愚蠢，你老了，你会着凉冻死的……”

的确，在他们两人中，她更强壮、敏捷、整洁，她没有像他那样焦虑不安。她无所事事，只管坐在阳台或窗边自己开心，还时不时跑进厨房找些东西吃，一块馅饼，一片咸面包和苹果酱，一只冷炸鸡腿，一块火腿，然后带回屋里尽情享受。

“零食！”老人咕哝着，“永远也吃不够的零食！”

她像山核桃树一样苗条又强壮，比他活得长多了。

大的儿子们都已离家，现在最小的儿子也长大了，也迫切想要离开。儿子们一个个都去传教了，他也有这个呼召，但是老人不许，坚持必须有一个男孩待在家里守着这片土地，所以最小的儿子，高个子，有着一双家传的冰蓝色的眼睛，只好不情愿地推着犁，计划等老人一死，就和他的兄弟们一样去学校，去神学院，站在布道坛上，指引人们，告诉他们上帝的旨意是什么。与此同时，他娶了一个丰满、有双乌黑眼睛的爱尔兰姑娘，她善于烹调、理家、擦洗、打扫、烘烤、缝补，在老人和老妇人的争架中参言。她很有主见，有着爱尔兰人的脾气，爱尔兰人的黑头发、黑眼睛，脸颊红润，话不多，却心地善良，谁都可以坐下来随便吃桌子上堆满了的各种食物。

安德鲁的兄弟和他们的妻子分散在不同的州。博学的大卫长期以来一直在凯丽的家乡所在的小村庄里当牧师；英俊的海勒姆在南方传教，娶了一个年轻漂亮的女学者，他知道自己做了一件多么罕见的事情；以撒在密苏里州，由于在内战期间被监禁多年，身体仍然虚弱；卫理公会教徒克里斯托弗正做着被其他人不快地形容为在卫理公会的教堂里“横冲直撞”的事工；谨慎的约翰娶了个富有的寡妇，管理着她的财产，住在她那幢周围有一大片肥沃的土地的巨大舒适的砖房里，还被选为立法委员。家里因他们的离开而变得空空荡荡。

安德鲁也不可能在家久留。回家后，过去的体力活又落在他身上——挤奶，割草，喂马。回到过去那毁灭性的体力劳动对他来说太可怕了。每时每刻，他都意识到中国有数百万人在不知道上帝的情况下死去，他本可以拯救他们的灵魂的，而现在却在这里挤牛奶弄干草！他变得非常不耐烦。

他一进这所房子，就不再觉得自己是上帝拣选的人了，而是从前的那个安德鲁，他成了小儿子，与其他那些儿子相比，不怎么受父母的宠爱。他的母亲盯着他，说他变黄了。他父亲哼了一声说：“都怪异教徒的天气和食物！”

他的手变硬了，指甲也破了。自从他的一个兄弟，可能是海勒姆，取笑他的手的大小和骨瘦嶙峋以来，他多年来一直暗地里特别在意自己的双手。海勒姆总说：“安德鲁的手看起来像一个老人的手。”母亲听到后也平静地说：“安迪还是个婴儿的时候就有一双像老人一样的手。”但当他真成了老人，手却非常漂亮，又大又瘦，精致优美。

安德鲁天性努力尽职，虽然讨厌体力劳动，但仍然认真干活儿。

许多年以后，他一直耿耿于怀的一大委屈是第一次回家时，居然没有人问起他在中国的生活或工作情况。

“我不明白，”他认真地说，蓝眼睛充满了痛苦和不解，“他们从来没有问过我关于中国的任何事情。”

在后来的岁月里，这个旧伤一直留在他心底。他回家时，身材挺拔、充满智慧，丰富的阅历超过了家人，视野也已经远远超越了家乡的丘陵和田野。他去过比西方人能想象的更遥远的地方，吃过他国陌生的食物，走过他国的街道，学会了讲那个国家的语言，但在故土上，他只是安德鲁回家了，没人在乎他中文说得、读得、写得好不好，没有人问他：“他们在那边吃什么，穿什么？”他们只简单检查了一下凯丽带来的几件礼物。唯一让老头高兴的是凯丽把他的旧外套拆了重做，使之焕然一新。

安德鲁年老时提起这些仍无法释怀，脸颊上浮现出痛苦的红晕。“他们说我很沉默，没说什么话。但是他们什么都没问，我为什么要说他们根本不想知道的事情呢？”

这是一个不善于表达感情的家庭。凯丽有一次笑着说，声音里带着一丝悲伤：“可怜的斯通老祖父。我想多年来没有人吻过他。记得我们在那里的第一个晚上，埃德温像往常一样在道晚安时吻了我们，然后满怀温情地去吻了他祖父的脸颊，老人看起来如此惊讶，我担心他吓着孩子。他一动不动，一句话没说，表情也没变，埃德温见状后退跑掉了。我真感到难过，为他们俩感到难过。”

所以这个家并没有让安德鲁得到安慰，他只回到了过去的自卑中。然而，在所有的儿子中，是安德鲁在休假期间帮助父亲从懒惰的佃农那里收取租金，整理账目，重新修缮了巨大的旧谷仓的屋顶，粉刷了房子，修补了楼梯。责任驱使他，正如雄心、爱情或快乐可能驱使其他人一样。即使是讨厌的事情，如果他认为这是他的职责，他从不逃避。上帝命令要孝敬父母，他不太情愿，但还是认真耐心地遵从。

有的时候，安德鲁会被派去教堂传教，他饥渴的灵魂因此得到些满足。他并不经常在城市教堂向那些骄傲、衣着时髦的人布道，这些人只希望在半小时内把中国的需求概括一下。安德鲁更愿意去乡村，那里的人不慌不忙，他们认为长时间的传教聚会才值得他们周日穿上最好的服装，在崎岖的土路上驾车远道而来。农民和他们的妻子平静地听着安德鲁讲述关于罪恶和苦难的故事，心安理得地认为这些与他们没有什么关系。听完证道后，他们也不去看时钟，而是放一点钱在奉献盘中，而且总有人请安德鲁去他们家里吃饭。

多年以后，每当安德鲁回想起那些正餐，他都会用开心的口气指责：“真浪费啊！餐桌上有炸鸡，冷火腿，饼干，四五种蔬菜，土豆，沙拉，蜜饯，泡菜，还有好多蛋糕，布丁外加冰激凌！若他们多放点在奉献盘里，少放点在肚子里，那就能更好地事奉主了！”

安德鲁深恐自我放纵。他和其他人一样喜欢美食，但从来适可而止，吃到他认为有足够力气去为上帝工作就可以了。越是精致的珍馐，他越会严厉地拒绝，完全不吃或只吃一点点。他的原则是节俭且细嚼慢咽地吃简单的食物。对他而言，在寒冷的下午喝一杯茶，一天的工作结束后在晚餐时喝一杯热汤的简单快乐就如同一个美食家看到水龟(terrapin)、鱼子酱或任何无用但美味的食物一样。克己慎行的结果是他健康得如同一棵精壮的橡树活到了八十岁。当他的身体被洗净准备下葬时，在被晒伤晒黑的脸和脖子的下面是他那像孩子般光滑清爽的肌肤。

他在自己国家的那两年几乎没有做什么记录。那时，因为凯丽怀着孩子，拒绝在孩子出生前回中国，他违心地在那儿待了两年。他如果坚持是能说服凯丽早点回去的，但凯丽身材矮小、却比大力士赫丘利更勇敢的父亲提醒了他那三个死去的孩子。

"这个孩子将在我的屋檐下出生。"他命令道。所以安德鲁虽然迫不及待地想拯救其他已经出生的灵魂，也只好在凯丽的老家等候这个小家伙出生。结果是个女孩，不太值得等待，安德鲁对此直言不讳。多年后，当这个孩子长大开始写书时，安德鲁并不以为然。在他看来，小说毫无价值，甚至翻阅它们都是浪费上帝的时间，更别说去写了。他拿起她的一本厚厚的书，看了一眼，翻了一两页就合上了。"我想我不会读了。"他委婉温和地告诉她，一点也没有不友好的意思。有一次他尽职地说："女儿，我希望你永远不要写任何不真实的东西。"但他并不期待她的回答。回答什么并不重要，他说了，就尽责任了。

安德鲁从不掩饰他对儿女不能一视同仁，在他看来，妻子和女儿们的存在是为了照顾他。如果他意识到自己的自私，他的孩子们可能会觉得难以接受，但他对此却毫不知情，像个小孩子一样自信又自私。他单纯天真地指望他的妻子和女儿来满足他在物质上的需求，把可口的饭菜、舒适的衣服、温暖和灯光以及其他一切他在家里得到的都视为理所当然。当他老了或者快老时，凯丽已经去世，他就依赖他那已为人妻人母、要挣钱养家糊口的女儿照顾他。有一次他病得很重，别的人他谁也不要，是这个女儿连续几天护理他，后来医生强迫他住了院，这让他十分难过痛苦，他对其他陌生的女人没有信心。“我要回家。”住院第三天时他说，“我家里有个女儿，除了照顾我外，她没别的事可干。”在他眼里，女儿就是派这个用场的。

他年轻的时候，忙于做上帝的事工，不需要她们。当他再次向他的家和父母告别时，对未来已没有怀疑和无知，他成熟自信，知道自己要去哪里，对自己和使命充满了信心。

那是他最后一次见到家和父母。几年后，当他再一次回来时，那个固执却平和的老妇人和那个专横火气大的老头都死了，死前，他喊道：“上帝欺骗了我！我养了七个儿子，结果没有一个留在这片土地上。”他牢骚满腹地走了。房子和地都被贱卖了，七个儿子和两个女儿每人都只分到很少的钱。他们选了一个兄弟负责卖房卖地，成交之后，他们又都责怪他是个糟糕的生意人。只有安德鲁在一万英里之外，什么都不在乎。他把他分到的微薄的一份用在翻译出版《新约》上，跟他那些都是上帝的儿子的兄弟们一样，他也是一个十分糟糕的生意人。

第六章

安德鲁的脚一踏上中国的土地，他就变了。任何在美国看见过他的人都不会在中国认出他来。在自己的国家里，他显得有点可笑，瘦高个儿，穿着中国裁缝替他做的不合身的衣服，那先知般的头弯垂在瘦削的肩膀上，眼里满是怀疑和困惑。在船上，他在看上去比他聪明的乘客眼里，就像故事书里所描述的传教士一样，专心于他的使命，不与任何人交往。他才不在乎别人怎么看他呢！他在他们中间来来去去，无视他们的存在。我想，他怎么就没有想到船上的乘客也有灵魂呢？女人当然是没有灵魂的。他非常不喜欢她们的轻浮行为，他也不是那种可以被女人牵着鼻子走的人。一上船，他就坐在甲板上读一本中文书，无视周围发生的一切。一次，为购买某项运动的奖品需要向乘客募款，一个由漂亮女人组成的委员会被选出承担募款工作。她们显然认为安德鲁很难对付。我看到她们互相争论，朝他的方向瞥了一眼，他对此全然不知。突然，那位最漂亮最讨人喜欢的女人吹嘘道："我来吧！我还从来没有遇到一个男人对我说不！"她带着迷人的微笑向他走去，坐到安德鲁的椅子扶手上，用花言巧语哄他。

没人知道她说了什么。只见安德鲁像上帝愤怒了那样看了她一眼，威严地站了起来，大步走下了甲板，大衣的衣摆飞舞了起来。他从来没用正眼瞧过任何女人。我曾经抱怨他从来认不得我的朋友，就连在街上经过他的女儿时也不会和她们说话。对此，他温和而坚定地解释说:“我从来不看女士的脸，我认为那样很不礼貌。”

他不理会别人对他的嘲笑和蔑视，原因很简单，他根本不考虑人们对他的看法。即使得知人家在笑话他，他也不会在意。他过去常说:“人能对我做什么?”世界上的人被分为愿意被拯救的和不愿意被拯救的。那些不愿意被拯救的人已经迷失，就不用再把他们当作活人来看了。①

必须承认，他把大多数白人男性和所有白人女性都归入后一类。他常说:“他们有条件被拯救，但他们自己不要。”他想到的是他的国家的每个城镇和村庄都有教堂。但我认为他对灵魂的感觉就像有些人对鸡蛋的感觉一样。他想要棕色的，那么，一个棕色的鸡蛋就比所有白色的鸡蛋加起来更值钱。据我所知，他从未试图拯救一个白人男人或女人的灵魂，包括他自己的孩子。他从来没有对我们说过任何宗教话题。在我们还小的时候，每天早晚，他都为我们作简单的祈祷，但没有说教。他读《圣经》中一章，听我们背诵一节，然后开始祈祷。

当他祈祷时，他被自己的信仰改变了。我曾听到过许多人漫不经心或令人作呕的祈祷，他们在公开或秘密场合大声地念准备好的祷文，他们的祷告是念给人听，而不是念给神听的。但安德鲁的祈祷极为虔诚，他从来不张口就祈祷，总是从沉默开始，一会儿，

① 这段话充满了宗教的偏见，本书中多次流露，请读者明鉴。

再一会儿，需要多久就沉默多久，把自己呈现在上帝面前。他的脸庞充满了深沉庄严的宁静，我们都觉得他已经不在我们中间了，接着，他的声音变了，深沉地、充满崇敬地带着我们一起向上帝祈祷。我听过他成千上万次的祈祷，他从来没有要求过任何物质利益，除非那是上帝的意愿，他会祈祷病人康复，否则他的祈祷永远是为了灵魂，为了进一步理解上帝和自己的责任，为了实现上帝意愿的勇气和力量。甚至在吃饭之前的感恩也是“祝福赐给我们的食物，也祝福我们的事奉，直到永远，阿门。”

所以，安德鲁听不到嘲笑，他安全地住在自己灵魂的避难所里。踏上中国的海岸时，他不再像在自己的国家里那样像个外国人，而是回家了，不是物质意义上的家，而是他人生的定位、他的工作和实现生命价值意义上的家。他的幸福溢于言表，溢于他不同寻常的急匆匆的步伐，他想赶快离开上海回到他要去拯救的普通人中。他心中所有的父爱本能都流向了他的会众，而他的孩子们却从未感受到过这种的确存在的父爱的温暖。任何寻求上帝的中国人都能感受到安德鲁身上的父爱，他可以像任何父亲对自己的孩子一样温柔，那样有说服力，为他们的灵魂忧思多虑。他很高兴地回到他们身边，他们给了他在自己的国家从未有过的荣誉。

* * *

因此回到中国他没有陌生感。他乘上一艘长江上的轮船，甲板上堆着带回来的一箱子书、在上海买的几箱新的福音单张，还有几箱便宜的书写纸。他已经想好了一个新的任务，这个任务将耗尽他的余生。 行李中有一个圆顶箱子，凯丽十年前曾把嫁妆装在里面，还有一个他自己的小圆顶箱子，凯丽的箱子里装着孩子的衣服，还有一些针线、花边和毛线，这些都是女人制作衣服时所需要的小东西，在当时的中国还买不到。 安德鲁带着儿子埃德温，凯丽抱着当时只有四个月大的女儿沿着狭窄的跳板下了船，又回到了中国内地的心脏地带。

安德鲁参与过的一些最激烈的论战就发生在这些长江轮船上。那些小而结实的轮船，大部分都是英国建造的。 船员们都通晓多国语言，往往由亵渎神明、大肆咆哮、面红耳赤的英国老船长率领着。 这些英国船长多年在中国的海域横行霸道，退休后在相对安全的内河航行。 船长们个个满肚子关于大亚湾海盗和内河沿岸水匪的故事，他们的好恶也很一致——都喜爱苏格兰威士忌，厌恶传教士。 安德鲁是一个正大光明又自豪的传教士，他无畏、独立，不惧怕任何人，一下子就成了那些自高自大的船长们的眼中钉。 安德鲁总是很安静，举止温文尔雅。 争吵通常因船长的侮辱而起，最常见的侮辱与《圣经》中的一些涉及性的故事有关。 船长大声对他的同伴说:“事实是，我真的不明白这些传教士怎么会分发《圣经》这样的书。 这本书里的肮脏故事比你在其他任何书中能找到的都多，这是在腐蚀教坏异教徒，就是这样的!”

安德鲁听了后脸红脖子粗。

“你似乎非常了解《圣经》的某些部分，船长。”他评论道。

“你没法否认吧?”船长反驳道。

安德鲁抬起他那双锐利的蓝眼睛看着船长的脸，用我们听到时都害怕的极度平和的语气回答道:“《圣经》中确实有一些关于罪人和上帝如何对待他们的记载，他们因罪恶受到惩罚。 读懂《圣经》

的人读到的是对灵魂的救赎，但有些人只读到了对自己的诅咒。”他边说，边平静地吃着船上提供的米布丁和炖梅子。

有时船长哼了一声就休战了，但是如果继续下去，安德鲁会非常愉快、毫无敌意地奉陪到底。不久后，出版他的《新约》译本吞噬了我们的所有，我们买不起和其他白人一起乘坐上等舱的船票，这才摆脱了他与船长们的角斗。我们穿上中式衣服，和中国人一起坐在甲板下的船舱里。安德鲁就利用这个机会和他们说话，向他们传福音。那些不抽大烟也不赌博的人因无事可做很乐意听。当他热情似火地告诉他们基督是如何为他们的罪而死的，他们听着，无聊地打着哈欠，不知道他所说的罪是什么意思，不知道这个想要拯救他们的人是谁，也不知道他为什么要这样做。他们盯着他，半听着，靠着行李，姿势怪异地睡着了。

我那时不知不觉开始感知世界了，我永远不会忘记那船上的气味。记得小时候我们过着清贫的日子，我记得每个低矮的方形船舱里的房间都是黑乎乎的。其中的景象都大差不差：有巨大的木藤制成的鸦片床，中间放着长长的矮桌，总是有两个昏昏欲睡的人懒散地躺在那里，他们的灯在桌子上闷烧着，甜腻难闻的浓烟升腾起来，四处弥漫。从小木舱半开的门里也飘出同样的气味，到处是一股大烟味。

那里还有一张几乎跟鸦片床差不多大的大圆桌，除了每天在桌上摆两餐外，其余时间都用来赌博。一大早，就传来竹牌的咔嗒声，一直持续到黎明。桌子上总是挤满了赌徒，他们紧张地赌博。每个人都贪婪地、紧紧地、怀着可怕的渴望注视着桌子中间的一堆银圆。这堆银圆消长着，偶尔被一只瘦瘦的黑手拨走，赌徒和围观的人群中便传来一阵怪叫声，他们总是围着桌子互相推搡。到了吃饭的时间，除非那些脏兮兮的船上伙计一股脑儿地把竹牌撸到地板上，把一桶桶的米饭放在桌子上，然后啪啪地摆上四五碗卷心菜，鱼和肉，碗和竹筷子，他们甚至赌得不愿停下来。和赌博时那种冷酷的沉默一样，他们默默地寻找最好的肉和蔬菜，一碗接一碗地吃着。等乘客们吃完后，肮脏无礼的伙计们就狼吞虎咽地把剩菜剩饭一扫而光。

但是安德鲁却处之泰然。他把米饭和卷心菜盛在碗中，走到甲板上，看着平坦的绿色河岸，站着吃饭，远离那些肮脏的人群。无论在哪里，他都有办法保持自己的完整。人们惊讶地给他让路，他总出现在人们想不到会看到像他这样的人的地方，有尊严地在人群中走动。

无论在哪里他都很自在。世上没有什么威严令他敬畏，贫穷也吓不倒他。他安静地躺在肮脏的小船舱里的上铺上。我和凯丽睡在下铺，我记得看到他裸露的大脚远远伸出了上面的铺位，那些铺位对他来说实在太短了。因为不能同时放平头和脚，他只好轮流休息他的脚或头。但他选择了自己想做的事情，从不抱怨。

凯丽则花时间用石炭酸乳液尽可能为孩子们消毒，并留意东西不被偷走。船上到处是职业扒手，当这些盗贼猖獗到影响了船主的生意的时候，船主就会付给盗贼帮会一笔钱，让他们暂时离开船只，但船上总有一些擅长偷窃的扒手。有一次，安德鲁回到小木屋，凯丽立马发现他的手臂上空空的。

“你的手表不见了！”她喊道。

不一会儿，安德鲁需要用自来水笔时，发现也不见了，他又摸了摸钱包，也不见了。当他在拥挤的船舱布道的时候，一个手指灵巧的小偷，装着想听的样子凑近他，把所有的东西都偷走了。安德鲁看上去受了点打击，尤其这支笔是别人送给他的，他非常珍惜，常常使用。

“哦，呦！”他大声说道。

他这么说，相当于说了声“该死”，说完后，他就好了。没有什么能让他消沉太久。他是一个不可战胜的乐观主义者，总是确信自己在执行上帝的旨意，因此一切最终都会好的。

* * *

回到他们以前居住的内陆城市，安德鲁没有受到他的传教士同伴的热烈欢迎。他发现他们的家具被胡乱地从凯丽精心打理过的房子里扔了出来，所有的东西都被放进了一间外屋，被白蚁侵蚀了。“我动了下书架，”他回忆道，“它立马倒塌变成了灰尘。”最糟糕的是，他为数不多的珍贵书籍也都霉烂了。他从未完全原谅或忘记这事。“我有本很好的《圣经》注释书，”他过去常常痛苦地回忆，“之后，我试图把尚存的碎片粘贴到新的纸页上。”

房子现在被别人占着，一个传教士为自己开脱说：“我们以为你不会回来了。”

“不回来了！”安德鲁喊道，“我才不相信你们是这么想的！”

后来真相一点一点被披露了出来。他们告诉他，他的神学观是异端。他太相信人类的知识了，不然他为什么要花那么多时间培训牧师呢？为什么他不像其他传教士那样相信圣灵的启示呢？基督不是让没有知识的人成了主的使徒？事实上，他们对此看法非常强烈，还写信给美国传教委员会和差派教会，反映他持有不当观点并以此为理由要求不再续聘他。安德鲁冷冷地听着，等他们说完了，告诉他们他的看法。

“你说了什么？”几年后我们问他。

“我告诉他们，他们很懒，”他说，“我告诉他们，他们只想住在舒适的房子里，关心自己的家庭，呵护自己的身体。我告诉他们，他们不配崇高的呼召。简而言之，”他劲头十足地说，“我告诉他们，他们是一帮伪君子。”

“爸爸！”我们喘息着说。

“哦，我是很和气地说这些的。”他平静地说。

结果是，他们告诉安德鲁可以去他想去的地方，他们会投票让他去。他总是得意扬扬地结束这个故事：“他们对我投了信任票，给了我钱，让我在任何我喜欢的地方开辟新的传教站。”

他太单纯了，竟看不出他们到底想干什么。他们想不惜一切代价摆脱他——摆脱他不知疲倦的精力，摆脱他无愧于神圣呼召的决心，摆脱他一心一意尽职的精神。最重要的是，他们想摆脱他对那些他要拯救的人的同情。他们抱怨他变得太爱中国人了。如果让他选择相信一个中国人还是一个白人，他总是相信中国人。“我从经验教训中认识到我可以更信任他们。”他常常冷酷地反驳道。中国人以对他的忠诚回报了他，但这并没有使他更受同伴们的喜爱。事实是，安德鲁完全不能容忍一些传教政策。传教士的政策是团结起来，不惜一切代价对抗“本地人”。如果个别传教士与本地信徒或中国传教士发生了冲突，所有的传教士不管对错都得支持白人。他们常说：“不允许当地人削弱传教士的权威。”传教士的权威一旦被削弱，教会怎么还有权威呢？

但是安德鲁大手一挥，把这些话撇在一边，说：“哦，呦！”。

他不尊重任何人的权威。“事情总有对错。”他常说。许多卑微的中国牧师每月领十美元，在小小乡村教堂里苦苦挣扎，就这样，他们还要感恩安德鲁让他们能有这么一个小小的安全的地方，有这可怜的报酬！安德鲁一生都在为别人，而不是为自己的报酬而战。当他战无所获时，就从自己的报酬中为那个被拒绝的人挤出一两美元。

是的，他们想摆脱安德鲁，因为他不像他们有种族优越感和传教士的权威感。“教会的王子！”他过去常说，“哦，呦，不可能有这种事情！”

于是，他收拾好剩下的几本书，凯丽收拾好其他东西，他们向北出发去了一座新城市。

* * *

他们在这个城里租不到房子，没人愿意租房给洋鬼子。安德鲁费尽全力才在一家破烂的客栈里找到三个小房间，房东的鸦片瘾很深，等着钱花，鉴于也没有别的租客，就以高价租给了他们。房间是泥地的，窗户很小，只是些墙上凿成的洞而已。安德鲁一看家人有了栖身之处就撒手不管了，赶紧去忙他自己的事情了。

在他看来，没有比现在更好的机会了。方圆数百英里内，他是唯一的传教士，唯一的白人，没有其他教派来干涉他传教。他拥有像得克萨斯州一样大的地方，到处都是从未听过福音的人，他陶醉在这天赐良机之中。

但他不是一个人了，现在无论走到哪里，都有一些中国传教士心甘情愿跟随他，最主要的是那个高个子的马教徒，他曾是穆斯林，他的阿拉伯血统淋漓尽致地显示在他那瘦削的脸上和高傲的举止中。安德鲁和他们一起策划了新的传教计划。这个禾场——他总把他认为自己负责的领域称为禾场——被画在一张地图上，每个人负责一部分。安德鲁事先总要了解情况，诸如有多少有城墙的城市、多少人住在城墙内、有多少寺庙、人们的宗教信仰是什么、城里的主要商业是什么、人们生活得好不好，这些有城墙的城市将成为中心。接下来，他又去了解有多少有围墙的村庄、多少集镇、农民们卖完农产品后会去哪些主要茶馆逗留聊天。他的目标是在自愿的前提下，在每个有城墙的城市里建一座教堂，在每个集镇里建一座小教堂。他过去总是骄傲地说："我建教堂从来没有违背过人们的意愿。"

"你怎么知道他们要不要？"我们长大后故意刁难地问他。

"在我告诉他们拒绝上帝意味着什么之后，他们总会乐意的。"他说。

安德鲁从来不明白的是，一种宗教或多或少对人们来说意义不大。在某个地方有一个他们从未听说过的神总是可能的，而他们应敬拜该神以获益。多一个白人的上帝不会有什么坏处，佛陀本人是黑人也是一个外国人。只有当安德鲁大胆传道说他的神才是唯一的真神时，人们才会产生敌意。当安德鲁让人们不要在祠堂里祭拜祖先——因为在一个人面前鞠躬敬拜是把本属于神的待遇给了人——许多人便离开了，不再跟随他。但是安德鲁从不气馁。他相信被上帝所呼召的人会留下来，其他人注定会离开，因此，他无动于衷，随他们去。

尽管如此，安德鲁在那时还是很愿意积极主动地去赢得人心的。首先，他穿上中式衣服，把头发留长，编起辫子。他这么做是因为他高大的身材和外国长相让乡下人感到害怕，有时当他走进一个村庄，所有的人便落荒而逃，只留下一群黄色的狗对他吠叫。但是在家里他从来不穿汉服，他的长腿一旦被袍子缠住他就会立刻变得不耐烦。“哦，呦！”他会像一个苦力一样嘀咕着，把长袍塞进腰带里。长头发特别让他无法忍受，在呻吟和忍耐了一段时间后，他把头发剪掉了，去买了一条假辫子，凯丽把假辫子牢牢地缝在黑色缎子的中国圆帽里。这是一个不错的模仿，让他摆脱了梳理缠结头发的折磨。这一着很有用，直到他摘下帽子并把帽子挂在墙上，而且他无论在哪里都会这么做。之后那假辫子的效果就相当滑稽了。

他也没有穿中式衣服多久，宽松的袖子和飘动的袍摆很快令他无法忍受。安德鲁喜欢衣服扣得紧紧的，最重要的是，他喜欢简单朴素的衣服，不愿意穿中国绅士们穿的质地精良的丝绸衣服，凯丽又不让他穿穷人穿的棉布衣服，棉布衣服挂在他巨大的身躯上显得软塌塌的，看上去很奇怪。过了一段时间，他还是穿上了自己的衣服。

安德鲁讨厌造作或怪异的装束，尤其蔑视职业牧师的长袍。没有什么比主教的服装更让他恼火的了，他特别讨厌主教的衣领，常说：“谁都不知道衣领扣在哪里。也许它们像笼头那样是套上去的。”他还用他特有的冷峻口气补充道：“一个人不需要用一套制服，而应该用他的所言所行来表明他是侍奉上帝的。”

他坚决只穿一套简朴的西装。他确实有一件阿尔伯特亲王大衣[1]，那是他不得已为自己的婚礼买的。他和凯丽之间的一些充满戏剧性的场景都是因这件外套而起。凯丽有时靠哄他和讨好他取胜：

“安迪，你个子高，可以穿长外套，高个子男人穿上它看起来很帅。”

凯丽的奉承话在安德鲁那里比在其他人那里更有用——他从来没能够忘记佩迪布鲁太太说过那番话——但他也不是完全中计，回家后他经常会痛苦不堪地抱怨坐在外套的燕尾上很不舒服。

“你不应该坐在它们上面，”凯丽说，“把它们分开，坐在中间。”

但是安德鲁呦了一声。

“在全能的上帝面前，我不能把心思放在这些事情上。”他反驳道。

那件阿尔伯特亲王大衣随着时间流逝渐渐变旧了，他也不会再买另外一件了。他穿着中国裁缝为他制作的廉价西装行走四方。他有一个奇怪的习惯，绝不在女士面前脱下外套，即使在最热的天也不会不穿外套就坐下来吃饭。另外，他只穿干干净净的硬领白衬衫，从来不会不穿硬领衬衫就去照镜子。如果有人看到他穿着浴衣在走道上或从浴室出来，就会注意到他的脖子与他那硕大而高贵的头相比，确实显得瘦细了一点，这让他显得像个好奇无助的孩子，有领子的衣服对他才是合适的，因为这遮住了他身上的会出卖

---

① 一种男士正装，以维多利亚女王的配偶阿尔伯特亲王命名，传统上是长款双排扣礼服。

他的孩子气。

他一点也不精明，那种孩子气很容易让他受骗。例如，他总是欣喜地相信每个来找他说愿意成为基督徒的人。他没有能力，也不会质疑任何宣称相信主耶稣基督的人的动机。若他怀疑了，将是不信任基督自己，他深信相信基督的人的灵魂注定得救。

在洗礼仪式上，安德鲁会让人感到那是一次奇妙的经历。他一年四次为信主施洗。他们从四面八方赶来，聚集在选定的中心里，大部分是一小群淳朴的乡下人，也有零星的城镇居民，很少有看起来有学问或有地位的人。安德鲁没有随便接待他们，也没有马上进行洗礼。有时他们会待上一个星期，他教导他们，审核他们对新宗教的了解。之前，几个星期甚至几个月前，他的助手们一直在教那些不识字的人读安德鲁为他们准备的简单的小册子，识字的人则自己去读《圣经》。当他们前来接受洗礼时，安德鲁会仔细询问每一个人对基督教基要真理的了解和精神体验。对那些明显无知的，他会遗憾地吩咐他们回家，好好准备，以后再来。但是，如果人们真诚地表达信仰，他就会接受他们。在教堂里，在会众面前，他叫着他们的名字，他们一个接一个地走过来，他用手指伸进他拿着的普通陶罐，把水洒在他们的头上，祈祷着，感谢上帝赐给他的每一个灵魂。

受洗者脸上的表情有的恐惧，有的充满希望，一般都是真诚寻求上帝的样子，但经常也有自鸣得意的虚伪之徒。然而，安德鲁一视同仁地接受了他们，认为他们都是宝贵的。受洗后，他们开始领圣餐。他们对整个过程的看法因其目的而异。有人公开宣称，水一碰到头就觉得好像压在心里的石头被拿走了一样，还有人私下说没有任何感觉，也没有注意到生活中的任何变化，这只是一个骗局。

但这些都不重要。重要的是，在那些日子里，安德鲁的灵魂是狂喜的。他的模样也被不属于这个世界的快乐给改变了。周日回家吃晚餐时，他看起来就像体内有盏灯在燃烧着，那何止是愉悦，那更是发自内心的狂喜。他静静地坐着，慢慢地吃着东西，不注意饭桌周围任何人的讲话，给人一种发光的感觉。我过去常常看着他，确信我看到他的周围有一束纯净苍白的光，就像从他的身体中发出来的，他的眼睛也显得特别清澈碧蓝。晚饭后，他总把自己关在书房里好几个小时，最后沉浸在愉快的筋疲力尽中。

我们没有人能和他分享这样的时刻。对我们来说，家里那间书房似乎不存在。除了非得打搅他给他传话外，我们从来没有想过进去玩玩，或者找个什么理由进去。后来，我不得不进去让他听我念拉丁语，我从来都是站着背诵给他听的——不站着是不可思议的——因为在那里听的不止是人。

在这个新的福音禾场，信主的人像归巢的鸟儿一样飞了进来。这是一个贫困的地区，人们饱受饥荒之苦。黄河肆意穿过那片平原，移动河床，一条河道干涸了，另一条又会泛滥。人们对自己的神感到愤怒，受够了苦难，他们经常这样讲："没有比我们的神更糟糕的了！让我们来试试外国的神，看看是否灵验！"

少数人得到了一些好处，安德鲁和凯丽用向美国和美国差会讨来的钱买了食物，尽可能纾解他们的疾苦。人们急切地希望得到远远超过安德鲁所能给予的救济，他们挤进教堂，大喊救命。当发现没有足够的食物时，许多人离开了，但有些人却留了下来，安德鲁为此大受鼓舞。

他经常在外讲道培训，与他同行的还有他的一群追随者，他正把他们训练成中国的神职人员。 每一个中心建立后，他就派一个受过训练的人去传教、办学校。 安德鲁热爱学习，他在哪里建教堂，就在哪里建一所学校。 只要花一点钱，教会会员的孩子或任何其他人都可以来这里学习认字写字，学习基督教的要义。 他并不在乎他们也阅读儒家经典。 他相信，《圣经》有它的魅力，是异教徒的文学作品无法替代的。

正在传教硕果累累、教会不断成长的时候，他受到了一次打击，这个打击来自一个他最没能预料到的地方。 那是初春的一天，他已经离家好几个星期了，正要结束漫长的布道之旅回家。 他现在觉得可以在家休息一个星期，这是一次非常愉快的布道之旅，无论走到哪里，人们都热切地听他传道，还有许多人希望受洗。 他满心快乐，意识到事工的成功和上帝的祝福。 他想到洗个热水澡，躺在家里干净的床上，吃吃美食，享受说自己的母语和看到家人的快乐。 他应该有一个假期，可以没有负罪感地享受一会儿。

但是当他进了客栈的院子，从驴背上下来的时候，看见凯丽已在那里等他，不止是凯丽，还有三个孩子，包括一个刚出生没几个月的儿子和孩子们的保姆。 他们穿着行装，所有的家什都打包好了，等人搬运。

“这是怎么回事，怎么回事呀？”安德鲁喘息着，结结巴巴地问，“这是什么意思，凯丽？”

“这意味着，”她回答说，“我和孩子们要去找一个可以住的地方。 你可以从北京传教到广州，但我和孩子们再也不会跟你走了。”

这番话我已经熟记在心，因为凯丽跟我讲过多次。 在安德鲁离家的数周里，她已经在心里说了很多遍。 当她照看患肺炎的婴儿时，当水漫进了房间，家具只好抬放在砖上，他们在木板上从一个房间走到另一个房间时，她就一遍一遍地讲这番话。她的快乐不是来自拯救灵魂和向着拥挤的人群布道。她一点一点地在挽救一条生命，她的儿子的小生命——还不确定是否真已救了他，因为他看起来还是那么虚弱。

我不知道在那个院子里到底发生了什么。安德鲁说到这件事时，总是一脸严肃和沮丧，他说："她完全不讲道理。"这不是一个男人和一个女人之间的斗争，而是一个女人在蔑视上帝。她这是在对抗上帝，对抗安德鲁的召唤，对抗他工作上的成功，对抗对未来的承诺。

"她一点也不关心那些尚未得救的灵魂。"安德鲁一次痛苦地回忆道，"她就像一阵狂风，没有什么能阻挡她。"

最终她赢了，正如她所决定和计划的那样。所有的房间都搬空了，付清了房东的钱，搬运车已经订好了，等着送他们去已经租好的船只。她关上了身后的每一扇门，告诉安德鲁不必跟着她，她可以一个人走。尽管他困惑、愤怒、抗议，但还是决定和她一起走。他转过头跟马信徒讲等安顿好家人就回来。安德鲁为在自己的家里受到了如此大的打击而极为震惊。因为这件事他从来没有完全原谅凯丽，从那天起，他更加踽踽独行了。

* * *

安德鲁生来就是个孤独者，从来没有一个亲密的朋友。年轻时他也不需要，只盼望从讨厌的体力劳动中解脱出来，计划着去学习和传教。甚至结婚的时候，他也没有想过需要陪伴，他没有见过一个陪伴男人的女人。在男人堆里，他听到的是对女人粗鲁的蔑视，认为女人都想入非非、怪念成堆，只有她们简单的交配和料理家务的功能才是男人所需要的，才能被尊重。这种蔑视只在短暂的求爱中减弱，一旦完成求爱，男人照样看不起女人。他没有想过要在一个女人身上找到智慧的陪伴或精神上的理解。

有时一个女人的确会被安德鲁温和的外表和安静的气质所误导，被他吸引，做出对他感兴趣的暗示，没有什么比这更让安德鲁苦恼尴尬的了。有一次在早餐桌上拆阅信件时，刚刚打开一封信他就一脸震惊，立刻把信交给了凯丽。她那双深褐色的眼睛里满是愤怒。

“那个女人是个傻瓜！”她直截了当地说。“你把她交给我，我来回信，安德鲁！”她把信折叠起来，放在口袋里，然后锐利地看了他一眼。“你有没有单独和她谈过话，或者有类似的事情，让她产生什么想法吧？”

安德鲁漂亮的高额头上冒出了清澄的汗珠。他摇摇头，不安得说不出话来。然后他清了清嗓子。“等一下，”他嘶哑地说，“有一天晚上，她让我和她谈了一会儿。我记得琼斯先生当时被叫了出去。她说没有完全领会圣保罗的“得救本乎恩”①的概念的意义，我就解释给她听了。”

“然后她感谢你，说她以前从来没有弄明白过！”

“你怎么知道的？”他惊讶地问道。凯丽发出一声悦耳的短

① salvation by grace，指人获得救赎完全是因为上帝的恩典，与人的行为或者功劳无关。

笑。“我当然知道女人是怎么欺哄男人的，她们总从寻求建议或解释一件事情开始！ 不要再为此费心了，我来对付她。”

安德鲁默默吃完早餐后就走了，立刻松了口气，还有点害羞。早饭后，凯丽立即坐在办公桌前，迅速写了一会儿。“好啦！”她喊道，写好信封。“可怜的傻瓜！”她笑了，恢复了好心情，然后又补充道，“我当然知道安德鲁像羔羊一样无辜！ 但正因为如此，他容易受骗。”

我不相信在女人问题上她完全信任安德鲁，因为他太老实了。 当她躺在病床上，因留恋生命而感到痛苦和愤怒时，她痛苦地说安德鲁不久就会再婚。 他感到很受伤，离开了。“她好像觉得我，我是，是老亚伯拉罕①！”我听到他在过道上小声嘀咕。 事实并非如此。 我想，她知道她从来没有进入他孤独的内心深处。所以她怀疑，一半悲伤，一半嫉妒，也许另一个女人可能会进入他的内心。

她从未意识到没有人能进入他的内心，因为安德鲁不知道如何给任何人打开心门。 他年纪大了后，有时会渴望有人靠近他，但没有人能，因为他不知道如何让任何人靠近，他守护着自己的灵魂，封闭着自己的心门，甚至来自他的孩子的爱抚都会让他感到尴尬，不知如何回应，所以他们只好不再爱抚亲吻他。 他的孩子长大后才意识到，他其实喜欢别人对他表达爱意，一句赞美或认可的话有时会让他热泪盈眶，但是人们并不常赞美他，因为他太害羞了，也不随便赞美别人，唯恐太过分变成了恭维。 他童年的家里有许多粗俗的玩笑，家中只有他一个人会敏感地又去想那些细节，而后耿

① 在《圣经》中亚伯拉罕在妻子撒拉去世后又娶了基土拉。

耿于怀，痛苦不堪。家里也没有人会想到要去赞扬谁，担心那会让人滋长罪恶的自负。因此，他成人后能够提出批评，但无论内心有什么冲动都不善于温和地赞扬别人，他的孩子们小的时候因此不喜欢他。但是当他们长大了，他成了老人，变得容易读懂，他们看到若在不同的和更友善的信仰体系下，他是可以具有更成熟丰富的性情和更自如温和的良善的。这种孩子般的对爱、情感和理解的渴望一直在那儿，但是那么多年里，他却不知道如何去表达。

他觉得凯丽从来没有理解过他，可他也没有想过他是否理解过她。他什么也没对她说。他带着她和孩子们沿着运河来到长江边，在一座山头上找到了一座空房子，他把他们留在那里，然后又继续孤独地上了路。

但是，上帝安慰了他。

第七章

义和团运动前的八年是安德鲁宣教最危险的时期，因为他从不待在福音领地已建立好的地方，而是像往常一样去开辟新的禾场，这让他常常四面受敌。中国人一向不信任外国人，就连对来自其他省或地区的本国人他们也没有信任感。这可能是因为几个世纪以来，每个村庄和城镇都独立自主，少有来自上方或外界政府的管辖。这种抵触情绪很强烈，在一些地方把不明来历的陌生人活埋了甚至是一种习俗，即使是现在，村子里的人把凶恶的半野狗放出来攻击陌生人的事情也时有发生。安德鲁无畏前行，手上只有一根打狗的粗棍子。狗很快发现他并不害怕，也就不在他跟前多耍花招，只在一边看着他走去了别的地方。那些狗也只不过是些胆小鬼而已!

没有人知道他到底遇到过怎样的危险。如果没有人询问，他从来不主动谈起。他只用几句话讲述一个故事，若换成另外一个人，同样的故事会被讲上整整一天。

有一次他躺在一家客栈的砖床上睡着了，醒来时，发现床边有光亮，一看，是客栈老板站在他身边，左手拿着一把燃烧的油灯，右手拿着一把客栈厨房里的切肉刀。安德鲁睁大眼睛，盯着那个人的脸，大声呼喊上帝。

“救救我，上帝！”他用英语说，这个人听了开始害怕了。

“你说什么？”他问道。“我在呼唤我的上帝。”安德鲁回答，他那双坚定的蓝眼睛始终没有离开过那人的脸。

那人高举着菜刀，挥舞着喊道：“你不怕吗？”

“不害怕。”安德鲁平静地说，“我为什么要害怕？你只能杀死我的身体，我的上帝会惩罚你的。”

“怎么个惩罚法儿？”那人问道，又停顿了一下。

“你将生活在痛苦中。”安德鲁平静而肯定地说。那个人盯着他看了一会儿，最后喃喃自语地走开了。

“然后你做了什么？”我们气都喘不过来，急忙问。

“我翻了个身就又睡了。”他回答。

“他可能再回来的！”我们大气也不敢出地说。

“我有天使天兵保护。”他简单地说。

有一次，他被一个粗野的家伙从拥挤的渡船上推到河里，这个家伙先是咒骂他，发现他不予理睬，就推搡他，把他绊倒推到河里。但是安德鲁从泥泞的水中浮出，抓住了帆船的舵。船上的人群目不转睛地看着他，没有人伸出援手，他也没有请求帮助。他坚持着，等到快靠岸时水浅了，便站起来蹚着水走了出来，浑身湿漉漉的。他到渡船上寻找他的箱子，但箱子不见了，被那个推他的家伙拿走了。

众人哈哈大笑。“里面装满了银圆吧。”他们喊道，“外国人旅行都带着几箱银圆呢！”

安德鲁笑了笑，平静满足地继续赶路。他仅有的几块钱妥妥地在他的口袋里，而箱子里装的只有小册子和福音单张。“上帝对人有他的办法。”他说，相信那人的灵魂会得救。

当出现在陌生的城镇时，他不止一次地遭到过攻击和殴打。他们打他，显然因为以前从未见过像他这样的人，就如同狗会攻击一只陌生的狗一样。

但他真正最在意的不是这些。他是个极其讲究清洁卫生的人，回到家时常常因旅途中肮脏的经历感到恶心。有一次，他吓得脸色发青。

“怎么回事呀？”凯丽嚷道。

“我今天吃了蛇。”他毛骨悚然地说，“我在一家客栈吃的，事后来才知道。”一想到吃了蛇，他立马又感到恶心起来。

他还受不了随处叫卖和随地吐痰的社会陋习。他对人的灵魂很有耐心，但对人肉体上的陋行极为厌恶。火车刚开通时，到处张贴的禁止向随处可见的痰盂之外的地方吐痰的标识令他欢欣鼓舞。但是没有人理会那些标识，中国人习惯了随地吐痰，他们大多不识字，那些识字的人也不加理会，便利是中国人的生活准则。一个夏天的晚上，安德鲁回到家，看起来心满意足。

“今天火车上有个大胖子。”他在饭桌上突然说道。

我们都看着他，等着他说下去。

“他脱下衬衫，坐在位子上，肚子大得像一只大青蛙。”他继续说，小心翼翼地擦了擦嘴，眼里充满了厌恶，“这个胖子随地吐痰，就是不吐在痰盂里。我受不了了，指了指标识牌子。”

“我希望你真能提醒到他。”凯丽怀疑地说。

“没用，然后我就告诉了他我对他的看法。”安德鲁说。

“你跟他说什么了？”我们问。

“我跟他讲，他比野兽还脏。”安德鲁温和地说。

“爸爸！”我们叫起来。

“哦，我是非常亲切愉快地告诉他的。”他用同样温和的声音回答，不明白我们在笑什么。

安德鲁当然是有敌人的，他的对头大多数是传教士同伴，他把那些传教士和地方官员一律视为他的天敌，也就是说，他们都是魔鬼的诡计，要阻挠上帝的旨意或阻拦他想做的事。他对地方官从不手软，公开利用每一项条约权利迫使他们允许他租赁房屋去开教堂。虽然他开教堂的原则是在人们自愿的前提下，但总有团体不希望外国宗教进入他们的城镇，对此，安德鲁完全置之不理。他认为，尽管可能有一百个人不想听上帝的话，但如果有一个人想听，那就是他的权利。因此，他大胆地去地方衙门，陈述他的观点，等待他们对此发表奇谈怪论。有时，有的地方法官根本不想见他，便用各种借口一天天地把他打发走。但第二天黎明时安德鲁又会出现在那里，一直等到夜晚，后来大家看到他都烦透了。他不会往地方官员下属的手里塞一点点钱。他当然清楚钱会打开一些门，但他自己没有钱，也不会用教会传福音的钱去行贿。如果地方法官顽固不化，安德鲁就会跟他们较劲——即引用鸦片战争后签订的条约，根据这些条约，中国人有权自愿成为基督徒，传教士有权传教。如果地方官强悍，不惧那些条约，也没有被外国炮艇的威胁吓倒，安德鲁就跑去向美国领事求助。领事可能会诅咒传教士——我想有很多领事是会诅咒反感传教士的，说实话，没有这些传教士，他们的日子会好过得多，但他们还是会给地方官写封公函。公函写在官方纸上，盖有一个巨大的奇怪的美国印章，总能帮到安德鲁。权衡再三后，地方官只好用一些蔑视的措辞不情愿地给予许可。但是安德鲁才不在乎人的蔑视，他是上帝顽固的儿子中最顽固的那一个，凯旋着继续传教。

那么多年里，我们在家几乎都没怎么见过安德鲁，对他的孩子来说，他是一个陌生人，很少回家。即使他回来，那也不是回家，而是休息一夜后又上路了。孩子们的生活中没有他，他们的日子被其他东西充满。他们没有父亲，甚至因为不太了解他而不想念他，他的生命是献给别人的。有时回到家，看到儿子长得越来越高，女儿已不再是小孩子了，他也会隐约感到这一点。还有那个在客栈里出生的婴儿，在最后一个女孩出生之前，在他五岁时死了。

有时他试图进入他们的生活。一年中有两次，他们对他的记忆有点不同，他不是作为一个只与他们匆匆待上一晚的过路人，而是与他们一起分享必须做的事情的人。这两次，一次是圣诞节，另一次是蒙哥马利·沃德的箱子送到时，相形之下，圣诞节就显得没那么令人兴奋了。

凯丽总是为了孩子们隆重庆祝圣诞节，而圣诞节对安德鲁来说有点可疑。在他童年的家里，除了去教堂和吃圣诞正餐，没有其他庆祝活动，不互送礼物，也没有圣诞老人。他对礼物的想法也很奇怪，除了送给孩子们他小时候想要、但他的孩子并不想要的东西外，他永远想不出还能送什么给他们。他不知道送什么给孩子们，更不知道该送什么给凯丽，孩子们感受到了他少得可怜的礼物给凯丽带来的痛苦。圣诞节的早晨，她打开一个棕色的纸包，便静静地把它搁在一边，不发表任何评论，他们的心也为之而痛。她的眼睛里布满了阴影，然而我们知道他并不是有意要伤害她，他只是从来不了解她，不知道她喜欢什么，穿什么，需要什么。孩子们热情地崇拜着她，力所能及地为她准备礼物，在圣诞节前的几个星期里忙着为母亲做了一些“漂亮的东西”。他们知道她内心深处对美的渴望。

从根本上来说，安德鲁骨子里受不了花钱去买任何不能促进他事工的东西。金钱是用于拯救灵魂，租赁教堂、开办学校、购买《圣经》的，他自己不想要任何东西。所以，圣诞节的花销总是令他感到有些心痛，他会疑惑地低语：“没有人知道基督出生的真实日期。此外，有证据表明这个节日混杂了异教徒的传统。我们真的不知道我们在庆祝什么——圣诞节甚至可能是一个古老的异教神的生日！”

“别胡扯，安德鲁，”凯丽喊道，“重要的是让孩子们度过美好的时光！”

从来也没有人费心为孩提时代的安德鲁营造美好的时光，这让他愈发地怀疑圣诞节了。事实是，他一心扑在工作上，他的幸福是只以事工成功与否来衡量的，上帝是他的全部。

但来自蒙哥马利·沃德的箱子则是另一回事儿了。这些都是生活必需品，几个月前就订购了，付了钱，将如期安全抵达。那天早上，孩子们已经期待了好几个星期。安德鲁看了早餐桌上的信后抬起头来，郑重地说：“箱子来了！”如果他不在家，他们会等得几乎无法忍受，因为安德鲁不在，凯丽是不会打开它们的。好在初冬时节他几乎总在家。取箱子、开箱子是有一套令人兴奋的常规程序的。安德鲁必须去码头的海关，出示提货单，然后才能把箱子从海关提走。家里的孩子们就在院子门口等着，如果天气好的话，他们会爬上院墙，这样安德鲁一转过山谷里的老寺庙，他们就能看到。如果下雨的话，他们就在前门等候，把脸紧紧贴在玻璃窗上。与此同时，凯丽则在后厅腾出地方放箱子。

安德鲁和他身后的四五个用扁担和绳索挑着箱子的劳工一从寺

庙后出现，孩子们便欢呼雀跃了起来。劳工们有节奏的号子声越来越响，脚步声越来越近，“嗨——喝——嗨——喝”，很快，箱子就会被放在后厅里。而后，这些苦力拍打着他们汗湿的前胸，指着他们肩膀上挑箱子留下的印痕，吵吵嚷嚷地要小费，安德鲁则与他们砍价。

“这些外国箱子沉得像铅！”他们大喊大叫，“都快把我们压死了，我们得把它们扛上山，这么辛苦才给我们这几个子儿！”他们把硬币扔了，还往上面吐唾沫。这时凯丽就恳求安德鲁：“再给他们一点，安德鲁，就这一次！”他很不情愿地多给了一点，他们这才平息下来笑着走了。终于到了打开这些箱子的时候了！

孩子们手中早已拿着为安德鲁开箱备好的榔头和大拔钉器。他们屏住呼吸，看着安德鲁敲敲打打地把榔头的尖端顶入木箱上的铁钉，钉子发出嘎吱嘎吱不情愿的响声，被拔了出来。

每块木板都会被保存下来，箱子用的是上好的美国松木，中国的木头一般没有这么干燥。我们的书柜、办公桌和阁楼里的箱子都是用蒙哥马利·沃德的木板做的。箱子的盖子下面是结实的牛皮纸，凯丽把纸揭开，来自美国的东西就露了出来！那是我们同自己的国家最真实、最有形的接触。

现在回想起来，那是些最简单的东西，都是美国人每天从杂货店买的生活必需品。但对我们来说，它们却是最昂贵的奢侈品。箱子里有稀罕好吃的食物、神奇又复杂的工具、时尚的成衣，这些在我们周围根本买不到。

有几听咖啡和几袋糖、酵母和肥皂、一桶圆形的糖蜜——凯丽用它做她拿手的姜饼——还有也许生长在东方、现在又被运了回来的香料。有针和别针、发夹和线、在中国商店里找不到的小东西：

一些色彩鲜艳的丝带，用来星期天系小女孩的卷发(其他日子用染色胶带)；还有其他一些小奢侈品：在寒冷的冬夜里安德鲁晚餐时喜欢喝的檫木茶、几磅硬薄荷糖、几包明胶、凯丽为过冬准备的水果罐。服装方面，有为中国寒冷潮湿、室内保暖极差的冬天所准备的长内衣。凯丽为我们织了长袜、毛衣和护腕；最后，总有一些特别的东西是每个孩子从琳琅满目的订单目录中挑选出来的。哦，我们都花了好多时间美滋滋地在目录上仔细寻找花费不超过一美元的东西。我们得做出艰难的决定，要么选几样加起来都不到一美元的东西，要么把整整一美元全部花在一件心爱的物品上！最痛苦的莫过于心爱的东西标价一美元十九美分！这时，找安德鲁是没用的，没有孩子想去找他，但凯丽心总是很软，可以被说服。订单交给安德鲁过目，你可以相信凯丽会为孩子说情："我告诉她可以买，安德鲁，我会用其他什么东西弥补，或者从家庭开支中弥补回来！"安德鲁同意了。但平心而论，如果安德鲁工作进展顺利，心情好的话，他通常都会同意。

这样，每个孩子都会收到一个自己的小包裹——那就是他们的珍宝——他们拆开包裹，观赏、抚弄、把玩那些东西，晚上把它们放在枕头下面。然而，购货目录本身也令人心痛，许多东西的价格远远超过一美元！例如，安德鲁的一个小女孩，多年来一直想要一个大洋娃娃。直到今天，她还没有忘记曾经特别想要一个和真正的婴儿一样大的洋娃娃。目录上洋娃娃的插图下面标了"真人大小"，就是说跟真正的婴孩一样大。她记得那个洋娃娃有一张圆圆的陶瓷脸，戴顶褶边花帽，双手胖乎乎的，穿着长长的裙子和小小的针织夹克。但这个娃娃标价三美元九十八美分，显然远超预算了。她买过一两个小洋娃娃，但它们跟"真人同比娃娃"不是一回事儿。在好多年里，她一直坚定地祈祷希望在某个圣诞节能如愿——但这样的圣诞节从未到来。她有一些便宜的小洋娃娃，从头到脚穿着由凯丽制成的精巧的小衣服，但它们不是真人大小。每个平安夜，这个孩子都祈祷数百次，满怀希望地跳上床睡觉。但当第二天一眼看到那只袜子里只有一个小包时，她知道一年的希望又破灭了。如果凯丽意识到了这个小孩的愿望，她会想办法的，做出一些惊人的牺牲来满足她的愿望，但是她从来不知道，因为这个孩子从来没有说出来过，也没有奢望她父母花这么大一笔钱。圣诞老人或上帝可能会送给她，但不是安德鲁，因为他自己也缺钱，凯丽自己又没有钱。因此，“真人同比娃娃”只是留在目录页上的梦想，最后她的希望彻底熄灭了。如今这个孩子长大了，最怕经过玩具店的娃娃柜台。即使她现在有了自己真正的婴儿，也不能弥补童年的遗憾。

对于许多居住在中国的白人小孩来讲，蒙哥马利 · 沃德就是圣诞老人和上帝了。一天，一个孩子回到家，郑重地对妈妈说：“我相信南小姐和罗布先生要结婚了。”

“你怎么知道？”母亲问道。

“因为我看到他们一起看蒙哥马利 · 沃德的购货目录。”孩子机敏地回答。

* * *

长久以来，我们谁也没有意识到，中国内部正缓慢地酝酿着一场风暴。我小时候住在安德鲁的家时，当然不知道这些。然而，我记得听到安德鲁和凯丽谈论时，会很害怕。人们似乎不像以前那样愿意听安德鲁的布道了。他回家的次数比以前多了，经常一副沮丧的表情，所以在他回来之前，凯丽经常哄孩子们要特别乖，和他亲热些，记得他有多累。

“你们安全地住在这里，但你们这些孩子不能理解他经历的艰难。”她停顿了一下，仿佛在听，在想孩子们到底有多安全。

他们都是些热心肠的孩子，跑来跑去地为安德鲁的归来做准备：采摘他从未注意到的花，把他的旧皮拖鞋放在门口，好让他进屋时就穿上——他倒的确注意到并喜欢这件事。那双破旧的大皮拖鞋已经变成了贴合安德鲁的脚的形状，有种特别的象征意义。对一个小孩来说，手里拿着的那只拖鞋就像巨人的鞋子一样。那双拖鞋也仿佛有一种魔力，安德鲁只要一穿上，脸上就会浮出不同的表情，那是他回家的样子：身体极度疲劳，心情却放松了下来，眼里有种饥饿感，也许这正是他对家对自己亲人的渴望，而他却无法用言语来表达。

随着义和团运动的兴起，他回到家时看上去越来越沮丧。他花很长时间坐在书房里，啥都不做。我们过去常常看到他坐在从上海一家二手店买的旧仿皮扶手椅上。我记得，在最常被他的身体压住的地方，特别是祷告时他的两个胳膊肘压出印记的地方，椅子皮已裂开，漏出了里面塞着的东西。

安德鲁和凯丽从不向他们的孩子隐瞒实情。安德鲁在餐桌上突然会说：“上个月我不得不关闭另外三个小教堂。房东不租给我了，我也找不到别的地方，现在没人租房给我布道，情况不妙。”

他还说：“我们会在不同教会成员的家里开会，我们像过去的基督徒那样，只能在午夜秘密聚会。”

在很多个夜晚里，孩子们被大院大门的哐当声弄醒，看到安德鲁提着一盏闪烁着的、一尘不染的大旧煤油灯回家。这是他的一个小讲究——家里的煤油灯一定要擦得干干净净，灯芯要修剪好。那些日子里，我们用美国煤油点灯。当我们看到粉刷过的墙上闪烁灯光时，我们知道那是安德鲁从一个基督徒的秘密聚会回来了。

整栋房子充满了庄严的等待，而不是恐惧。仆人们找各种借口一个接一个地离开了，最后只剩下保姆和她的儿子。安德鲁待在家里的时间越来越多，神情越来越严峻。他去见过几次美国领事，回来后对凯丽说:“他们什么也做不了，也在等待。”

一天晚上，他没有回家！第二天快中午的时候，他才回来，手腕被皮带勒住的地方在流血。

凯丽见状焦急万分地大叫起来，他却冷静地说:“庆幸我还活着。我正在给林蒙的老母亲主持圣餐，士兵进来了。他们把林带走了，把他活活折磨死了。林坚守真理，至死不渝。他们还带走了他十岁的儿子，今天才放了他，孩子回来后告诉了我他的死讯，给我松了绑。我被绑在一根柱子上，那个女人也死了。”他的脸抽搐着，呻吟着坐了下来，用一种奇怪的眼神看着我们，冰色的眼睛闪闪发光，用庄严得胜的口吻说:“林蒙是一个殉道者，已经安息主怀，与所有进入主的荣耀的人在一起。”

他很快站了起来，去书房独处了。

很快，四处都传来死亡的消息。在山东的一个镇上，一个小传教士团全部遇难，包括孩子。有几次，我们从未见过的传教士被中国朋友秘密送到我们这里，他们衣衫褴褛、又饥又病，凯丽照顾了他们，并把他们送去上海，帮他们脱险。来的人中偶尔有八岁或十岁的孩子，但从来没有幼儿或婴儿。幼儿已经死于痢疾、发烧或其他难以启齿的苦难。凯丽的孩子们从来没有直接听说过这些，但他们看到凯丽在哭泣，为自己的孩子焦虑不安、深感恐惧。风暴越来越大，直到有一天，领事馆把美国国旗升至事先通知过的高度，警告我们立即离开，凯丽带着孩子们走了，但安德鲁却独自一人留了下来。

我们不可能完全知道安德鲁心里在想什么，他是唯一留下来的白人。无论那次还是以后，当危险来临的时候，他都没有离开过他的岗位。他默默一个人回去，在路上，有人向他吐口水，大声咒骂他，他早已司空见惯，不与理会。他走进空荡荡的房子，洗了澡，换了衣服，坐下来吃晚饭。一个年轻的小伙子，孩子们忠实的保姆的儿子，留了下来照顾他。

* * *

义和团的故事已经讲了又讲，再多讲一遍也没多大意义了。如同加尔各答黑洞事件①一样，它是历史里一个不可能痊愈的溃烂的伤口。比起事故和战争造成的大规模死亡，真正因义和团运动而死的人并不多。但是，即便人可以讲理性，顾大局，但一想到传教士们是怎么被残杀的，死者中还有天真无邪的幼儿和婴儿，人心就会颤抖，就会谴责杀戮。理性能够理解中国人有权拒绝外国人踏上他们的国土，能够认识到安德鲁这样的人强加于他人的帝国主

---

① 1756 年，孟加拉国王道拉为驱赶英国殖民者，攻占了加尔各答并下令将 146 名英国俘虏关押在一间很小的牢房中，导致其中 123 人死于窒息和高温。

义——尽管他们是正直的，怀抱诚实和善良的意图。理智承认人们有权拒绝帝国主义，但心仍会战栗。那些殉难者是盲目的，但他们依然是善良和无辜的。神的荣耀使他们盲目，醉心于对上帝的爱，只看到了上帝的荣耀，希望所有其他人都变得像他们一样。他们抛下了一切，像盲人一样来到异国他乡，看不到危险，或者即使看到了，也不愿意相信危险的存在。

这就是思想和心灵之间不可调和的矛盾。头脑可以正确地说一千遍:“他们没有权利在那里，他们自作自受。”但心却说:“他们是无辜的，因为他们相信所做的是上帝要他们做的。”

所以没有答案，也不可能有公正的裁定。安德鲁当然属于盲人，这是他的力量所在，他深信他灵魂深处的话语，他的肉眼从出生到死亡就从来没有睁开过。在他眼里，人都“像树一样行走”①。如果有人告诉他中国人有权抗议外国传教士在他们的领土上传教，他会感到惊讶，仿佛他们在抗议他的真神，而人是没有任何权利反对上帝的。

整个炎热的夏天，他都坚持和那个中国小伙子待在长方形的传教士居所里。这个小伙子晚上去街上探探风声，给他带来其他地方屠杀白人的传闻。安德鲁是这个地区唯一的白人，他默默地来来去去，在街上公开布道，直到路人愤怒的叫喊声淹没他的声音。他平静而固执地散发小册子，当人们把小册子撕了扔了，他就去另一条街试试。他安宁、毫无恐惧的神态，极具尊严高大的身躯似乎保护了他。我是从在他身边的马教徒那里知道这些的。有一次他对我说起安德鲁:“我有好多次都想到他会被杀。很多次我站在他

---

① 马可福音 8:24

旁边，以为我会见证像司提反那样的殉道[1]。人们还向他扔石头。有一次，一块石头划破了他的脸颊，但他似乎毫无察觉，甚至都没有用手去擦擦血。”

“你害怕吗？”安德鲁老了的时候，我们问他。

他思忖了一下。“我一生中为几件事情害怕过，但都是些小事。”他指的是害怕小偷，害怕夜晚的声响，这些童年的恐惧深深地埋在他潜意识里。“但当服事上帝时，我从不害怕。”他说。

“然而，有些人被杀害了。”我们低声说道。

“人害怕的不是死亡。”他说。这是他对没有答案的事情的简单回答。

后来他清楚地记得的，不是危险和恐惧，不是疾病和死亡，而是对传福音的心醉神往，让他在那些日子里一直坚守职责。他仿佛不活在这个世界上。

他写道：“我似乎没有肉体。我感到上帝与我同在，就像一道强烈的光日夜照耀着我。除了马教徒，所有人都远离我，我与其他人几乎没有交往，马曾经是一个伊斯兰教徒，现在是坚定的基督信徒，我每天都教他释经，我们一起计划着等风暴平息后更有效地去传播福音。”

安德鲁从不怀疑那场风暴会减弱，邪恶终会被瓦解，良善终会胜利。他每一次都大声祈祷：“让我们充满信心，邪恶必然从世界上消失，上帝必定得胜。”靠着这样的信念，他走自己的路，在任何情况下都过得很快乐。的确，内心有了这样的确信无疑，一个人

---

① 新约《使徒行传》记述了司提反的殉道。司提反是早期教会执事，被控亵渎神灵并被犹太公会审判。他受审时发表的辩护演说激怒了在场的人，最终他被众人拖到城外用石头砸死。临死前，他祈求上帝赦免迫害者。

还需要什么呢？

＊ ＊ ＊

众所周知，几个月之后，夏天过去了，义和团运动也被镇压了下去。西方派出远征军对屠杀传教士进行了报复。外国军队进驻北京，皇太后带着朝廷逃之夭夭，然后清政府按往常的流程进行新一轮的道歉、让步和赔款。但是人们仍然闷闷不满，他们威胁着拒绝听任何关于外国神的事情。安德鲁变得不耐烦了。凉爽的天气来了，这种天气里他本该在各地走动，在阳光明媚的集市上布道，在村庄里与在打谷场上的农民交谈。但是他们不听他的，他们威胁他，还放出凶猛的狗来赶他，拒绝租房给他，甚至连一个站立的地方都不给。有一个小教堂被烧毁过两次。

“上帝还没有动工。”安德鲁写信给凯丽。

他想到已经有九年没有回过国了，是时候休假了。凯丽住在上海狭小的出租屋里也正好想换换环境。好吧，给上帝多一点时间，放一年的假，然后回来和马基督徒重新开始他们的工作。他关上了长方形的传教士居所的门，去了上海。他的孩子们尽管每天晚上都祈祷：“上帝，请别让我们的父亲遭到义和团的迫害”，但他们几乎已经忘记了他。

在他们眼里，他比以往任何时候都显得更瘦更高，在被烧晒成了棕红色的脸上，他的眼睛仍是灰蓝色的。他见到他们时有些害羞，竟不知道该怎么和他们说话。

第八章

现在，我可以根据我的记忆来讲述些安德鲁第二次回美国的事儿了。诚然，我的记忆不够多，我不能像每天都看到凯丽那样天天看到他，不能给出一个连贯的故事。然而，那时我对他的印象比其他任何事情都要生动得多。日复一日他踪影无定，但他时不时会出其不意地出现，总弄出些事儿来。

美国的很多生活是我以前从未经历过的。例如，我记得第一次见到凯丽亲爱的哥哥科尼利厄斯的情形。他在我心中一直如神一样。他从那幢白色大房子里走出来——凯丽告诉我那是我出生的地方——白发在阳光下闪闪发光。他看起来像世界上最老的人，我想他一定是赫曼纳斯，大叫：“外公！”科尼利厄斯笑了，在他身后，有另一个比他更老，头发更白的人，那才是赫曼纳斯。一切都那么令人兴奋——我与表兄妹们尽情玩耍，奔跑在曾经听说过但从未见过的果园里，看到了牛和马。草地、房子和花园都没有围墙，我起初对这种毫无遮拦感到不习惯。等我确信不会有强盗来攻击我们也没有人会进来偷东西了之后，才感到那实在太愉快，太自由自在了！

然而，在这些记忆里，安德鲁的身影会以其惊人的方式出现。

安德鲁去看望他自己的兄弟姐妹了。我想，那时凯丽觉得带着两个小孩子同去很困难，所以我们整个夏天都住在凯丽的家里，日复一日地沉浸在幸福的狂喜中。安德鲁常受邀讲道。当凯丽的家乡教堂邀请他来讲道时，我记得我有多焦虑。他还能不能用英语讲道呀？令我惊讶的是，他不仅能用英文讲道，而且讲得很长，我觉得他有很多话要说。安德鲁的哥哥大卫是那间教堂的牧师。大卫长得很像安德鲁，都把我给弄糊涂了。但他比安德鲁更安静、更苍白、更温柔。他是一个白发苍苍的老绅士，皮肤也苍白如银，看起来像幽灵，就连他蓝色眼睛也被分泌的银白色液体弄得暗淡了。

有一次，安德鲁令全家人惊愕了一场。他星期六很晚都没有赶回来，而星期天就要讲道。我觉得很痛苦，不知何故感到对此负有责任。赫曼纳斯一直在等他，对安德鲁的迟到哼哼唧唧，凯丽在一边不断道歉，我觉得，安德鲁是我的父亲，我应该做点什么。那是一个炎热的八月天，下午的大部分时间我都坐在巨大的老枫树下的台阶上，紧盯着布满灰尘的道路，看他来了没有。坐在晚餐桌旁的阿姨舅舅们严肃地看着凯丽，问她："他平时也这样迟到吗？"

"不，不，真的不是。"她急忙回答，"我想不出他被什么给耽误了。他写信给我，说今天从路易斯堡骑马穿越下沉山。"

"如果他现在才到，会累坏的。"赫曼纳斯沉着脸说，又补充道，"他不是一个擅长即兴发挥的传教士。"

凯丽没有回答，我看到她的眼睛在冒火。我立刻感到一种奇怪的疼痛——很奇怪，她，我的母亲，怎么会像一个小女孩那样被责备，我真想为她辩护。

突然，安德鲁提着手提箱走了进来，鞋子上满是灰尘。

"噢，先生！"赫曼纳斯喊道。

“我的马跑了不到两英里就瘸了,”安德鲁说,“我只好步行了。”

他们都盯着他。“步行!”科尼利厄斯喊道,“翻越下沉山,还提个包!”

“到这儿没有其他路径了,”安德鲁说:“我去洗洗。”他消失了,我仍然记得他身后的喧哗和惊讶。

他提着手提箱,整整走了十五英里翻越大山。

我突然为他感到非常骄傲,尖声说道:“他的手提箱里还装着书!”

但赫曼纳斯冷冷地说:“他明天肯定讲不好。”安德鲁再进来时,已经洗得干干净净,一尘不染。赫曼纳斯对我的多萝西姨妈喊道:“去拿些热肉来!他肯定饿坏了!”安德鲁坐在那里吃东西的时候,赫曼纳斯还在一边不停地哼哼唧唧。

* * *

我不记得安德鲁是不是个好的传道人。第二天早餐后,我突然宣布决定加入教会。我是看到那个比我大一点,我最喜欢的表姐早餐前穿上了一件新的白色连衣裙时才突然想到的。“我今天要去教堂。”她得意扬扬地说,在镜子前转来转去。我盯着她,想着我也有条新的白色连衣裙,可到目前为止还没有找到合适的场合穿。因为没有合适的场合凯丽不让我穿,这是凯丽和我之间的一个争执点。这个想法触动了我,我赶紧跑去找到凯丽。

“我也想加入教会!”

她在房间里，正在盘起她那堆亮栗色的头发。她把绑头发的线圈缠绕在手上，从镜子里看着我，表情非常严肃。

“你不能就这样加入教会，”她生气地喊，“这是非常重要的一步，你要慎重考虑。”

“我已经考虑很长时间了。”我赶紧说。

“那你之前为什么没讲过？”凯丽精明地问。

我整了整我的连衣裙。“我一直不敢一个人上去，”我说，“但是今天我可以和希尔达一起去。”

凯丽看着我，若有所思。“我不知道行不行。”她最后说，“你得问问你父亲。”

安德鲁就在这时进来了，他刚晨祷完，神色平静。

“这孩子想加入教会！”凯丽大声说。

我感到他的目光落在我身上，对我显出极大的兴趣。除了在我犯错的时候，我不记得他的眼睛曾经这么全神贯注地关注过我。而我犯错的时候，他的目光极其尖锐可怕，现在不同了，他看着我，目光殷切，几乎相当友善了。

“是什么让你决定信奉基督的？”他严肃地问道。

我揉揉裙子，什么也没说，不知道该说什么。他们盯着我，我能感觉到他们截然不同的目光。凯丽的目光很精明，有点怀疑，只需几分钟，她就不让我加入教会了，但是安德鲁的目光却柔和、开阔、兴奋。

“你爱主耶稣基督？”他问道。

突然间我们之间没有了父女之分，他现在是个在探索灵魂的牧师，我肃然起敬，停顿了片刻寻找答案。我难道不爱耶稣吗？我从来没想过，我把爱耶稣看作理所当然。人们总告诉我，耶稣对孩子们很好。

“是的，先生。”我支吾道。

他严肃地转向凯丽。“我们没有权利禁止一个灵魂信奉基督。”他说。

“但这孩子太小了，不知道自己在做什么！”凯丽惊呼道。

我不愿看她，因为我知道她那双深褐色锐利的眼睛会看穿我。另外，我难道不爱主耶稣基督吗？

“这是关乎神国的事儿。”安德鲁简单地说。

就这么定了，她没有说话，但看得出她仍然疑心重重，凯丽拿出那条白色连衣裙让我穿上，替我系上腰带，调整好我的大帽子，全家一道去了教堂。家人知道了我的决定，我和表姐肩并肩地走在赫曼纳斯的后面，感觉很特别。

“你要回答问题的。”希尔达小声说道。

“没关系的。”我小声回答。难道我没有从小就受到《儿童要理问答》、《威斯敏斯特要理问答》和数百首赞美诗的熏陶吗？

我曾无数次任性地对凯丽抱怨：“我看不出这些问答和词句对我有什么好处。”她总始终如一地回答：“总有一天你会为知道它们而高兴的。”也许，我想，这就是那一天了——虽然我过去从来不相信她。

这就是我感觉安德鲁的布道太长的原因。我从来都不听他的讲道，这次也不例外，因为我觉得反正可以在家里听他讲。我是一个害羞的孩子，开始希望我没有说过想加入教堂，但现在为时已晚，已经通知了大卫伯伯，在家人面前退缩是绝对不行的，我的心像一台干燥而刺耳的机器在嗓子眼里跳动着，只有我的连衣裙支撑着我——它比希尔达的漂亮得多，每个人都看得出。

其余的我不太记得了。在祝福前,大卫伯伯站起来宣布接受两位新会员,并邀请大家在祝福后留下来。所有人都留下了。凯丽把我帽子摘下,我和希尔达一起走上过道,在我看来,这是一条永无止境的过道,后来希尔达说我走得特别快,她几乎要跑才赶得上我。我能感觉到卷发在我的背后上下弹动着。全场肃静片刻,然后大卫伯伯用银蓝色的眼睛看着我,问了一两个问题,我低声回答:“是的。”然后又答:“是的,我想是的。”他递给我一个镶着花边的旧银盘子,盘子上有一些白面包,我吃了一点。然后他给了我一杯圣酒,叫我喝。我吃了喝了,面包在我口中干而无味,酒烧了我的舌头,我相当不喜欢它。一回家,我就不得不脱下白色连衣裙。一切就这么结束了,相当令人失望。

* * *

即使在没有传教士,想必也没有异教徒的美国,安德鲁似乎也不能完全闲着。我对他那时的另外一个记忆是我们在弗吉尼亚州一个小小的大学城租了一幢老房子。我们去那里是为了和我在那里上大学的哥哥埃德温在一起。安德鲁没有停下来休息的想法,他觉得,既然美国到处都是钱,他最好尽自己所能继续工作筹款。他把家安顿好,或者说试图这样做。但租这房子时他遇到了麻烦,房子是一位弗吉尼亚老太太的,她自己住在山上一个巨大的圆柱形房子里。尽管她经常去教堂,在星期天的传教活动中还往盘子里扔两枚硬币,但当涉及个人事务时,她并不信任传教士。我不知道她以前是否有过不快的经历,但是安德鲁极有自己的尊严,尤其不能忍受女性的傲慢，他认为女性应该谦恭温顺。他们俩之间针锋相对，互不相让。

一个孩子是不可能完全理解发生了什么事情的。但有一点很清楚，安德鲁不会给她想要的月租，当她问她一年的租金有什么保证时，他极其平静地回答道：“夫人，我的保证是——上帝为我保证！”显然，尽管她是一个基督徒，这也不是完全的保证。那天晚饭时，用凯丽的话来说，安德鲁是在喝他非常喜欢的土豆汤时停下来对此事发表评论的：“真没想到，那个女人是个魔鬼，她就是那样的！”

“为什么这么讲呀，安德鲁！”凯丽惊呼道。

我们都想听安德鲁多讲讲，但他平静地喝了汤，什么也没多说了。每当我看到埃斯蒂夫人撑着一把蕾丝遮阳伞坐在她的马车里，由肤色墨黑的马车夫驾着一对灰色的马缓缓行过林荫街道时，我都狠狠地盯着她看。一个女恶魔！她非常傲慢地直挺挺地坐在马车里，白发飘飘，清楚自己虽老了但风韵犹存，一派盛气凌人的样子。她总也忘不了自己曾是一个南方美人，这种自恋病本末倒置，周围的人都快被她的病给折磨死了，而她自己却活得好好的，无可救药。

* * *

在美国那奇特的一年里，我对安德鲁还有另外一个记忆。他几乎不在家，总去外面募款，但一旦他在家，我们都要一起去探亲访友。记得有一天，我穿了件蓝色碎花细布做的新连衣裙，连衣裙有蓝丝褶边，短泡泡袖，无领的领口上有花边，我的长鬈发刚刚被凯丽的食指卷过，头发上扎了个蓝色的蝴蝶结，我戴上了顶大帽子，打扮好了，样样到位，对自己非常满意，站在通向街道的台阶上等他们。这时，有两个小男孩停下来盯着我。我非常清楚他们在看我，但假装没看见。实情是，最近有一个讨厌的男孩让我有点生气，这个男孩是我三年级班上的一个笨蛋，尽管我明确表示我讨厌他，他还是厚着脸皮表示对我的爱慕。

尽管从外表上看，我似乎没在意眼下这两位，心里却很高兴被英俊少年关注。后来，其中一个人叹了口气，对另一个人说："她真漂亮，是吧？"

"哦，呦！"这时，安德鲁喊道，他刚从里面出来，正好听到了那个小男孩的话。

"去找你妈妈！"他对我命令道。我做梦也没想过不服从他，只好不情愿地转过身去。我看见那两个小男孩在他幽蓝色的凶狠的目光的追逐下落荒而逃。

我听到他在他们后面大声"哼！"了一声。他站在那里，脸上带着厌恶的表情，好像闻到了远处的罪恶。

* * *

搜索记忆，我们似乎又很快回到了长方形的传教士居所里。在美国度过了丰富多彩的一年之后，中国的日子显得非常平淡、孤独。对我们这些安德鲁家的孩子来说，这里没有白人孩子可以一起玩，日子很长，无聊之极。

安德鲁当然不会无事可干的，他开始了他传教生涯中最辉煌的阶段。他带回了在美国募到的大部分他想要的钱，发现这时的中国出奇的平静，平静到几乎不祥。他遇到的不再是敌意，而是表面上的礼貌和顺从。他可以在任何喜欢的地方租到房子，用来开小教堂和学校，人们蜂拥而至，慕道者似乎来自一个新的社会阶层，他们信教是因为各种难处：官司缠身、心怀不满、野心勃勃等私心杂念。安德鲁找到了自我，就像当时所有的白人一样，有了一种他一直没有意识到的影响力。

当然，这种变化还来自白人因义和团对中国的惩罚，对白人的看法像风一样口口相传，比信件或电报还要快，传遍了整个中华帝国：白人强壮、敏捷，报复起来令人害怕，他们令人恐惧、憎恨，嫉妒，但他们也可被利用，每个白人都是个小国王。

安德鲁确信这是上帝的胜利。他迈着轻快的步伐走向他的福音禾场。在马基督教徒的帮助和建议下，尽量避免犯错误，开设了一个又一个教堂，并培养传教士。他们不仅负责自己的教区，还负责了周围的其他地方，每个教堂旁边都有一所学校。有一段时间，安德鲁的教区里有两百多座教堂和学校。他一年两次召开全体会员大会，给聚集的人群做报告、进行指导和教学。安德鲁从未停止过培训、发展和教导他选择的牧养教会的领袖。马基督徒总在他身边，除了在安德鲁旁边耳语，及时提醒他外，寡言少语。

尽管这是一个精神上的帝国，但整件事都有一种奇异的帝国色彩。安德鲁自然是朴实厚道的，没有其他的想法，但心怀不轨的基督徒有这样的想法，他们的王国不完全是上帝的，有人就利用白人和白人宗教的力量来达到自己的目的。那时，只要在地方官面前吹嘘“我属于白人的教会，我有它的保护”，地方官就会不管对错，让其得逞。

即使有人告诉安德鲁，他也不相信有这样的事情。安德鲁的孩子们现在回头想，记得凯丽告诉过他很多次，并经常提醒他。她比他更接近普通人，妇女们不怕她，在她面前实话实说。她听说李传教对每次进教堂的人收三块钱，如果有人出五块钱，就保证能进教堂，但如果你只凭信仰告白①就想进教会，那是不可能的；她听说老田暗地里有三个小妾，饶传教士是个吸鸦片的。她向安德鲁转述了一切，但他不信。

他的天性很奇怪，能够不相信任何他不愿意相信的东西。

“睁开眼睛看看吧，安德鲁，”凯丽惊呼，“别被蒙在鼓里！”

安德鲁总这样回答：“这是上帝的事，他对这些灵魂负有责任，而不是我。我只是播下好种子，上帝会把稗子和小麦分开。”

当他们中间的虚伪公之于众时，他一点儿也没感到不安，说：“耶稣基督的使徒中还有犹大呐。”

在这一点上，凯丽不是唯一与安德鲁争论的人。其他传教士也多次攻击他，还有一些人试图诋毁他的所有工作，他们认为只有两个真正的信主好过安德鲁的数百信主。但是安德鲁只是以他的沉默和干巴巴的方式来嘲笑他们。他奇怪地笑了笑，坚韧的脸上出现了皱纹，眼睛里突然闪着毫无柔情的光芒，“嘀！”了一声。他带着一种不常见的精明说：“他就只有两个宝贵的信主！其中一个说不定就是伪信主，也就是说他的信主有一半都有问题。还是有五百个信主比较保险。”

传教士们制定了各种各样的检查和规则来限制安德鲁的行为，

① confession of faith，指公开承认和宣告自己对上帝的信仰。

但这就像比利立浦特人试图用细绳拴住格列佛一样毫无效果[①]。他平静地走自己的路,他们口吐着唾沫星子,责骂不休。安德鲁的孩子们很早就强烈感觉到,他们的同胞永远与他们的父母为敌,因此也与他们为敌。后来,他们长大后才惊讶地发现,这些人其实也是好人,就像安德鲁一样也诚实、忠于职守。不同在于,在他们和上帝之间还有其他宣教领袖和传教规则,而安德鲁只和上帝打交道。

在这里,也许可以讲讲安德鲁的《新约》战争的故事,这是他一生的主要纠结和成就。在他宣教生涯的早期,安德鲁认为《圣经》的中文翻译通篇胡言乱语。他说,因为译者没有充分理解中国习惯用语,旧译本里存在着各种各样的荒谬。例如,以利亚的战车被翻译成"火车",所以这段话让无辜的异教徒误以为以利亚是通过铁路上天堂的,这还导致了地理上的混淆。因此,安德鲁决定一有时间就把希伯来文和希腊文的新约直接翻译成中文。大约在这个时候,传教士们也相信应该有一个新的译本,并成立了一个委员会着手《圣经》翻译。安德鲁在语言方面的学术水平至少是他们所欣赏的,他被邀请成为委员会的成员。

这个方案很简单,《新约》是首先要翻译的,各个章节在委员会中平均分配。每个人都自己在家里和一个经过认可的中国学者一起翻译。到了夏天,他们在一个选定的地点见面,然后比较、交流和评论彼此的翻译。

对安德鲁来说,这是项最神圣的工作。在马教徒的辅助下,在接下来的一冬一春里,他每天晚上都在翻译他分到的那些部分。

---

① 这个比喻来自《格列佛游记》,书中格列佛被小人国的利立浦特人用无数细绳绑住,但这些绳子实际上很脆弱,对他来说并不是真正的束缚。

七月初他和马教徒为此去北方开会。临行时有一种特别庄严的气氛。凯丽费了很大劲儿翻新了他的衣服并苦口婆心、好话说尽地说服他购置了一套新的白色西装。她的圣人也应该像别人那样风度翩翩。

他要离开八周。在漫长炎热的夏天里我们因此都感到了自由。安德鲁走后，房子里变得闲适起来，就像酷暑降温一样。我们都有自己想做的事情。那年夏天，凯丽打算教我唱中音，她从家里的开销中偷偷攒了一点零花钱，从上海买了四本新书，计划让大家大声朗读，其中两本是用来享乐的小说。我们还打算给客厅做新窗帘。凯丽计划把花园里的伞树砍掉。安德鲁和凯丽一直为这棵树争论不休。凯丽喜欢阳光，在长江流域温暖的气候下，树木疯长、杂草丛生，遮蔽了房屋，一夜之间霉菌就能像霜一样爬满鞋子、衣服和草席。但是安德鲁根本不想砍任何一棵树。他和凯丽没少为这棵树闹别扭，他不愿砍树，尽管它巨大的扇状叶子已经伸展到门廊的一个角落，花园里的蛇喜欢在潮湿的树枝上爬行。凯丽憎恶这棵树，她敏捷的想象力赋予了它各种邪恶的魔力。几个月前，她就对我们讲："今年夏天安德鲁一出门，我就要把那棵树砍倒。他若知道可能会大吵大闹，但我相信他不会注意到它不见了。"

安德鲁刚走出大院的大门，树就被园丁砍了。她得意扬扬地站着看它呻吟了一声倒下，一束巨大的阳光立刻射进了门廊的阴影处。

"太好啦！"凯丽说，"我又能呼吸了！"

幸好她砍得及时，因为不到两周安德鲁就回来了。他什么也没告诉我们，他的信件总是不置可否。他写道："烟台的蚊子就像埃及的瘟疫,太厉害了。”他对他的同事有些抱怨:“巴顿太懒,早上八点之前是不会开始工作的。我告诉他,这是因为他的英国早茶习惯,早餐吃得太多。”后来他对英国传教士还有其他更严重的抱怨。安德鲁在每封信中都写道:“巴顿想按他自己的方式去做事。”凯丽读到这里,笑着说:“安德鲁不也一样么?”她给他写信,劝他要有耐心,要忍耐,八个人的意见可能比一个人的更正确,应该由大多数人来决定。但是大多数什么时候对安德鲁有过意义了呢?他早已经习惯做一个人的少数派。“巴顿让人难以忍受。”他写道。

“恐怕安德鲁受不了啦。”凯丽遗憾地说。

就在他回家的第二天,马教徒面色阴郁、沉默地出现在他身后。安德鲁想起了要见凯丽,穿上了他此前忘记穿的新的白色西装。他看上去光彩照人,得意扬扬,回到家非常高兴,整个晚上都异常快乐。委员会似乎一致只认可安德鲁那部分译文,而巴顿的翻译是最糟糕的。除了这些,我们也不知道是不是还有别的什么事儿。

“这家伙甚至没有受过什么教育,”安德鲁说,津津有味地吃着晚饭,“他十六岁辍学,进了伦敦的一家裁缝店,他对希伯来文和希腊文一窍不通。”

“也许他懂中文。”凯丽说。她总是有点倾向于站在反对安德鲁的一边。

“呦!”安德鲁说,“我对他毫无信心。”

“你现在打算怎么办?”我们问道。

“我自己翻译。”他回答。

“这样你就知道是对的了?”凯丽笑着问。

安德鲁惊讶又严肃地看着她。

“没错。”他回答道。

至于伞树，凯丽是对的。他从来没有注意到它不见了，两年后，当凯丽恶作剧地告诉他这件事时，他一副认真的样子，立即非常肯定地宣称他一直就感到有什么不对劲儿，但又不确定到底是什么。他离开房间后，我们都忍不住哈哈大笑。

就这样，安德鲁开始了翻译《新约》的工作，花在这上面的费用势不可挡地吞噬了孩子们的玩具、为数不多的快乐以及其他一些小小的欲望，几乎没能留给他们什么。但这些在这个故事中并不重要。对安德鲁来说，直到此时，他才有机会开始做这项令他激动不已、富有创意、令他心满意足的事工。

他逐渐把管理教会和学校的工作交给了马教徒，让自己有更多时间沉浸在保罗教义、希腊词源、中国习惯用语中。他远离这个世界，日日夜夜待在神圣的书房里。他大声朗读时，我们可以听到他读希腊文的奇怪声音和有节奏的中文朗诵。慢慢地，真的是慢慢地，在桌子上的镇纸下面，一页页的希腊文文稿的行间填满了他手写的中文大字。镇纸是一尊佛陀，是一个信徒曾经敬拜过的神像，这位信徒放弃佛教信仰后，将佛像送给了安德鲁。现在它令人哭笑不得地被放在安德鲁的书桌上，把基督教的经文好好地整压着。

传教士同事们强烈反对安德鲁这样使用时间。他们说，没有人允许他独自翻译《新约》。

“上帝允许的！”安德鲁说，他看上去冷峻高大得如同阿尔卑斯山。

* * *

安德鲁和他的传教士同事之间的大多数战争和冲突不是天天发生，而是发生在一个一年一度的“传教会议”上。在那里所有的传教士和他们的妻子聚集在一起做报告，讨论规则，制定戒律和政策。当然，这并不是说妻子们与这些事儿有任何关系。

安德鲁工作的传教机构是由一群土生土长的美国南方人组成的，他们是一群稀奇古怪又极有魅力的人。时至今日，他们仍坚守着令人难以置信的狭隘的信仰，完全接受童贞女怀孕，水变成了酒，死人复活的奇迹，时时刻刻都在盼望着基督再临。他们对那些不相信或不愿相信的人绝对冷酷无情——这些人对他们来说根本不存在，不可能成为朋友，连认识都不想认识。但在自己的群体中，他们友好善良，给患病的或有需要的人提供尽其所能的帮助。对他们而言，宗教就像其他许多东西对于别的人那样，把他们的心变硬了，除非透过自己信条的黑色玻璃，他们无法看清生活是什么样子或应该是什么样子。

他们信条中更可笑的一面是全盘接受圣保罗对女性的蔑视。那一小群传教士中，女人是没有资格在男人面前发声的，包括祈祷和在会上发言。会议上，女人们默默地跪在男人面前，男人们跪在上帝面前，只有男人才能和上帝说话，安德鲁也是信奉这条的人。有一次在公开祈祷会上，一位另一教派的英国妇女天真地大声祈祷，在场的五个人中有三个人站了起来，大步走了出去。我睁开眼睛看看安德鲁是如何反应的。他不安地跪在地上，凯丽跪在他身边，眼睛睁得大大的盯着他，不让他动。安德鲁不看着凯丽，也没有出去，但他在做以前没人见他做过的事情——睁大眼睛，盯着窗外。就他而言，屋里根本就没有祈祷。

年度会议就像马戏团一样精彩。这些早期传教士的妻子都不是弱者，她们和她们的先生一样都是先锋，如果她们不能在公共场合讲话，就在私下说。例如，有一位来自佐治亚州的休斯顿太太，每个人都知道她的故事。休斯顿先生本计划在去中国的路上和她结婚，当火车接近她住的城镇时，他紧张起来，没有停下来参加婚礼，而是直接去了海岸乘船离开了。新娘穿着婚纱等他，所有的客人都在教堂里。但是珍妮·休斯顿一点也不气馁。她收拾好自己的结婚礼服，径直来到上海跟他结婚，做了他坚强、能干、专横的妻子。为了他的好，她用南方人的温柔和慢吞吞的语调命令着他。

萨丽·甘特是一个比她温和矮小的丈夫莱姆·甘特好得多的传教士，萨丽大声宣布自己完全接受保罗教义，并低垂她长满金发的头颅以示服从。然而，只要看到夫妇两人在一起，谁都知道是萨丽把莱姆温柔的灵魂残忍地捏在了她的拇指和食指之间。

这些女人因饱受伤害、不公而压抑，其结果就是，她们与生俱来或下意识里更加渴望独立和发出自己的声音。如果男人聪明一点的话，他们就应该给这些女人完全的自由，这样她们的反叛就自然会减弱。

那些被压抑、但身强体健、精力充沛的女传教士们热血沸腾。她们的脸上刻满了坚定和冷酷的皱纹，常常带一丝幽默，更多的是悲怆，尤其是那些还不算老的女人，她们仍然渴望一点快乐，还会对一件新衣服或家乡的“流行款式”感兴趣。如果在男人和女人之间做出优劣选择，女人们会因为她们眼中的坚忍和嘴唇上的倔强胜过男人。在年度传教会上,虽然只有男人才能站起来在大会上发言,但每个男人旁边都坐着他的女人,她的手随时准备抓住他大衣的下摆。我多次见过一个男人跳起来,灰白的胡子抖动着,眼睛闪烁,张开嘴巴正想说话,却因衣摆被狠狠地拽了一下而突然坐了下去!男人和女人之间会有一阵激烈的低语。有时候他也像她一样固执,如果他不能说想说的话,他就干脆什么也不说。但更多的时候,过了一会儿,他又站了起来,火从他的眼睛里消失了,他清了清嗓子,开始说话,声音像夏日的风一样温和。当她们的男人宣读报告、通过教会的法律、祈祷的时候,那些女人们都在做针线。她们不得不保持沉默,但她们强壮坚硬的手指却飞舞着,将她们压抑的欲望、固执的意志和计划都织进了一针一线里!如果没有那个发泄出口,我想她们会崩溃的。

但是有些女人没有结婚,没有男人为她们说话。这些女人工作卓越,写下的年度报告只得请男人代为宣读。当男人们投票决定她们的预算以及这些钱的用途时,她们只静静地坐着。例如,有一位小个子的格林医生,她管理着一家大型妇幼医院和一所护士学校,她是有史以来最杰出的女性之一。比起格林医生时时刻刻都孤独地在中国那个遥远的内地城市里挣扎,弗洛伦斯·南丁格尔在这方面的贡献就算不上什么了。格林医生非常受人爱戴和信任,病人从四面八方来她这里。然而,每年她只能把她成千上万的病例、那些令人难以置信的了不起的手术、挽救许多生命的书面报告交给一个男人,由他来大声地读给其他男人听,然后他们投票决定她能做什么,不能做什么。她平静地微笑着坐着,没有织毛衣做针线,好不容易休息了一会儿,当他们替她做出决定后,她又回去做她喜欢的事情了。我对她印象最深的是这件事儿:我小时候曾经在她医院的院子里，看见一个可怜的女仆被抬进来，她吞下了鸦片，快不行了。格林医生听到后，冲进院子，但为时已晚——可怜的人在那一刻死去了。

即使在那个小小的年纪，我已见过很多死人，但那是我第一次看到一个灵魂从身体里出窍。那是个漂亮的女孩，真的好漂亮！我忍不住哭了，我问格林医生："她不会下地狱吧？上帝不会把她送进地狱的，对吧？"

格林医生温和苍白的脸抽动了一下，抚摸着女孩渐渐变冷的手，叹了口气："我不知道，孩子，我不知道，我不忍心去想这个。"

当然，这是异端邪说。圣徒说这样的话是绝对不行的。不知道！不知道本身就是一种罪过。

然而，这些群情激愤的基督教圣徒就像其人一样有着他们的原罪，却没有他们试图转变的异教徒的温和与优雅。他们可以在特定的时间放下分歧和愤怒，一起分饼喝杯，一种奇特浓烈的平安气氛充满了他们所在的房子。这种平静源于他们人生的信仰，心灵的绝对确定及完然委身臣服。从绝对意义上来说，他们是对是错并没有什么区别。他们远渡重洋，相信自己给所有接受他们信仰的人带来了救赎和幸福。从某种意义上说，他们是对的。他们相信所有接受他们信仰的人都会从怀疑和不信任、从对自己的存在的不确定中被拯救了出来，但是其他人却没有像他们那样快乐，因为其他人没有他们的盲目自信。他们的心空空如也，头脑中的光芒熄灭了，容不下任何质疑。他们中的一个，当发现我颤抖的手里有本达尔文的《物种起源》时，曾经对我咆哮："我不会去读一本违背我信仰的书。除了跟不信的人传教，我不会跟他们交谈，就如同我不会自己服毒一样。”是的，他们筑起了自己的城堡，城墙高耸入天，只有一扇小门可以进去。 城墙内有战争，也有和平。

安德鲁总是在宣教会议结束后，因冲突和圣餐受到极大的鼓舞，精神焕发。 他可能是与会中为数不多的、不理会任何人拉扯他大衣下摆的人。 有时，凯丽会因为强烈的分歧在他耳边低语，但我从来不认为他因此受到丝毫影响，也就是说，结果不是凯丽所希望的。 “哦，呦！”他大叫一声，然后看似温和地站起来说出他原本就想说的话。 为此，凯丽深感无能为力，“你们的父亲倔得像头骡子，”她曾情绪激昂地说，然后愤怒地补充道，“大多数情况下他是对的，但这并没有让事情变得更简单！”凯丽可能会私下抱怨安德鲁，但在公开场合她总义无反顾地支持他。

在我青春期的某个浪漫一刻，有一次我对丁尼生《公主》里的诗句浮想联翩，我抬头问凯丽：“妈妈，你和爸爸相爱过吗？”

她正在缝纫衣服，有那么一会儿，我无法理解她突然看向我的眼神。 那是疼痛还是震惊？ 究竟是什么呢？ 她感到意外，但反应并没有痛苦或震惊那么强烈，仿佛我不知不觉地揭开了一个秘密，随即那神色就消失了。

“你父亲和我都非常忙碌。”她务实又有点干脆利落地说，“比起感受，我们更注重我们的责任。”她飞快地转了转下缝褶边，继续缝纫。

但是安德鲁不会被妻子的忠告或爱情所感动。 大约就在这个时候，他发动了一场新的战争。 过去的战争当然总是与翻译《新约》有关。 每年在传教会上，他都要报告自己又翻译了多少章节，并且平心静气地听着其他人投票决定不允许他继续翻下去，也不为他提供资金。 但是这场新的战争关乎建立培训中国神职人员的中心，简言之，就是建立一个神学中心。

对任何一个宗教团体来说，这都是一项庞大、难以开展和维系的事业，但是几个教派已经决定申请加入了，安德鲁所在的教派就有这个打算。从一开始，安德鲁就渴望为中国教会的领袖们找到一个稳定的训练场。他已经盘算上了，已经开始计划了。他立马站起来对此表示大力支持。

那场持续了多年的持久战就这样开始了。安德鲁和其他几个人用充满激情的演讲说服了那些更保守的多数人，但让各个教派联合起来却是不可能的。卫理公会教徒和他们的牧师犹豫不决，安德鲁只冷冷地说："假如每个人都加入卫理公会，他们肯定愿意联合。"浸信会坚持中国神职人员必须接受浸信会的基要教育，而圣公会则要求——不过那时，没有人指望它会加入任何联盟。最糟糕的是染上了现代主义色彩的教派。很快，大家就发现与各个教派合作是不可能的，战争继续着。在年复一年的传教会议上，安德鲁，这个几代坚定的长老会前辈的儿子，加尔文主义者，深信基督第二次降临的信徒，为各教派联合而战。

"这不是现代主义，"当他被指控时，他宣告，"绝对不是！但改变一件事的唯一方法是待在里面，从内部改变它。你若抽身离开，将永远一事无成！"

这是一场旷日持久的失败的战争，持续了二十多年之久。我说失败，是因为他的教派最终离开了传教联合会——每一个有南方长老会血统的男女传教士都离开了。但安德鲁从未放弃，他蔑视他们所有人，把生命的最后几年献给了宣教联合会。但正如我所说，多数票对安德鲁来说毫无意义，他一生都是少数派。

* * *

义和团被镇压后的八年里，安德鲁把传教工作发展到更广阔的地域里。每年因他传教皈依的新信徒多达数百人。他一本一本地出版译好的《新约》的章节，把四部福音书合并成一卷。但他又受到了大量的批评，他们认为他的风格太“平常”了。

安德鲁对他的时代来说实在超前。他已经意识到中国无知和文盲的一个重要原因是书本语言和口语截然不同。就如同古时英国，几乎所有的文献都是拉丁语，而普通人对此一无所知。因此，安德鲁决定在他从希腊文译的《新约》中使用一些简单的平常用语，这是一种很极端的革命。几年后，中国的一些先进知识分子兴起了新文化运动，与安德鲁那时就清楚地看到的原则同出一辙。但是他们太爱国了，不会承认先行者是一位白人基督徒。

安德鲁选择使用的不是老学究们喜爱的文言文，而是大众用语。他也不会翻译得太口语化，凭他的直觉，他选择了清晰简练朴素的风格，不引经据典或者过于修饰，有点类似于莫法特的英文《圣经》版本①。有少数几位中国老学者信主抱怨说那没有什么文学价值，安德鲁译了一本只适合普通人的书。安德鲁自己也是个学者，他苦笑了一下，并不受其影响。

---

① 指苏格兰神学家詹姆斯·莫法特（James Moffatt）在20世纪初翻译的英文《圣经》。莫法特的翻译风格以清晰、简练、现代著称。他摆脱了传统《圣经》翻译中过于古雅或复杂的语言，转而使用当时通俗易懂的英语，使《圣经》内容更易被普通读者理解。

“正要这样的！”他说，“现在，当一个普通人学会一点阅读后，他就能从基督的教导中获得一些东西。”

他继续翻译，还给翻译好的书润色，通过令人难以置信的抠门、节省甚至乞讨来支付所有的费用，他也不为通过募款来继续这项工作而骄傲。他到处散发他的书，但绝不白白送人，他注意到，那些不知疲倦的中国妻子们会立刻把不值钱的纸用来剪鞋样，所以他让每个人为拯救自己的灵魂付一两分钱，而他自己付出的比任何人都多。

* * *

这些年来，安德鲁的孩子们在他的家里长大了。在他老了，死了之后，他们面面相觑，试图缅怀他，但都想不起来。他们记得他某些生动的瞬间，但这些记忆没有连续性。时间在他缺席的家中安静忙碌地流逝。他有时回家来，在他再次离开之前，家中一切似乎都不太自然。因为他累了，他们得踮着脚走来走去，给他拿拖鞋拿书，把凯丽交给他，还要漫不经心地听他激情四溢地讲“事工”或新来的传教士，“他是个好人，但不太聪明。”安德鲁在饭桌上总结道。

安德鲁在家时要做的事情可能对他不太公平。凯丽心太软不愿鞭打孩子，然而她坚信省下棍子就是宠坏了孩子，所以主要的惩罚都留着安德鲁回家再说。在凯丽看来，一个孩子能做错的只有两三件事值得被鞭打，其中最主要的是谎言。他没有在惩罚的原因上浪费太多时间，他总是相信凯丽的话。

安德鲁在书房里，从书中抬起头来，看着一个个撒谎的小家伙瑟瑟发抖地站在他面前:“出去给我拿根树条子来。”他带着不祥的温和说。当枝条被拿进来，他检查了它的大小和柔韧性。那枝条不必很大，但也不能很小。

“把裤子脱了!”他说。如果满意的话，他就在转椅上转转，然后命令道:“站好了!”

我们从来没有想过不服从他，或因他的鞭打而大喊大叫。相比之下，因为充分了解凯丽的犹豫不决，知道她心软，当被她惩罚时我们会耍赖地吼叫。有一次，安德鲁那个最淘气的孩子把枝条的十几个地方偷偷弄折了，这样枝条表面上看起来完好无损，但实际上就不得劲儿了。安德鲁用它鞭打了那小小的大腿，不痛也不痒。他立即意识到自己被骗了。“哦，呦!”他喊道，眼中闪过一丝冷冷的幽默。他站起身来，走出去割下一根柳条，除去上面的树叶和小枝，把它整成了一个相当使得上劲儿的鞭子。

但是等等!有几次——也许是平安夜或谁的生日?安德鲁和我们一起玩加拿大棋。我们不记得还和他一起玩过其他什么游戏了。凯丽很喜欢下棋，也教我们下棋，并用对我们的教育方式向他人提供建议。有一年，蒙哥马利·沃德的箱子里有一个加拿大棋盘，有几个晚上安德鲁跟我们一道玩，他非常喜欢，从中获得了意想不到的快乐，暂时忘记了其他一切。他有一根特别长而有力的食指，瞄得非常准，一下子就能把小圆木块弹进了网袋里。我们都蹲下一点，屏住呼吸地看好了，因为如果那小圆木块击中了棋盘中间的一个小钉子，木块就会像子弹一样反弹出来，他小女儿的小胸骨就曾在被击中后痛了好几天。

再等等!还有一些晚上，当与仆人们祈祷结束后，他为我们和在做针线的凯丽大声朗读。他总是朗读订阅了很多年的《世纪杂志》。每一年，《世纪杂志》都被送到上海装订成册，他的书房最底层的架子上存了好几年的这个刊物。他的孩子们一个接一个地溜进去，偷偷摸摸地拿走一册，并用其他的书来盖住空出的空间以免被他发现。他们想读杂志中的故事，但安德鲁不赞成“故事书”。只有一次，他大声朗读了一篇小说，他之所以被吸引是因为他无意中看到了小说的前几页。他拿起那本书是为了禁止孩子们阅读，但他瞥了一眼，被看到的一句话逗得哈哈大笑。这本书名叫《抛弃莱克丝太太和阿莱辛太太》。他不停地翻动书页，我们在一边大气都不敢出。然后他把书放下，什么也没说。晚饭后，他再次拿出这本书来。

“我想你会喜欢这个。”他对凯丽说，就开始大声朗读。我们坐在那里听着笑着，但没有一个人笑得像安德鲁那样厉害。他的眼睛发着光，一行行地往下读，笑呛了声，笑红了脸。他试图继续读下去，但这本书这对他来说太有趣了，他放下书来开怀大笑，一遍一遍地笑岔了气，“哦，呦——哦，呦！”

这天结束时真的好悲伤。我们以前从未有过如此美好的时光。之后，我再也没见过这本书。对我来说，它一直是世界上最有趣的书，甚至马克·吐温的作品也无法与之相比。凯丽认为马克·吐温有点粗俗，安德鲁则认为马克·吐温的幽默被某些漠视宗教的倾向给破坏了。安德鲁毫无罪恶感地嘲笑莱克丝太太还有阿莱辛太太，她们是两个荒唐可爱的老妇人。记得有一天我们好奇地想象，如果上帝没有抓住他的灵魂，加尔文没有揪住他的心的话，有着强烈讽刺挖苦幽默感的安德鲁会是什么样的人呢？

第九章

从安德鲁的记录里，我了解了那些事业成功的岁月是让他感到快乐的。“八年弹指一挥间，又到休假的时间了。”早期的期限是十年一休，现在缩短到了八年一休。安德鲁觉得没必要缩短成八年一休，为什么一个人需要从他热爱从事的拯救灵魂的工作中休息呢？如果不是因为得送女儿回去上大学，凯丽也想和她一起去，他是不会休假的。美国现在变得陌生又不同，这个孩子在安静的中国村庄和山丘里长大，对外面的世界一无所知。好在美国还有亲属，安德鲁很不情愿地放弃了这一年，安慰自己，希望借此机会能为工作募到更多款，还可继续翻译。

对那些与他同行的孩子来说，那是一次难忘的旅行。因为凯丽突然决定，她不愿再晕着船横渡太平洋了，孩子们也应该去看看欧洲，她也想去俄罗斯。所以，他们就要先坐江轮沿着长江去汉口，然后坐火车北上，再乘火车穿越俄罗斯和西伯利亚，最后抵达德国。这是一个非常惊人的计划。我们记得在买票的问题上，安德鲁是没有能力的。他可以指挥数百个教堂、学校和成千上万个灵魂，但对烦琐的诸如购票等事情却深感困惑。因此，整个旅程充满了大大小小的灾难，他的孩子们对俄罗斯的记忆甚至不如对安德鲁的记忆来得深刻，他整天被关在一个小火车车厢里，没有地方放他的长腿，没有任何空间和隐私。

火车上甚至连一个厕所都没有，我们被迫用自己带来的一个搪瓷小盆轮流洗漱，水很稀缺，只能在车站用，还得拿着罐子冲出去买水。

记得有一个糟糕透顶的早晨，最小的孩子用完脸盆后忘记把水倒掉，而安德鲁总是心不在焉，又对自己的处境深感沮丧，他一屁股坐在盆上，糟蹋了他唯一的一条裤子。还没从这种状况中缓过神来，他看见了一个有半杯水的杯子，想用这个杯子，就把水泼出窗外。但他太近视了，没看到窗户是关着的，水泼出去就飞溅了回来，这下把他胸前的衣服全给打湿了。凯丽笑了起来。太过分了。他坐了下来。“这有什么可笑的。”他严厉地说。接下来的一天，他盯着窗外单调的俄罗斯风景，一遍又一遍地喃喃自语：“我看不出这个国家有什么好——这里没有什么值得看的！”俄罗斯热烈的亲吻方式令他震惊。他惊愕地看着留着胡子的肮脏的农民们大声亲吻着打招呼。他说，这比一个异教徒国家还要糟糕。

后来看到的更让他憎恶了。我们在几处停留过几天，每次他都一定会去参观教堂，他站在那里多时，看着成群的人进来，大多数是衣衫褴褛的穷人，但其中也有一些富人，穷人和富人都弯腰亲吻一些死去的圣人留下的布或骨头或皮肤的遗物。奇怪的是，他对这些灵魂并不感到怜悯或负有什么责任。“他们有《圣经》，”他说，“如果他们愿意，可以得到真理。但他们生活在罪恶中，对着牧师喋喋不休，亲吻遗骨，还把这些称为救赎！”

所以当我们把安德鲁带到德国时，我们都很高兴。然而就在柏林的第一天，我们看到了一个从未见过的景象——安德鲁愤怒地和一个出租马车夫打起架来了！ 这个家伙是个高大魁梧的德国人，因为嫌安德鲁给的小费不够，他在火车站当着众人的面在安德鲁的鼻子底下挥舞拳头。 而安德鲁本来就认为小费简直是魔鬼，一下子火冒三丈，把自己的双拳砸向那个家伙肥胖的下颌。 我们惊呆了，无法相信这竟是我们的安德鲁。 凯丽尖叫着，抓住他的胳膊，从自己的包里摸出硬币来安抚这位条顿人，这下他才骂骂咧咧地咆哮着走了。 我们赶紧把安德鲁拉去了旅店，找了一位看上去最谦恭的跑堂来搬运我们的行李。 安德鲁一副让人难以置信的可怕的模样，和我们一起走，边走边发表对白人的看法，评价自然比平时更糟。 我认为这件事的导火线是他坚决反对德国发动的第一次世界大战，反对德国在战争中的暴行。

尽管他自己的祖先来自德国，他也以精通德语为傲，但他为此事嘀咕了数年："那个家伙！"，"德国人什么都干得出来！"

他的一个女儿永远记得安德鲁在美国的样子。 她羞怯地和其他新生坐在大学教堂里，有些焦虑地等待着。 安德鲁被邀主持晚祷，她刚热切地结交了为数不多的几个朋友，他们是她自己种族的第一批朋友，所以她渴望所有的印象都是最好的。 安德鲁走进来时，她带着一丝疑虑看着他，他跟在校长后面，像往常一样平静。没有人能比他在事奉中更有尊严了。 每个人都看着他，他的女儿也用不一样的眼光打量着他：高个子，背稍微有点驼，高贵的头带着与生俱来的骄傲，身子朝着正前方。 然后她注意到他的礼服大衣还是那件过了时的旧大衣，已经磨坏了，接缝处有一点破洞，她很清楚地记得他穿上这件大衣之前的场景。

凯丽说："安德鲁，你不能穿着那套旧的灰色西装在大学里讲道！"

“旧的！一点不旧，对一个传教士来说这套衣服已经够好了。”

“安德鲁！”凯丽深褐色的眼睛盯着他，继续说着。他固执地把目光从她身上移开。

“一个传教士不应该盛装打扮。”他咕哝着。她仍然盯着他看。

他继续说：“我告诉过你，我讨厌那件旧的长尾大衣！袖窿太紧了。”

“多年来我一直想让你买件新的。”凯丽的声音非常温和。

“有什么必要？”安德鲁问道，“这件不是很好么！”

“那你为什么不穿？”

“哦，呦！”他说，受挫地站起来。

在教堂里，他的女儿听到一旁的窃窃私语。一个女孩用柔和、天真、慢吞吞的南方口音说：“他像是会啰啰唆唆的！”

这真是个痛苦的时刻，安德鲁的女儿唇干口燥地说：“他是我的父亲。”

在一阵震惊的沉默后，那动人的声音说：“哦，对不起！”

“没关系，”安德鲁的女儿严肃地说，“他的确很啰唆！”她痛苦地坐在那里，而安德鲁仍讲个不停。

她从来不知道拿他怎么办才好。他不适合做父亲，他是个勇敢无畏的伟大传教士，但他只能被看作一个男人，而不是一个父亲，他的孩子只是意外地降临在他生命里。要不怎么解释当他惊恐地发现大学教育的最低费用也那么高时，决定不去挪用翻译出版《新约》的钱，而是写信给他认识的一个有钱人，问能不能帮忙支付一个刚出道的传教士的教育费用？凯丽在安德鲁不在的时候打开信件，读到了对方吃惊但有礼貌的拒绝，她因自尊心受到了伤害，一怒之下失去理智告诉了她的女儿。那个女儿听到后，深受打击，觉得自己好像被卖为了奴隶一样。她的脑海里永远刻下了她和凯丽坐的那个丑陋的大学客厅里的那一刻。客厅外面传来了美国女孩们的声音，她们生来就没有安德鲁无意识强加给他的孩子的束缚，她们没人知道，与事业、工作、信条相比，个人什么都不重要的滋味。

“他用不着为我担心，”她骄傲又受伤地说，“我可以自己照顾自己。我今天就离开大学，去十美分商店找份工作，我能照顾好自己，他不需要养我。”

“别，别这么想！”凯丽恳求她，眼里含着泪水，“我不应该告诉你。他没有别的意思。你应该明白他不像其他男人。他是，他是个生活在梦中的人！”

是的，就是这样的。安德鲁是个生活在梦中的人，他的灵魂着了魔，生命和人心对他都不重要，他从未在人世间生活过。她明白凯丽的意思，并没有怎么责怪安德鲁。但她觉得自己没有父亲。多年以后，当她和他像人与人那样接近后，她了解了他，看懂了他，明白了为什么他就是他，伟大又渺小的他。但是所有后来的理解都不能完全抹去那个时刻的伤痛。安德鲁的儿女们失去的是他们从来没有拥有过、他无法给他们的东西，因为他把自己的一切都给了上帝。

* * *

安德鲁回来了，看到了一个新的中国。这些年看似和平盛世，上帝的旨意太容易实现，但有些事情却一直在发生着。这是一场来自深处的叛乱，一场从南方酝酿的革命，以最简单的反抗外国人、激发民族主义的方式爆发了出来。安德鲁和凯丽以及他们最小的孩子刚回到长方形的传教士居所，十一年的虚假和平就到头了，孙中山和他的追随者推翻了旧帝国。

这是另一个经常被讲述的故事，现在已成历史了，其他的事件削弱了其意义。但安德鲁当时对革命充满热情。他无比厌恶经常打交道的中国官员的腐败，以至于欢迎包括地震在内的任何力量将他们消灭。当养尊处优的老鸦片鬼总督、官员和地方官开始躲藏起来时，他公开与革命者站在一起。他尤其为慈禧太后的去世感到高兴，他看不出那个耀眼夺目的老太太有什么美丽，能唱什么戏。对他来说，女统治者是所有创造物中最可怕、最不自然的，他甚至也没有称赞过伊丽莎白女王。事实上，他对任何愿意让女性统治的国家的评价都很低。他称皇太后为“耶洗别”，津津有味地讲述她被从高塔上扔下来，然后被狗吃掉了的结局。安德鲁高兴地袖手旁观，视之为应有的惩罚。如果早一代出生，他就会去烧死女巫的。在他身上有一种深深的无意识的与女性的对立，其源于没有人知道的他童年成长的经历。可悲的是，他无法接受凯丽敏捷的头脑，也不知道在那情况下该如何是好，他不能忍受女人比男人、比自己聪明。再说，圣保罗的教导也给了他充分的理由。

因此，他与年轻的革命者结盟。这是一场年轻人的革命，安德鲁总是被年轻人吸引。他为他们的每一个行动而自豪，甚至包括那毫不留情的剪辫令。安德鲁喜欢冷酷无情。一件事总是不是对就是错，如果它是对的，那么无论怎么执行都是正确的。

* * *

令人沮丧的是，尽管孙中山是一名基督徒，他的那场革命却有强烈的反基督情绪。但是安德鲁完全相信上帝一定会得胜。“麦子里有稗子，”他说，“上帝会把他们连根拔起，扔进火里。”

于是他又开始了骑马和乘船的长途布道旅行。马教徒把教堂管理得井井有条，他强烈的工作热情让有些人感到不舒服。他总和安德鲁在一起，也很爱戴他，不知不觉间学到了许多安德鲁说话和布道的特点和技巧。如果一个人闭上眼睛只是听着，很难分辨他们中哪一个在布道或祈祷。

但马教徒并非革命家。他没有安德鲁那样对人的乐观和盲目的信任。他在公开场合保持沉默，在许多方面却克制住了安德鲁。

“让我们等二十年再看，”他一直对他说，“二十年作为考验期。”几年过去了，大多数当年自我否定的热烈革命家早已掌权，重蹈着旧的官员的腐败，除此之外，还玩了不少西方的把戏。他暗自得意自己是对的。“没有一个执政官是好的，”他说，“无论是过去还是现在，我从来没有听说过一个好官员。”

但是安德鲁相信年轻人，他欢迎每一个变革。事实上，他对新事物有着孩童般的热爱，总认为新事物一定比旧事物更好。直到在某个城市被年轻的革命者砸石头，因为宣扬外国宗教且是帝国主义外国势力的公民而被驱逐，他才承认确实有稗草的存在。帝国主义！这是他第一次听到这个词，在未来的岁月里，他经常听到这个词，但从来不知道是什么意思。“这不过是人们常用的一个词而已。”他曾以自己的帝国风格说道，之后决定不再为这个词纠结了。

但是他的工作越来越困难。许久以来，他的福音领地已扩展得很广，而那匹代替了驴子的白马越来越老，不够使唤了。新开通的开往上海的火车路线可以到达他的一部分领地，但仍有很大的地区只能坐船才能到达。很多年里，安德鲁都雇佣小帆船在内陆的运河里穿行，其间与船夫们干过不少架。

中国的船夫无疑都是海盗生出的，每个人天生就有一颗海盗的心。安德鲁常常因为船夫不顾已经说好的价钱而漫天要价被迫推迟行程，所以安德鲁想买只小船。碰巧那时一个美国人捐给了他一笔钱，让安德鲁为他死去的妻子建一个小教堂。安德鲁认为用这笔钱买一艘船对做上帝的事工更有用，他没有想到捐赠者可能不想用一条船纪念他的妻子。根据他的习惯，想好了一件事就立即着手去做了。船建成后，他才写信给那个人，告诉他买了一艘船，而不是建了一个教堂。

安德鲁根本没有预料到会有什么后果。那个人知道后勃然大怒，他的妻子生前好像总是晕船尤其讨厌船。他拒绝了船，要求立即还钱。

安德鲁对他如此不讲道理感到惊讶。他把那人的信折了起来，用一种非常平静的正义的语气说道：“他知道钱花完了，怎么还要求退款呢？此外，我非常清楚地告诉他，现在一艘船对我来说比一座教堂更有用。”他带着有无比尊严的口气补充道：“我不会理他的。”这也许是他在与人意见不合时最常重复的一句话。

但这是个有钱人，习惯了自己的方式，他认为安德鲁的地位比一个下人高不了多少。传教士！他们算什么？无非是教会的仆人。他认为自己给了教会很多钱，他实际上拥有教会。他愤怒地向安德鲁的宣教委员会投诉，于是，委员会给安德鲁写了一封严厉的信。碰巧的是，这个宣教委员会是安德鲁得在意的，因为它有权剥夺他所有的资金，包括薪水以及宣教资金，而他从来没有弄明白这两者的区别。只要有钱，他就拿来用，主要是为了工作，凯丽也不能碰。他不相信女人应该有支票本，连联合银行账户在他那里也是行不通的。

“什么？你若取了钱，我就不知道钱到哪里去了！”有一次，当她提出要自己的支票本时，他惊愕地喊道。

“我才不知道钱在哪里！”凯丽反驳道，“我得为你和孩子们提供衣食，我却不知道钱够不够。”

这是他们之间贯穿了一生的持久战。安德鲁从不晓得食物和衣服得花钱去买。不管怎样，工作是第一位的。凯丽用很少的钱创造了奇迹，但他从来不知道。有一次，她眨了眨眼睛叹了口气说：“安德鲁应该和《圣经》里那个寡妇结婚，她有一个无底的油瓶和一个永远不会空的面粉桶。因为有这位寡妇的故事，我怎么做都不能让他满意！”

但他对自己比对谁都抠门，为了做上帝的事工，没有人比他吃得更节俭，穿得更寒酸的了。他们之间的这场战争持续了四十年。但突然有一天，没有什么原因，安德鲁放弃了自己原来的立场，递给她一个联名账户的支票本。那时凯丽已经不再需要它了，孩子们都长大了，她没有了对支票本的强烈愿望。然而，为了纪念这胜利的时刻，她在指导下开了一两张支票，然后就把支票本收起来了。这对她来说是一种安慰。如果她愿意，终于可以自己开支票了。

因此，当宣教委员会要求他解释为什么把捐赠盖小教堂的一千美元用在了一艘船上时，甚至安德鲁也感到有些害怕了。对凯丽来说这简直是场灾难。她责备他，她看到自己的孩子一无所有，他们又生活在一个越来越不友好的异国他乡。

“如果你不这么固执任性就好了。”她悲伤地说，十分绝望。可安德鲁不任性就不是安德鲁了。

但是这样的责备反而更是坚定了安德鲁本来就想做的事情。“我知道我在做什么。”他严肃地说。

不幸的是，写这封信的董事愚蠢地加了一句，以为这会打击到安德鲁：“沙普利先生是我们最富有的捐赠者之一，冒犯他是非常不明智的。”

安德鲁读到这里时，眼里流露出来冷飕飕的光。难道只因为这个人有钱就要服从他！一个富人本来就很难进入天国，难道他，安德鲁，却要服从他而不是上帝？他立刻坐了下来，沉浸在他的轻蔑和愤怒中，写下了一封信——他的孩子们认为这是他写过的语气如上帝般权威的信件之一——用简单明了的话询问董事会他们向财神低头是什么意思，以及他们如何认为自己还配得上做上帝的事工？至于他，他不听任何富人或董事会的话，他只听上帝的话。船造好了，他要使用。

后来，他再也没有收到那位富人或者董事会的回音，他愉快地使用了这条船许多年，一直到他老了不能再旅行了。

* * *

那次革命成功带来的变化显然不彻底。孙中山在国外生活了这么多年，他在自己的国家倒成了个外国人，他在革命目标上犯了一个严重的错误。他在观察西方国家后，认为一个好的中央政府可以实现他在中国所希望看到的变化，第一步也是最重要的是改变政府的形式，他做到了，这是他做的首要的事情。但他不明白的是，中国的中央政府并不像许多其他国家那样重要，而且从来都不重要。人民的生活和生活法则并不来自中央政府，而是来自他们自己，来自家庭和集体生活，推翻中央政府并改变其形式对人民来说并不重要。中国不像英国、美国或法国那样，在几个世纪里一步一步地慢慢建立起自己的中央政府。在中国，这样的政府主要是靠征服者建立的，要么是本地的军阀，要么是外来人，他们建立了一种宗主权。其他政府通过武力或被制定并遵守的法律统治人民，但这并非中国的统治模式。如果地方政府没有改变，人民的生活基本上还是老样儿。

外国势力争相提出条约和保护他们公民生命的要求。软弱的新革命政府因为缺乏经验而不知所措，不敢这么快就树敌。因此，短短几年后，安德鲁就能像以前一样在光天化日下安全地布道，因为他是外国人，可以随心所欲，他的事工又一次繁荣了起来。

* * *

我们谁也没想到安德鲁会变老。他的体型一直没有什么变化，精瘦得像一棵松树，皮肤被吹晒成古铜色，体重从未增加过一磅，腰也像年轻时一样苗条。事实上，从来没有一个圣人的身体像他那样被严格控制着。无论在哪里，不管生活条件多么不方便，他的作息始终不变：总是五点半起床，洗个冷水澡；六点到七点，祈祷和冥想；七点，吃早餐，是用经过洗晒、用石磨磨碎后的当地小麦熬的粥；早饭后工作到午餐，再继续到五点钟，晚饭前出去走一个小时。晚上，如果有空，他就在教堂布道。如果还有时间，他就看会儿书，十点钟上床睡觉。这是最简单的作息，甚至他的饭菜也绝对定量。他本性喜欢美食，但他对自己像医生要求的那样严格，我们都不记得哪次他放纵过自己。他的身体保持着奇迹般的健康活力，眼睛通澈清晰，没被晒伤的皮肤就像小孩子的那样又白又光洁，脸上没有饱经沧桑的痕迹。他平滑而高高的额头依然宁静，瘦瘦的脸颊上也没有皱纹。这都是因为他有一颗无忧无虑、确信自己的心。他非常快乐的灵魂生活在一个强壮又能自控的身体里。

因此，尽管他所到之处流行疾病，但他却毫发无损。如果他得了一点疟疾，一点奎宁就能使他立即恢复健康。时间久了，他似乎有了免疫力，再也没有得过疟疾。他多次去饥荒地区做救济工作，其他人得了斑疹伤寒，他却安然无恙。他没有想到接种疫苗，却奇迹般地逃过了天花。“我忘记了。”他平静地说。几十年来，他只生过一次重病。那是在上海炎热七月的一天，他中暑了。有六个星期，他一直昏迷不醒，在梦中战斗着，与他的敌人、传教士和官员争论着，并计划着去开拓新的事工领域。扩大，展开，让更多的灵魂听到福音——即使在昏迷中，他也如在清醒时那样对此充满了无限的激情。

但不知不觉中，他感到自己来日无多，在他五十岁后的十年里，他像从未工作过一样地拼命，完成了《新约》的翻译，又一版又一版地不断修改。他受邀进了许多委员会，他旺盛的精力和正直的人品甚至受到那些恨他的人的钦佩和信任。在这方面，没有多少人可以做到像他那样。

传教士没人监督，因此是对人品的严峻考验。他生活在几个跟他一样的传教士，还有其他许多他认为不如他的传教士和本地人中间。传教差会在几千英里之外，没有人能看到他到底工作了多少时间，或者他是否懒惰、自我放纵了。微薄但绝对有保证的薪水，可雇到廉价的仆人，这些都容易使人变得懒惰，传教士同行即使看见了这个也不愿意提起，中国人更无能为力，不知道该向谁去抱怨。于是在那里，除了传教士没有其他人了。外国传教士站在上帝旁边，拥有至高无上的权威，有权给予或扣留对本地传教士来讲意味着生活命脉的资金。

一个传教士的品德必须超越任何其他白人，多数情况下也正是如此。对于标准石油公司或英美烟草公司来说，他们可以用销售清单，收到钱的确凿证据来证明业绩，但一份教会成员的名单代表不了什么，至少在中国如此。中国人普遍能说会道，还能极具戏曲性地夸张地表达，无需多少排练，一个新信徒就可以站在会众面前，做一个令任何一个美国主教都羡慕的丰富、流畅、富有属灵体验的祈祷。上帝知道西方传教士是人，中国人也是人。毫无疑问，他们中的大多数人和我们一样与懒惰作斗争，有些人放弃了，大多数人仍在努力奋斗。但是安德鲁是一个正直的人，他根本不用挣扎。他有完全的自控能力，自始至终忠于职守，就连他的敌人也从未质疑过他的正直。至于中国人，他们像孩子一样信任他。如果他说了一件事，他们就知道那是会兑现的。“他说的”就是最好的保证了。奇怪的是，或者又没什么可奇怪的是中国人越来越爱戴和信任他，但他的同伴传教士却没有更喜爱他。实际上，他总站在中国人一边。例如，他前卫地认为，中国和美国同工在工作上应该享有平等的决定权。他从来不支持白人应该彼此联合起来，凌驾在中国人之上。在他那个时代，这种观念简直就是异端邪说。

很难记起他什么时候开始意识到自己上了年龄，之前如果有这种想法简直都是荒谬的。他像往常一样出门长途布道旅行，步行、骑马、乘火车或坐船走过千山万水，审查申请加入教会的人员、学校课程，与传道士们和教师们开会讨论。在他的晚年里，因为大家都认识爱戴他，他几乎没有遇到过什么危险。

有一次在江苏的山里，他被强盗抓走了，他们问他是谁。当他告诉他们时，他们放了他，还把抢走的钱包归还他。

“我们在很多地方听说过你，”他们简单地说，“你做了很多好事。”

安德鲁看到他们这样，就留下来给他们传福音，告诉他们基督的旁边有一个强盗被绑在十字架上，当他忏悔后，就被接纳进了天堂的故事。他一定讲了很长时间，因为一些年轻人变得焦躁不安，但老强盗头子对他们大声喊道：“坐好了别动！你没见看见那个人是想通过拯救我们的灵魂自己去天堂？我们必须帮助他，等他讲完。”

强盗头子强迫他们留下来，安德鲁给了他们每人一份他写的福音书，带着极大的胜利的喜悦回了家，一直坚信他会在天堂遇到这帮强盗中的一些人。他争辩说，他就是被上帝派去拯救他们的。

“你不怕吗？”我们问他。

他承认的确有一个令人不悦的时刻，一个年轻的强盗曾拿着一把刀对着他的肚子，不怀好意地晃动着。“但是后来真的非常好，”他说，“他们安静坐着听道。尽管他们命运不幸做了强盗，但他们都是些非常好的人。”

安德鲁让人有些困惑不解，他有时似乎天真得像个傻瓜。你不能确定他是否真正理解自己处境，但他是上帝的傻瓜。

我们是从什么时候开始意识到，即使他那健壮从不生病的身体有一天也会垮掉的？我想那是当中国人开始对我们说：“他不应该起那么早，走那么远，工作那么努力，要劝他多休息，多吃一点。他不再年轻了。”

不再年轻！我们看着安德鲁，他看起来没有什么不同啊。他拒绝改变日常作息习惯，不愿意休假。为什么他的中国同事不能休息，他却去享受山里的清凉？

他独自度过了一个漫长而又特别炎热的夏天，我们注意到他身上有一种从未有过的疲惫，一种无法解释的懒散。虽然他仍一如既往地努力工作着，但并不像往常那样急切，有时他累得根本吃不下东西。例如，有一天晚上，他从一个小支站坐了比平时晚的火车，很晚了才到家。他没说什么，上楼洗了个澡，刮了胡子，下楼吃晚饭，穿着一套白色的中国中式亚麻衣服，看上去异常健康。

然而，我们看得出有什么东西让他不安了。当追问时，他羞愧地带着一种有点令人感动的困惑说:"不知道怎么啦,我在火车上睡着了,错过了下站。当我醒来的时候,火车已经到了终点,来不及了,我只好又折回来。"

太不可思议了,他竟然睡过头了,我们开始探究他身体有没有什么不对劲的地方。但他似乎没有什么异常。一周后,他从一次旅途中回来,出现了轻度面部瘫痪的症状——左眼眼睑下垂,左嘴角扭曲。看起来很严重,连说话都有点含混不清,我们知道为了省钱,他在劳工苦力们坐的车厢里坐了一宿的车。

凯丽因此焦虑又生气。"省钱!"她叫嚷道,"你若死了,钱还有什么用?"

他看着她说不出话来,对自己的状态颇感挫败。我们叫来了医生,医生说他必须马上休息。安德鲁的休假都拖好几年了。事实上,他已经完全忘记了休假这码事儿了。凯丽已经下定决心,无论如何都不会再坐船横渡太平洋了。但是他们最小的孩子已该上大学了,她说服安德鲁带她回美国,知道除非她能让他觉得那是他的义务,他是不会走的,尤其在床上躺了几天后,他的脸恢复了正常,又不愿意多休息了。这次,她成功了,在离开自己的国家整整四十年后,安德鲁再次回去。他打定主意这是他最后一次回美国了,因为他害怕自己不死在中国。他的病虽然轻微,但已经使他意识到肉体终将逝去。他就回美国几个月,他不想离开他生活的中国,他的朋友们在那里,最重要的是他的工作在那里。他非常坚决地离开了,静静地站在船甲板的栏杆旁,凝视着上海外滩渐渐消失的轮廓。

"四个月后我会回来。"他说。他买了返程票,用安全别针把票别在他的一条日夜围在腰间的法兰绒带子里。

* * *

我们无法从他的信中了解他对美国的感受。有迹象表明，这是一个崭新的国家，一点也不像他和凯丽所知道的那个他们已经离开了半个世纪、被称为“家”的地方了。凯丽大声读着他那寥寥数语的信，抬起头来说：“安德鲁本来就比别人寡言，但我从来不知道他会像现在这样少地谈及家里的情况。这趟似乎回去得根本不值。”

四个月后，我们去上海接安德鲁，他看起来很好，我们一起急着他问：“美国现在是什么样？你什么都没告诉我们。”

“我都不知道怎么开口说，”他有点严峻地回答，然后补充道，“有些事情我不想写在纸上。”

“怎么了？”凯丽立刻问道。

“各种各样的事情。”他回答。

我们一点一点地从他那里打听出战后美国令人惊叹的情况，他不停地说那里每个人都喝醉了——嗯，几乎每个人都喝醉了。因为圣保罗建议提摩太喝一点酒对他的胃好，安德鲁也不是滴酒不沾的人。他曾经若有所思地说，这一定意味着地球上每个人类种族都喝酒。他这样说的时候，凯丽冲他发了火，她有她讨厌喝酒的理由。此外，没有什么比引用圣保罗的话更让她烦心的了。我们沉着脸听安德鲁讲美国人抽烟喝酒，甚至女人也如此。

“女人是最糟糕的，”他小心翼翼地说，停了一会儿，他换种方式说，“我几乎不知道如何向你们描述美国的女人。”

“什么意思？”凯丽严肃地问道。他犹豫了一下，在女人的问题上，他总是最害羞的男人。

“是她们现在的穿着打扮，”我们等他继续说，“她们几乎不穿裙子。”他很快地说道。

“安德鲁！”凯丽喊道。

“这是真的，”他说，“无论我走到哪里，女人们衣服短到膝盖上，太可怕了。”

“别跟我讲我的姐妹们也这样！”凯丽惊呼道。

“嗯，她们好些。”他承认，然后既阴郁又有点愉快地重复道，“是的，无论我走到哪里，看见女人们的衣服都短到膝盖上。”

我们盯着他，震惊地沉默了。“她们的腿糟透了，”他回忆道，“有大的、胖的，长的，瘦的。”

凯丽受不了了，“你没必要去看着她们呀。”她严肃地说。

“我没办法，”他简单地说，“她们到处都是。”我们静静地坐着，被一个被毁灭的美国的想法弄得不知如何是好，是凯丽把我们拉了回来，她轻快地站起来。

“不管怎样，你已经安全回来了。”她这么说，让我们觉得安德鲁像是九死一生逃回来的似的。

* * *

后来，我们从亲戚那里听说了安德鲁那次在美国的一些情况。我们估摸他对什么都口无遮拦地表达了自己的看法。“安德鲁表现得好像他不知道自己不是在一个异教徒的国家。”卫公里派的克里斯托弗写道。

“我就是在一个异教徒国家。”安德鲁严肃地读着信，一边插话，抬起头说。“克里斯托弗布道的力度不够，”他继续说道，“我听过他的布道，你不能靠一大堆花言巧语来拯救灵魂。”

“安德鲁看起来很好，”他的妹妹丽贝卡写道，“但他一如既往地固执己见。”

“你在丽贝卡家做了什么？”凯丽问道。

“那是夏天最热的一天，她想让我在布道时穿上那件长外套。”安德鲁小心翼翼地说。

凯丽看着他，说不出话来。他回美国前，关于这件礼服他们曾有过一次激烈而短暂的争论，她把它放进了他鼓鼓囊囊的手提箱里。但他走后，在整理冬衣时，她发现那件外套被藏在一件大衣的后面挂在衣橱里。她气死了，但毫无办法。

“要不是他现在已到太平洋的中央，我早就拿着大衣去追他了。”她气鼓鼓地说。

安德鲁把目光移开了。“即使带了，我也不会穿的，”他说，“我穿的是在这里热的时候穿的白色西装。”

“但在美国没有人穿白色西装！”凯丽喊道。

“那我就是在那个国家唯一明智的人。”他反驳道。

好吧，我们对他无可奈何。他休息了四个月，体力恢复了，传教的热情一如既往地从他的眼神和急切的脚步中流露出来。他快七十岁了，但看上去只有五十岁，头发变灰了，但仍很多，胡子和浓密的眉毛像往常一样红，眼睛是蓝冰色。他只在家里待了一天，就和马教徒一起，沿着大运河快乐地航行去查看他的福音禾场，谈论他离开后发生的一切了。马教徒比他年轻二十岁，看上去却比安德鲁年长。近年来，他患上了一种慢性肺结核，这种病把他折磨得骨瘦如柴，眼睛比以往任何时候都更加灼热和凹陷，黑发看起来又枯又干，手呈阴影状，就像死人的手一样。安德鲁不停地给他炼乳，生鸡蛋，还不停地为他祈祷，病情似乎稳住了。尽管安德鲁经常说："马熬不过另一个冬天了。"但他还是熬过了，虽然仍然咳嗽，他在安德鲁去世后又活了几年。除了食物和他自身的肉体，还有别的东西让他活了下来。

* * *

回顾安德鲁的一生，可以看出这次旅行是他人生的巅峰，在那一刻，他的工作成果都展现在了他的面前，教堂和学校有组织，运营合理，在很大程度上自治自给自足。与许多传教士的政策不同，他一直认为中国基督徒应该有充分的自治权。他说，他们应该摆脱西方传教士的规则和控制。他甚至走得更远，就像他是个异教徒，认为如果各种西方教派的管理和信条都不适合他们，中国人只要记住三位一体，他们可以去做那些适合他们自己的事情。

这样的思想让他受到中国人的喜爱，但被很多一心想独断专行的传教士憎恶。其实，大部分传教士都独断专行，安德鲁也不例外，他总确信自己是对的。

那年秋天是他人生的巅峰时期。工作进行得很顺利，他度过了漫长而灿烂的秋日，从早到晚，他都在自己的宣教禾场上。我知道，乡村的美丽深深地打动了他，他比平常更常谈起秋收时稻田一片金黄的壮观。这是一个好年头，那年冬天不会有饥荒，光是这个就令他兴奋不已。他不喜欢对着饥饿的人布道，以免他们是为了一点点食物而不是为了拯救来听道。

这是一个美丽的国家。宽阔金色的长江从中流过，注入数百条运河和溪流，滋养着中国最肥沃的山谷。山谷的另一边，绵延起伏的竹子覆盖了山丘，古老的寺庙在那里矗立了数百年之久。当安德鲁告诉昏昏欲睡的和尚他们的神是假的，他们友好地笑了。他总觉得必须告诉他们这个，不粗鲁地而是带点幽默地告诉他们。

他用棍子指向放在菩萨面前的一碗贡食，温和地说："我想和尚会在没人看见的时候吃掉它？"和尚咧着嘴笑笑点点头，或者打趣地回答："菩萨看到了供奉会吸走它的精华，菩萨不介意我们这些可怜的和尚把剩下的不值钱的东西吃掉。"

然后安德鲁继续说一点关于真神的事，和尚听了咕哝道："每个人都有他自己的上帝，对他来讲，他的上帝就是真的，这就够了。"

但这样的包容并不适合安德鲁。他喜欢引用一句中国俗语："地狱门前僧道多。"

穿过山谷，越过山丘，那里有条古老的鹅卵石道，已被嘎吱嘎吱作响的手推车碾磨平了。按照中国的习俗，手推车若不嘎吱作响是不吉利的，所以每个人都按照自己的方式把手推车弄得嘎嘎作响。安德鲁总是对中国的小灰驴情有独钟。的确，他对所有的动物都很温柔，尤其是对马和驴。在家里，那就是对猫，特别是在壁炉旁的猫。他老了的时候会在那里坐上好几个小时，让猫趴在他的膝上，他轻轻地抚摸着它。年轻时，他会为驴背因超载受了伤而责备驴夫，经常推迟原本迫不及待的旅行。他说，他知道上帝没有在天上为动物提供地方，人类应该特别让它们在地球上至少有一个舒适的生活，因为没有别的什么留给它们了。

无论走到哪里，他都受到欢迎和爱戴。与他一道旅行时，就能看到在方圆几百英里内他是如何被人所知被人所爱戴的。“老先生回来了！”人们奔走相告。“老先生，老先生！”人们叫他。他很高兴街上的孩童们在他身后小跑着，跟着他走进教堂，挤在前排的长凳上，从头到尾有耐心地听他的长篇布道。布道结束后，他们大声地唱圣歌，他们很喜欢唱圣歌，还嚷嚷着要《圣经》中的图片。他们总是特别仔细地端详基督的画像。有一次，一个脏脏的小顽童在布道中看着一幅画，打断了安德鲁。“怎么回事，这个耶稣除了鼻子太大了点，看起来像个中国人。他的鼻子像你的，皮肤却像我的！”

安德鲁不会容忍自己的孩子这样说的，这会儿却笑着解释说，耶稣基督确实不是一个白人，然后继续布道。他对那些他认为是慕道而来的人有着无限的耐心。

那年秋天，无论他走到哪里，教堂都显得格外繁荣。教会会员不再只是最贫困的阶层，还有了富有的丝绸和茶叶商人，餐馆和商店的老板，他们心甘情愿捐钱来维持教堂。放眼望去，一切都井井有条。教堂的礼拜仪式定期举行，教堂里挤满了人，学校也办得很好。过去，传教士不得不靠贿赂来让人们信教，比如送他们的孩子去基督教学校、提供食物和衣服。这个时代结束了，现在去学校可以收学费。当西学开始流行，连政府学校都开始重编教材，旧的学科让位于科学和数学，尤其是英语。每个人都想学英语，如果一个男孩懂英语，也许他可以在标准石油公司或烟草公司找到一份工作，甚至可以通过庚子赔款奖学金去美国学习。小乡村里的男孩开始梦想去美国，就像他们的父亲过去梦想通过旧的科举考试做官一样。

安德鲁从未鼓励过任何男孩去美国。他过去常说,去美国会毁了他的。美国不是以前的样子了,那里有了汽车,没有人去教堂了。他在某个地方看到了那年美国汽车事故的死亡数字,便从未忘记。当人们谈论进步和汽车时,他经常郑重地引用它:“一年死于车祸三万人,大部分都在地狱!毫无疑问,就是这些没得救的人才会那样开车。”

有一次,一个无礼的孩子说:“这样的话,就不用麻烦拯救那么多灵魂了。”安德鲁听了严肃地回答说:“我甚至不想看到一个浸信会教徒因车祸身亡下地狱。”他这么说是又想到那个独眼传教士了。

中国已成安德鲁心中的家,他不想去其他的地方了,知道他将在中国度过余生,死在那里。那年秋天,他去了很多地方,所到之处,人们热情的呼唤温暖了他的心。他们知道他安全归来了,为他的那次旅行举办了庆祝活动。他过了六十九岁生日,根据中国人的习俗,一个孩子出生时已经一岁了,所以他已经七十岁了。他们为他准备了盛宴,送给他上面写有赞誉之词的镀金的卷轴,绣有黑丝绒字的红缎子宽横幅;还有一个身居高位的官员送了一幅挂在高高的旗杆上的巨大红色锦旗。他很尴尬,也很高兴,带着他所有的礼物得意扬扬地回家了。凯丽苦苦琢磨如何在朴素的家里处置这么多华丽的猩红色缎子和锦旗,最后她把所有的东西都放在阁楼的小圆背箱子里——那个自我牺牲的家里是容不下任何炫耀的东西的。后来,这个箱子落入革命士兵手中,他们用肮脏的爪子抢夺着,尖叫着,把那些闪闪发光的东西瓜分了。安德鲁看着它们被抢走后松了口气。那时凯丽已经在坟墓里了,她是我们中唯一安全的人。

* * *

安德鲁在结束了三个月的旅行后，幸福地回到了家。 他一生都很快乐，充满激情。 他偶尔罕见的忧郁总是被工作治愈，而工作永远也做不完。 这些年来，他的灵魂一直伴随着他不断扩大宣教计划，一次又一次，他因另一个灵魂找到的生命的意义，即找到了上帝而狂喜陶醉。

没有办法去解释安德鲁的狂喜。 我只见过父亲第一次看到自己的孩子时表现出那种狂喜。 安德鲁对每个前来接受洗礼的人就有那种父爱。 当他举起手来为新生的灵魂祝福时，脸上就有父亲的喜悦。 然而，他看到他自己的孩子时，他们却从没看见过那样的神情。 安德鲁的至亲不源于血缘，而源于灵魂。 他以某种神秘的方式与他认为自己拯救的每个灵魂联系在一起，使他不断地更新着自己的狂喜。

我们从未在那个狂欢的秋天见过他。 他没有想到自己正在变老，或者可能会变老。 他从来不在镜子里看自己长什么样子。 很久以前，他还是个西弗吉尼亚州孩子的时候，佩迪布鲁太太就替他定了位。 他的头发此时变灰了，但还没有变白，脸还像以前一样红润，眼睛还像以前一样清澈湛蓝。 他太开心了，总和年轻人开些不太有趣的笑话，然后还用他特有的“嚯”声一笑。 他用工作的成功，用那些急切渴望被拯救的灵魂来衡量幸福——否则他们为什么要成为教会的成员呢？ 他的工作卓有成效，成百上千的灵魂得到了拯救。

“你在想什么？”一个星期天的早餐，当他放下杯子，似乎在听什么，我们问他。他两眼放光，整张脸容光焕发。

“我突然想到，今天在成千上万的家庭中，那些年轻的和年老的异教徒正在准备敬拜上帝，在数百个教堂和礼拜堂里，他们将坐下来听道和祈祷。”这一刻，就是他人生的巅峰。

第十章

在此之前不久，安德鲁的家多了一个年轻的传教士，后来又添了两个。多年来安德鲁一直更愿意单兵作战，现在他决定最好能有一两个年轻人来帮帮忙。他喜欢年轻人，总像父亲一样和这三个人半开玩笑，不把他们当回事儿，有时拿他们的中文错误开玩笑。例如，有一次，他们中的一个人想用一个节日来赞美上帝，于是他在布道时提到了这个节日。那天是花神的生日，年轻的传教士雄辩着反对花神，让人们不要敬拜它。但是他发错了音，把花神说成了花生。人们严肃而困惑地坐着，不明白为什么这个美国人变得如此激动，恳求他们不要敬拜他们从未敬拜过的花生，安德鲁坐在那里，无声地笑得喘不过气来。不能不说这个笑话实在太好笑了，但他讲得有点过于频繁，对于一个骄傲的年轻传教士来说，肯定忍受不了。安德鲁很博学，是公认的中国学者，一生的大部分时间都在中国度过。嘲笑年轻人有点残忍，但安德鲁对此毫无察觉。

然后就是他的固执。这么多年来他已经习惯了自己的做事方式。在四个有投票权的男人和四个没有投票权的女人中，当三个年轻人在庄严的宣教站会议上投票反对他时，安德鲁只觉得好笑。

什么？让这些刚走出神学院乳臭未干的年轻小伙子们告诉他该怎么做？他们向他引用了关于多数票的选举规则，他“呦”了一声，又“嚯”地一笑，仍然我行我素。

是凯丽站出来为他而战，她以她法国人的精明意识到，即使是先知也在私下密谋策反。她曾忧虑地说：“他们总有一天会把你赶下台的，安德鲁，看看他们会不会这么做！”

“哦，呦，他们办不到！”他心不在焉地回答，心里想着他的宣教。他不知道他不在的时候，她为他辩护过多少次，她的能言善辩封了他们的嘴。这是年轻人和年长者之间的敌对。

就在安德鲁在事工上取得巨大圆满的成功，怀着胜利的喜悦回到家的时候，有一天他们来了，告诉他在他不在的时候教会制定的新规则。

“什么规则？”他和蔼地问道。传教会总在制定规则，并让人忙于跟上这些规则。

“通过了一项新的退休规定。”三人中的年龄最大的说。他曾经是一家百货商店的店员，上帝召唤他离开商店来中国拯救灵魂，但他从未完全忘记要遵守规则。他一本正经地继续说：“规定传教士七十岁退休。”

这三个自以为是的年轻牧师就这样站在这个多年在外布道、跋山涉水、历经险难、远离城市生活的上帝的年长的儿子面前，等着安德鲁的回应。尽管安德鲁有着高贵的仪态，天生的宁静，一丝不苟的整洁，他不是个客厅里的绅士。他在小事上从不费心替他人着想。例如，他从来不会帮一个女人捡起手帕，或者站起来给她让座，他鄙视这些圆滑世故，视之为诡计和软弱。他一个一个盯着他们看，在他眼里，他们只不过是年轻人而已！

“呦!”他大声说道。这才意识到他已经七十岁了。他变得非常平静,甚至有些亲切。这些年轻人懂什么呀?他们太年轻了。哎,有许多事情他自己也才刚刚懂得并能够去做!在中国这个国家,年长的才有影响力,人们因他年长而尊重他。

但是是凯丽替他打了这场仗,凯丽能说会道、有强烈的正义感和急躁的脾气。她一直静静地坐在隔壁房间。他们害怕她,在门口告诉安德鲁他们只想单独见他。

“我一听到他们这么说就不相信他们。”她大声说道,站了起来,匆忙中掀翻了她巨大的针线盒。之后的几天里,我们都在地上替她找滚得到处都是的纽扣和线轴。她冲进了他们在的那个房间,眼睛冒着怒气,头发像触了电。我们知道她会是这个样子的——难道我们没有见过凯丽战斗时的样子?

“你们在说什么?”她喊道。在这种时候,她不再轻声细语。“你们从我家滚出去!你们谁也不配来接替他的工作!你们生活清闲安逸,他比你们任何人都努力工作!他七十就该退休了,是吗?滚!”他们只好都走了。

事后,她告诉我们她就说了这些,但安德鲁干巴巴地说:“她说得可比这多。”他并不欣赏凯丽为他而战——毕竟,她是个女人。“我真的能照顾好自己。”他温和但坚定地对她说。

“你认为你可以,但你不能,”她反驳道,“他们会抢在你的前面先行一步的。”

“他们不会。”他回答道。

他们的谈话总是充满了矛盾和对立。

“他们会的。”她说。他突然站起身出去了。

“安德鲁对人的真实面目一无所知。”她关上门,说,“他只想着他要干的，根本不知道世上的事。那些人即使成了基督徒也是没救的。”凯丽对人性有些悲观，而是安德鲁却是老实厚道又盲目。

安德鲁说他不担心退休规定，直到上帝见他的面，没有人能让他退休。

“他们可以停发你的工资，把你赶出这个房子。”凯丽说。

“他们不会那样做的。”他平静地说，补充道，“如果他们那样做了，会有中国人给我们提供吃住的。”

真的是中国人救了他。当他们听到新规定时，都感到无比惊愕。让老先生退休！只因他老了！在中国，老年人是应该受到尊敬的，顺着他们，让他们随心所欲，给他们尊严和存在的意义，而不是靠边站。另外，谁想要这些年轻的美国人？他们习惯了老先生，他理解他们，他们不要其他人来带领。一群彬彬有礼但意志坚定的中国人出现了，并呈上了一封长长的签名信。最后，安德鲁大获全胜，没有退休。

现在回过头想想，我能理解这些年轻的牧师们为什么不明白处理一位工作方式与他们不同的老人居然会引起如此轩然大波。听到他们不像他那样受人爱戴和欢迎是不愉快的，但他们没有意识到他花了多少年才赢得那份爱——他经历了多少磨难，如何持之以恒地看望病人，陪伴垂死的人，扶持一个个挣扎的灵魂。我们谁也不知道他做了多少这样的事情，因为他从来不告诉我们，这些还只是他工作的一部分。最重要的是，中国人爱他是因为他不知道一个人的灵魂是什么颜色，他为黄种人说话，站在孤独的信徒、收入微薄的本地传教士一方，一次又一次地反对那些傲慢、级别高于他们的西方传教士。

但是那些年轻人很真诚，他们认为安德鲁妨碍了事工和教会的健康发展。他们说，他在没有做好充分准备和审查的情况下吸收了教会成员，他们一次又一次地拜访他，向他提出抗议。

“只有在上帝的权柄下，我才会承认那些宣称悔改并接受耶稣基督为救世主的灵魂。”他神气地说。

他们说，这还不够，人们的表白往往是虚伪的，这意味着教会名单上有很多人不应该在那里，教会成了不健康的组织。

“上帝会把他们清除出去的。”安德鲁自信地说。

他们说，这也不够，因为甚至教会领导人中也有伪君子。本地传教士本身并不都是诚实的。也许他们中的大多数人在安德鲁宽松的监督下犯了很多罪，他们有腐败、收取费用、不当处理教会资金、秘密纳妾等行为。

这三个自以为是的年轻人坐在安德鲁和凯丽的面前，提出了他们的指控。现在安德鲁也让凯丽参与进来，他开始变得困惑起来。年轻的牧师们面对着这两位白发苍苍的老人——安德鲁的头发似乎在一周之内就变白了，而凯丽的头发多年来一直白如羽毛。他们掌握着所有的事实和数字，安德鲁从来不擅长保存数字。他大概知道有多少灵魂得救了，他有多少教堂和学校，他总共能花多少钱。但是这些年轻人对他的领域了如指掌。他还在美国的时候，他们到处参观，检查，提问，做笔记，雇人去寻找每个镇上与教会敌对的人，并对安德鲁信任的人的私生活提出质疑。当他们指控安德鲁的挚友马教徒时，他颤抖着站了起来说：“现在我知道你们，你们完全错了，”他结结巴巴地说，“马教徒比你们，甚至比我自己，还更值得信赖。”

他们笑了。“也许那正是你主要的错误，你似乎信任每一个人。”

瘦小的那个说话了:“你不能相信中国人。”

安德鲁猛地来了劲头，吼叫起来。在他的一生中，有几次他失去了温柔，这时，他的声音就会像一个从大喇叭里出来的似的。

“既然如此，你为什么要来这里拯救他们?”他喊道。“如果你看不起他们，你怎么能拯救他们的灵魂? 耶稣基督的追随者蔑视他人，实在太可耻有罪了!”他站起来大喊。凯丽坐在旁边，这次她沉默了，因为他不需要她。他突然又坐了下来——他那样的时刻短暂而可怕。他沉默了一会儿，恢复了平静，说:“我们应该相信那些来到我们身边希望得到拯救的人。除非有信心和耐心去理解，否则无法赢得灵魂。我宁愿接受一些不真诚的灵魂，也不愿拒绝一个真诚的灵魂。上帝能分辨，施行公义。”

但是他们有事实，有数字，还有一些确凿的证据。

这种指控持续了好几天，好几周，好几个月。他所有的工作都被破坏了，辛辛苦苦建立起来的一切都被贬低了。他坚决拒绝相信任何指控，但开始苦恼起来，和凯丽争论不休。她说，他们说的有些是真的，最好承认什么是真的，努力纠正错误，但他什么也不承认。她的争辩总是使他变得更有力量去反对，而在反对中他又精神焕发。他一切照旧，继续接受新成员，拒绝开除任何人——不，不是林，他们指责他吸鸦片烟;也不是常，他们说他用教会的收入经营一个有歌女的大茶馆。在开除一个人之前，他还要更多的证据;还有马，他全盘否认对他的一切指控，他一直都对马深信不疑。

我不知道，如果凯丽若还活着会发生什么。她总在他身边，在公共场合为他辩护，私下里却焦躁不安地既有赞同也有批评地推动他做出决定、恢复活力、持续辩护、重新下定决心。

但是凯丽在第二年秋天去世了。他知道她身体不好，但几乎不知道她已经病了好多年了。她总是意志坚定，不屈不挠，因此她的身体被忽视。她不为自己考虑，也不希望别人为她担心。他认定女人总是多病，尤其在这种气候环境里。此外，凯丽生病时从不希望他在身边。她生病时家中一切都变得很不方便，但他不知道能为她做什么，更何况家里还有两个女儿。她卧病在床了很长时间，他的工作又正好受到了很大的骚扰，让他忧心忡忡，然后有一天他发现她真的病得很重。

年轻传教士的问题立刻变得不那么重要了。凯丽恳求他继续工作，但他觉得有责任等到医生做了检查再出去工作。医生的检查报告出来了，他没有离开的可能了，她已命在旦夕。

当安德鲁知道除非上帝创造奇迹，否则凯丽的生命很快就会结束时，他首先想到的是她的灵魂。这一次，他没有要求奇迹，似乎也不期待奇迹，他对她的灵魂焦虑不安，觉得他应该和她谈谈。

“我从来没有对你母亲的灵魂有过绝对的把握。”一天早上，他对凯丽的女儿说。

凯丽的女儿带着一丝尖锐回答：“她的灵魂没有问题！”

安德鲁没有回答。他慢慢上楼去了凯丽的房间。但是当他试图和她说话时，她突然不耐烦了，把她几天来都无法做到的对他的藐视发泄了出来。

“你去拯救你的异教徒吧。”她说，眼里还泛出一会儿光。因此他放弃了，毕竟，凯丽快死了。

当凯丽最后的日子来临时，他们从上海请来的护士跑进他的书房。他正在修改《新约》的译本，出于某种奇怪的巧合，那段正巧是耶稣受难的场景，庄严死亡的景象布满了他的脑海。

“有变化。”护士喊道，他站起来跟着她上楼，他有点迈不动脚步，奇怪地害怕了起来。凯丽快死了！死亡离得太近了。他曾站在许多将死的人的床边，他自己的几个孩子也死了，但死亡似乎直到现在才离他很近。

他走进了和凯丽一起住了多年的房间，现在她一个人躺在那张大大的双人床上。

她已经昏迷了。他几乎都有点高兴了，因为他不知道该对她说些什么。真奇怪，他居然想不出说什么。他严肃地站在床脚，等待着。房间里充满了一种可怕的庄严的气氛。一口气在她的胸口停滞了一会儿，然后随着一声重重的叹息离开了她的身体，呼吸停止了。在无尽的寂静中，他转身下楼，回到书房，关上了门。

他再没有提起过她，我们没有看到他哭过，谁也不觉得他丧偶了。他没有参加任何后事的准备工作。我们叫他去参加她的葬礼，他仔细地穿好衣服，和我们一起去了。他站在她的墓前，没有流一滴泪，表情严肃，两眼紧闭，什么也没说。一切都结束后，他又回到书房，关上了门。凯丽的女儿担心他，走到窗口看他是否在独自悲伤，她看见他正在修改《新约》的译本，手里拿着一支毛笔，把字一个一个地写在书页上。进去是不可能的，她上楼进了卧室，现在这卧室是他一个人的了，她为他整理了房间。床上放着大衣，他把它拿了出来，考虑是否应该在葬礼上穿。但他没有穿，凯丽的女儿又把它重新挂了起来。

* * *

除非有人直接问，他活着的时候再也没有提到过凯丽的名字。没有人知道他是否悲伤。他从未去过她的墓地。他内心有些东西碎了，不再那么固执。家里再没有人会反驳他，表扬他，责备他令他充满活力。房子里很安静，只剩下一个女儿，另一个结了婚，去了长江上游居住。他一直过着一成不变的生活，即使有时想改改，却做不到。相反，凯丽却反对常规，喜欢变化和不同的生活。按部就班对他来说似乎很重要，很有价值，也是完成任何事情的唯一方法。现在，再没有人打扰他，常规似乎就没那么重要了。

在他的困惑中，那几个自以为是的年轻人又回来了，而这时凯丽再也无法从坟墓里站起来为他而战了。在寂静的房子里，他听着他们的确据，这是他一生中第一次开始对自己产生怀疑。也许他们是对的，也许他所做的一切都没有用。他把手放在额头上，像往常一样困惑地做着手势，没有凯丽在那里大声喊道："你们谁也代替不了他！"他们现在什么证据都有了——盖着教堂印章的鸦片账单，签过字的供词，宣过誓的声明。他周围的一切都在摇动和塌陷。凯丽走了，家里只有一个自己也很孤独的女儿，再没有人来引导他做一些不想做也不会做的事情，让他重新去相信自己。在这个不知所措和猜疑的时刻，那几个自以为是的年轻人拿了些东西放在他面前让他签字：为了教会的荣誉，他得承诺把福音禾场交给他们，这样他们就可去做清洗工作了。他不知道自己在做什么，在文件上签了名，然后把工作交给了他们。

整个冬天他都待在家里，灰心沮丧得有点恍惚。这几个年轻人让他相信他现在越来越老了，他变得又苍白又消瘦。他每天做一会儿翻译，天气好的话，就去一个街头小教堂布道。但是安德鲁什么时候因为天气停下来过呢？他体内动力的源头正在衰竭，甚至当一些忠实的信徒来央求他不要放弃他们时，他也只是无奈地摇摇头。“我签了些文件。”他沉重地叹了口气说。他从来不知道他到底签了些什么，但他知道那些文件夺走了他的一切。那年冬天，本来可以帮助他的马教徒肺结核复发，自己的情绪也很低落。

随后春天来了。凯丽曾对她的女儿们说：“当心春天。从四月一开始，他会变得蠢蠢欲动，难以控制，即使到了八十岁了，他也如此，他会想去乡下、去山里布道。”当柳树抽芽，桃树花开，麦苗碧绿，农民们在地里忙碌时，有一天他抬起头来，闻到了新鲜的空气。突然，他放下笔，起身走出书房去找他的小女儿，她现在是家里的女主人。

“帮我把我的东西准备好。”他命令她。

“我突然想到了什么，”他几年后说起了这件事，“我看到自己是个傻瓜。”

几个小时后，他骑着他那匹老掉牙的白马，踏上了古老熟悉的鹅卵石道，再穿过一条平坦小路，往山里去了。每走一英里，他就恢复一点体力。“我感到惊愕无比，”他在自己的故事中这样写道：“我看到自己已经陷入了罪恶的绝望中。我从马上下来，走进一个小竹林，把马拴在一旁，跪下来恳求上帝原谅我的绝望之罪。上帝听到了我的话，解救了我，他再也不会让我失去他了。”

当到达第一个乡村教堂时，他忘记了疲倦，对这三个自以为正义的年轻人感到异常愤怒。

他所见的让他伤心透顶。 每到一处，他都发现年轻人正忙着改变。 一切都重组了。 他培训和信任的中国传教士大部分都走了。 他曾一遍又一遍地说，他们“被开除了”，没有确凿的证据，仅仅因为谣言就被开除了。 谣言！ 基督是被谣言和那些自称为正义的人钉在十字架上的!

他在荒废的宣教禾场走来走去，心中充满了愤怒，一些教堂关闭了，大门被贴了封条，学校也关门了。 回到家时，他要求那些年轻人解释。 “我们发现了贿赂腐败，”他们说，“唯一的办法就是关闭一切，分散成员，等过一段时间再重新开始。”

教会会员确实被遣散了。 新的、陌生的声音在布道，几个陌生人坐在那里，心不在焉地听着，一切都没了，他一生的心血都被冲刷走了。

但是愤怒对他来说是一种力量，一种治愈。 他振作起来，重新开始。 上帝会给他几年时间的，他会找回过去的信徒，并在他们的基础上建立新的教堂——不是长老会，不是受白人统治和让白人随心所欲的组织，而是用他们自己的钱建立的自给自足自治的本地独立的教堂。 他开始计划，随着计划的进行，绝望消失了，不久愤怒也消失了，他又一次快乐了起来。

他开始了寻找曾经拯救又失去的灵魂。 那一年春夏两季，他一直在村庄和城镇里来来去去。 天气转暖后，马教徒的身体也好了起来，两个人就一同去寻找。 一些人在清洗中消失了，再也找不到了；一些人回头去敬拜他们原来的神；有些人犹豫不决，不知道该做什么；有一些人很高兴再次见到他，回到老先生身边；还有一些信徒足以安慰和安抚他，当教堂的门被封的时候，他们留了下来，在自己的家里敬拜上帝。 这些人就是安德鲁要建立的新教会的核心。新教会将单单敬拜上帝，不受其他教派的愚蠢和人变幻莫测的影响。他们在最贫穷的地方，在农舍的小客厅，在乡村旅馆的泥地房间里聚会。安德鲁鼓励他们独立。为此，他很高兴。

那三个年轻人的探子给他们送去了消息，他们知道安德鲁在干什么了。他们说，安德鲁在分裂教会，引起纠纷，成立独立的本地教会！这根本就是异端。

当他回家时，他们已在那里一起等着他了，把他签过名的文件放在他面前。但他现在精神强大，只是呦呦几声，拒绝看它。

“我是被迫签署的。”他宣称，“这甚至不合法。如果你们愿意，我可以在领事面前发誓。”

他摆脱了他们，摆脱了一切。

但是他老了，他们还年轻。尽管他在一贯的好脾气中忘记了他们，他们还是可以对他做一些事情的。上帝的事工还没有完成，上帝定会得胜——与此同时，他像年轻人一样拼命地工作，不理睬女儿一次一次的抗议。那几个年轻人想通过权威的宣教机构给他施压。他可能会被彻底清除出去，遣回美国，不得返回，退休等死，他的小女儿开始害怕了。

每一个凯丽的孩子的体内都流淌着她的血。他们中虽然没有一个人能和她相比，但都是战士，不惧怕任何人。现在凯丽的血液在他们心中激荡，他们要为安德鲁而战。他必须被拯救，必须快乐，绝不能让他觉得自己老了，被搁置一边，觉得自己一无是处。他必须有事奉上帝的事儿做，任何其他事情在他眼里都不值一提。

他们四处为安德鲁想办法，因为他是上帝骄傲的儿子，他们不能让他知道他需要帮助，他们在帮他。在年轻人的世界里，他适合做什么呢？似乎没有需要他的地方。得把他带走，让他像往常一样自由地工作，自由是他能够生存和存在的唯一空气。

碰巧安德鲁宣教成果的一部分是帮助建立了一所神学院。他对把有文化受过教育的神职人员送进神学院、接受培训的热情已经超越了为自己的助手办培训班。而神学院已经在几年前由新教的几个教派赞助开办了，用捐赠、拨款和遗赠的资金建了一组砖房，已经成为一个像样的机构了。尽管它的传统是保守的，但在当时，对安德鲁的教派来说还不够保守。正是为了这所神学院，他用自己反复重申的理念奋斗了多年，“与其离开、失去所有获胜的希望，还不如在这里战斗。”安德鲁不怕现代主义，就如同不怕魔鬼一样。现代主义是一个很好的敌人，一个好的敌人总是磨砺他。

于是，凯丽的一个孩子去这家神学院寻找机会。这可能是安德鲁晚年工作的好地方。他可以做他喜欢的事情——教导年轻人，每天和他们在一起，他们可以从他的经历中学到东西，他将远离三个自以为是的年轻人管辖的范围，如果他们还来找他，她可以提防着他们。最重要的是，她现在就住在神学院所在的南京，他可以与她同住，她可以照顾他。他太瘦了，红润的面色已经消失了，留下了透明的白色，眼睛看起来蓝得不正常。但首先她必须为他找到个位置。

这是一件她不愿意干的事儿。像凯丽一样，她永远不会为自己乞求别人，但为了安德鲁她才这样做。所以她务实地去了，找到当时的教会和神学院的负责人。之前她计划了一切，结束时，她很明确地说：“所以你必须在这里为他找点事做，在这里我可以照顾他，让他开心，但不要让他知道是我来找你的。”

这位神学院的负责人认识安德鲁，知道那个令人敬畏的家庭和那七个儿子。过去，他曾和凯丽本人谈过一两次安德鲁的事。他犹豫了一下，摆弄着桌上的一个镇纸。凯丽的女儿记得，那是一个黏土制的小男孩骑在水牛上的镇纸。“我们没有空位。”他喃喃地说，并补充说希望要些年轻人。

凯丽的女儿果断地说：“在中国，年龄无关紧要。另外，他肯定能从他的经验中教授给学生一些东西的。”

看来，似乎没有安德鲁的位置了，但凯丽的女儿被拒绝了也不认输，她不是白白在一个不承认女性的教派中长大的，她们会通过其他方式得到她们想要的。

她一次接一次地去找这位神学院负责人，直到他看到她都怕了，她学会了紧跟在去通报的下属后面进他的办公室，以免他以忙碌为借口拒绝见她。

女人的疲劳战术终于奏效了。在极度疲劳中，他玩弄着黏土水牛说：“当然，我们计划开一个函授课程。”

她立马抓住机会说：“这对他正合适！”

“我可以给他几个能干的助手做实事儿。”这位神学院负责人继续说道。

她偷偷笑了，好像安德鲁会远离真正的工作！

“这不花你们一分钱，他会继续领美国的薪水。”她圆滑地回答。

“这可能行得通。”他毫无热情地同意了。

这就足够了，可以开始了，她可以从两个方面着手落实。她告诉安德鲁神学院要聘他去任教，又确保邀请函不是半心半意的，还有一个头衔、一个职位以及要做的工作，他将成为一所尚不存在的函授学院的院长。“去建这个学院很令人兴奋哦。”她劝诱着安德鲁。

当收到邀请函时，她及时跟进，像凯丽那样去说服安德鲁。

“你可以在我家轻松地管理所有的独立教堂，不会有任何人来干涉你，你同时可以教书，还有足够的时间修订《新约》译本。”

这是一幅迷人的自由画面，他无法拒绝。他说，这扩大了他的用武之地，无疑是上帝的旨意。

“肯定是这样的。”凯丽的女儿谢天谢地，连忙回答。

于是，那曾被凯丽打理成长久的家的传教士平房被处理了。实在没有什么值钱的东西，只卖了一点钱。剩下几件珍贵的东西——凯丽的桌子和风琴，用来摇所有婴儿的摇椅，安德鲁的书和桌子，还有一两张照片。它们被放在一艘帆船里，沿河而上运走了。房子现在空了，可爱的花园荒芜了。一种奇怪的生活即将来临——新一轮革命把房子糟蹋得满目疮痍。对凯丽的女儿来说，那所房子充满了童年的记忆：炎热的夏日下午，圣诞节的早晨传来了凯丽歌唱的声音，安德鲁从外面布道回到家里……当她下一次，也就是最后一次回去时，这所房子因遭革命的破坏已成废墟：二十户难民挤在凯丽曾精心打理过的房间里，墙上的石膏都被剥光了，露出了板条，地上有几英寸厚的粪垢和垃圾，饥饿的人像绝望的狗一样从窗户洞里往外看。花园里凯丽曾种有玫瑰、百合，在竹林下盛开，现在的花园已被持续沉重的脚步踩成一片荒地。但是凯丽的眼睛已在她的坟墓里安全地紧闭，凯丽的女儿为此感到欣慰。

* * *

安德鲁又开心地活了十年。但一开始，他立刻不喜欢凯丽的女儿在她家为他准备的房间。她为那个房间煞费苦心。首先，她选择了一个最大最好，面对着山和宝塔、阳光会欢乐地撒进来的房间。她了解安德鲁的喜好，用以前家里的东西，例如凯丽起居室的地毯、他自己的椅子、四十年来他定期上弦的钟、书和书柜来装饰它，还为窗户做了非常简单的白色窗帘。她自己极为满意，把他领了进去。

“整个房子都是你的，父亲，这是你自己的房间。”

但很快安德鲁就不舒服了。他在房子里走来走去，查看各个房间。

“我的那个房间，”他抱怨道，“太大了，里面东西太多，看起来太奢华了。”

“你要哪个房间都行。”她说。

他选择了厨房上面的那个小房间，他的东西都被搬了进去。凯丽的女儿又挂上窗帘和照片，铺上地毯。完成调换房间时安德鲁不在家，回来时他也没有发表任何评论。但是那天晚上，他回屋睡觉后，他们听到他房间有动响持续到深夜。凯丽的女儿走到门口。

“你没事儿吧？”她站在门口问。

“没事儿。”他平静地回答。

她拧了拧门把手，锁着，过了一会儿，她见她也做不了什么就只好离开了。

第二天早上他上班后，她走进房间，简直不敢相信自己的眼睛：地板光秃秃的，窗帘没了，照片没了，挂在墙上的凯丽的照片没了，放在椅背上的垫子不见了，他坚持要买的那张单人铁床上的床垫也不见了。她在床下发现了地毯和床垫，窗帘和照片都被放进了壁橱里。这间房间变成了牢房，阳光无情地照射进来，让它显得光秃秃的，丑陋不堪。安德鲁按他自己的意愿重新布置了这个房间。在以后的几年里，凯丽的女儿不堪忍受这丑陋，多次试图用自己仅有的一点东西来装饰这个房间，在窗户上挂了不引人注目的窗帘，偷偷塞进一个垫子，还有几次她往那张硬床上放上一床垫被。但是安德鲁一天都没有容忍过这样的事情。她总是发现它们被收好，叠在床下或壁橱里，直到生命的最后，安德鲁都要过他自己宁静俭朴的生活。

* * *

他认为新工作来得理所当然，非常开心。再没有人与他作对了，他很快活。他从清晨一直忙到深夜，还不断地与他所选择的新独立教会运动的领导人会谈。这些年，他不为自己花一分钱。他有两套足够好的西装，认为多年，甚至永远都无需为自己买任何东西了，他把所有工资都花在发展独立教会运动上。他认为当然必须得有人去巡视教堂，教导人们，并鼓励他们制定宣教扩展计划。扩大宣教！这是安德鲁生命中不灭的火焰。

我承认那些发展独立教会的人经常拿安德鲁的钱，他们看上去让人很不放心，但是安德鲁不接受对他们的批评，发展独立教会是在延续他一生的工作。

“呦，他长得那样不是他的错！”当凯丽的女儿表示不相信一个人时，他会说，“我不喜欢长得好看的人。最重要的是，他是一个坚定的信徒。”

但让人惊讶的是，那些坚定的信徒诡谲的眼睛里常常流露出令人不安的神色，他们从长袖中伸出令人厌恶的贪婪的手，他们不敢直视凯丽的女儿。很可能，那三个自以为义的年轻人至少有一部分是对的，安德鲁播种的麦子里掺杂了太多的稗子。他有一个如此天真又充满希望的灵魂！见他很开心，凯丽的女儿也就不多说什么了。

他非常快乐，晚上回到家里也兴高采烈的。他热爱神学院的工作，为那些准备出去传福音的中国年轻人激动不已，他喜欢和他们同工，满怀热情地为建立一所最好的函授学院做规划。他向世界各地的神学院要来函授课程内容，从中选取他认为最好的。他的《新约》译本也找到了一个新的存在的理由。安德鲁并非出于自负骄傲认定他的译本是最好的，而是认为那是唯一容易理解的中文译本。在强烈的责任感的驱动下，他把它列入了新课程的必修课。当一切准备好后，新学校宣布成立，而且立即获得了巨大的成功。这十年中，安德鲁见证了数百名学生来学习，其中有来自亚洲和一些南海群岛的，还有一些来自美国的中国人，这令安德鲁特别自豪。每年两次他都会租一艘帆船去拜访教会成员。为创办独立教会筹资，之前他已卖掉了自己的船。

所以，安德鲁应该不会变老。尽管如此，还是可以看出他有些力不从心了。每次旅行回来，他都筋疲力尽，皮肤苍白，晒太阳也不能让他的脸色红润起来，他的皮肤像霜一样白，看上去一脸病容。凯丽的女儿恳求他不要再做长途旅行去访问独立教会了，但他不肯。

但这一天终于还是来了。十月的一个阳光明媚的下午，他出乎意料地回了家，他的女儿立刻发现他病得很重。他摇摇晃晃地走上通向前门的石阶，阳光从他身上穿过，他仿佛已经变成了一个幽灵。

她了解他，他不会回答任何问题，也就没问什么。她让他躺在床上，叫来了医生，医生说他得了痢疾，病得很重。她晚上坐在他边上看护他时，一点一点地弄清了到底发生了什么事。原来，他觉得应该吃他的忠实的老信徒们为他准备的食物。

“他们是穷人，”他喘息着说，“他们只能吃很便宜的东西，但他们是好意。”

他回到船上，病重得躺在那里三天两夜。

“三天！”凯丽的女儿喊道，“你为什么不回家或者派人来告诉我们？”

他做不到。这艘船的船长是个无赖，当一个老人落在他手中时，他居然想着法儿敲诈勒索够了才肯开船。他拿走了安德鲁的手表、笔和其他所有东西，只有当安德鲁保证不会惩罚他时，他才终于开船送他回家，安德鲁差点死掉。

我们很庆幸那个人没把安德鲁杀了扔到河里。

有几天他濒临死亡，然后是漫长而艰难的恢复。医生说安德鲁必须去医院，但他似乎用最后一口气拒绝了。他从未进过医院，对受过训练的护士和他们的医德毫无信心。那时他太虚弱了，只能随他，待他稍微好一点，医生使劲威吓说服了他去医院，但效果并不好。一到那里，他在烧得半昏迷的状态下，仍一直把手表拿在手里，坚持管理自己的日程安排，每隔几分钟就按铃提醒护士他病得很重，他应该在某时某刻服药。当完全清醒后，他便坚持要回家。就是这回，他对人说："我有一个女儿，除了照顾我外，她也没有其他什么事儿可干。"尽管病得坐都坐不起来了，他却把医院搞得鸡犬不宁，非要马上把他送回家不可。

凯丽的女儿照顾了他，他终于好了起来，但此后，他的身体再也不比从前了，疾病吓坏了他。一天，他坐在花园阳光明媚处的一把椅子上，膝盖上盖着一条毯子，凯丽的女儿给他端来一杯肉汤。

他抬起他那严肃的蓝眼睛对她突然说："我快七十五岁了！"

她看着他，在他的眼睛里看到了一种孩童般的恐惧，她的心涌出一股柔情，但她忍住了像对孩子那样把他抱在怀里安慰他的冲动，那样会让他非常尴尬的。相反，她帮他把毯子裹裹好，"七十五算什么？你的父母双方都长寿。你现在已经痊愈了，这是一个美丽的早晨，我一直在想你应该修改你的汉语惯用语和成语书了。如果绝版，没有别的书可以取而代之。"

"那倒是，"他高兴地喊道，"我一直在想我应该做这件事。"

这是第一次恐惧袭击。之后，他再也没有出门长途旅行了，独立教会运动也就未能完成。他活着的时候，还有不少人来找他，他把钱都给了他们。尽管他们中不乏无赖和不诚实的人，但凯丽的女儿没有问任何问题，如果独立教会让他开心，那就让他们来吧。

* * *

神学院的工作对他的晚年来说是很理想的。每天他都起得很早，耐心地吃完早餐，然后钻进舒适的包租的黄包车里——那是凯丽的女儿说服他这么做的——在八点前到达办公室。他喜欢神学院：他可以和同事轮流在全校师生晨会上布道，给年轻人上课，整理自己的一堆信件，倾听年轻人前来讨教和倾诉心事。他觉得很忙，被需要。他得知他们贫困的处境后就会从自己身上找资源去帮助他们。凯丽的女儿不得不看着他，否则他将一无所有。每隔一两周，她就去他的衣橱，看看还剩几件衣服。

“你圣诞节穿的那件毛线背心在哪儿？”她问道，或者，“我找不到你那两双羊毛袜子了。”

她很清楚他那内疚的表情是什么意思。“有个小伙子昨天看上去冷得要命，房子里没有暖气，他太穷了，买不起一件外套。另外，我还有件旧毛衣，不需要那件花哨的背心。”

“我只能穿一双袜子。”他耐心地说，“我又不是蜈蚣有那么多只脚！”

他的黄包车车夫骄傲地穿着他的礼服大衣——就是凯丽和安德鲁过去争执的那件。安德鲁现在坐在黄包车的后面，看着它特别满足。“这可怜的东西终于派上用场了。”他说，“这个人非常聪明，他把衣尾给缝起来了，我为什么以前没有想到这么做呢？”

给他任何东西都没有用。我们试图在圣诞节、他的生日以及任何我们可以用来作为借口的场合补充他的小衣橱，但只要眼前用不上，他转手就送人了。看到他的一套新衣服穿在一个瘦小的神学院学生的身上真是让人不快。安德鲁是一个令人恼火的虔诚的基督徒，他甚至把他珍爱的钟也送给了一个街道教堂，理由是他有手表，不需要钟了，但他仍然保留每周去上一次发条的权利。

但他仍不完全满足于神学院的工作，他说，函授课程没有让他忙起来。所以当他们让他教一两节课时，他非常高兴。没有人像他那样花这么多时间去准备，他把训练传道人当成神圣的工作，这是他拯救灵魂的机会的延伸。通过这些年轻人，他可以接触到许多其他的灵魂。

即使如此，除非直接向未得救的灵魂传道，他还是不满足。每周有两三次，对他的车夫来说都苦不堪言，他在城市最拥挤两个地方租了面向繁华街道的小房间。他站在那里，向那些路过进来坐在免费板凳上歇脚的人布道。“他真是一位热心肠的老人。”他的车夫常说，叹着气地拉着车接送他。

第十一章

树欲静而风不止。正当他过得充满激情的时候，另一场风暴从南方卷起，这是中国最新也是最大的一场革命风暴。

他没有太关注它。在那个时代，有太多的战争和革命。他早就不会因为听到有战争威胁而有所动了。他总声称没有人能伤害到他。因此，当其他人逃离时，他都留了下来，如常生活。他也许会在路边等着让一支军队经过，但他不相信中国的政局会持续动荡。

他那高大、白发苍苍的身影像往常一样来来去去，给普通百姓带来安慰和一种稳定的感觉。

“老先生走了吗？”他们互相询问。

“不，他没有走。”他们就安稳了下来。“如果老先生走了，我们就都不知道该往哪儿躲了。”他们常说。

他从来没有离开过。他对认为这场革命不同于过去其他的革命不以为然。当人们谈到新的布尔什维克影响时，他不承认其重要性。布尔什维克毕竟是人嘛。此外，他曾经自信地说：“中国人不会容忍他们的。”他总坚信自己所说的，这是他无比宁静的秘密之一。

因此，当新的革命从南方兴起，经过中国中部，沿着长江席卷而来时，安德鲁毫不畏惧，不认为这次有什么不同，他目睹了太多的革命兴衰，革命除了破坏，什么也没留下，现在他对革命也不持乐观态度。 此外，他的心思意念也越来越远离尘世，转而只专注他生活中唯一重要而有意义的事物，即他的事工。 他完全清楚他来日不多了，没有什么能使他偏离他的工作。 因此，他无视风暴的兴起。 当一个天主教牧师被谋杀的消息传遍乡村时，他平静地说："嗯，他是个天主教徒，我想他们不喜欢天主教徒。"

因为没有人能预料即将到来的革命军会采取什么样行动，外国领事馆从一开始就发出警告，敦促妇女、儿童和老人去上海。 他根本没有想到他也在疏散范围内。 什么！ 跟女人和孩子一起逃离？

对于这场革命，白人们也有很大的分歧。 一些人认为这场由西方训练的中国年轻人领导、布尔什维克主义者支持的新革命不会有好结果，还有些人抱以好感，更多人不知何去何从。 有关白人在革命地区的遭遇的消息令人不安，但又没有证据或被证实，于是，在这个有着多种方言，各族群对彼此持有极端偏见的国家，一时间传言四起。

凯丽的女儿站在革命者一边。 她从小就崇拜孙中山。 凯丽教导过她："孙中山会有所作为的。"尽管孙中山在她一生的大部分时间里都流亡在外，凯丽过去还是常常用她自信的口吻这样预言。因此，当安德鲁说他不会随着革命军队的靠近而离开时，凯丽的女儿没有反对。

然后，因为革命军中一部分人极其敌视外国人，有一天领事馆发出了非常强硬的忠告，对于一个民主国家来说那几乎等于命令了：所有的美国人，妇女和儿童以及老人都必须离开。 当时革命军离我们很近，仔细听的话，都可以听到远处的大炮声。那些决定走的最后一批白人必须在那天离开，这是最后一次机会，如果不走，就没别的机会了。凡是留下来的，后果自负。战争的危机迫在眉睫，城门将被关上，在分出孰胜孰败之前，任何人都不得进出。

那天早上，凯丽的女儿陷入了沉思。她相信革命者，但战斗结束后可能会发生暴民骚乱。她想起了她的妹妹，她的妹妹和孩子从被革命军占据的偏远内陆城市来投靠她，那侥幸的逃险仍让人心有余悸。嗯，他们可以好照顾孩子们，但安德鲁怎么办呢？他现在已走不了多远，耐受不了什么艰难了，她恳求他去安全的地方。

安德鲁在被迫违背自己的意愿时，常用生病作为托词。这不是装病，而是由于不能按照他的意愿行事而引起了身体上的紊乱失调。当她上楼叫他准备走的时候，他躺在那张狭窄的铁床上，被单一直拉到下巴底下。

“我病了，”他非常虚弱地说，“我走不了。”

她看了看他，了解他，没有试图说服他。

“那我们都待在一起吧。”说完，她关上了门，走了出去。

整整一天，炮声越来越响，从岩石上发出的回音越来越大。到了下午，城门已经关上了，四处寂静得奇怪。商店关门了，街道空无一人。人们都紧闭着门，忐忑不安。大家以前遇到过很多次同样的情形，甚至孩子们也经历过战争，但这次不同。人们听到些新名词，诸如劳动者、仆人、学徒、住在贫民窟的穷人等等。人们充满了好奇的兴奋，没有人知道会发生什么。

在空荡荡的街道上，安德鲁的人力车像往常一样驶过，车夫穿着安德鲁那件旧大衣小跑着。当时是三月，正是春寒料峭的时候。那天晚上，安德鲁在他的一个街头小教堂里布道，但听众寥寥无儿，来的人也都匆忙地消失在夜色中。他回到家，发现整个房子都沸腾了，中国邻居源源不断地涌入大门，地窖里挤满了来寻求庇护的陌生穷人。在外国人的家里总是很安全的。自从 1900 年以来，外国人没有在任何内战中受到过攻击，外国人有炮艇和条约的保护，这些对安德鲁来说再熟悉不过了。他和家人、他们的中国朋友一起坐在客厅里，只有不知情的孩子们睡着了。

“这幢楼到处是人，”他说，“连地窖都挤满了。”然后他又说：“我很高兴留了下来，一个人应该与自己人同甘共苦。”

午夜了，仍然没有任何消息，黑暗中什么也看不见，只听到不断传来的炮声。他很累了。“既然我不能停息战火，还是去睡觉吧。”他干巴巴地微笑着说，上楼躺着听枪声去了。将近黎明时，一切突然寂静了下来，他还没来得及想什么就睡着了。

* * *

那个革命的黎明似乎和平常日子没有什么不同。他醒了，三月的阳光洒满了他的房间，楼下传来早餐盘子的当啷声，飘来熏肉和咖啡的香味。没有了枪声，一切都结束了。这一天他仍旧可以去工作。他起床，用自己安装的一个小白铁盆和一个浇花的喷头淋了浴，然后仔细穿戴好，七点钟高高兴兴地下楼来吃早餐，他的儿孙都在等着他，凯丽的女儿欣喜若狂地看到花园里绽放了春天的第一簇水仙花，她在早餐前跑出去把它们摘下来放在桌子上。

“有先见之明的水仙花！”她说，“我很高兴它们等到今天才绽放。”

他们说，一切都很好。革命军胜利了，城门打开了，城中的人投了降，一切都安静了下来。中国人也都回家吃早饭了，整幢楼又恢复了正常。

“要是离开了有多傻啊！”他们边吃熏肉、鸡蛋，边聊着天。

“根据我的经验，战争都是一样的。”安德鲁心满意足地说。

这是一顿愉快的早餐，之后，男人们匆匆忙忙地去上八点钟的课，安德鲁坐进了黄包车，凯丽的女儿帮他把盖在膝腿上的布袍裹好，还把她在窗台花盆里种的一朵红色的小玫瑰花蕾插在他的纽扣孔里。红色象征着新的一天。

他可以穿过城市，也可以走后面的小路穿过山丘。今天早上他选择了山路。空气清新甜美，阳光温暖和煦。

但是他还没来得及享受这一切，就听到有人不停地大叫他。他环顾四周，没见到人。他这才注意到路上没人。通常早上这个时候，农民们正扛着一筐筐新鲜蔬菜忙着去城里的集市，路面被驮有一袋袋大米的驴的蹄子弄得灰飞尘扬。而这时，路上却空空荡荡的。

他看见一个家仆追上来喊他。人力车夫停下来，那个人气喘吁吁地跑了过来，脸色苍白，嘴巴干得几乎说不出话来。

“老先生，老先生，赶紧回去！”他喘着气说，“他们在杀外国人！”

“我不信。”安德鲁说。

“是真的。有一个死了。他们在街上向他开枪，你的大女儿恳求你回家去。”

“我不回去，”安德鲁说，“我有工作要做。走吧！”他对拉车的人说，但那仆人抓住了车杆。

“她说如果你不肯，就让我把你抱起来背回去，尽管你为此会打我。”

车夫说道:“那我不拉你了，我不想让你的血溅在我身上。”

这下他没辙了。

“那么，回去吧。”安德鲁一脸严肃地说。

这不是他第一次想到可能被杀。阳光对他来说变成了灰色，没有人知道这一天会发生什么，也许这是生命的最后一天，但他的工作还没有完成。

当他到家时，大家正聚集在门阶上等他。他们没有穿外套，也没有戴帽子就从房子里跑了出来。十分钟后，整个世界都变了。快乐的早餐桌，温暖安全的房子，现在好像都从未存在过。

“他回来了!”仆人喊道，车夫放下车杆，他走了出来。

“这是什么意思?”他问道。

“我们必须躲起来!”凯丽的女儿对他喊道。

躲起来! 包括所有这些小孩子! 他极不喜欢躲起来的想法。

“我们最好还是进屋祈祷。”他说。

“我们不能耽搁了。”她回答道，“革命军队反对我们，他们已经杀了两个天主教神父，还有杰克·威廉姆斯!”

他还没来得及和她争辩，仆人们哭嚎着向他们跑来，邻居们也偷偷溜进了大门。

“躲起来吧! 躲起来吧!”他们恳求他，“外国人的房子今天不安全。”

“我们能躲到哪里呢?”凯丽的女儿喊道。

中国人面面相觑。谁敢冒险收容这些白人? 如果他们在中国人家里被发现，这家人连孩子在内就都会被处死的，这是愚蠢的送死。

与此同时，街上传来了可怕的暴徒们骚乱的喧嚣声。不能再耽误了，但他们又无处可去。白人你看看我，我看看你。从安德鲁年轻时起，这里就是他们的家，他的孩子和他们的孩子相继在这里出生。但短短一个小时后，这里突然间不再是家了。他们的房子不能庇护他们，门和围墙也不能保护他们。

这时，一个身材矮胖、身着蓝衣服的人以她那双缠足能走得最快的速度从后门跑了进来。这是一个普通的农妇，凯丽的女儿在北方的一次饥荒中给过她食物，她在另一次饥荒中来到南方再次找到了凯丽的女儿。对凯丽的女儿来说，看到这个身无分文，饿得半死，还怀着孕的女人并不是件高兴的事。但她有一颗愚蠢而柔软的心，收留了她。她让小男孩出生在她家，并照顾他，不让他像她先前的几个孩子那样死于破伤风，当这个小男孩差点被烧死时，她又照顾了他。她也不愿意那样做，还责备过这个笨拙但知道感恩的母亲的愚蠢。后来，这个女人的丈夫从北方漂泊过来，凯丽的女儿又帮他找到一份农场劳工的工作，这才谢天谢地地终于解脱了，让他们自己过日子去了。小宝宝长成了一个胖乎乎的棕色小男孩，凯丽的女儿很高兴看到他活了下来。

这个女人跑了进来。她的丈夫一整天都不在家，小屋空着，她说，凯丽的女儿和她的家人都可以藏在她家。这只是半个小茅屋，真的，没有人会想到去那里找外国人的。她用力拽着他们，拉着凯丽女儿的手和安德鲁的袖子，然后抱起最小的黄头发孩子走出了大门，穿过田野，他们就跟着她。

在拥挤寂静的小屋里，他们坐下来，有的坐在硬木板床上，有的坐在长凳上，她默默地关上门。

“这个地方很安全，”她透过裂缝小声说道，“这些小屋里有许多孩子，如果有一个外国小孩哭了，没有人知道的。”

但在那漫长的一天里，没有一个外国小孩哭闹过。两个小女孩和一个小男孩还都不到五岁，他们仨平常特别活泼吵闹。但今天，在黑暗中，在外面奇怪的嚎叫声中，他们一动不动地坐在长辈的膝盖上，知道自己正处在危境之中。

至于安德鲁，他无法相信这就是结局。他整天一言不发地坐在儿孙们中间。没有人说话，每个人都在想自己的心事。安德鲁回首往事，他在后来的自传中这样提到这事:“所思不多，过去的画面在脑海中飘过，这让我那时以为自己身在别处。”凯丽的一个女儿坐在那里，想着她未出生的孩子，不知道自己是否还能活着把他生下来。另外一个女儿坐在那里，看着她的两个小女儿，十分清醒地想到，在她自己死之前，她一定要坚强，必须先把两个小女儿弄死，不能让她们落在士兵手中。

这不寻常的时刻在慢慢地过去。仆人们偷偷穿过田野，带来面包、一瓶开水和给孩子们的一罐牛奶。门时不时地打开，出现一张张中国朋友的脸，乍一看，让人有些恐惧——他是朋友吗？现在谁分得清？但他们的确是朋友，他们在我们面前叩首作揖，恳求我们鼓起勇气，告诉我们正在尽一切努力与革命军领导人交涉，请求保全我们的生命。中午，门又开了，一个不知名的慈母般的中国女人端着几碗热稀饭进来，要我们吃下去，叫我们不要害怕，这贫民窟里是不会有人去告密的。她安慰我们说，她甚至威胁自己的孩子:“我告诉我的小鬼，如果说出去，我就打死他。”我们挨到了中午。

小茅屋外的喧嚣声越来越大。安德鲁以前听到过那种声音——

不是愤怒的人的声音，而是贪婪的穷人看到他们梦寐以求的东西触手可及时发出的哄闹声。接着，传来木头被撞击，大门被撞开，人们争先恐后地奔跑，木门碎裂的声音，同时还夹杂着人们贪婪的嚎叫声。

“他们来了。”安德鲁突然说。

说话间，小茅屋的门开了，进来了两个一直在向革命军领导人交涉求情的中国人。他们在安德鲁面前跪倒。

“原谅我们，”他们说，“我们救不了你们的命，已经尽力了，没希望了。”

他们起身鞠躬，面如土色地离开了。

安德鲁和他的孩子们坐在那里整整两个小时，等待门被踢开，士兵们冲进来，但没有动静。外面的喊叫和咆哮声仍不绝于耳。小茅屋现在被火光照亮了——他们正在烧外国人的房子。可能只剩下几分钟了，每个人都以自己的方式告别世界，想到如何在敌人面前骄傲地死去，安德鲁低下了头，孩子们在我们怀里睡着了。这是最后的时光了，时间宝贵得令人心碎，下一刻，最多一个小时，我们就都完了。

突然，在恐怖和喧嚣中，传来了一声可怕的雷声。小茅屋摇晃着，孩子们醒了。雷声一次次响起，我们从未听过这样震耳欲聋的雷声。

我们相互看着，问这是不是天上的雷声？雷声不应该是如此有频率地隆隆作响的。

“大炮！”其中一个人喊道。

安德鲁摇摇头。“中国人没有这样的大炮。”他在喧闹声中大声喊道。

“美国、英国的大炮。”另一个喊道。

我们这才想起来，七英里外有美国、英国和日本的炮艇，他们向这座城市开火了。我们处于新的危险之中，可能会被自己的炮弹炸成碎片。但我们立刻都松了口气，这种死法至少快速干净利落，不是被中国士兵折磨至死。

突然间，一切都结束了，喧嚣停止了，枪声听不见了，嚎叫，怒吼，木头被撞得欲裂的刺耳声也戛然而止，只有火焰在噼噼啪啪作响，四周一片奇怪的寂静，黑暗的小茅屋被照得比白天还亮。

安德鲁站起来，把脸贴在窗洞口凝视着对面的小山。

“他们在烧神学院!”他低声说，坐了下来，用手蒙住眼睛。他的事工再次灰飞烟灭……

现在除了等待别无选择。总会有人来告诉我们该做什么的。这是漫长、沉闷的等待，谁也猜不出轰炸和沉默意味着什么?这座城市被炮火夷为平地了吗?我们是唯一幸存的吗?

那天深夜，门开了，来的是我们的两个中国朋友，还有一队士兵。

“我们带你去一个安全的地方。”他们高兴地说。

但是那些士兵们让我们犹豫了。他们穿着奇怪的制服，看上去很邪恶，脸又红又肿，像喝醉了一样，还摆出一副嘲弄的表情。他们拄着枪站在那里，火把照在他们邪恶嘲弄人的脸上。我们退缩了，难道把孩子和安德鲁交给这些人?

“就是这些士兵一整天都在攻击我们。”凯丽的女儿反对道。

但是没有别的办法。

“这是你们唯一的机会。”我们的朋友催促着，“现在白人们都聚集在大学的一个大实验室里。我们带你们去。”

安德鲁走在前面，我们一个接一个鱼贯走出那个大约十英尺长八英尺宽的小茅屋，我们三个男人，两个女人和三个小孩在那里待了十三个小时，在此之前，凯丽的女儿从没想过这三个男人是高大的。

我们穿过黑暗的田野，经过早晨还是个令人愉快、如今已烟雾缭绕、烧成焦黑废墟的美国人家的房子，向着黑森森的大学楼群走去。一个疲惫的小孩子跌跌撞撞地撞在一名士兵身上，他转过身来，发出一声令人心脏停止跳动的咆哮。孩子的妈妈喊道："她不是故意推你的，她才三岁！"士兵咕哝着走开了。

最后我们终于到了大学的门口。那里站着同样阴森、讥讽嘲弄、邪恶的革命士兵。当我们经过时，他们笑了，摇晃着枪吓唬我们。但没有一个孩子哭，他们只是困惑地看着，他们从小就被教导要喜欢中国人，待他们为朋友。我们这支沉闷的小队伍走进了大楼，在黑暗中上了楼。

那间巨大的实验室里聚集了一百多名白人，男人、女人和儿童，几乎都是美国人。有七个人从黎明起相继被杀，但这里的其他人都被中国朋友藏了起来，在经历了暴民和士兵的可怕骚扰后才获救。后来我们才发现，我们非常幸运，几乎没有像其他白人那样直接地面对过敌人。可怕的一天终于结束了，现在黑暗笼罩着他们，他们试图休息一下。然而，每当又有人进来时，他们都大声询问是谁，是否安好。在那个不眠之夜里，白人们一个一个地进来，有人受伤了，有人挨打了，但没有死亡。没有人知道黎明会发生什么，这座城市现在被革命军接管了。

第二天我们都聚集在一个大房间里等待。尽管没有人知道结局会是什么，但这并不是悲伤的一天。我们自发组织起来，分配手头的食物，照顾那些生病、受伤或有新生婴儿的人。还有中国人来帮我们，他们进进出出，带来了食物、衣服和被褥。他们哭着来找我们，乞求原谅，告诉我们死者已经被体面地埋葬了。三月的风刺骨地冷，屋里没有暖气，士兵们抢走了我们御寒的外衣，中国朋友们给我们带来了牙刷、毛巾和大衣。

我们所有人都无家可归，身无分文，不知道是否还会被屠杀。我们当中有丧偶的和刚生了婴儿的年轻母亲，还有遭受了疯狂的士兵说不出口的侮辱的妇女。但不知何故，这不是令人感到悲伤的一天。我们不是没有朋友，我们中每一个人都有中国朋友，这些朋友冒着生命危险给我们带来了安慰。我们走后，他们的名字会出现在一份帮助过外国人的名单上，被谴责为“帝国主义的走狗”。

下午，卫兵命令我们去七英里外停靠在港口的美国和英国的战舰。我们被那帮凶狠的卫兵匆匆驱赶着上路，乘坐破烂不堪的马车或者尽力步行着去。黄昏时分，我们拐出大路来到了河边，战舰停在那里等候着我们。美国海军陆战队队员，美国水手小伙子们站在码头上，看见我们来了急忙上前来帮助老人、妇女和儿童登上小渔船。黑色的河流澎湃激荡着船只，船划到了如断崖般高大的战舰的一侧，我们登上摇摇晃晃的悬梯，最后双脚终于站在了战舰坚实的甲板上。船上传来亲切的呼喊声：“你们现在在美国领土上了，振作起来！”“晚饭已准备好了！”

这一切都令人恍惚——拥挤的船舱、狭小的公共舱室、水手们大声嚷嚷着，开着玩笑端上热腾腾的食物：汤、烤豆和炖肉。有食物，还能睡觉。哦，这里真是安全的天堂！之前女人们在抢劫、残酷逼迫和死亡面前都没有哭过一次，现在却哭泣不止。勇敢的孩子们曾在士兵的枪口下笔直地站在父母身边，无所畏惧，现在也哭个不停。

至于安德鲁，他从饭桌上消失了。凯丽的女儿出去找他，看他怎么样了。他站在船栏边，凝视着对岸黑暗的城市。虽然没有光，但他知道城市在哪里，在昏暗的天空下，他可以看到山顶和山脚下蜿蜒的城墙。

“你在想什么？”她问道。

“我正打算回去，”他安静地说。他没有转身，也没有再说什么，她把他留在那里凝视黑乎乎的城市。回去！他一心只想回去，这一点也不令人意外。

* * *

现在，很难把一件事和另一件事分开，不同的面孔，故事，眼泪和笑声掺杂在一起了。所有人都安全了，船上的每个人都有故事和奇迹可讲。一位爱好制蜜的美国老人说，一个贪婪的士兵认为他的蜂箱里有财宝，粗鲁地打开一个，结果被愤怒的蜜蜂袭击，号叫着在花园里乱窜；一个医生用红药水涂在脸上和手上，假装疯了，士兵们来时，看见他这个样子吓得跑掉了；另一个从南方一个州来的医生，在自己家放煤的地窖里躲了一整天，脸被煤渣抹得漆黑，他获救后大步走进实验室，一脸严峻地对大伙儿说：“我要回家了，这里不是白人可以待的国家！”大家那时都又饿又绝望的，他不明白大家为什么听了他的话还笑了；有一个妻子为了不让贪婪的士兵夺去她的结婚戒指，她把它吞下了，在战舰上的最后一天，她又得意扬扬地戴上了它。

但是，还有一些不好笑的故事：当士兵们猛拽一个老太太的结婚钻戒时，她站着一动不动，然后一个士兵拔出剑来割断她的手指，她平静地用英语说道：“否则你是拿不下来的，它在我手指上五十年了。”还有一个故事，一个中国教授黎明前在大学里守电话，他本可能会救了我们所有人。开战前一天晚上已经安排好了两班人值班，当革命军进入南门时，值班的应该给在北面大学的打个电话，说说情况。城市的北端没有别的电话，只得再靠传口信把消息送到每一家。但是这位在美国最好农林业学校接受过训练的中国教授又胖又懒，以为不会发生什么事儿，就去睡觉了。电话铃声也没把他吵醒。如果他醒了或者一直在值班的话，有些人今天可能还活着，许多人可能会少吃些苦头。

这些身心俱惫的外国人涌入上海，寻找避难所。他们中的大多数人都伤心失望透顶，在第一时间买了回国的船票，再也没有回中国。

但是安德鲁已经计划好了。他轻快地说：“我听说朝鲜的传教工作比中国成功得多，我一直想知道为什么。我要去朝鲜。”

“你不能一个人去！”凯丽的女儿惊呼道。

“我就独自去。”他坚定地说，然后就走了。

* * *

他在朝鲜的经历只能从他为数不多的信件中获悉。他去了很多地方，发现因为朝鲜的传教士不会说中文，华人移民居然没有教堂可去。他便立即开始向他们传教，在他们家里举行仪式，并组织他们去教堂。他的来信也变得乐观而热情，好像什么事都没发生过。“这太意想不到了，”他写道，“很多的工作就在眼前要做。”

“中国人，”他又写道，“比朝鲜人优秀多了。即使在这里，也是中国人工作和经商。据我观察，朝鲜男人除了穿着白色的裙子坐在那里把衣服弄脏外，无所事事，而女人除了洗衣服也什么都不做。”

他非常鄙视朝鲜服装。“没有人比朝鲜人穿得更傻了，”他写道，“男人们穿白色亚麻裙子，还系戴一顶高高的小帽子，他们的灵魂几乎不值得拯救。”

“要不是日本人在这里，”他又写道，“我都不相信朝鲜人会费神养活自己。”

六个月后，他回来了，身体健康，异常满足。

“难怪在朝鲜的传教士过得这么轻松，”他宣称，“任何人都可以让朝鲜人信主，让一个中国人信主所付出的努力可以让二十个朝鲜人信主，但最终你会在中国得到更多的真信徒。现在我要回去做真正的工作了。”

没有人能劝阻得了他，连领事的威胁也无济于事。除了几个偶尔去监查的年轻人，没有一个美国人被允许返回南京。南京没有像样的住处，尚未被摧毁的外国人的房子都被士兵占领了。一切乱七八糟，排外情绪依然高涨。

但是安德鲁才不管这些。朝鲜凉爽的气候对他的身体大有好处，他又恢复了往日的宁静和固执。

“我不需要房子，”他说，“我只要有个房间，有一个男孩为我做米饭和鸡蛋就够了，别的我都不需要。”

我们从来拿他没办法。凯丽的女儿责备了他一顿，帮他收拾好小包，还住里面塞了她不指望他会用的一些额外的东西。她叫来了一个忠实的仆人，吩咐他和上帝的这个老儿子一起去，照顾他。他们就走了。她甚至怀疑还能不能再见到安德鲁。那年爆发了可怕的霍乱、斑疹伤寒，痢疾也肆虐，只有穷人才敢吃在运河岸边和河边找到的螃蟹。螃蟹原本是富人们才吃得起的美味佳肴，但那年，因为有太多的尸体被扔进了水里，螃蟹被养得又肥又大，富人们避而远之，穷人们才有了饱餐螃蟹的机会。

没有什么能阻止安德鲁做他想做的事。仆人在一个半毁的学校建筑里给他找了一个小得可怜的房间，买了一个水桶大小的黏土炭炉和一个陶罐，安德鲁买了一个旧铁床、一把椅子和一张桌子。这些日子里，外国的东西卖得很便宜，二手商店里满是劫来的赃物。这样他又可以开始工作了。神学院几乎都被烧毁了，剩下的没被烧毁的不是被军阀将军就是被其他革命人物给占了，过了好几年才被归还。

但是，安德鲁根本不在乎有没有教学楼。他开始去寻找学生，还一个一个地被他找到了。人们给他讲这些神学院学生的故事，说他们中间有共产党，就是这些人领导“暴民”反对外国人，但是安德鲁并不为此困扰。

“我不相信。”他平静地说。

* * *

他是唯一回去的白人。“这里绝对安全，那些领事官员的话全都是胡说八道。”他给凯丽的女儿信中写道。那些日子他过得很开心。他坐在人力车上，街上的小店主、小旅馆的老板、贫民百姓们很高兴看到他回来了，在他身后大喊:“嗯，是老先生又回来了!”“老先生比谁都勇敢!”“老先生，下来喝碗茶吧!”

他喜欢他们对他的欢迎和爱戴，过着怡然自得的贫困生活。他立即着手开始在街上和茶馆里布道，在当时，因为没有人肯出租房屋给外国人，白人很难找到房子。安德鲁却在繁忙的街道上租到了两个房间，买了一些长凳和两个在革命中从其他教堂抢劫来的讲坛，开始白天和晚上在那里布道。其中一个讲坛来自卫理公会教堂，安德鲁对此颇为满意。“现在，从卫理公会的讲坛后面才传出了真正的教义!”他干笑着说。

那些已经对革命者不再抱有幻想的人开始听他传讲福音，革命并未给他们兑现之前巨大的承诺，心怀不满的劳工嘀咕道:“他们说我们都会在工厂找到好工作，还给了我们一些小票来证明会有工作。‘只要在门口出示那些小票就行了。’他们说。但是，哪个门?什么工厂?都是些梦而已!”

一些年轻激进的学生不时地来打断聚会，但安德鲁只温和地对散去的人群说:“我们明天照常在同一时间聚会。”没有人能够削弱他巨大的决心，在没人与他同工的情况下，他毫无畏惧、有条不紊地照常工作。

实际上，生活的外在环境对他来说毫无意义——房子、家庭、食物、舒适，一切都是虚无的。他的家在他的工作中，心只放在做上帝的事工上，别的都不能令他幸福。

凯丽的女儿在离开一年后也回来了，开始重整几个月来被用作霍乱治疗基地、被毁坏弄脏的家。她发现安德鲁非常安详平和。事实上，他看起来几乎不再是这个世界上的人了，变得几乎没有了肉身，独自生活，除了讲道外不说什么话，吃得特别节俭。这让那位忠实的男仆很伤心，他向凯丽的女儿抱怨安德鲁几乎什么也不吃。

“他的心对一个老人来说太热了，”仆人忧伤地说，“他从里面燃烧着。”

她按他的喜好先准备好他的房间，并在不打扰他的情况下让他搬进去，他几乎没有察觉有什么不同，似乎也忘记了那里曾经发生过一场革命。

第十二章

又一年过去了，随着岁月的流逝，他变得愈加温和了。曾经有过的激情也离他而去。他不像以前那样吹毛求疵，严格地区分其他的信仰和他自己的信仰了，他比以往任何时候都更加不喜欢教派之争。在这些日子里，他甚至可以原谅相信浸信会的人，不再为任何事情争论了。他自己的信念仍然不可动摇，一字不差地相信使徒信条，快乐地生活在耶稣基督第二次降临的信心中，确信无疑基督总有一天会出现在天空，圣徒的身体会死而复生，与基督同在。然而，安德鲁没有焦急地等待这一天的到来。他不希望死去，听到死亡这个词时，他的眼睛里会出现恐惧，凯丽的女儿见了心里会为之一动，但他平静地说："我们不知道基督什么时候再来，可能就在明天，也可能在千年之后。"

他当然不希望那会是千年的等待。他曾经告诉凯丽的女儿基督再来的一些征兆，如战争、饥荒和痛苦，尤其是他所说的俄罗斯的"敌基督"的兴起。凯丽的女儿倾听着，从不与他争论，也从不表现出她不信的样子。她不会剥夺对安德鲁来说值得为此而活的信仰，尤其是现在他老了，更需要信仰去面对死亡。他自己信仰坚定，却从没想过问她的信仰是什么。

他最后的夕阳黄昏岁月柔和甘美，无论大事小事他都不生气。他在我们眼前似乎变成了一个温柔的灵魂，他更加不思茶饭，寡言少语，超然远离人世。

* * *

很难说他是从什么时候开始意识到自己的生命终将逝去。但是对他来说，就像所有的老人一样，他渐渐地知道，他再也没有多少天可以工作，没有多少天可以躺下睡觉了，很快就会有一个黎明他不再醒来。有时在黄昏的暮色中，他似乎害怕一个人待着，好像想起了小时候听过的那些古老的鬼故事。他要早点开灯，听到人讲话，有人在他身边。那时，凯丽的女儿手里拿着针线活坐在他的身边，开心地和他谈论着一些小事，她还鼓励孩子们在那里跑来跑去。尽管从来不知道如何与家庭和孩子分享生活，但他从这些小事情中得到了安慰和温暖。他坐在那里，恐惧从眼睛里消失了，过了一会儿，就可以上床睡觉了。凯丽的女儿总能找到借口在这样的夜晚去他的房间，查看他是否盖好了毯子，灯是否触手可及。她在他旁边的桌子上放了一个小铃铛，这样晚上他可叫她，她把他的门留一条缝隙，这样他就可以听到房子里的脚步声，而不至于独自躺着追忆往昔以及想着即将来临的死亡。

当黎明到来，他开始工作，他便又是他自己了。没有什么能阻止他的工作，凯丽的女儿也不会去阻止他，她知道工作是他的生命和力量所在。

但在他八十岁那年的春天，连工作都让开始让他的身体吃不消了。就在那一年他发生了一些变化。他的身体变得像一片苍白的薄雾，几乎透明，人看上去完全像一个幽灵，眼睛里闪耀着善良的光芒，所有人类的食欲、愤怒、浮躁、连同以前的倔强都消失了。他下班慢慢回家后，大部分时间都是闭着眼睛躺着。但他喜欢躺在有凯丽女儿在的房间里。有时当她从工作中抬起头时，发现他躺在沙发上，脸色苍白，一动不动，她会呼叫起来。然后他睁开眼睛。

“我很好，”他说，“我工作了一整天，现在正在休息。”

是的，那就是那年春天发生的变化。四月初的温暖也没能让他振奋起来，这是第一次他没了要出发去山里布道的渴望。凯丽的女儿害怕了，叫来了医生，医生说:“没什么问题，就是太累了，让他随心所欲吧。”他什么时候又不是随心所欲的呢?

那年夏天，结局来得又快又让人感到庆幸。炎热的天气使他的身体非常虚弱，所以他马上同意沿河而上去在庐山的另外一个女儿处。女婿来接他，他高高兴兴跟他走了。那天他状况很好，走时还开着小玩笑。他们回信说，这次旅行似乎使他恢复了过来，沐浴在山上清新的空气里，他又恢复了阔别已久的精神头。

整个夏天他都很开心。他遇到了老友，也遇到了旧敌。旧敌也老了，最终他们成了朋友，忘记了过去的争吵。他的女儿为他策划了一些小小的玩乐活动。夏天很快过去了，他突然说他又准备好开始工作了。他身体好多了，他玩得太久了，他已经多年没有这样休假了。他给凯丽的女儿写了封信，她把他的房间准备好，一切就绪，就等他回来。

那年夏天长江泛洪，沿河的电线杆被连根拔起，卷入漩涡中流向大海，装载邮件的轮船也被耽搁了几天。她并不十分担心安德鲁一时不能回来。然而，一个星期后，通过迂回的路线来了一封信和一封电报。安德鲁去世了。有一天晚上在山顶上，他的痢疾旧病复发，几个小时后，他的生命就结束了。没有太多的痛苦和折磨，从他极度虚弱的身体中，灵魂发出一声巨大的呻吟，然后便高兴地挣脱出来走向了自由。

身躯只是他微不足道的一部分，甚至连最后的安息似乎也并不重要。无论如何，他本来已经脱去了半个身躯，死亡只不过是完全脱去而已，他最终成了他原本的样子——一个灵魂。我们把他埋在山顶上。那个地方和天空之间没有隔阂，没有树，没有人，下面是岩石，上方薄雾缭绕，风吹着，白天阳光照耀，夜间星光点点，四周渺无人烟。

过去多年了，现在回头想想，这是生命中的讽刺：凯丽热爱山上的干净，渴望身体和灵魂都能在那里，但她却与几个外国人永远地被葬在镇江城中心一个又热又黑有围墙的墓地里，那里充斥着人间的乌烟瘴气，到处是人的吼叫、争吵、欢笑和哀嚎，高墙和锁着的大门也无法阻挡世间的喧嚣；而安德鲁，这个寻找人的灵魂的人，却孤独而自由地躺在山顶上。他与凯丽生前死后都相隔甚远。她一生都渴望脱离人的控制和激情，却被自己和其他人所囚禁，死亡是一场与生命的搏斗，她输了。但是安德鲁从未触及过生活的复杂和多样，从未了解过它的本质，从未感受过它的疑惑，从未分享过它的痛苦。他是一个快乐的灵魂，虽死犹生。

出版后记：萦绕百年学府的大地珍珠

美国著名女作家赛珍珠（Pearl S. Buck，1892 年 6 月 26 日—1973 年 3 月 6 日）所著诺奖作品之双亲传记之一《战斗天使》中文版一直阙如，如今与《流亡者》璧合，以《赛珍珠：我的父亲母亲》之名，与读者见面了。《大地》被认为是自马可·波罗以来最有影响力的关于中国的非中文书。“然而，人们往往忽略了真正促使诺贝尔文学奖委员会认可她的作品——她为父母撰写的传记：《流亡者：一个美国母亲的画像》和《战斗天使：一个灵魂的肖像》。”（见本书萨曼莎·弗赖泽推荐序一）

《赛珍珠：我的父亲母亲》与《大地》都是 1938 年诺贝尔文学奖的代表作。

赛珍珠是南大校友。她的第一任丈夫卜凯（John Lossing Buck，1890—1975）是金大（今日南大源头之一）农经系教授。包括赛珍珠故居在内的南大鼓楼校区就是昔日金大的校园。赛珍珠故居位于校园西边平仓巷东侧，民国时期，原国立武汉大学校长、后任外交部长的王世杰（1891—1981），原金大校长陈裕光（1893—1989）等均住在这一带，前后相望，是民国时期的金陵名人苑之一。正是在这里，赛珍珠完成享誉世界的文学作品《大地》系列，并荣获诺贝尔奖。她曾在金大文学院执教,也曾在南大的另一源头中央大学文学院兼课,是不折不扣的双料校友。

上个世纪九十年代前,南大中文系(今文学院)系部有相当一段时间入驻赛珍珠故居,似乎暗合了某种传承。笔者在南大读书、工作逾四十年,印象中校方在外宣与介绍中,鲜有提及这位曾经在金大文学院教书有年,因写作中国题材小说而获得诺贝尔文学奖的校友。2023年,赛珍珠逝世50周年,有世界文学之都美誉的南京拍摄并播放了纪录片《大地珍珠》,介绍赛珍珠的一生及其文学与社会活动,南大新闻网报道并附有纪录片的链接,“大地珍珠”的人文之光也因之在南大的星空闪烁。1990年夏,南大文科院系整体搬迁到新建的“文科楼”,赛珍珠旧居迎来新入驻的学校产业办公室,昔日文学名家的旧居一度“身处闹市无人闻”。直至八九年以后,美国卸任总统乔治·W.布什(George W. Bush,1924—2018)访问南京大学-约翰斯·霍普金斯中美文化研究中心,向中方提出参观赛珍珠故居的要求,尘封多年的诺贝尔文学奖作品诞生地再次走进世人的视野。

赛珍珠及其作品虽然远去,人们并没有将其遗忘。她留给历史的启迪之光依然照向未来之路。

如今,南大校园内仅有两座外籍人士的雕塑,其中一座是被中国国家主席习近平称为“中国好人”的约翰·拉贝(John H. D. Rabe,1882—1950)像,另一座就是被尼克松总统称为“东西方文明的人桥”的赛珍珠像。这是南大人对前贤、对历史的致敬!

南大一直以出版传记而著称。上个世纪八十年代中后期开始,南大出版人近乎举全力,出版著名教育家匡亚明(1906—1996)教授主编的201部《中国思想家评传丛书》,历经五分之一个世纪，于 2006 年 9 月始告整体竣工，可见南大人即便是做书，也有“板凳要坐十年冷”的工夫。这是迄今为止国内规模最大的思想家传记丛书，在海内外产生了广泛的社会影响，2010 年，联合国秘书长潘基文访问南大，受聘名誉博士学位，发表演讲，受赠礼物就是这套洋洋大观的《评传丛书》。《评传丛书》之后有《丛书》简明读本系列，以中日英等多语种在中国大陆、日本和美国发行；又有“中国现代文化名人评传丛书”及做书新势力开发的“世界文化名人传记系列”，这一系列传记都深得读者垂青。传记文学在南大出版蓝图中一直是主色调。

《赛珍珠：我的父亲母亲》是脍炙人口的传记作品。传主虽然是美国人，书中涉及的背景与场景有不少却是中国的，拥有广泛潜在的中国读者，又是南大校友作品，烙上了百年学府记忆的印痕，当有为数不菲的校友读者。基于此，2022 年的一天，当美国克莱蒙特联校亚洲研究院图书馆部主任邹秀英女士推荐译稿时，以擅长传记出版的南大，接纳了这部校友传记作品的出版，很快就在年度选题会议论证通过。

美国历史学家詹姆斯 · 汤姆森（James Thomson）说，赛珍珠是“马可 · 波罗（Marco Polo，约 1254—1324）以来描写中国最有影响力的西方作家”。13 世纪，马可 · 波罗来到中国，遍游帝国的政治中心、富饶的大都市，交游贵官达人，为后世记下了东方的宏伟、华丽与富庶，写下《马可 · 波罗游记》，引发了大航海时代的探险热。与马可 · 波罗不同，赛珍珠自小随父母来中国生活，汉语成为其母语，她不仅熟悉中国的城市生活，还走进中国的乡村，了解农民的日常生活。她的《大地》，是第一部外国人写下的产生世界性影响的关于中国农民的文学作品，也是那个时代中国农村、农业和农民的素描。南京大学外国语学院知名美国文学研究专家刘海平教授说：“赛珍珠也许是唯一的一个美国作家，其作品至少部分地是中国文化的产物。”她有别于《马可·波罗游记》向西方介绍中国的视角，反映了其浸淫中国文化多年，对中国与中国文化有同情了解的历史事实。她一生不遗余力为中国文化发声，为战时的中国加油、呐喊、募捐，给予道义与精神的双重支持，其原因大概在兹。

第一次与中国读者见面的《战斗天使》，传述了赛珍珠父亲在华辗转奔走的一生，为我们进一步认识和了解赛珍珠提供了一面多棱镜。安德鲁是位极具宗教热情的传教士，他对赛珍珠的影响并不见诸宗教。赛珍珠说：“我的私人生活其实是在一个根本没有上帝的地方度过的。”（见本书第 264 页），她甚至认为“信主并不能真正改变人们充满渴求的内心。”（第 263 页）她以近乎历史学家的视野指出西方国家在华传教的另一面向：“西方帝国主义另一个令人震惊的地方体现在卫理公会、长老会、浸信会在中国的宗教控制，还有，仅新教就有一百多个不同派别在中国落脚。在中国，这不仅仅是一种精神上的帝国主义，也是一种客观存在的帝国主义。那时，日本、德国、英国和法国竞相在华扩展势力范围，讨论着如何瓜分在华的贸易和权利。传教士也参与了瓜分中国，省份、地区被分给特定的教派传教，不得越界。”（第 257 页）她似乎并不赞同她父亲的传教事业，但作为女儿又不可能不受到父亲的影响，这种影响与传教无涉。

赛兆祥（安德鲁）至少在两个方面影响了赛珍珠。他持续致力于翻译《新约》，成为如今在大中华地区流传的中文版《圣经》和合本的一部分，这种跨文化译介的经年工夫，朝朝暮暮无言的身教，显然对赛珍珠第一次将白话小说《水浒传》介绍到英语世界有跨文化再创造的示范，也对她的文学写作产生了潜移默化的影响。

赛珍珠发现其父在翻译《新约》时，尽可能使用一些“简单的平常用语”，而不是用古奥的文言。这一点与几乎同时代的中国新文化运动的领袖们主张白话、废弃文言有“闭门造车、出门合辙”之异曲同工：

> 安德鲁对他的时代来说实在超前。他已经意识到中国无知和文盲的一个重要原因是书本语言和口语截然不同。就如同古时英国,几乎所有的文献都是拉丁语,而普通人对此一无所知。因此,安德鲁决定在他从希腊文译的《新约》中使用一些简单的平常用语,这是一种很极端的革命。(第 343 页)

这种把翻译《新约》的尝试与中国的白话文学运动的努力两相对照，凸显了赛珍珠对二十世纪初中国文化的新思潮毫不陌生。

赛兆祥对中国语言文字的痴迷与研究，也对赛珍珠产生了很深的影响。请见书中的两条材料：

> 安德鲁是一个天才传教士,到中国六个月后,他便能用中文布道了,而一般人如果两年后能用中文便被认为了不起。(第 249 页)。
>
> (安德鲁)很有语言天赋,喜欢深奥的中文,乐此不疲地学习和研究中文发音的送气和不送气音,平、上、去、入四声,以及汉字因结构上变化所产生的在意义上的细微区别。白人很少可以

把中文讲得像他那么地道，而且用词准确恰当。因为中文说得更多，后来他的中文比母语说得都好。（第 243 页）

赛珍珠对父亲乐此不疲研究中文有成，充满了自豪与钦佩，自己内心深处其实早已经接受了父亲身教的暗示。有这样的父亲，也就不难理解，何以赛珍珠选择中文为母语；有了这样的父亲，也就不难理解，何以赛珍珠接受一位中国的孔姓先生为开蒙塾师了。

与赛珍珠夫妇（包括赛珍珠的第一任丈夫卜凯和第二任丈夫理查德·沃尔什，Richard J. Walsh，1886—1960）交谊甚笃的中国著名哲学家、曾任中华民国驻美大使的胡适之（1891—1962）先生曾说，赛珍珠本身就是一名“战斗天使”，其传教士精神一直没有消失。胡适此说绝非无根之言。赛珍珠对中国文化的热爱和执念，她之尽其所能支持中国的抗日战争，为废除歧视华人的排华法案而奔走呼吁，在在都是“传教士精神”的体现。赛珍珠笔下父母的时代与生活，是“她者”视角的选择与取舍，我们也将从字里行间读出赛珍珠的精神成长史。

译者、荐稿者、出版者、纪念馆与基金会管理者等星散太平洋两岸的大大小小“赛迷”的努力，串联在一起，终于促成本书与读者见面。出版不易。感谢美国克莱蒙特联校邹秀英女士的牵线，感谢赛珍珠博物馆馆长萨曼莎·弗赖泽和赛珍珠出生地基金会菲利斯·鲁宾-泰勒分享其对赛珍珠的理解，专为中国读者撰写了序言，感谢南京师范大学外国语学院姚君伟教授支持，感谢宿州学院外国语学院院长张雁凌教授和镇江市赛珍珠纪念馆唐其光馆长的热情相助。责任编辑邵逸女士，也是一位资深译者，她在编辑加工的同时，肩负了译审的角色，经她润色加工，书中文字读来更加雅达。

由南大出版赛珍珠的这部“双亲记”，不仅为读者奉献了一部世界著名作家诺奖文学代表作，也为南京大学这所百年学府增添了新的记忆场域，更为了解近代以来中美人文交流史提供了文学叙事的范例。

杨金荣

2025 年 3 月 2 日

于南京大学鼓楼校区